公元787年,唐封疆大吏马总集诸子精华,编著成《意林》一书6卷,流传至今
意林:始于公元787年,距今1200余年

一则故事 改变一生

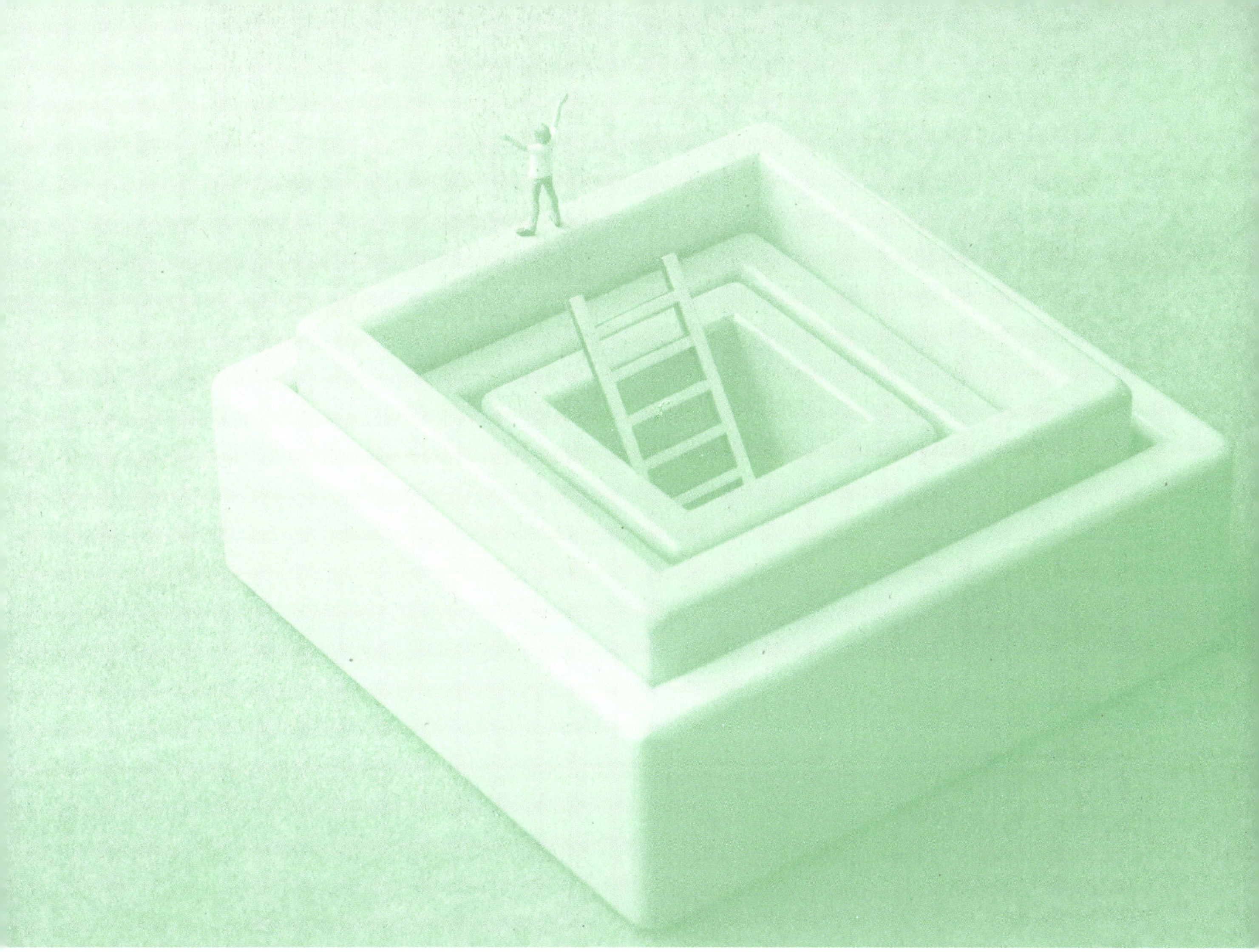

意林感动卷
花朝月夕

《意林》编辑部 编

吉林摄影出版社
·长春·

意林年度精选

图书在版编目（CIP）数据

花朝月夕 /《意林》编辑部编. -- 长春：吉林摄影出版社，2023.1

（意林. 感动卷）

ISBN 978-7-5498-5724-1

Ⅰ. ①花… Ⅱ. ①意… Ⅲ. ①故事－作品集－世界－现代 Ⅳ. ①I14

中国版本图书馆CIP数据核字(2022)第246446号

意林感动卷·花朝月夕 YILIN GANDONG JUAN·HUAZHAO YUEXI

出 版 人	车　强
主　　编	杜普洲
责任编辑	王维夏
丛书策划	王立莉
执行编辑	蒋　燕
封面设计	马骁尧
美术编辑	坛爱萍
发行总监	王俊杰
封面图片	Veer图库
开　　本	889mm×1194mm　1/16
字　　数	400千字
印　　张	13
版　　次	2023年1月第1版
印　　次	2023年1月第1次印刷

出　　版	吉林摄影出版社
发　　行	吉林摄影出版社
地　　址	长春市净月高新技术开发区福祉大路5788号
	邮编：130118
电　　话	总编办：0431-81629821
	发行科：0431-81629829
网　　址	www.jlsycbs.net
经　　销	全国各地新华书店
印　　刷	北京中科印刷有限公司

书　　号　ISBN 978-7-5498-5724-1　　　　定　价　39.90元

启　事

本书编选时参阅了部分报刊和著作，我们未能与部分作品的文字作者、漫画作者以及插画作者取得联系，在此深表歉意。请各位作者见到本书后及时与我们联系，以便按国家相关规定支付稿酬及赠送样书。

地址：北京市朝阳区南磨房路37号华腾北搪商务大厦1501室《意林·作文素材》编辑部（100022）

电话：010-51900054

版权所有　翻印必究

（如发现印装质量问题，请与承印厂联系退换）

目录 CONTENTS

第一章 世间感动

- 002　自然界有哪些很美好的现象｜壹　炬
- 003　世间最美好的旅行，是一个人走向另一个人｜肖　遥
- 004　该怎么去告别｜唐　恬
- 006　一只狗的孤独被上亿次看见｜姜婉茹
- 008　躺在床上玩游戏的他，让人落泪｜孟青思
- 010　一个盲人如何点燃冬残奥会火炬｜杨　杰
- 012　讨　缘｜骆瑞生
- 013　惦记着那个澡｜华明玥
- 014　闪送员眼中的城市烟火｜孙　毅
- 016　一条大河的清明｜王太生
- 017　我是一个生命的信仰者｜徐志摩
- 018　二十米｜胡　炎
- 019　那些青色的美｜王太生
- 020　就在人间兜兜风｜宋小君
- 022　最会讲故事的人｜秦　俑
- 024　一位医生的死亡｜林文月
- 026　满院吵闹的孩子，是他的年味｜马海霞
- 027　秤　王｜厉剑童
- 028　与猫在一起的时间，从不会荒废｜岭溪大队长
- 030　孤人与鸟群｜傅　菲
- 032　越分享越富有｜尤　今
- 034　葡　萄｜王　族
- 036　谢医生｜爱玛胡

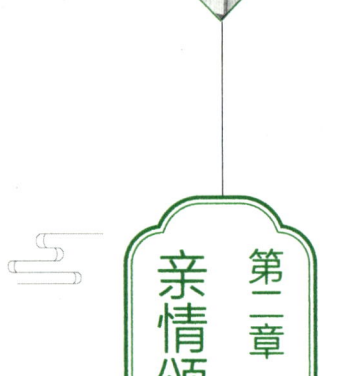

第二章 亲情颂

038　陆小姐｜胡图图

039　忘　记｜淡　豹

040　蜷在角落里的父亲｜徐　风

042　与母同行｜邓安庆

043　光明正大地"偷窥"父母｜悄然微笑

044　拆烩鲢鱼头｜周浩晖

046　女孩都是被父亲宠大的｜毛　利

047　送　别｜刘依舍

048　一棵玉米种在公园里，怎么看都不是庄稼｜南在南方

050　我的父亲"武大郎"｜史念兰

052　北上广年轻人养不下去的猫，被四五线城市的爸妈"接盘"｜刘　丹

054　我们的少女时代｜周　冲

055　一颗流油的咸蛋，是祖父的"芳华"记忆｜申功晶

056　忧伤的时候，到厨房去｜松软君

058　我陪爷爷预习了死亡，很浪漫｜东七门

059　学会做饭，是妈妈给的救命锦囊｜凌公子

060　一个人的安全感，藏在餐桌上｜甘蓝蓝

062　姥姥家饭桌上的酱｜肖　于

063　我们越长越大，父母却越长越小｜肖　遥

064　当"饺子狂"父亲和有"厌饺症"的我住到一起｜柳　一

066　跳进同一个"战壕"｜明前茶

067　人生哪有衣锦还乡，其实都是世间游子｜温伯陵

068　下行的爱｜郭志远

第三章 锦年情事

070　遇见斑马｜水生烟
072　金庸笔下的爱情｜衷曲无闻
074　爱没爱过，胃知道｜闫晓雨
076　世间会有人愿意陪我上山看星星｜明前茶
077　一个只敢在愚人节表白的胆小鬼｜程　一
078　总是一个人过节的姑娘｜王宇昆
080　最好的暗恋，莫过于变欢喜｜樊　宁
082　住在梦里｜张　侗
083　樱花掉落的速度｜淡蓝蓝蓝
084　我喜欢你，全世界就你不知道｜青芒渡
086　企鹅情书｜沈嘉柯
088　如果一辈子都遇不到那个相互喜欢的人｜陈大力
090　喜欢逢雨发芽，遇风开花｜柒先生
092　聊着聊着花就开了｜浅　水

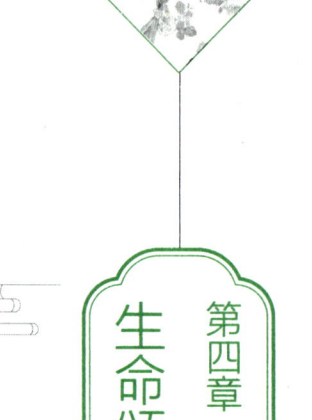

第四章 生命颂

- 094 颤抖的羽毛｜金　波
- 095 一棵树的悼念｜冯积岐
- 096 野猫斯芬克斯｜格日勒其木格·黑鹤
- 098 天台上的猫中医｜六井冰
- 100 八　哥｜吴　乡
- 101 蜗牛的爱情｜赵小帅
- 102 和松鼠互利互惠｜盛　林
- 104 自谋出路的树｜麦　伽
- 105 爱的巢｜华　姿
- 106 村庄麻雀｜张玉明
- 107 时间善变｜罗欣顿·米斯特里
- 108 鼠的纪念碑｜陈　仓
- 109 与稻花鱼捉迷藏｜明前茶
- 110 呼　救｜周　涛
- 111 大猩猩如何戒掉手机瘾｜L
- 112 为爱赴死｜周晓枫
- 114 你的猫一直在认真听你讲话｜贾静晗
- 115 "我的男朋友"孔雀｜盛　林
- 116 苔藓之美｜梁　衡
- 117 寄居蟹的"二手房"交易｜何爱华
- 118 白鹤湖｜傅　菲
- 119 蜂　园｜盛　林
- 120 幸福的羊｜尤　今
- 121 猫是闺蜜｜艾小羊
- 122 每头鲸都是一座孤岛｜边　月

第五章 幸福讲义

124　去不了远方，不如以游客视角"发现"日常生活丨苍女士
125　回　答丨刘　擎
126　因为"穷"，才要活得更丰盛丨闫晓雨
127　有喜欢的人，生活才有意思丨张军霞
128　夕阳灯是女孩的精神救赎丨定福庄牛小玲
130　遇见同频的人丨淡淡淡蓝
131　冬　读丨刘世河
132　每个焦虑的家长都应该去搞一搞装修丨刮　哥
134　每个日常，都可以写成诗意丨流念珠
135　我爱孤独浩荡无边丨王　苹
136　一个人的日子，也要认真吃饭丨乔七阳
138　电饭煲测试丨和菜头
139　犹存鸭脚覆僧廊丨钱红丽
140　看虫子打架才是孩子该做的正经事丨陈　赛

141　掉落林间的美好丨迟子建

142　现在的冬天不如从前的冷了丨苏　童

143　在自己居住的城市旅行丨蒋　曼

144　长冬有小趣丨马亚伟

145　满世界的聪明人，可我只想和简单温暖的"笨人"玩丨牛皮明明

146　有一种治愈，叫在冬天里晒晒太阳丨摘星楼主

147　雨滴和雨滴在大地上重逢丨傅　菲

148　不过是一碗人间烟火丨郭慕清

149　留一口给念想丨梅　莉

150　天气与心情丨王太生

第六章 成长笔记

152　一个人真正的强大，从沉默寡言开始｜今夕何夕

154　一个学霸的自白｜刘嘉森

155　拉水车的老牛｜沈石溪

156　如果觉得人生太难，就去读读元好问｜瑾山月

158　窃物记｜谢亿明

159　熊老太太｜自　然

160　焦虑了，看陆游｜水　姐

162　人生的痛痒｜倪西赟

163　没有成就感才是好机会｜[日]北野武

164　七年后，我找回失去的老友，并与自己和解｜开　耳

166　你为抵抗颓废做过哪些努力｜晔　卡

168　再亲密的人也没有义务去懂你｜裘　依

169　包浆的友情｜肖复兴

170　我正在学着爱自己更多｜出云破月

172　人间走遍却归耕｜王春鸣

173　爱得越来越小｜崔修建

174　读完我才明白真的不是原生家庭的错｜富　叔

176　你给心灵吃什么｜陈贺美

177　有"公主病"的篮球生｜仇进才

178　月照一天雪｜米丽宏

179　再笃定的友谊，也需要时常温习｜轻　浊

180　寻　常｜李　娟

181　友谊如何才能长久｜[美]丽贝卡·霍尔曼　译/Li Shanshan

182　你情绪不好，是因为读书太少｜洞　见

第七章 青春攻略

184　如何让人喜欢你丨黄启团

186　我爱你，与你无关丨吴玲瑶

187　后来的爱情，都是第一次心动的重复丨木　心

188　你真正的理想伴侣，原来科学研究早已知晓丨林立晴

189　人生心路丨许倬云

190　爱不是放弃自己，而是宽恕对方丨倪一宁

191　我当你是朋友，你却想和我谈恋爱丨京师心理

192　孩子，和谁在一起，真的很重要丨森森妈

193　恋情宜尽量愉悦丨庆　山

194　婚姻里的"狼群法则"丨鲍海英

195　我们一起吃自助餐吧丨蔡要要

196　语言风格匹配才能相恋丨贝小戎

197　从气味上说，人的确会"臭味相投"丨环球科学

第一章 世间感动

夏夜又至，我坐进飘窗。灯不宜开着，灯一亮，人就在夜色之外。

此时的窗外，万家灯火，辉煌灿烂。夜空，反倒一片空空荡荡，月未出，星未见。若想望见众星捧月，的确有待好天气的成全。漫天星子，像是掉落人间，化作大地上灯海如昼。

小朋友指着远处的灯火问："那是天边的星吗？"

"那是地上的'星'。"

"一颗地上的'星'，就是一户人家？"

"对。"

小朋友忽地溜下飘窗，打开了屋里的灯，飘窗豁然大亮。

"那最亮的一颗星，就是自己的家！"

——林 深《大地繁星》

自然界有哪些很美好的现象

□ 壹 炬

金秋时节，有一次我在后院自己颠球玩，忽然一声闷响，我一看，木板小平台上赫然躺着一只从树上掉下来的松鼠。

我正在蒙圈，他开始动了，挣扎两下站起来，跳起来想走，跳得十分有水平：原地直上直下地跳，每跳一下头的方向都会换，但就不是往前挪，只是原地跳，活像一名蹦床奥运冠军。

我饶有兴致地看他蹦跶，这家伙一个失足又翻车了。

我轻轻走到松鼠旁边，趴下来匍匐接近他，因为听说站着的人类对小动物来说最可怕了。松鼠看了我一眼，接近他的时候，我闻到一股奇怪的味道。不对，这不是酒味吗……

同学Dana（戴娜）学兽医，我趴在惊恐的小松鼠旁边拨打了她的电话。小松鼠应该是摔伤了，原来有时候，松鼠会因为进食过量发酵过的浆果而进入醉酒状态，Dana嘲笑完我无知之后，准备来我家把小松鼠接走，让我守着小松鼠。

于是我继续趴在地上陪着松鼠，我的狗Rocky（罗基）也百无聊赖地趴在一旁，松鼠盯着我，我盯着狗，狗盯着松鼠，一种大片中的，三人拿枪互指的奇怪既视感。Dana接走了松鼠，每天给我汇报松鼠的康复状况，半个月后，Dana在我家门前把松鼠放走，因为松鼠的家一般是固定在某棵树上，治疗完毕之后需要放回他家附近的地方。小松鼠刚下地时愣了一下，鼻头动动闻了闻，就头也不回地走了，身段非常轻盈，我心中感到一丝欣慰。

一个月后，大雪纷飞。

此时我正在紧闭的窗边的电脑前认真地装出一副可以继续把这篇论文写下去的样子，发现窗口有响动，我一看，那家伙腮帮子鼓鼓的，嘴里含着一颗松果，正扒我的窗户。我把窗户打开，这家伙闻了闻就进来了，把松果放在窗边。来做客还知道送礼，不错不错。

然后这家伙就钻到我床底去了，我也懒得管他，回到电脑前继续装。不一会儿就听床底有啃东西的声音，我以为他在啃我的床，一看，这家伙正蹲在床底吃饭呢。好家伙，真会找地方。不知不觉到了傍晚，松鼠回到窗边，我打开窗户，他又头也不回地走了。

第二天，他又来了。我刚准备打开窗户，旁边又伸出来一颗松鼠脑袋，机警地向房间里探视。这是你的相好呢还是你的好哥们儿呀？我一边想，一边慢慢退到自己的床上，然后，你猜对了，趴下。老朋友照规矩把松果放下，然后进来，默默地等着他的小伙伴，小伙伴在一轮试探之后，也进来了，然后他们就钻到床底吃饭。我独自躺在床上，床下声响不断，窗外大雪纷飞，莫名地感受到了一丝温馨。

此后，这两个家伙每年冬天都会来找我。离开之前，我将他们送我的松果细细包装好，带回了国。

这件小事一直埋藏在我的心底，每每看到那盒松果，我都感受到一股来自大自然母亲的，静静的、和谐的爱意。

世间最美好的旅行，是一个人走向另一个人

□ 肖 遥

某种程度上，一场旅行质量的高低取决于旅伴的质量。

风景是一种精神状态。对浪漫主义者来说，一个寒冷的黄昏意味着"晚来天欲雪，能饮一杯无"。对实用主义者而言，下雪意味着高速路封锁、地铁停运、公交车拴上防滑链也不敢开快，人类在冰雪中跟跄滑行。朋友阿猫说最令人倒胃口的是旅途中，大家都被宛若仙境的雪山镜湖惊艳到合不拢嘴，她的旅伴此刻也合不拢嘴，正喋喋不休地抱怨她儿子的奥数班学费今年又涨了。正如波德莱尔刻薄的比喻："就算将绚丽多彩的大峡谷铺展在一个庸俗的灵魂面前，也不能使他的平庸念头减少分毫。"

有时候旅途中产生的矛盾和审美无关。这场暗戳戳的战争甚至从准备开始旅行的时候就开始了：行李装好以后，眼睛盯着秤，以免超过航空公司所允许的重量。如果先生多放一条领带，女士就得取出一双袜子。还有那些旅途中操不尽的心、百密一疏的遗漏也会令人大发雷霆：卷在被子里的睡衣忘了塞进行李；洗手池上卸下的首饰忘了拿；疲惫地站在房间门口面面相觑，恼火地互相谴责酒店房卡究竟在谁那里；即将登机的时候，那个负责保管护照的人又抓狂又无辜的表情……这些零星怒火，都因为有了一个可以推卸和怨怼的旅伴而变得可以燎原。

据说旅途人格和网络人格一样不靠谱，都是对现实人格的颠覆。比如福楼拜和马克西姆·迪康的东方之旅，当迪康告诉福楼拜自己的计划时，福楼拜激动地大声说："不能跟你一块去简直太可气了！"接着为了让母亲同意自己与友人同行，福楼拜使尽了法宝。但得到了母亲的许可的福楼拜又犹豫起来。叫福楼拜失望的原因是迪康的存在，福楼拜一路上只想安静地构思他的小说，对眼前的美景视而不见，反应冷漠。而他的沉默会令持续兴奋的同伴误解，以至于在抵达开罗时迪康忍不住要下逐客令了："如果你想回法国，我把我的仆人送给你做伴。"当可怕的南风吹来，酷热难当之际，什么都不能阻止福楼拜对冰淇淋的一往情深，每隔几分钟他就会变本加厉地开始念叨"柠檬冰淇淋！柠檬冰淇淋"！

凌晨三点，两个朋友分别骑着一峰单峰骆驼，一言不发，"三点半，福楼拜挽着我的胳膊对我说：'谢谢你没有一枪打破我的脑袋，换成我，我可忍不住。'"

公众号里说，好的爱情，就是让你变得更优秀。可是从旅途照片上就能看出，好的爱情，是让你变得最放松、最真实、最舒展。你愿意把自己千姿百态或千奇百怪的样子呈现在这个人面前，在他面前，你最不设防，最肆无忌惮，你们会在圆形的门洞后面高高跳起，拍出四肢撑起门洞的效果；对着松涛做出"号令天下，莫敢不从"的姿势，把远处的雕像捏在指尖、捧在手心，混进一群抡着筷子吃面的雕塑中做大快朵颐状，混进唱戏的雕塑里装作吊嗓子……

当回头看照片，这是你和同行者、和山水风光的互动，是到此一游的旅行者刷的存在感，尽管微渺，但是那是你我的全世界。

我们通过镜头凝望彼此，在这个小小世界里，咱俩心意相通、情意缱绻……这时候，世间最美好的旅行，就是一个人走向另一个人。

该怎么去告别

□唐 恬

入院不久，隔壁病房住进来一位大叔，60岁左右，江西人，是一个"生猛的土豪"。我在放疗室门口碰见他，大叔穿着长款黑色风衣，头发染成油亮的黑，精神十足地对我说："小妹，不要怕，要唱歌，要笑，晚上一起K歌去！"大叔平日爱聊天，老神神秘秘地要人猜他的年纪，为的是得意扬扬地引出下一句："我都快60岁了！找了个25岁的老婆，刚给我生了个儿子。"他自己来住院，没有陪护，我妈问："那你吃饭谁照顾？"大叔手一挥："有钱！叫饭店送！"一个月后再见到他，他已被放化疗彻底打趴下了。人还是那个人，拍着胸口说"老子有钱"的生猛气场却被夺走了。我逗他说："K歌去？"他摆摆手，给我看钱包里的照片——一个年轻姑娘抱着个婴儿。他说："就是想儿子了，儿子刚满三个月。"按照时间推算，他查出病来时，刚刚老来得子。然后这个男人跟家人潇洒地挥挥手说"老子出国玩两个月"，只身赶赴北京治病。

隔壁住着一位75岁的东北老太太，来陪护的是大儿子，一个一米八几的东北大汉。老太太瘦极了，体重不到60斤，缩在被子里只有小小的一团。睡不着是她多年的老毛病，患癌症后失眠加剧，常整晚整晚地醒着，医生就给她开了安眠药。老太太不肯吃，也不肯说原因，就这样生扛了三天。实在扛不住了，她忧心忡忡地决定吃药，半晌忽然一把拉着儿子的手嘱咐说："你晚上要来看看我，你要喊我的名字。"那天夜里好几次，她在黑暗中睡下，又焦虑地起身，一遍又一遍地叮嘱儿子："晚上要来看看我，你要喊我的名字。"儿子说："妈，你放心睡吧，我隔一会儿就来喊你一回，你放心睡吧。"原来睡不着，是怕醒不来。只有深怀恐惧的人才看得到，夜晚是死神的白日，它拿着镰刀寸步不离，就在我们床边等着，等着把措手不及的人们带入无尽的黑夜。

2012年3月初春，北京下雪了。同病房唱豫剧的大姐告诉我这叫"三月桃花雪"。她说记得上一次雪下在桃花上的3月，20岁的她登台唱戏。那时她还不是主角，台口催着"快快快"。她一急，里头穿着薄秋衣，外头挂着大戏服就上台了，冻得声音都在抖，那出戏叫《大祭桩》。我们正聊着，听到走廊里一阵沉闷的哭声，跑出去一看，是另一个病房的病人家属。那女孩是我的老乡，比我年纪小，陪着老公从湖南来住院。听说主治医生劝他们放弃治疗回老家。哭声太悲恸了，其他家属就劝别在这儿哭，一声声都是各家的眼泪，感同身受的人受不住，她就独自下楼。我跟着下楼，远远地看着她，小小的一个人，穿着红色棉袄坐在雪地里。她呜咽一声，那团红就颤抖一下，像是一颗鲜活的心脏摔进了冰天雪地里。我便是从那一刻开始知晓，什么叫无能为力。

这两年见了太多人太多事，每一个都称得上平凡生活表面下的惊天动地。关于"如何应对突如其来的告别"，我困扰了很久。出院后我开始面对可怕的复查。健康的人很难想象肩膀痛、咳嗽、头疼，这些小小的病症都会被联想到癌细胞复发转移，继而使人陷入巨大的恐惧之中。我买了一些佛学的书，试图参透无常。朋友的离开和自身的恐惧交织成不能确定的明天的世界。2013年，每一次复查前的夜晚，我都像被绑在椅子上，一双大手捂住我的嘴，头上悬着明晃晃的、不知何时会落下的刀。

为了找到答案，我开始行走，天南地北地听别人的故事。那些故事里有人离开，有人相爱，可即便再悲苦也有动人的篇章。我一路走，一路哭哭笑笑，就这样发现有些问题根本没有答案。复查好似过山车，命运把我高高地抛起，不知能否安然落地。可最后救了我的，其实也是复查。没有比知道自己能平安活着更美好的事，为此我要走过大段黑暗。如果你根本无从应对突如其来的告别，那么就学着跟自己的恐惧相处。

我们之所以要思考上天给的这个问题，也许并不是要寻找答案，而是要让这个问题带领我跟命运达成共识。

接到这篇约稿时，主编告诉我，主题是"生离死别"，主编说："你应该有话要说。"有什么话说呢？我想了很久。你知道吗？北京的各大肿瘤医院任何时候都人满为患。走到大厅一看那么多人，哪个都不是小病，一个背影就是一个家庭的辛酸。我很少看到谁当众哭，在你前面排队的，等着拿报告的，人人都默默地走着流程，等着判决。生和死不是寻常的事情吗？医院里每一天每一个人最日常的事就是生离死别。我最近一次去复查，前面排队做核磁检查的两位大姐嘻嘻哈哈地聊天："你啥病？我肺癌。""哟，我也是。你说今天怎么那么慢呢？我晚上还要回家做饭呢。"吃饭和生病，生和死，都是常事，我们能做的就是排着队，身在其中，不卑不亢，不急不缓。来，我受着；不来，我感恩。

正在写这篇稿的我刚去翻了下病友"三爷"的微博，忽然发现文字、照片全部被删除了，微信也被注销了。"三爷"是干净利落的"三爷"，我懂了，也没哭，哭哭啼啼对不住他的潇洒。

从困顿和绝望中走过，在失声痛哭后擦干眼泪的我，此刻的心安静又温柔，因为这便是我能想到的死亡的样子。它像湖水一样安宁、冷清，深不见底。如果它是我们最深的恐惧，那么最终，我们一定能最温柔地相处。唯有承认它、正视它，不妄想战胜它，才可与它比肩共存。

被删得干干净净的"三爷"的微博只留下一句签名"该怎么去告别"。原来这课题我们一直在一同研究，所以，就用这句作为全篇的标题吧。感谢与你同行，愿你生活平静美好。

我看到一句话，献给你："那些你同样无法承受、无法面对的懦弱和卑微，亦响亮。"

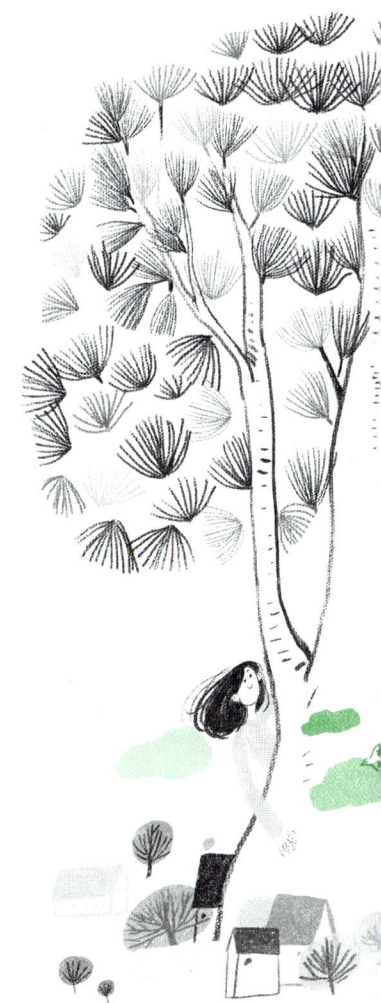

一只狗的孤独被上亿次看见

□姜婉茹

地下王国

在云南曲靖的富源县,想要进入三座山簇拥的丫巴寨,只有一条小路。进入以后,里面的村道像手掌一样四散开来,一条支路穿过寨子中间,路边的树林掩着一个不规则的大洞,老人们叫它"无底洞"。早年间,洞口时常升腾起浓重的雾气,当地人猜测,下面有一条流动的暗河。

在丫巴寨四代人的记忆里,从来没人能向下攀爬50余米,进入地下一探究竟。

最了解洞底世界的是一只小狗,它独自在地下生活了至少6年。这是一只米黄色的中华田园犬,体形中等,年龄也不小了,但在约有篮球场大小的"无底洞"里,它显然是只"小狗"。

在狗的活动范围内,洞里的结构复杂得如同地宫,主洞之外还有数个小洞,"一层"之下还有"二层",光是"一层"就有十几米高,有的岩壁已经坍塌。黑暗填满了洞内的每一寸空间,只有在天气晴好的正午,透过石壁的缝隙,才能挤进来一缕微弱的日光。

直到2021年11月14日,在漫长的6年里,小狗第一次看见了人类。

偶然的生机

刘伍兵听村民说起过"无底洞"中有只狗,便在洞口吹了声有节奏的口哨,地底的狗回应了他,竟也在有节奏地叫。流传的故事是真的,刘伍兵受到了震动,传言已经有些年头了,"这狗居然还活着"。

他找来一个篮子,往里面放了点肉,用长绳绑好,把这套简易营救设备一点点下放到洞里,期待小狗能坐进篮子里吃肉,然后保持这个姿势被拉上来。

等了两个小时拉上来一看,篮子里的肉还在,没有狗。

住在洞旁边的一位奶奶说,自己的儿子用过类似的方法尝试救狗,也没有成功。洞太深了,村民之间聊起过想把小狗救上来,可是谁都没有好办法。

刘伍兵把救狗失败的过程剪成一条17秒的视频,发到了抖音上。视频迅速传播,浏览量达到了800万。

越来越多的人开始关注这只"世界上最孤独的狗"。一个远在南京的女网友深受触动,心疼这只小狗"生活在地狱里",于是去宠物店买了狗粮、衣服、玩具、笼子等,邮寄到丫巴寨。也是她最早提议组建群聊,讨论如何救狗,这个群的成员后来增加到八十几人。

远在云南文山(壮族苗族自治州)的王红杰也刷到了视频,关心起这只狗的命运,"如果我不去救,它可能很难重见天日"。他今年34岁,是一名惯常游走在峭壁上的采蜜人,业余加入了民间组织"中国洞穴救援联盟(CRC)",做公益山岳救援已有5年左右,平均每年会出十几二十次志愿任务,有时是救人,有时是去学校做安全科普,救狗还是第一次。

有朋友说他，值得为一只狗跑那么远？开车往返的油费、过路费、救援用到的刮片、钉子等耗材，加起来够买好几只狗了。王红杰觉得，把小狗看作一个平等的生命，它需要帮助，那救援就是有意义的。

11月13日下午，王红杰和两名搭档一起，从老家文山州开车750公里，在14日凌晨抵达丫巴寨。

看外面的世界

分工是王红杰和搭档下洞抓狗，刘伍兵和两个队友（一名当地青年、一个从文山州来的姑娘）在洞口拿着对讲机协助，同时防止村民扔垃圾干扰救援。

王红杰顺着头灯的光柱，很快找到了正在垃圾堆里觅食的小狗，它是只母狗，意外的是看上去非常健壮，没有残疾，毛发浓密，胖胖的有大约30斤，不太像想象中的流浪狗。

王红杰和搭档手持木棍，从两个方向包抄，想先用棍子"摁住"它，再装进麻袋里。一番奔跑追逐之后，被"摁"倒的狗拼命挣扎，把王红杰的手套咬破了，咬得他指甲下面出现淤血。趁王红杰察看伤势的空当，小狗逃进了人类无法进入的坍塌层裂缝中，如果强行把墙拆掉，又怕弄塌地上的房子。

两人无奈，只好爬到地面上取来剩饭，摆好"陷阱"，尝试诱狗出洞。等了许久，想着也许是人类还在洞里，小狗不敢出来，两人就爬到地面上等。再爬下来时，饭已经被吃掉，陷阱完好无损，小狗又躲藏好了。

救援的人甚至找村民借了一只未成年的公狗，装进笼子里带下去过了一夜，以为同类的叫声可以把它从裂缝中吸引出来，但是也没什么效果。

11月27日，第二轮救援开始。这次有了钢丝绳"野猪套"，这是一种传统的捕兽陷阱，动物踩中圈套，越是挣扎，绳子越紧。晚上8点，王红杰在小狗藏身的裂缝附近，用石头把路全部堵死，只留下一条必经之路，设下两个"野猪套"。28日凌晨，小狗踩中了"野猪套"，没想到在将它装进笼子的时候，小狗奋力反抗，咬断木棍，咬坏了狗笼的门，从里面逃脱，王红杰的搭档双哥的手指甲也被咬了一口，"它那种求生的意志，爆发出来的'洪荒之力'是很恐怖的"。

两人只好在洞里拿铁丝加固笼子，重新做陷阱。一直折腾到凌晨两点半，才把小狗成功装笼。

万众瞩目的狗和被监督的人

11月29日，这只掉入50米深洞独自生活6年的小狗，登上了各大社交媒体热搜，仅微博 #小狗掉50米深洞6年后被救出# 单个话题标签，阅读量就有2.8亿。刘伍兵却开始失眠，心里五味杂陈。他接了太多媒体的电话，在每通电话里重复着差不多的讲述。

在救援之前，他就决定收养这只孤独的小狗。他姑姑就是医生，给小狗消毒、驱虫、打疫苗都非常方便，不会产生过多成本。而且，他觉得这只狗是一个"生命的奇迹"，养在身边，"应该能带来好运"。在他原本的计划里，小狗可以养在老家，也可以带上出门工作。

11月30日，被救上来的小狗第一次晒太阳，刘伍兵开了直播，网友们夸狗："比猪坚强还坚强，有什么比孤独更可怕呢？"

救出小狗的第五天，刘伍兵给小狗拴上狗绳，第一次带它在寨子里逛逛，看看外面的世界。它很活泼，空空的土路上也要仔细闻嗅一番，喜欢往有垃圾的地方跑，也许在它看来，那就是食物的味道。

小狗拥有了一个名字，叫作"甜甜"，是救助群的网友们起的，因为"它一半的狗生尝尽了苦苦涩涩，该尝尝甜的滋味"。

躺在床上玩游戏的他，让人落泪

□孟青思

全身瘫痪的朱铭骏，刚刚拥有了世界上第一张电竞护理床。22岁之前，他是出生入死的消防员，因伤截瘫后，他花了很长时间才振作起来，成了一名B站UP主，用嘴操作游戏直播。

这张电竞护理床，是由另一位UP主联合爱心厂商设计制作的，他们认为残障人士的精神需求，同样值得被关照。一个网络社区的善意，推动了这个赛博时代传奇故事的发生。当善意和互助在人与人之间流动、联结，奇迹的出现就有了可能。

29岁的朱铭骏躺在床上，除了头部，他完全动不了。呼吸依赖机械进行，机器嘀嘀的提示声不间断地回响在不到10平方米的小屋里，如果声音中断，就意味着有生命危险。

朱铭骏离不开床。如粉丝们所见，他的全部生活都在一张床上摊开。2021年10月27日，他突然通过视频宣布，自己将拥有世界上第一张电竞护理床——这张床将集成他所有的生活和工作所需，使他可以更加方便地操控电子设备，制作视频或是直播。看到视频的每个人都能理解他语气中的兴奋，就像一个孩子在期待一份礼物。

为朱铭骏设计这张床的人是字幕君GOUBA（以下简称"字幕君"），也是一位UP主。顶着一头蓬松"羊毛卷"的字幕君，擅长数码、桌面搭配和房屋装饰，在B站，他以无偿帮助别人进行"桌面改造"而知名。所谓"桌面改造"，是指字幕君会根据求助者的需求，搭配桌面需要的设备器物，摆放得科学美观。这不是朱铭骏第一次在网络上得到帮助和慰藉。几年前，正是一份通过光纤传递的善意，将他从绝望中打捞起来。

不幸高位截瘫后，躺在病床上的朱铭骏为了消磨时间，学会了用嘴咬住筷子在平板电脑上玩游戏，一玩就是一个通宵。在游戏中，他能暂时忘记现实。

朱铭骏的妈妈记得，刚出事那一两年，每天早上她走进儿子的病房，都能看到他脸上残留的泪痕。在一次试图咬舌自尽失败后，朱铭骏放弃了寻死的念头，但包裹着他的消沉并没退去。

他人生的第一次转机出现在2016年。一个陌生人在网上主动给朱铭骏留言，称自己是心理咨询师，问他是否愿意聊聊。出于好奇，朱铭骏和对方搭上了话。这位网友发给他大量关于截瘫康复的研究材料，和他聊起国内外相关医疗技术的发展。

建立起信任后，朱铭骏每天都和对方聊天，如知己一般。对方建议他读读心理学，将来做个心理咨询师，还寄给他一本《心理学与生活》。朱铭骏读完后感觉这是一门很有意思的学科，可以帮助人了解人心，分析情绪的由来，包括自己受伤后的痛苦消沉，都能在其中找到解释。

接下来的一年，朱铭骏全心备考心理咨询师，每天背书到凌晨两三点。2017年年底，他用嘴咬着笔作答，如愿通过了考试。

字幕君收到B站的邀约，请他为喜爱打游戏的朱铭骏做"桌面改造"。之前，字幕君看过朱铭骏的视频，知道这是一位高位截瘫却能流畅地剪视频、做游戏直播的UP主，因此他的"桌面"势必和寻常人的不同。虽然有点担心自己不能胜任，但这样有特别意义的机会很难得，字幕君欣然接受了任务。

世间感动 第一章

两位UP主第一次见面时,字幕君被朱铭骏的坚强、乐观所打动,他决定为他筑起他私人的赛博空间。他在朱铭骏的屋里反复踱着步子,脑海中突然闪现在网上看到过的电竞舱,那是一种将座椅、显示器和键盘等集成到一起的设备,样子很酷:一条弧形的支架从座椅后方伸出,显示器就固定在支架上,键盘架在座椅前,玩家可以舒适地靠或躺在座椅上操作。

"朱铭骏不需要座椅,如果单独将支架固定在床后,这样正好可以满足他的需求。"有了这个想法,字幕君立即上网求助,很快就有几个电竞舱生产厂家主动联系他,他就近选择了一家济南的厂商。认真思考,反复商讨,他们设计出了升级版方案:干脆将电竞舱的座椅换成护理床,整体做成一体式的电竞护理床,把朱铭骏需要的电脑主机、屏幕、音箱、手机、呼吸机、加湿器、充气泵等设备统统集成在这张床上。

这将是世界上第一张电竞护理床。这一次,严谨的字幕君松了口气,终于摸索出了理想设备的初步形态。当电竞护理床还在济南加工时,朱铭骏就迫不及待地发布了预告,他想把这个好消息分享给所有关心自己的网友。视频里,他笑着袒露心情:从一开始极度想离开这个世界,到现在,好想拥抱这个世界啊!

22岁之前,朱铭骏是一个擅长奔跑攀爬的消防员,受伤以后,他自头部以下完全丧失知觉,连自主呼吸能力都没有了。穿着防护服出入火场的日子刻骨铭心,"很热血"。他从火场里救出过丁点儿大的婴儿,抱着襁褓往外冲时只有一个念头:"宁可我死,也要把这个孩子救出去。"

这种竭尽全力帮助他人的性格贯穿了朱铭骏的人生。在成功考过心理咨询师的第二年夏天,他第一次走出医院,去了当地最大的广场,向围观人群讲述自己的经历,普及心理学常识,希望帮到更多有需要的人。

卧床八年多,朱铭骏迎来了一份为他量身打造的礼物——电竞护理床。简洁的米白色,流畅的弧形线条,小巧灵活的机械臂。需要的设备全部集成在床上,可以电动调整吊臂、床板的高低以及角度,使用起来方便省力。

看着朱铭骏在修整一新的房间里兴奋地试用电竞护理床,字幕君觉得,这是自己当UP主以来做过的最有意义的事。

这张电竞护理床,是一份载着爱的礼物,点亮了朱铭骏的生活。现在,朱铭骏每天上午进行心理咨询,下午制作视频,晚上直播,他发自内心地感受到自己被来自社会的善意簇拥着,作为一个知恩图报的人,自然要更加努力地回馈社会。

一个盲人如何点燃冬残奥会火炬

□杨 杰

紫色是国际残疾人奥林匹克委员会2021年发布的标识颜色,代表占全球人口15%的残疾群体不再被边缘化。在2022年北京冬残奥会的开幕式上,"15%"是绝对的主角。会徽展示、会歌演奏、点燃主火炬,重点环节都由残障人士完成,就连引导员胸前毛线编织的雪容融,都由残疾人一针一线缝制。

1

73岁的夏伯渝在会徽展示环节亮相。站在"鸟巢"中央时,他的双腿义肢细细地支撑在地面,显得不那么协调。

他是中国无腿登顶珠峰的第一人。这次在开幕式上,他带着一个双上臂残缺的孩子。孩子想飞却飞不起来,夏伯渝鼓励他,用登山杖当翅膀,带着他飞。这对"爷孙"以这样的方式,完成了他们的表演。

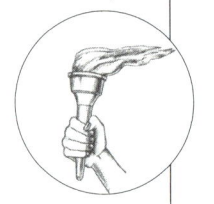

1975年夏伯渝第一次登珠峰,在海拔7600米处把睡袋让给队友,结果自己冻伤双腿,不得不截肢。2014年,他再次尝试登珠峰,但因为一场造成16人遇难的雪崩,攀登活动被取消。2015年,他到达珠峰大本营后,遭遇尼泊尔8.1级地震,攀登计划又一次搁浅。2016年,夏伯渝再次出发,但在海拔8750米处遇到强烈的暴风雪,只能下撤。

曾有媒体问他,是否后悔当初把睡袋给了队友,他回答:"当时如果知道结果是截肢,我会犹豫。但现在看,我还会给他,因为我没脚也可以。"

2

残奥会会徽由红、蓝、绿三个弧形图案组成,代表人类最重要的三个组成要素:心智、身体和精神,弧形图案源自拉丁语"agitos",意为"我前进"。

中国残疾人艺术团的萨克斯手王琦是通过自己的手,第一次知道了会徽的形状,"像汉字的'心'"。他戴着一副标志性的墨镜,头发微卷,13岁时,鞭炮炸伤了他的双眼,"我小时候眼睛特别大,后来变成两道蜈蚣一样的疤痕"。

开幕式当晚,一对5岁的双胞胎兄弟来到王琦面前,他们一个是残疾人,一个是健全人。双胞胎打开王琦的手掌,在上面画出会徽,最后王琦慢慢蹲下,手触碰屏幕的瞬间,巨型的会徽亮相。

一个盲人站在空旷的"鸟巢"中央,多少是种挑战。平时聊天他能听音辨向,但"鸟巢"里,声音从四面八方而来,王琦不能判断自己面朝何方。幕后团队想了很多办法,最后王琦形成了一套肌肉记忆:把左脚脚尖放到右脚脚跟,以脚为圆心转身，他找到了正确的角度。

王琦要让自己的身体适应场地并达到完美的舞台效果。当他把会徽举起后又蹲下时，他的脚先往后撤，手盖在地上不能太靠后，不然会有一种要摔倒的感觉。

3

紧接着，升会旗，奏会歌。

来自重庆的扬帆盲童管乐团手拉手上台。团员蔡晓雪今年17岁，单簧管乐手，戴着墨镜，说话时总是习惯微微抬头。因为不能模仿，盲人常常没有表情，她通过衔筷子体会微笑的角度。她的难题在于吹出去的声音在"鸟巢"反弹不回来，她听不到自己和同伴的声音。为此，他们干脆到室外排练，以适应环境。

健全人可以通过乐谱熟悉乐器，而盲童只能通过触摸来感知乐器，再把音乐背下来，才能演奏。47个人合在一起，没有指挥，靠的是心里的节奏。"这背后的故事恐怕比我们了解的和台前展示的多得多。"开幕式导演沈晨说。

4

本次冬残奥会开幕式上唯一正式的文艺表演环节是《冬残奥圆舞曲》，这首歌是冬奥会和冬残奥会开闭幕式中，最早确定且一直未变的歌曲。

演绎时刻，视频中几个盲童拿着画笔挥洒着人们能想到的所有色彩。在现场，90名舞者通过表演，把颜色在天地间展开。场地周围有13朵"雪花"，是手语指挥。如果没有解说，没人知道场上有一半是听障人士。

魏菁阳是中国残疾人艺术团的独舞、领舞演员，2008年参加北京残奥会开幕式《永不停跳的舞步》演出，2018年参加平昌冬残奥会北京8分钟表演，这次又站在北京冬残奥会的舞台上。在这个表演中，健全人和残疾人形成了一种默契。演出中有低头的动作，健全人会用呼吸或是神态提醒听障人士。看到喘息的动作，残疾人就知道下一个动作该起了。演出经验丰富的魏菁阳最深刻的感受是：以往，她的同伴都是残疾人，这一次，是真正残健融合的表演。

5

开幕式进入最终的环节，点燃主火炬。

还是那片雪花，还是那团微火。火炬传递到最后一棒，退役盲人运动员李端拿起了主火炬。盲人点火，这是往届残奥会上从没有过的大胆尝试。通过触摸，李端将火炬缓缓对进孔眼。"大家知道雪花台由参赛的所有国家和地区组成，他触摸的过程，就是在认知和了解，最终完成点燃的壮举。火焰虽然小，但它照亮了所有人。"沈晨说。

它首先照亮的是李端的脸，火在李端脸的右上方，导演说，别烤着脸。他偏了偏头，感受到火焰的热度。他想起在家时总让家人拉开窗帘，家人说开窗帘干啥？又看不着。他答："虽然我看不见光，但我能感受到温度。"李端两周前才得到通知，准备参加冬残奥会开幕式。当他第一天触摸主火炬台、触摸插孔的时候，"我也是用心去体会了一下火炬的插口"，李端说。他摸索的过程就像练习跳远一样，需要跑得直、布点准，步子大了，踩过起跳区犯规，步子小了，跳不进沙坑。

他感觉主火炬比别的火炬沉，有十来斤，"我看不见火炬，但是我要把最后一棒火炬插好、点燃，让更多的人看见我们，看见我们残疾人自强不息、努力向上的这种精神。"李端说。当最终对准的刹那，他听到了放礼花的声音。

6

沈晨刚和残疾人打交道时，心里也有疑虑：哪些话能说，哪些是敏感问题？后来他发现，我们是"15%"，"15%"也是我们，越正常、越平和地对待"15%"，越有益。

"没必要去催人泪下，让人们感觉到残疾人和我们一样，就够了。"沈晨说。

讨 缘

□骆瑞生

小时候春节前后，常有人来送财神和春联，常是老人，也有中年人，不过他们的样子都很窘迫，站在每家屋前唱《财神歌》，絮絮叨叨的，也听不清楚唱的什么。唱完后就发财神和春联，而主人家照例要给他们一块钱或者几斤玉米、几斤稻米；不过后来人们都是给钱的，只有实在拿不出钱的穷人家才会给玉米和稻米。

不知道为何，我很喜欢他们用苍凉干枯的声音唱《财神歌》，别的小孩却都不喜欢，只是图个热闹，没人会认真听。

一次，来送财神的是一位老人，而跟随的小孩子逐渐少了，他们只是因为好奇，所以好奇心一旦得到了满足，也就不跟随了。而我一直远远地跟着他，我那时很害羞，不敢靠得太近，怕他发现我，幸好他一直都没发现。他离我家越来越近的时候，我突然着急起来，这种窘迫的心情压得我喘不过气来。因为我知道妈妈是不会买的，往年都是如此。我爸爸生病了，家里已经没有钱了。我担心老人要是去我家唱歌，却被妈妈拒绝，他会难受，而我妈妈也会难受，因为这又一次提醒她，我家是整个村里唯一买不起财神和春联的人家。

可是老人依然叩响了我家的门，妈妈打开了门，错愕地看着老人，老人拿着财神和春联，然后二胡似的声音就开始唱起来，唱了没两句，妈妈赶紧抱歉地说："我家不买。"

那老人说："没多少钱的。"妈妈更难堪了，她低下头去，重复了一遍说："真的不买。"

这时屈辱的泪水一下子从我的眼眶里涌出来，我跑了上去，从妈妈的脚边挤进了屋子里，妈妈想拉住我但是没拉到。"小跃，小跃。"妈妈喊着我说。我的耳朵嗡嗡地响着，根本没听到妈妈说的话，那时小小的我感受到了贫穷带来的巨大屈辱，我的鼻子发酸，眼睛发胀，在充满草药味的屋子里，我的泪水哗哗地掉下来。老人一下子明白了怎么回事，他闻到我家那么浓郁的草药味就该明白的。

妈妈都没反应过来，老人就已经下了坎，向下一家去了。我赶紧追了出去，妈妈忙叫住我说："小跃，你把这苞谷给他。"说完妈妈就去装了一袋玉米递给我，我望着那袋玉米，那因为贫穷而产生的屈辱一扫而空，我提着玉米赶紧追了上去，没一会儿就追上了老人。我抄到老人前面，然后将玉米递给他："我妈妈说给你的，抵钱。"

"快拿回去，我说了是讨缘的。"

我没说什么，就拦在他前面，一直将玉米递到他面前。老人树皮似的脸终于裂开了，他笑了笑说："你还真固执。"

我的声音突然哽咽了，说："你是唯一给我家唱歌的人。"老人听到我的哭声，便将玉米接过去，放进了背篓里。我松了一口气，也不哭了。

我说："什么是讨缘？"老人说："现在我就讨到缘分了，和你的。"老人摸了摸我的头。我心里想着：你明年一定要来啊。可是他第二年没来，第三年也没来，以后就再也没来了。

而我和他的缘分也到底尽了吧，只可惜我们的缘分并没多讨要到一点儿。

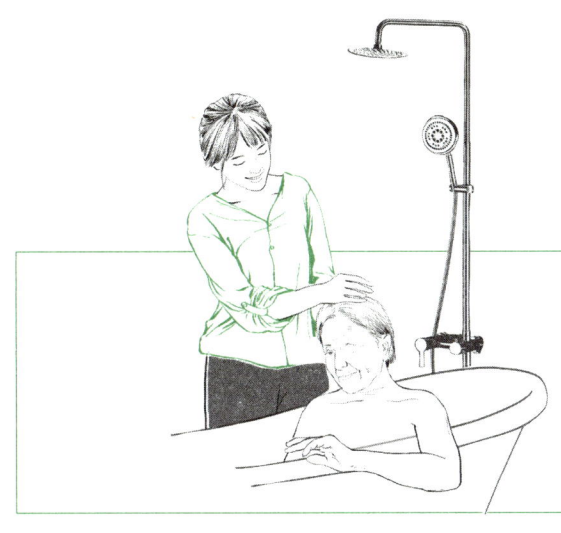

惦记着那个澡

□ 华明玥

20世纪90年代，我刚刚出嫁时，住在市中心最后一片等待拆迁的棚户区里，所有的住户都没有卫浴间，需要使用外面的公共厕所，并在厨房里用木盆洗浴。当然，冬天也没有浴霸，如果扛不住凛冽的气温，就必须到外面的公共澡堂去买一枚洗澡的筹子。

因此，当姨婆要来小住并看病时，老人家的洗澡问题就成了大难题。老人年轻的时候，动过4次手术，整个脊柱像虾米一样弯曲，身形罗锅还不算，还向一边偏侧，并且裸露着触目惊心的、蜈蚣般的疤痕。老人自尊心非常强，她很不乐意到公共澡堂去承受那么多人异样的眼光，于是，冬天在我这里住了快半个月，只能擦澡而无法痛痛快快地洗一个澡。

忽然，我得到一个消息：我的大学同学要来出差，住在附近一家四星级酒店，邀我前去叙旧。我便冒昧地给她打了一个电话，问能否让老人到她那儿去洗个澡。同学痛快地答应了，并且提前到客房部要来了防滑垫子铺在浴缸外，空调温度也提前调高了，生怕老人在洗澡时口渴，同学还特意买了几枚硕大的橘子，放在浴缸边沿。她热情接待了姨婆，告诉老太太，泡澡时吃橘子，可以补充身体蒸发的水分。

姨婆认认真真地坐进浴缸，泡了大半个小时。我和同学担心她泡澡太久，导致头晕，便敲门进去，发现老人正把吃剩的橘子皮一片片扔进水里，闭目享受着那柑橘皮的浓香。

看着姨婆够不到后背，我和同学赶紧蹲了下来，开始为她搓背。姨婆反复表达给人添麻烦的歉意，一定要我的同学留下家中的电话，说："你下次到天津出差，我一定要来见见你，还一下这份人情。"

我同学以开玩笑的口气对姨婆说："您觉得，像我这样走南闯北的小字辈，还需要您报答吗？"话刚出口，她就发现姨婆的神情有一丝微妙的尴尬，连忙改口说，"好的，我要有机会去天津，一定会去找您当向导，尝一尝比手臂还粗还长的天津大麻花。"

姨婆赶紧正色道："天津最好吃的东西，可不是那比胳膊还粗的大麻花，而是老婆婆们自己在家擦了丝、剁了馅，用平底锅煎出的羊肉锅贴、猪肉西葫芦锅贴，还有倭瓜鸡蛋馅的锅贴。这口味你肯定没尝过，你一定要来！"

同学听了这话，只当老太太是在开玩笑。可过了一年多，她真要前往天津出差，我便托她将给姨婆配好的中药膏方带去（那时快递还远没有普及）。等她第二天办完事，在黄昏时分赶到姨婆家时，姨婆已经包好了60多个锅贴，同学一到，她就点火煎制，天津的家常锅贴都是手擀面皮，像月牙儿一样玲珑可人，"月牙"两端是不封口的，在平底锅里煎制时，可见馅料的汁水在吱吱地跳动。这样的锅贴是活的，底部焦黄，被馅料浸润的部分却特别柔韧多汁，我同学一口气吃掉了10个，姨婆把剩下的用自己编的小竹篓子装好，用麻绳扎紧，让同学带回去跟家人分享。

姨婆笑着说："老派人都讲究知恩图报，你一个萍水相逢的姑娘，当年不嫌弃我这老太太身上的气味，跟我那外甥媳妇一块儿蹲在浴缸边，帮我搓澡，这份恩情若是不报，我心中总是放不下呀！"

闪送员眼中的城市烟火

□孙 毅

闪送员穿梭在我们城市的大街小巷。

王昊今年31岁,东北人,身材魁梧高大,衣着简单干净,说话的时候,会时不时推一下眼镜。看起来,更像一个白领。"确实,我以前是坐办公室的。"

十多年前,王昊从东北老家考入北京一所大学读电子商务专业,毕业后,他顺理成章地进入IT企业工作。但在2020年年初,公司经营出现危机,他失业了。赋闲在家的几个月,王昊想了很多。他不喜欢办公室里的钩心斗角,不喜欢随时压在身上的业绩要求,不喜欢落入丢掉工作的惊恐。他向往自由支配的时间,向往简单的人际关系,向往摆脱办公室到家两点一线的生活。

但是,所有的喜欢和不喜欢,都必须向现实低头。王昊已经结婚,需要养家供房,所以必须有收入。在对比了很多工作之后,他选择了灵活用工方式平台——闪送。

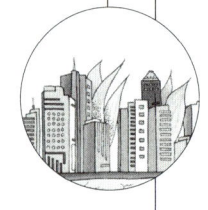

"一开始也不习惯,后来慢慢适应,找到了规律。"疫情让很多人的事业遭遇瓶颈,也让闪送员多了很多订单,"有些原本需要自己去做的事,现在人们习惯交给闪送员了。"有人专门下单,请闪送员帮忙扔垃圾或者取快递。还有更有意思的例子:出门在外的女孩,下单请闪送员去敲敲家门,确认猫咪在家是否安好;来不及打卡的上班族,下单请闪送员去打卡点位,用App打卡;甚至,有妻子请闪送员去确认丈夫的车是不是停在"应该"停的位置上。

除了这些五花八门的"订单",王昊经常处理的紧急订单,是文件证明、手机等物品。

有人参加公司团建,已经到了十渡风景区的酒店前台,却发现忘了带身份证,于是紧急下单。王昊在那天早晨8点,从城里跑了130多公里,把身份证送到客户手中。

另一个必须赶紧送到的物品是手机。最远的一次,是从丰台送到金海湖,送一台崭新的华为手机,这一趟单程1小时40分钟。虽然不像外卖员那样需要与算法赛跑,但每完成一单就多一份收入。而且王昊很理解,需要使用闪送的,一定有特殊的原因。

有人让他把100公斤重的水果、蔬菜、鲜肉,从SKP地下超市送到500米外的高级公寓。有人叫他闪送,只为了送一张薄薄的A4纸,纸上连个公章都没有,只有手写的几行字。有人下订单,就送几颗螺丝,运费比螺丝贵得多。

奇怪吗?不奇怪。"客户需要的,一定有他的道理。"

尽管没有业绩压力,但这一年多来,王昊保持着忙碌。每个月,有一万三四的流水,扣除成本,能够月入过万。"我挺喜欢的。一开始父母不理解,现在也觉得我状态不错。"闪送比快递更快,但没有外卖那么赶。和滴滴相比,一个送的是人,一个送的是物。

"我在滴滴和闪送之间对比过。相比送人,我还是更喜欢送物。因为不需要跟乘客尬聊。"王昊最喜欢这个工作的一点,就是不需要处理复杂的人际关系。但也有例外,尤其是接到"惊喜"订单时。"惊喜"大多数是蛋糕的订单,一般是蛋糕房下单,闪送负责送到客户手里。这个客户,大部分就是订蛋糕的人。但也有一部分客户,属于被送了惊喜。

"蛋糕比较难送。因为它比较娇贵,慕斯的、冰淇淋的,怕碰坏了造型。另一个原因,就是需要确定寄件人和收件人。"送惊喜的话,收件人可能根本不知道是谁送的。王昊这时候就需要跟蛋糕店联系,查后台记录,进而联系到订蛋糕的人,进行沟通。多数时候,"惊喜"是能送出去的。

前几天,王昊遇到了一个拒收的"惊喜"。那是一个周六,一大早,王昊到寄件人家门口取件。一个大盒子,里面装了一束鲜花、一杯奶茶和两块红薯。"红薯是刚蒸熟的。"

寄件人是一位年轻的女性,要送"惊喜"给自己远在延庆山区工作的丈夫。这种带着甜蜜的订单,王昊是很乐意效劳的。他一路驱车跑到山里,跟收件人联系时,却遇到了困难。"收件人——这个丈夫,说单位管理很严格,不方便接收,要拒收。"王昊只能请寄件人再与收件人沟通。谁知一来二去,妻子与丈夫因为这份"惊喜"吵了起来。

接下来的发展,让王昊很是难办。"寄件人给我打电话,能听出来,她很难受,说,要不,就把东西扔了吧。"一头是情绪低落的寄件人,一头是坚决拒收的收件人,带着一大盒"惊喜"的王昊,僵在了山里的小路上。

"我想了想,这么好的东西,扔了也太可惜了。"因为不想跟人尬聊,王昊选择做闪送。可这次,他几乎要扮演一个居委会大妈的角色,他要去"劝架"。在电话里,王昊动之以情、晓之以理,终于把收件人劝了出来,接受了"惊喜"。"我俩岁数差不多大,聊了一会儿,他也很抱歉,说耽误了我的时间。我说,没必要为了这点事吵架,而且这是一片心意。"

闪送员可以自己选择工作时长。王昊现在每周工作6天,每天早9点上班,晚9点下班。

有时候,他会犒劳一下自己。北京城东南西北,每个角落,有哪些适合停车充电、吃饭放松的地方,他都清清楚楚。"我刚开始跑的时候,整个昌平区只有四个充电桩。现在,就算在昌平,充电也方便多了。"到了CBD,他喜欢去金地中心,停车充会儿电,在楼里的便利店买盒饭,顺便带一瓶喜欢的果汁。

他穿着闪送的蓝色制服,出入高档写字楼,那是他曾经的工作环境。"没遇到过熟人,哈,但也没感觉有什么异样。"他不怕人知道自己是闪送员,甚至,有时候,保安看见闪送员,还会行个方便,"帮忙给指个停车位"。

王昊说自己是一个喜欢发现生活乐趣的人,会主动聊起那些稀奇古怪的订单,能看出来,他喜欢这份工作。

有些东西,闪送员拒绝不了。

一个年轻人,在一个家常面馆,买了一碗炸酱面,要求闪送员送到10公里外的妈妈手里。年轻人要求闪送员,一定不能跟老人家说这一单是收费运送的。"这种情况有不少,年轻人有孝心,又没时间去兑现,都挺不容易的。"经历过几次后,王昊早就熟练了那套说辞:"我都说是商家负责运费,请老人家放心。"

每到深夜,回家的路上,王昊会选择几首自己喜欢的歌,一边听歌,一边回想这一天的忙碌。熟悉的节奏响起,眼前是熟悉的城市、熟悉的霓虹灯。"在北京十多年了。这一年多来,我第一次有感觉,好好看了看这个城市。"

一条大河的清明

□王太生

一条大河的清明，是从河上和它四边的风景里开始的。

柳风微漾，一只大鸟在大河上空飞翔，发出激越的嗥鸣，它俯瞰人世，背负青天。这是中国北方的一条河，河床不算宽阔，但水量丰富，两岸商铺林立，舟楫往来。

我睁大眼睛，目光如炬，看宋朝的一条大河流，清明时节，人们踏青赏春，人间三月，花树光影，这样的光影景致，应该是《清明上河图》。

伟大的上河，河水是诗，河岸上的桥、树、房舍，色彩饱和。一条河和一座城以及它的周边，在东方鱼肚白中醒来，醒来的河，在天光云影之中扩散着涟漪。

亲切的上河，如一件绸缎衣衫那样柔软。流水播送水香，直逼柳岸，人渺如蚁，撒落在河的两岸街衢，有豆花和胡辣汤的气息，让人鼻息颤动，禁不住打了两个喷嚏。少年春衫薄，四处走动，真的如《东京梦华录》里所说："四野如市，往往就芳树之下，或园囿之间，罗列杯盘，互相劝酬。都城之歌儿舞女，遍满园亭。抵暮而归，各携枣糊、炊饼、黄胖、掉刀、名花、异果、山亭、戏具、鸭卵、鸡雏，谓之门外土仪。轿子即以杨柳杂花装簇顶上，四垂遮映。自此三日，皆出城上坟。"手搭凉棚，远远地望去，见一支上坟、扫墓兼踏青、春游的队伍回城走来。

北方的河流，风清气正，而南方的河流，梨花如雪。

南方也有一条大河，在江南温柔的风景里。

扫墓踏青，人们倦了、累了，聚散之间，会寻一条船，跺跺脚上的春泥，坐在船上品几道小菜。

《扬州画舫录》里说，清明前后，主人带家厨出绿杨城郭踏青。瘦西湖上，"画舫在前，酒船在后，橹篙相应，放乎中流。传餐有声，炊烟渐上……谓之行庖"。

叶圣陶回苏州上坟时，对船上的小菜甚是欢喜："船家做的菜是菜馆比不上的，特称'船菜'。正式的船菜花样繁多，菜以外还有种种点心，一顿吃不完。非正式地做几样也还是精，船家训练有素，出手总不脱船菜的风格。"说白了，是小锅土灶，船家只准备一桌，食材货真价实，绝对新鲜。做菜的汤，恐怕还是直接取河中心的活水，舀入锅中。

苏州多水，这些都是水边，某条大河的清明盛宴。

在清明扫墓人群中，走来《浮生六记》中的芸娘，这个聪慧的女人看到地上的乱石有苔藓纹理，斑驳好看，如获至宝，指着石头说："以此叠盆山，较宣州白石为古致。"

梨花风起正清明，每年这个时候，我怀念我的外婆。

我从小是跟随外婆长大的。那时候，外婆对我说，要不是家里失了贼，金戒指、金手镯还有好几副呢。

外婆所说的"失贼"，说的是她还在工厂上班那时。有一天，下班回家，发现大门敞着，锁被人撬了，家里就失贼了，外婆说她手上也就没什么值钱的东西了。"后来，有了你，我就不上班了，回家带外孙喽。"外婆笑着对我说。

每个人的身边都有一条大河。在我眼中，它长达数十公里，连通四周，水量充沛，有开阔的河床和陡坡，有舟来船往，两岸人烟、鸡犬相闻的碧水河道。

外婆过世后，葬在她侄女的乡下，一条大河高岸上，外公在世时，去过一次，既是祭拜，也是为自己百年后选择墓地。他也看中这块水草袅袅的高岸河坡。外公说，这地方好，面朝大河，斜对面是个三汊河湾，有船过来，摇橹的人在船上一仰一合，似在遥遥低头弯腰作揖，一俯一揖之间，船走远。

水边的清明，风和日丽。一条大河，光阴如一湾绿碧春水，故人已去。

我们总在河流边怀念。

我是一个生命的信仰者

□徐志摩

　　住惯城市的人不易知道季候的变迁。看见叶子掉知道是秋，看见叶子绿知道是春；天冷了装炉子，天热了拆炉子；脱下棉袍，换上夹袍，脱下夹袍，穿上单袍：不过如此罢了。天上星斗的消息，地下泥土里的消息，空中风吹的消息，都不关我们的事。忙着哪，这样那样事情多着，谁耐烦管星星的移转，花草的消长，风云的变幻？同时我们抱怨我们的生活，苦痛，烦闷，拘束，枯燥，谁肯承认做人是快乐？谁不多少间或咒诅人生？

　　但不满意的生活大都是咎由自取的。我是一个生命的信仰者，我信生活决不是我们大多数人仅仅从自身经验推得的那样暗惨。我们的病根是在"忘本"。人是自然的产儿，就好比枝头的花与鸟是自然的产儿；但我们不幸是文明人，入世深似一天，离自然远似一天。离开了泥土的花草，离开了水的鱼，能快活吗？能生存吗？从大自然，我们取得我们的生命；从大自然，我们应取得我们继续的滋养。哪一株婆婆的大木没有盘错的根柢深入在无尽藏的地里？我们是永远不能独立的。有幸福是永远不离母亲抚育的孩子，有健康是永远接近自然的人们。不必一定与鹿豕游，不必一定回"洞府"去；为医治我们当前生活的枯窘，只要"不完全遗忘自然"，一张轻淡的药方我们的病象就有缓和的希望。在青草里打几个滚，到海水里洗几次浴，到高处去看几次朝霞与晚照——你肩背上的负担就会轻松了去的。

二十米

□ 胡 炎

二十米，是走廊的长度。女保洁员看着那些危重的病人，从走廊西侧的门进入，而后，多数人被从走廊东侧的门推出。进出时，他们都安静地躺着。

女保洁员想，生与死，大约也就二十米的距离吧。这么深奥的想法，看起来不该是一个女保洁员该有的。可她真就这么想了。她在ICU（重症加强护理病房）从事保洁工作已经多年，对一切都似乎习惯了、麻木了。这二十米她来回走过多少次，叠加起来是个什么数字，她不知道，也不在意。她多数时间都弯着腰，左手笤帚，右手畚斗，或者两手攥着拖把，自西向东，让这二十米保持干净。常常，她一面清扫地上的烟蒂和痰渍，一面发着牢骚，但抽烟的继续抽烟，吐痰的继续吐痰。她瞪着他们，小声说着脏话。这大约也成了习惯。

累了，她就扶着笤帚，呆呆地站一会儿。又有人蒙在被子下被推出来，只露出两只僵硬的脚。哭声在走廊回荡，形成多声部的合奏——沉闷的发自一个中年人，背驼得厉害，胡子像一团杂乱的荒草；哭出戏腔的大约是他的妻子："我的婆婆唉……唉，唉，唉……"怎么听都有些煽情；尖厉的来自一个年轻女人，红头发，脸色苍白，五官扭曲。他们用哭声把那个异常安静的人送入电梯间，从九楼开始下降，然后哭声渐弱，最终坠入某个深不见底的地方。

她也有无聊的时候。站在窗口，看夜空中的星星。那些星星眨着眼，显出几分诡谲。她时常会陷入恍惚——那颗最亮的，是祖父吗？这些星星当中，会不会有那些走过二十米的灵魂呢？有时，她也会和人搭讪，比如那个文弱的青年。他戴着眼镜，像一个腼腆的大学生。她注意他很久了，心中一直有一个疑问，青年的母亲病情危重，为何只有他一个人陪护？

"怎么不见有人替你呢？"她佯装清扫他脚下的地面，顺口问道。

青年叹了口气："我爸十年前就死了，他在建筑工地打工，从脚手架上摔下来，人当场就没了。"

她手里的笤帚抖了一下。

"我还有一个哥哥，"青年接着说，"三年前出了车祸，也死了。"

她全身都抖了一下。

"家里就剩下我和我妈，"青年脸色惨白，"现在，我妈也要走了。"

她愣在那里，表情木木的，眼皮跳了几下，似乎想流泪，但她流不出。她看着青年，想，十年前，他还是个孩子；三年前，他也只是个大孩子；而今，他可能很快就要成孤儿了……她似乎想摸摸青年的头，手伸了伸，又缩回去了。她什么也没说，手里的笤帚，倒是有些发狠了。

青年母亲去世的时候，她依旧呆立着，无意识地挥了挥笤帚。

这么多年，她挥了多少次笤帚，连她自己也不知道。或者说，她几乎没有意识到自己是在以这样的方式向那些死者挥手。所有的陪护者，也不会关注她。她的确太渺小了。她在每一次挥手后，就接着清扫她的二十米。她只知道，不管那些人是好人还是坏人，是善人还是恶人，她都得让他们干干净净地走完这二十米，然后变成夜空中的星星。这是她的本分，似乎也是她必须完成的使命。

那些青色的美

□王太生

春天。乱青。

那是老嫩杂陈，深深浅浅，浅浅深深，缭乱的青。如刘禹锡的"苔痕上阶绿，草色入帘青"、张志和的"青箬笠，绿蓑衣"……唐诗宋词，一篮子湿漉漉的青。春天的地气捂不住了，让人、天空、大地慌了手脚，青就乱了。

柳条的青，淡雅的杨柳青。杨柳挂在窗户外，是加了木质画框的，人在窗口，就成了杨柳依依的水墨古画。这是最常见的生活场景，在江南，茶楼，或者临水的吊脚小楼，两个朋友坐在那儿说话喝茶，淡雅的青，垂柳如丝。

豌豆头，一种陌上青。早春的豌豆，蓬松在露水地里，农人踩着露水，掐嫩嫩的茎叶，在街市叫卖，城里人的餐桌上多了一道鲜美的时令菜肴。汪曾祺在《食豆饮水斋闲笔》中写过豌豆头的吃法，"豌豆的嫩头，我的家乡叫豌豆头，但将'豌'字读成'安'。云南叫豌豆尖，四川叫豌豆颠。我的家乡一般都是油盐炒食"。

小茴香，兀自地青。葳蕤的小茴香，可以做文人菜。文人写作熬夜清苦，口中淡而无味，碧碧的小茴香炒鸡蛋，本身清香，炒时不需要加其他调味品；新上市的蚕豆角，用淡盐水焯熟，放入热锅，再加入茴香末翻炒至混匀。这两款菜，可以吊胃口，烹制也很方便，青色可餐。

青团，甜糯的青。青团这种食物，在我的家乡是用艾蒿染成的。清袁枚的《随园食单》里说："捣青草为汁，和粉作粉团，色如碧玉。"把艾草洗净焯水，捣成汁与糯米粉和在一起，揉成面团，入豆沙馅，包成圆溜溜的大小团子，上笼蒸，置凉，就可以吃了。

小枇杷，愣头青。我先前住过的楼下长有两棵枇杷树，小青果刚刚萌出来时，愣头愣脑，表皮有毛绒黯淡的青。这样的青涩，关乎爱情。小青果也是爱情，及至成熟，几趟雨水浇过，青果越发碧亮，一点潮黄稀释，很快由青转橙黄。

乱青，不同于乱红。乱红是花开跳跃，或者在水里晃动。乱青是高高低低，错落铺展。

在那个人去屋空的旧房子里，我见到青色绣球。那天，站在一户人家的窗口说话，一扭头，见一空寂庭院，窗户下有一丛绣球，开青色花。这些多少年老城生活流传下来的熟稔场景，后窗有青花绽放的风雅，它们即将消逝，不复存在，回望老屋瓦檐天宇下，那些远去的花间人影，有一枝青花，临风摇曳。

青，有安静沉稳的端庄大气。青衣美人，穿青素褶子，从戏中款款走来。

青衣美人，画唯美的油彩额妆，勾魂的眼神，微微翘起的兰花指，波俏婉转。她们是善解人意，琴棋书画的曼妙女子。如《西厢记》中的杜丽娘、《玉堂春》中的苏三、《窦娥冤》中的窦娥，水袖轻舞，低吟浅唱。

我在江南古镇石埠头，看河对岸临水戏台，有一青衣在唱，"原来姹紫嫣红开遍，似这般都付与断井颓垣。良辰美景奈何天，赏心乐事谁家院？"夜晚的水戏台，天光水影，恍如梦境，台上一个青衣，水中一个青衣。

青衣有岁月流逝、韶华易老的轻叹。这样的熟女，在自己的人生舞台上，低眉信手，缅怀那些远去的青色美好。

就在人间兜兜风

□宋小君

1

医院通知我,把外婆带回去吧,在家里总是舒服一点儿。

外婆已经瘦成了一点点,勉强能走路的时候,我扶着她,感觉她轻飘飘的,我的手不敢松开她,生怕她趁我不注意就飞走了。

我辞去工作,回小镇安心照顾她,陪伴她最后的日子,更准确地说,是她在最后的日子陪陪我。

外婆坚持住回老屋,她还惦记着她养的鸡,我扶着她去看,鸡一只没少,她说,应该下蛋了。我弯下腰,果然在鸡窝里看到好多鸡蛋。我捧着鸡蛋回头看着外婆,她颤巍巍地站在阴影里对我笑。

老屋就在等着拆迁的家属院里,比外婆还要老,目送过许多熟悉面孔离开。每年过年回家,我也经常在某个角落迎头撞见我的童年。天气好的时候,我就和外婆一起在院子里晒太阳,这时候整个世界就跟这个家属院一样大,不管走到哪里,我都知道外婆就坐在我身后看着我。我搬了把椅子,靠着她,闻着她身上衰老的甜味,她闻起来就像是一个放久了的苹果,我时常和她一起睡着。父母离婚之后,各自有了家庭,每年过年我都和外婆住在一起,外婆就是我的家。

夜里,我给外婆洗澡,外婆以前身体很好,每顿饭都要喝一杯白酒,去哪儿都走着去,她以前缠过足,但走路飞快,骂人也中气十足,我记忆中几乎没见她生过病。在浴室里,我帮她脱掉衣服,就像是脱掉了她的大半辈子,她的筋肉和气力都被脱掉了,她在我面前瘦成那么盈盈一握,她老成我的孩子了。

2

我听见外面引擎声轰鸣,俊辉骑着机车来接我。他是我在这里的朋友。

我问他,还在找你的父母?

俊辉点头,公安局来采过血了,也打电话报了寻亲节目,但都没有动静。

俊辉在镇上唯一的儿童福利院长大。他记得,福利院里青砖垒起来的院墙很高,这种青砖相当结实,一百年也不倒,夏天里面偶尔还冒出白气。儿童福利院有两栋楼,建得像碉堡,好像生怕有人来偷这些没人要的孩子。

俊辉没有名,也没有姓,儿童福利院的院长就统一给像俊辉一样没有姓的孩子,分配一个姓氏,都姓龙,龙的传人嘛。福利院没有姓的孩子都姓龙,他们就是一家人了。

俊辉这个名字是后来他自己取的,印象中是从港剧里一个角色身上拿来的。

俊辉在儿童福利院里最能闹腾，常让已经四十多岁的女院长头痛不已。

我大学毕业之后，留在了广东，逢年过节才回老家，每次回来，俊辉都好像比之前有钱一点儿，但越来越瘦。

大家一起吃饭的时候，俊辉热衷于买单，喜欢别人叫他辉少。小镇不大，同龄人之间隔不了几个人就互相认识。

俊辉说，就是因为在电视上看了寻子节目，看到那些儿子抱着父亲哭，母亲抱着儿子哭，他才想找自己的父母。至少要弄清楚自己是从哪来的，到底姓什么。"等我找到了，我就有姓了，不然连个姓都没有，总是比别人矮一头，你说是吧。"

人不能总是少点什么。我从胡思乱想中清醒过来，俊辉已经把我送到家，他说，过两天再来找你。

3

外婆走的时候是一个下午。

她靠在床边睡了很久，几乎要从床上掉下来，我去叫她起来，她睁开眼看了我一眼，我看着她嘴角好像有笑，她没说话，我听见一声很轻微的叹息，从她衰老的身体里发出来。然后她慢慢把眼睛闭上了，身上的病痛终于也和那声叹息一起离她而去。

那天太阳正好，是多雨的南方又一个难得的好天气，阳光透过许久没擦的旧玻璃漫射进来，把她的身子晒得很暖很暖，我握住她苍老的手，粗糙，斑驳，但又让人觉得安全，跟我小时候握的感觉一样。我没哭，我把她抱起来，轻轻往里面放了放，她已经很轻很轻了，就剩下那么一点点重量，几乎可以躺进我的掌心里。我脱了鞋，躺在她身边，瑟缩在她怀里，最后一次和她一起晒太阳，我睡着了。

外婆出殡当天，所有人都在哭，我只是感觉疲倦，我看着那些纸钱一点点烧化，烧成飞灰，向着天空飞扬，像是寄出的信。

俊辉来找我，他看着我，问我："你想再兜兜风吗？"车开了两个小时，我们站在传说中的野山前，四野无人，只有风声，山不高，但很陡峭，沿途几乎没有路，我们爬得很吃力，脚下都是带刺的野草，爬了一个多小时，我们浑身湿透，喝光了我们带上来的水，终于找到了传说中的盘古庙。

我看着眼前所谓的盘古庙，有些失望。这里只剩下一些断石残碑，东倒西歪，完全没有一座庙应有的样子，只有一块断碑上刻着两个面貌模糊的神像，碑前还有人放了烧了一半的香烛，以及已经腐烂的水果。是这里没错，俊辉说，以前这里是座庙，一直很灵。

我们点了香烛，把纸烧化。我站在那里，看着俊辉跪下来，他磕了个头，再抬起来的时候，脸上已经没有了一点儿往日的戏谑，他看起来认真又虔诚，从口袋里掏出厚厚的一沓百家姓卡片，对残碑上的盘古祈祷："盘古大神，我没找到我的父母，但我想要一个姓，我不姓黄，也不姓龙，我不知道我姓什么，你给我一个姓吧。"

说完，俊辉把手里的卡片扬起来，然后伸手狠狠地抓住了一张，他松了一口气，是个"赵"字，他看了一眼，似乎有点不满意，说，再来一次吧，然后去捡散落在地上的卡片，我弯下腰和他一起捡，把剩余的卡片塞进他手里。他看了我一眼，跟我说："我再来一次。"

我冲他点点头。

俊辉深吸一口气，又把卡片高高撒起来，然后伸手猛抓了一张，他先亮给我看，还是个"赵"，俊辉看了一眼，终于笑了，他说："以后我就姓赵了，我叫赵俊辉。"

我说："你好，赵俊辉。"

俊辉抬头看了我一眼，我看着他的眼眶刷地一下红了，眼泪从他的眼眶里涌出来，突然号啕大哭，"我有姓了"。我看着他，突然觉得很伤心，我也跟他一起哭。

我们的哭声此起彼伏，吓飞了很多鸟，但哭出来的感觉很好，真的很好。

最会讲故事的人

□ 秦 俑

有土地的地方，就有讲故事的人。正是这些讲故事的人，塑造了王国的历史、文化和精神。有一天，国王心血来潮，想知道在他的王国里，谁最会讲故事。于是，我谋到了一份差事，我将踏遍这个国家的每一寸土地，去寻找那个最会讲故事的人。

我翻过7座山，蹚过14条河，穿过21个村镇，听过不计其数的故事，但我想象中的那个人一直没有出现。

第二年春天，在白哈巴镇，我见到了"无人不知的扎玛"。扎玛是一个画匠，他一生只画一个人。

扎玛画的是他的救命恩人。9岁那年冬天，他不小心掉进河里，一个长着一头鬈发的帅小伙救了他。他冻傻了，等他想起要向那个救他的哥哥说一声谢谢时，却只看到消失在人海中的背影。"从那天起，我就一直在寻找他。"扎玛说起60多年前的那件往事，好像它就发生在昨天。

在扎玛的画室里，我见到了那个帅小伙的画像。刚开始，扎玛三个月画一幅他的画像，后来改为一年一幅。扎玛一年一年地长大，他结婚了，他有了孩子，他脸上的皱纹一天比一天多，他头上的白发一天比一天稠。画像上的帅小伙，也随着扎玛一起长大变老。那天的阳光有些忧郁，在那间小小的画室里，我看到时间像河水一样缓缓流淌，像最动听的音乐。

"每一年，我都会抽出时间，带着画像，去寻找我的恩人。我走访过白哈巴镇的每一条街道，问过住在那里的每一个人，都没有找到他。"这么多年过去，扎玛的脸上还会流露出失落的表情。他后来去过很多相邻的城镇，那个鬈发的帅小伙已经长成了白头发白胡子的老人，他们还是未能相见。

我用了很长的时间才从扎玛的故事里走出来。我说："我好奇的是，这么多年来，你做了那么多的善事。我一路在走，一路在听你的故事。你花60年去寻找你的恩人，你的恩人没有找到，你却成了很多人的恩人。"

"40岁那年，我预感自己找不到他了，但我并没放弃希望。有一次，我遇到一个轻生投河的少年，我救了他，就像当年他救我一样。那一天，我的世界豁然开朗，与其盲目无助地寻找，不如在旅途中做一些善事，用这些善事去感念他。于是，我一路寻找，一路做善事，大家都叫我'无人不知的扎玛'。"

那个下午，扎玛给我讲了许多故事。最后，在画板面前，70多岁的扎玛又画了一幅恩人的画像。画中的老人还是帅帅的，一头鬈发全白了，连胡子也是白白的，卷卷的。我看了看画中卷白胡子的老人，又看了看面前卷白胡子的扎玛，惊讶地说："扎玛，你看看，你画中的恩人，越来越像你自己了。"

扎玛好像没听到。或许他听到了，却不知道要怎么回应我。

告别扎玛后，我继续上路。我又翻过7座山，蹚过14条河，穿过21个村镇。在一个秋天的傍晚，我到达黑木河镇，找到了"彩虹爷爷的老院子"。这一路上，在不同的城镇，我遇到过17家"彩虹爷爷的老院子"，每一家都说是跟"黑木河的洛伊娜"学的。

在"彩虹爷爷的老院子"里，我见到了洛伊娜。黑夜将临，她和72位老人一起，在与另一位即将离世的老人告别。老人已经无力说话了，他走得很安详。他闭上眼睛，就像进入了一个没有尽头的梦境。"这几年，我告别了27位'老爸爸'，他们有的被亲人接走，有的永远离开了。每次有人告别，老院子都会安静好几天，好在会有新的老人住进来。"说起这些的时候，洛伊娜的脸上写满了忧伤。

10年前，洛伊娜的父亲走失了。他患有严重的阿尔茨海默病。为此，洛伊娜十分自责，这些年她一直在寻找父亲。她没有找到他，倒是遇到了很多流离失所的老人。父亲走后，给她留下了一笔丰厚的遗产。为表达对父亲回家的期盼，她开办了"彩虹爷爷的老院子"，专门收留无家可归的老人。10年间，这里共收留过99位老人。对每位老人，无论男女，洛伊娜都亲切地称呼他们为"老爸爸"。

洛伊娜现在是一位母亲，她有7个孩子，却有99位父亲。"我还清楚地记得，父亲出走那天，刚好下着太阳雨，天边有一道绚丽的彩虹。"洛伊娜说，"直到现在，我仍然相信我的父亲还活着。在接下来的旅途中，如果你遇到他，你一定能认出他来。他的左下巴长着一个瘊子。他已经失去所有记忆，只会说一个词语：麦片。"

我静静地听着洛伊娜的讲述，内心却波涛汹涌。就在一周前，在另一个镇子的"彩虹爷爷的老院子"，我跟一群人一起，向一位老人告别。他真的太老了，弥留之际只会重复说一个词：麦片，麦片，麦片……他的左下巴，就长着一个刺眼的瘊子。

"我也相信，他一定还活着。我还会去很多地方，我会帮你寻找他。"和洛伊娜告别时，我不敢看她的眼睛。

前面还有很多的山，很多的河，很多的村镇。我还会听到不计其数的故事，我依然在寻找那个最会讲故事的人。

如果你恰好遇到他，请你告诉我。

一位医生的死亡

□林文月

父亲晚年因为糖尿病引起的血管阻塞致腿部下半段坏死。两个月之内锯除膝盖下方的双腿，保住了性命。只是继续存活的那五年，失去双腿下半截的父亲，无法行走，无法自己坐起，一切仰赖他人。

C大夫是父亲的主治医师，我时常在病房中不期然遇见每日晨昏必来巡视父亲病情的他。他家距医院步行只需五分钟，即使周末和节假日，他也会抽空穿着便服来探望他的病人。

初时，他与我谈说的内容，总不免围绕着父亲的病况，诸如体温、血压、血糖，以及如何治疗等问题。我常常感觉有一种无奈在心头。在父亲的病情稳定但无甚进展时，他偶尔也会谈些其他的问题。

"我年轻的时候，常常很骄傲，觉得作为一个医生让许多病人恢复健康，是很了不起的事情。"此时的C大夫，虽年近古稀，双鬓花白，但面色红润，身材高挺，谈吐温文尔雅，"可是，近年来，我总感到自己的能力有限，对许多事情似乎不是那么有把握。"

一次例行检查后，C大夫突然神情悲伤地问我："人，为什么要生呢？既然终究会死去。"这样的话语忽然出自一位资深医生之口，令我错愕良久。我一时觉得自己仿佛是面对课堂上一位困惑不解的学生，需要回答一个非常难解的疑问，遂不自觉地道出："其实，不仅是人会生会死，狗、猫也一样。"

"那狗、猫为何要生？既然会死。"

"不但狗、猫，花草也一样会生死。"

"花和草为什么要生？"

这样的推演似乎有些游戏性质，但我记得那个夕阳照射病房一隅的下午，C大夫和我说话的语气及态度严肃且认真。难以忘记当时我忽然怀疑陶潜的诗："天地长不没，山川无改时。草木得常理，霜露荣悴之。谓人最灵智，独复不如兹。"露使荣之草，并非霜使枯之草，所以春风吹又生的草，也必然不是野火烧尽的草，所以岁岁年年花虽相似，但毕竟今年之花非去岁之花。生命的终极，不可避免的是死亡。

那个黄昏，在父亲的病榻两侧进行的短暂会话，令我得以窥见更为完整的、作为一个普通人的C大夫。

C大夫依然忙碌着，关怀着他的众多病人。他的腹部原本微微突出，竟因稍稍消瘦而使身材显得更为挺拔，整个人看起来也显得年轻、有精神。然而，两个多月后，我从照料父亲的护工处获悉，C大夫不能再为父亲看病了，原因是他自己也得了病。真令人意外。C大夫究竟得了什么病？只是匆匆告知护工，而不及向我们家属解释就请假了吗？医院各楼里谣言纷纷，他似乎得了什么重症。在我诚恳而热烈的要求下，一楼的护士长红着眼眶告诉我："他发现自己是胃癌末期。"她也是C大夫关心提携的晚辈之一。

父亲在住院前后都蒙C大夫仔细照料，此时我们家属于情于理都应当表示慰问，遂由我前去探望。初时，C大夫婉言拒绝，在电话里故作轻松道："我还好啊，还能随便走动，跟前阵子见到你的时候没什么不一样。"然而，对我而言，C大夫不仅是父亲的主治医生，几次谈话后，他似乎已成为我年长的朋友。也许，C大夫也认为我不仅是病患的家属，也像是一个朋友吧。他终于答应："但是，不要来我家，到我家隔壁的咖啡馆见面吧。我的病情还没有那么严重！"说完，他甚至轻笑。C大夫确实与两个月前我在医院见到的样子没什么区别。穿着休闲便装的他，依然精力充沛。

"你说，我像癌症末期的病人吗？

"我那天休假，去打了一场球。平时轻松完成的运动，不知怎的，到了最后一个洞，怎么也没有力气挥杆。勉强打完，回家累得不得了。我这人从不知累。儿子是肠胃科专家，他劝我去检查，照个透视片子。

"哪知道，随便照照的片子，我一看，就愣住了。我自己是医生，清清楚楚的，是胃癌，而且是末期了！

"可真是奇怪，怎么一点儿迹象也没有呢？"

我坐在C大夫对面，不知说什么好。

"我并不怕死。自己是个医生，我医好病人，也送走过不知多少病人。反正，人生就是这样，有生，就有死。"C大夫反倒像是在安慰我，而我面对着一个自知生命有限的人，竟无法像先前谈论死生的问题时那样雄辩。"只是，我近两天看着我的内人，想了很多事情。我走了，她怎么办？"他说到这里，声音变得低沉。"昨天，孙子从海外打电话回来，我实在忍不住了。"C大夫终于哽咽起来。

我第二次去探望C大夫，约莫是一个月后。我与护士长同行，直趋医院附近他的住处。C大夫和他的太太在客厅里和我们谈话。客厅里温暖的色调及两位主人穿的明亮色彩的衣服，反而显出病人的憔悴。C大夫比我先前在咖啡馆内所见时消瘦了许多，可能是接受药物治疗的缘故，连镜片后的眼睛都暗淡无光。

两位主人轮流叙说着病情和近况。C大夫倒是不减往日的精力，只是他谈话的内容竟全不似一位资深医生的口吻，令人感到眼前坐着叙述病情的只是一个普通的病人。其后一段日子，缠绵病榻长达五载，病情时而平稳、时而危急的父亲陷入昏迷。兄弟姐妹都赶回病榻旁。深秋的一个夜晚，我们轮流握着父亲的手，看着他平静地离去。九十六岁高龄的父亲，太过衰弱，走得极为安详。

一个月后，收到C大夫的讣闻。护士长告诉我，C大夫维持了最后的尊严。他在父亲病房那层楼偏远的一间病房中度过了最后的一段时光。除了家属，他不许任何访客进入，即便是医院的同僚。而唯一照料他的人，便是护士长。她说："C大夫自知没有痊愈的可能，除了止痛药剂，几乎拒绝一切治疗和营养的药物。"

"人为什么要生呢？既然终究会死去。"有时，忽而想起C大夫说过的那句话，真是十分无奈。而今，我比较清楚的是，死亡，其实未必浪漫，也并不哲学。

满院吵闹的孩子,是他的年味

□ 马海霞

我六岁之前的记忆里,住着一位孔爷爷。他的背都快驼成半圆了,以至于走路时不得不仰头看路。

我记事时,他已经七八十岁了。这个年纪的老人看不出相貌俊丑,但婴儿看到他不会哭,还能咯咯笑,说明孔爷爷长相善和。没错,他是个慈眉善目的老头儿。

我喜欢孔爷爷,不但因为他善待小孩子,还因为他会"变戏法",会从兜里变出一把木头做的小叉子。

木叉子可以用来吃饭,馒头和菜都可以叉着吃。小孩子图个乐和,叉子不听指挥,叉起一片菜叶不容易,放到嘴里细嚼慢咽,很是得意。那是我最早接触的"西餐"。别的小孩知道了我有叉子,也跑去问孔爷爷要。

孔爷爷没有结婚,无儿无女,以前要饭要到我们村,在我们村落下脚。我常看见四奶奶和二姊家的孩子从孔爷爷的屋里出来,有时手里拿着"孙悟空"或"猪八戒"。那都是孔爷爷用木头做的,还染了颜色,头和四肢都能动,与小人书里的孙悟空和猪八戒一模一样,甚至比小人书里的更栩栩如生。我虽然眼馋,但从不敢主动去要。有时孔爷爷邀我进屋,搬出他的木箱子让我选一个木偶,但"孙悟空"都被他的"亲孙子"挑走了,连"猪八戒"都所剩不多,我只能在"唐僧"和另外两个徒弟间犹豫不定。

我盼着过年,因为过年时孔爷爷会做很多"孙悟空",家族里的孩子每人都能分到一个。

大年初一,我和哥哥穿好新衣服,饺子都来不及吃,就跑到场院屋去给孔爷爷拜年。尽管如此急吼吼,还是有比我们更早的。原来,四奶奶的孙子大帅除夕夜就没走,和孔爷爷挤在一张床上睡了一夜。他揣了满满一兜"孙悟空",大大小小各种款式都有。而在我们之后,还有孩子不断地来……

孔爷爷在我六岁那年的腊月二十七夜里静悄悄地走了。父亲听说后,立即拿着推子去他家,他要给孔爷爷理发,让他清爽地离开人世。父亲回来时带回了两口袋木偶,里面有十几个"孙悟空"。父亲说,这是从孔爷爷的床下找到的,他半个床底都藏着"孙悟空"呢。

我问:"孔爷爷做了那么多,怎么春节时才给我们一个呢?"父亲说:"如果给多了,你们还稀罕吗?还惦记去他的小屋玩吗?"父亲说得对。那个春节,新衣服兜里揣着好几个"孙悟空"的我也开心不起来了,我最喜欢的孔爷爷,在那个春节永远不会出现了。

如今我也是上了年纪的中年人,越来越能体会一个人的孤独。特别是春节,热热闹闹、人来人往,才是节日该有的样子。孔爷爷独身客居他乡,可以想象,他在无数个孤独的夜晚点着油灯靠做木偶打发时间。他摸透了小孩子的心思,知道我们一年盼来一个"孙悟空",才能感受到年味儿;而满院吵闹的孩子,则是他的年味儿。

秤王

□ 厉剑童

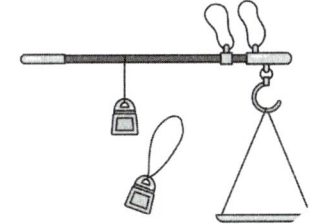

秤王，本姓王，又是个做秤的手艺人，石头镇上的人习惯称他为"秤王"。秤王自幼家贫，10岁那年父母托人把他送到镇上给做秤的刘师傅当学徒，一学就是10年。出徒前一年父母双亡。出徒不久，刘师傅病重，临终前把独生女儿嫁给秤王。秤王接管秤行，当了掌柜，改秤行为王记秤行，并在门头设一数丈条幅：不准，一赔十。

小镇上做秤的有两家：王记、赵记秤行。两家分居小镇南北。王记在南，赵记居北。秤王为人和气，手艺精湛，生意做得风生水起，十分兴隆，小镇千户人家七成使用王记秤行的秤。赵记秤行不免显得冷冷清清。同行是冤家，但秤王主张以和为贵，经常把送上门的生意借故推给赵记秤行。有人不解。秤王道："人家碗里有饭自己碗里才不会空着。"

一日，有陌生人来买秤。秤王热情接待。岂料那人却说秤不准。秤王也不多言，手指墙上的承诺，说，不准，一赔十。那人试秤，果然不准，相差三两。秤王脸上不惊，心中甚是诧异。反复称量，果然不准。按照承诺，秤王赔了3块大洋。那人得理不饶人，吵吵嚷嚷，闹得小镇上没人不知秤王做的秤不准。不少要做秤的都跑到赵记那边去了。

晚上，秤王拿着秤反复端详，觉得事情十分蹊跷，反复试秤，猛然发现端倪，原来不知不觉中秤被人做了手脚。秤王把事情前前后后想了个遍，望着门庭若市的赵记秤行，豁然开朗。

这天一大早，秤王刚打开店门，有下乡收购东西的小贩找上门来，以高出一倍的价格请秤王做特制小秤（一斤东西称出来却是八九两）。秤王不允，小贩将价钱提高到三倍，秤王依然不允。秋凉的时候，赵记秤行出事了，因做假秤被查封。赵掌柜锒铛入狱。王记秤行重获生机，生意日胜一日。

后来，各地推行天平秤，手工制秤没了市场。外地不少秤行纷纷关门歇业，王记秤行的生意一日日清淡下去。那时秤王年事已高，腰弯背驼，胡须花白。为贴补家用，做了一辈子手艺人的秤王终于拿起了锄头，走向田野……农闲时，秤王常拿个小板凳，坐在店门口，做秤、测秤、玩秤。

这年，秤王费时三个月，做了一杆承重1.5吨的大杆子秤，被评为世界之最，载入吉尼斯世界纪录。有人出高价购买，被秤王拒绝。秤王拿出平生积蓄，在石头镇上建起了一个博物馆，专门收藏他亲手制作和收集的各类手工秤。

是年春，秤王无疾而终，享年101岁。数千人自发前来送葬，长队排了足足十余里，白幡遮天蔽日，为石头镇有史以来第一丧。

临终前，秤王将博物馆捐出，只提出一个心愿：莫使制秤传统工艺失传。

县志辟"奇人异事"专条，记载秤王生平事迹，称其为"秤王"。

与猫在一起的时间，从不会荒废

□岭溪大队长

你听过猫咪睡觉时的呼吸声吗？在夜深人静的时候。我有幸听到过。

每晚临睡前一个小时，我的猫会在房间内狂奔，从卧室到卫生间，再从卫生间折回到床底，转弯时，总是突然刹住，紧接着大力漂移，来来回回十几次，路线一致。在此期间，我总会饶有兴致地看它的热闹，却依然次次充满不解："又开始了。"它跑的时候完全不理会人，仿佛那是跟自己约定好的马拉松，每次行动前，它都会不自觉地发出声音，那声音像是从身体里弹出来的一样，接着就开始拼尽全力奔跑，把积攒了一天的体力通通释放出来。

跑过之后，舔毛洗澡、吃饭、喝水、再舔毛洗澡，完毕，趴在枕头边，开始打盹，准备睡觉。冬天冷，我的猫更喜欢挨着人。起初，它的鼻尖儿冰凉湿润，薄薄的耳朵也是凉的，等到睡着后，才逐渐温热起来。深夜，猫的呼吸声变得清晰，呼声短吸声长，频率和节奏都比人的要快，猫也会深呼吸，但只是深深地吸，呼声总是戛然而止，像被有老鼠的美梦打断了一般。

我好喜欢听猫睡觉，它卸下防备后的呼吸声，竟然大过它的走路声，那声音于我，是一种像棉被一样覆盖全身的保护与治愈。我的猫从不睡懒觉，每天早晨，它习惯蹲在枕头旁，我醒来便能与那两颗黑豆一样的眼睛对视，之后，我收拾好出门上班，它跑到窗台上看风景，我们互不打扰。

我的猫是属老鼠的，双鱼座，马上就两周岁了。它是只暹罗猫，最近网友们热衷于戏称暹罗猫为"逻辑猫"，的确，跟一岁时相比，这只猫真的"逻里逻气"。

首先，它的毛色深得很有逻辑。小时候的它，只有耳朵、鼻子、尾巴和四只爪子是咖色，剩下的部分都是浅浅的乳白色。随着年龄和身体的增长，尤其是到了冬季，它全身的毛色逐渐变深，四条腿也"怕冷"起来，本来"穿"着褐色的毛拖鞋，慢慢就换成了黑色的过膝长靴，脸上也从鼻尖开始均匀地向外变色，黑到眼周和两颊，真的好像锅底烧煳的黑嘎嘎儿，甚至连胡子也是褐白相间，只有肚皮的毛色淡一些。

猫肚皮的毛毛是全身最软的，它长大之后，胎毛早已掉光，不再像小时候那样蓬蓬松松，新生出来的猫毛更加浓密、充满光泽。从头到尾抚摸它，细软光滑的毛发填满指缝，仿佛握住了盈盈月光。猫毛跟着手的节奏起伏，就像一片片风平时的海浪。

我猜，我的猫肯定非常喜欢海浪，可能因为是"热带来的"，所以对水的热爱简直到了痴迷的程度。每次我洗漱、洗衣服，甚至上厕所，只要有水声，它就会第一时间跑过来，歪着它因为发胖而变短的脖子，一动不动地盯着看，蓝色的大眼睛里充满好奇。所以我决定，有机会一定要带它去海边，牵着它在沙滩上散步，走累了就躺下来看海浪、晒太阳，说不定它还能因此变白一点呢！

之前有几次，我外出，怕猫无聊，便把它送去同样有猫的朋友家，想着它可以跟其他的猫猫伙伴一起玩耍，朋友更是好猫粮好罐头地招待它。谁知道这小崽崽一点儿都不领情，完全不搭理人家，每天只躲在角落里睡觉。接它回家时，我正准备批评它不懂事，却发现它的眼神里充满委屈，好像以为我不要它了似的，看这场面，不知道的，还以为它在别人家里受了多大的委屈呢。我的猫只认我这一个主人，这让我感到窃喜，也让我们彼此的归属感大大增强。到家之后，它又瞬间恢复了本色，在屋子里来回巡逻，尾巴翘得老高，尾尖儿像个蚕蛹一样左右摇摆，这里闻闻那里蹭蹭，走累了就顺势躺在地上打滚儿，咕噜声一串接着一串，好像阳光下五彩斑斓的肥皂泡泡，飘满整个房间。

暹罗猫的体形较纤长，尤其是小母猫，总是吃却不会很胖。我的猫一岁半才开始发情，很突然，不吃不睡，整夜喵呜不停，那时候它才将将六斤重，我决定带它去做绝育。有朋友不太支持给猫做绝育，认为那样做，剥夺了它们的生育权；我客观考虑，不忍心看它辛苦怀胎几月，之后再把小猫们送走，不知它们又会去到什么样的环境，但不送走的话，我不具备养多只猫的条件。孕育和离别，于万千生物，都是异常艰难的事情。

母猫的绝育手术比较复杂，术后的照料也要更加精心。手术前，我搜索了很多可能会产生的危险后果，再三拜托宠物医生，一定要小心处理；手术后，我的猫全身包满纱布，脖子上套着伊丽莎白圈，麻醉清醒之后，仍然静静卧在一处，闭着眼不动。我万分心疼，请了多天年假在家照顾它。它肚子上的毛被剃掉了大半，两个月后才逐渐长全。

都说宠物的性格像主人，我的猫的确很像我——性格傲娇，脾气火暴，偶尔还会一根筋。

它对女孩子的头绳有着极端的热爱，可能是弹力让头绳看起来像个猎物，总之只要让它逮到，就不放手、不撒嘴，玩起来翻江倒海。每当此时，我总会扫兴地抢下来，但它会顺着我藏起来的方向找啊找，我换了只手拿，它也能意识到，冲着我不停地叫，我试图转移它的注意力，它依然不依不饶，气急了就张口咬我，我当然不能示弱，便与它扭打起来。

打着打着，我就转换了策略，撑起它的两只前爪根部，像抱个宝宝一样，趁势竖着将它抱起，它肉乎乎的身体，仿佛能被抻到无限长。我用脸贴着它柔软的肚皮，像在交换彼此的信任与能量，我们便就此和解了。

我的猫越长大越黏人，每天我下班回家，它都会提前蹲在门口等待。平日里，一有机会它便睡在我的肚子上，虽然不重，但时间长了，还是会压得人出不来气儿，但是，谁又能拒绝这个甜蜜的负担呢？

有位名人说过："与猫度过的时光从不会荒废。"很多个夜晚，我的猫喜欢静静坐我旁边，或趴在我腿上，陪着我写作。就如同此刻，我一边看它一边写它，我爱它，它肯定知道我爱它。

至于它爱不爱我，我又怎么会在乎呢？

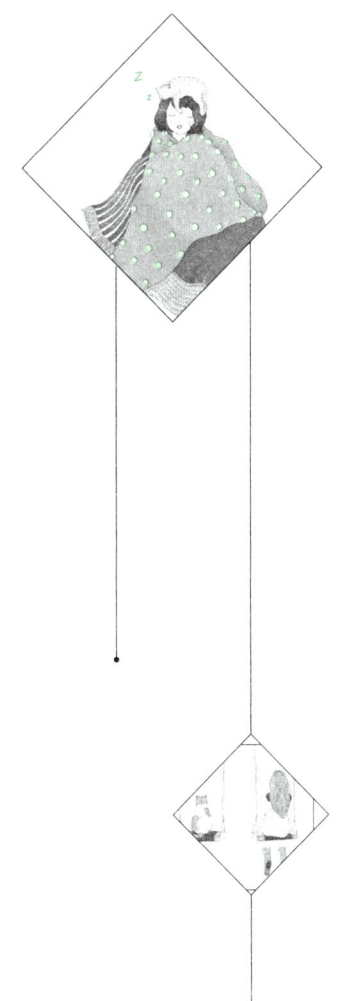

孤人与鸟群

□傅 菲

瓢里山，珠湖内湖中的一座小岛，它就像悬挂在鄱阳湖白沙洲上的一个巨大鸟巢。

我从黄牺渡坐渔船去瓢里山。船是拱形篷顶的小渔船，请船夫做我的向导。船夫是一个五十多岁的汉子，他对我说："瓢里山只有八十多亩，很小，除了鸟，没什么看的，也没什么人，是一座很孤独的山。"我说："有鸟，山就不孤独了，有了树，有了鸟，山就活了。"

船靠近岛，鸟叫声此起彼伏。

"我带你去吧，树林里有一个茅棚，一个叫鲅鱼的人常在那里歇脚，在那里看鸟，视野很好。"船夫系了缆绳，扣上斗笠，往一条窄窄的弯道上走。他把一顶斗笠递给我，说："你也戴上，不然鸟的粪便会掉在头上。"

走了百米远，看见一个茅棚露出来。一个四十多岁的人在茅棚前，用望远镜四处观望。船夫说："那个人就是鲅鱼，鲅鱼在城里开店，候鸟来鄱阳湖的时候，他每天都来瓢里山，已经坚持了十多年。"

"他每天来这里干什么？每天来，很枯燥。"

"这里是鸟岛，夏季有鹭鸟几万只，冬季有越冬鸟几万只。以前常有人来猎鸟，张网、投毒、枪杀，鸟都成了惊弓之鸟，不敢来岛上。这几年，猎鸟的没有了。鲅鱼可是个凶悍的人，偷鸟人不敢上岛。"船夫说，"其实，爱鸟的人，心地最柔软。"

船夫是个善言的人，在路上，给我们说了许多有关候鸟的故事。而船夫不知情的是，我是想找一个僻静的地方躲一躲，以逃脱城市的嘈杂。

鲅鱼对我意外的造访很是高兴，说："僻壤之地，唯有鸟声鸟舞相待。"鲅鱼有一圈黑黑的络腮胡，戴一副黑边眼镜，皮肤黝黑，手指短而粗，他一边喝酒一边说起自己的事。他在城里开超市，爱摄影，经常陪朋友来瓢里山采风。有一年冬天，他听说一个年轻人为了抓猎鸟的人，在草地上守候了三夜，在抓人时被盗贼用猎枪打伤，满身硝孔。之后，鲅鱼选择了这里，在年轻人当年受伤的地方，搭了这个茅棚，与鸟为邻，与湖为伴。

湖上起了风，树林一下子喧哗了，鸟在惊叫。后面"院子"里传来嘎嘎嘎的鸟叫声，鲅鱼说，那是鹳饿了。鲅鱼提着鱼桶，往院子走去。我也跟着去。院子里有四只鸟。鲅鱼说："这几只鸟都受了伤，怕冷。"这四只鸟，像四个失群离家的小孩，一看见鲅鱼，就像见了双亲，格外亲热——伸长脖子，张开细长的嘴，一阵欢叫。我辨认得出，这是三只鹳和一只白鹤。鲅鱼把小鱼一条条地送到它们的嘴里，他脸上游弋着捉摸不定的微笑。他一边喂食一边抚摸这些客人的脖颈。鲅鱼说："过三五天，我就把这几只鸟送到省动物救助中心去。"

"在这里，时间长了，会不会单调呢？"我问鲅鱼。

"怎么会呢？每天的事都做不完。在岛上走一圈，差不多需要一个小时。上午，下午，都得走一圈。"鲅鱼说。

　　鹭鸟试飞时，鲅鱼整天都待在林子里，去找试飞跌落的小鸟。岛上有蛇，跌落的小鸟要是没有被及时发现，就会被蛇吞噬。鲅鱼把小鸟送回树梢，让它们继续试飞。也有飞疲倦了的鸟，飞着飞着，落了下来，翅膀或者脚跌断了，再也回不到天空。

　　鲅鱼说2000年冬，他救护了一只丹顶鹤，养了两个多月，日夜看护，到迁徙时放飞了，第二年10月，这只丹顶鹤早早地来了，整天在院子里走来走去，鲅鱼一看到它，便紧紧地把它抱在怀里。以后每年，它都会在鲅鱼家度过一个肥美的冬季，而去年，它没再来，这使鲅鱼失魂落魄，为此还喝过两次闷酒。

　　"鸟是有情的，鸟懂感情。"我们在树林里走的时候，鲅鱼一再对我说，"你对鸟怎么样，鸟也会对你怎么样。鸟会用眼神、叫声和舞蹈，告诉你。"

　　我默默地听着，听鲅鱼说话，听树林里的鸟叫。

　　在林子里走了一圈，已是中午。鲅鱼留我和船夫吃饭。其实也不是吃饭，他只有馒头和一罐腌辣椒。在岛上，他不生火，只吃馒头花卷面包之类的干粮。热水，也是他从家里带来的。

　　吃饭的时候，鲅鱼给我讲了一个故事。

　　2014年冬，瓢里山来了一对白鹤，每天，它们早出晚归，双栖双飞，一起外出觅食，一起在树上跳舞。有一天，母白鹤受到鹰的袭击，从树上掉了下来，翅膀受了伤。鲅鱼把它抱进茅棚里，给它包扎敷药。公白鹤一直站在茅棚侧边的樟树上，看着母白鹤，嘎嘎嘎，叫了一天。鲅鱼把鲜活的鱼，喂给母白鹤吃。公白鹤一直站着。第二天，公白鹤飞下来，和母白鹤一起，它们再也不分开。喂养了半个多月，母白鹤的伤好了，可以飞了。它们离开的时候，一直在茅棚上空盘旋。第二年春天，候鸟北迁了，临行前，这对白鹤又来到了这里，盘旋，嘎嘎嘎嘎，叫了一个多小时。鲅鱼站在茅棚前，仰起头，看着它们，泪水哗哗地流。

　　秋分过后，候鸟南徙，这对白鹤早早地来了，还带来了一双儿女。四只白鹤在茅棚前的大樟树上，筑巢安家。晚霞从树梢落下去，朝霞从湖面升上来。春来秋往，这对白鹤再也没离开过这棵樟树。高高的枝丫上，有它们的巢。每一年，它们都带来美丽的幼鸟，和和睦睦。每一年，秋分还没到，鲅鱼便惦记着它们，算着它们的归期，似乎他和它们，是固守约期的亲人。

　　可去年，这对白鹤，再也没来了。秋分到了，鲅鱼天天站在树下等它们，一天又一天，直到霜雪来临。它们不会来了，它们的生命可能出现了诡异的波折。鲅鱼难过了整个冬天。他为它们牵肠挂肚，因此默默地流泪。

　　人人都说，现在的人浮躁，急功近利，要钱要名。来了瓢里山，见了鲅鱼，我不赞同这个说法。人需要恪守内心的原则，恪守属于生命的宁静，去坚持认定的事，每天去做，每年去做，不平凡的生命意义自然会绽放。

　　天空布满了鸟的道路，大地上也一样。鲅鱼坐在茅棚前的台阶上，就着腌辣椒吃馒头。他喝水的时候，摇着水壶，把头扬起来，水淌满了嘴角。"我要守着这个岛，守到我再也守不动。"他说。

　　这是一个人与一座孤岛的盟约。

越分享越富有

□尤 今

到巴吕丁老人家里去做客的美好经历，是记忆里一颗美丽的樱桃，甜而亮。

巴吕丁老人住在乌兹别克斯坦的米坦村，这个村庄，距离历史名城撒马尔罕不远。

年过七旬的巴吕丁老人蓄了一把白白的大胡子，像山上的飞雪。他腰板挺直，双颊饱满。红润的脸色透着丰衣足食的舒适，清澈的眼神透着见多识广的睿智。

一进门，他便给了日胜一个热情万分的拥抱，镶嵌在皱纹里那丰沛的笑意，像决堤的洪水，哗啦哗啦地流泻一脸，他以俄语亲切地说道："欢迎，欢迎呀！"

位于古丝绸之路的撒马尔罕，是乌兹别克斯坦的旧都，历年来川流不息的商贩和旅客早已在这儿留下了多元文化的烙印，而常年与来自世界各国的人打交道，也使当地人养成了热诚好客的特性。

这种特性，在米坦村尤其显著；住在这里的农户，鸡犬之声相闻，邻里之间往来频密。巴吕丁老人告诉我，自幼，他的父亲便对他一再强调，所有的外来访客，都尊贵一如自家长辈，必须以礼相待。他家门户常日敞开，凡有游客到访村庄，巴吕丁老人一视同仁，热络地招待，许多游客闻风而来，大家都玩得很尽兴。

巴吕丁老人的儿子工作于旅行社，他灵机一动，决定将这发展为一个吸引游客的观光项目。在他的不懈努力下，乌兹别克斯坦观光局自2008年开始，正式将米坦村向世界各国游客开放，凡对农村生活有兴趣者，都可来此和农户共度一天。

我和日胜便是在这种情况下来到巴吕丁老人家的。陪同我们的，是通谙俄语和英语的年轻导游沙鲁，他充当了我们和村民之间的沟通桥梁。

屋里，巴吕丁老人的妻子萨丽娜在忙碌地张罗茶水，才六十岁出头，却有着一张疲惫苍老的脸，岁月的蜘蛛明目张胆地在她的脸上恣意结网，额头、下巴、双颊，甚至双耳，都是密密麻麻一圈一圈、一道一道的皱纹。如果把这些皱纹抽出来当毛线使用，绝对可以织成一件特大号的毛衣。

她总共生育了七个孩子，有多达三十二个孙子、三个曾孙。

巴吕丁老人竖起拇指称赞妻子："里里外外、大大小小的事务，都是由她操办的！耕田、养牛、养鸡、养鱼、养蜜蜂、烹饪、缝纫，无所不能。"

很明显，萨丽娜容颜的早衰，是由过劳造成的。呜哇！我心里偷偷地想，我可不要如此能干哦！

巴吕丁老人的屋子，惊人地大。乌兹别克斯坦以地毯见著，七个极其宽敞的房间，都挂满、铺满了地毯，缤纷的色彩密密实实地填满了每一寸空间，使呼吸都变得非常斑斓。让人费解的是，巴吕丁老人将价值数千美元的地毯铺在地上任由人踏，价值仅数十美元的地毯，却拱璧不啻地挂在墙壁上。询及原因，巴吕丁老人耐心地解释道："手制地毯虽然名贵，它的线头却不若机制地毯那般结实，如果挂在墙上，线头可能会松垮，地毯也因此而变形；把它放在地上嘛，线头会越踏越紧致，越踩越密实。"

机制和手织者的价格虽然有霄壤之别，可是，一分钱一分货，前者用上几十年便褪色破损；后者呢，千年不坏哪！

巴吕丁老人指着那一块块色泽鲜丽的地毯，诙谐地说道："我们把羊儿的毛织成如此美丽的地毯，它当然感恩图报——冬天，你如果坐在上面，它会迅速地把温热传递给你，在短短十分钟内，便浑身暖和了。"

房间里，高高地叠着上百条轻暖的被子，这是萨丽娜利用当地盛产的丝绸和棉花做成的。我非常市侩地问道："你们是不是要把被子送去集市出售？"巴吕丁老人笑道："不是啦，客人留宿时，让他们盖上被子睡觉，夏凉冬暖呢！"乌兹别克斯坦的女子在出嫁前，都必须学会缝制绸棉被子，这可说是新娘手艺中非常重要的一环。

屋后，是巴吕丁老人自挖的鱼塘。许多不知名的鱼儿，就在鱼塘里婀婀娜娜地游来游去，把一大片亮晃晃的阳光搅成了细细的碎钻，闪闪烁烁的。我问："这些肥美的鱼，是由鱼贩上门收购呢，还是由你们挑到渔市去卖？"巴吕丁老人呵呵笑道："不不不，我们不卖鱼。我们买入鱼苗，把鱼儿养大之后，送给邻里和朋友饮食。付出一点儿劳动而让别人受惠，让我得到很大的满足感。"巴吕丁老人的分享哲学，滴水不漏地渗进生活的每一个缝隙，充分地体现出米坦村人那种待人以诚的温暖。

巴吕丁老人相信，分享愈多，心灵愈富有。当然，分享的先决条件是自己必须有盈余。他的生活是很富足的，牛栏里的牛，长期供应牛奶和牛油；满地放养的鸡，每天产出新鲜的鸡蛋；蜂房里的蜜蜂，提供食用不尽的蜂蜜；一亩亩田地，欣欣向荣地种出了让一家老小饱餐的谷米、小麦、瓜果、蔬菜。他的粮仓里，有大包的积粮。当家有喜事或要为新婚的孩子兴建屋子时，他便卖牛鬻羊，换取现款，生活可说是要啥有啥的。

这时，已近晌午。

巴吕丁老人说："我们中午吃抓饭，这是乌兹别克斯坦的国民食品。我的妻子现在已经在庭院生起了柴火。"

在米饭焖煮的当儿，婆媳俩又赶着去做馕了。在乌兹别克斯坦，馕无所不在。大街小巷，超市、小食店、大餐馆，处处都可以看到它们扬扬得意地闪烁着身上的亮光。在餐桌上，它是配搭红花的绿叶，但是，少了这绿叶，花儿也就萎蔫了。

此刻，婆媳俩快手快脚地将少许盐加入发酵的面团里，压成扁扁圆圆的形状，送入石灶，烘烤而成金光灿烂的馕。

各式果脯和坚果、各种腌渍瓜果，花团锦簇地摆满一桌。大家围桌而坐，静静地等待主食。

流光溢彩的抓饭一上桌，我就忍不住大声喝彩了：哇哇哇！晶莹剔透的米饭闪着黄金般的亮泽，镶嵌在内的胡萝卜和黑葡萄，活脱脱的就是玛瑙和黑珍珠啊！

曾在餐馆品尝过抓饭，不太喜欢，因为每一颗饭粒都被腻腻的油裹住了，吃完之后，可怜的胃囊，变成了沉甸甸的油缸。然而，让我大感惊讶的是，萨丽娜的抓饭，煮出了截然不同的风味。它润而不腻，透不浮油；牛肉的丰腴、洋葱的浓香、胡萝卜的清甜，都不动声色地钻进了饭粒里，百味纷呈，却又含蓄自重。

饱餐之后，我们又到起居室里品尝绿茶，继续聊天。聊着聊着，蓬蓬松松的暮色在屋外慢慢地伸展着，天地间都是朦朦胧胧的绚丽。我们依依不舍地起身告辞，巴吕丁老人将我们送到大门外，频频挥手，以俄语说道："一定要再来呀！"

我回应着说："一定会再来的！"

我心里明确地知道，我说的不是敷衍的应酬话。我是真心喜欢这个有着深厚历史与文化底蕴的国家，我是真心喜欢这个民风淳朴的村庄，我亦是真心喜欢让人宾至如归的这一家子。

葡萄

□ 王 族

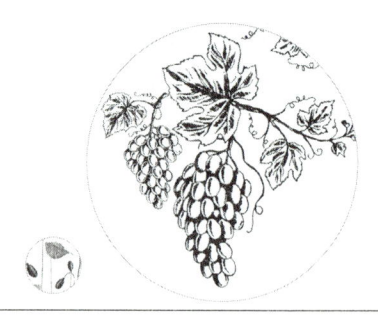

我有一个习惯,到了夏季,每天必吃葡萄。这么多年下来,吃着吃着便把葡萄当饭吃。有时候不想吃晚饭,吃一两串葡萄,就应付一顿。

新疆早晚温差大,日照时间长,给葡萄提供了充足的花期和结果时间,所以葡萄颗粒大,水分足,且极甜。新疆之所以适于生长葡萄,与干旱少雨的气候有很大关系。雨水少,葡萄便少了酸性,干旱,又促成糖分凝结,让葡萄甜得出奇。有人因此说,老天爷没有给新疆多少水,但是给了新疆很多的甜。他说的"甜"指的是瓜果,其中必包含葡萄。

我刚到新疆时曾听人说,新疆人有"葡萄就馕"的吃法,一个馕和一串葡萄便是一顿午餐。我想象着人们一边吃葡萄,一边吃馕的情景,一湿一干、一嫩一脆,想不出会是什么味道。后来在南疆看到真实情景,也是大为惊讶。人们劳动到中午,便走到水渠边,手一甩,将馕扔向上游,然后开始洗葡萄,等葡萄洗干净,馕已顺水漂到面前,且已被泡软。人们从水中抓出馕,一口葡萄一口馕地吃起来。

新疆的葡萄以甜著称,有人在吐鲁番买了半公斤葡萄,一尝之下大呼,这简直是一颗葡萄一包蜜嘛!他转身又去买半公斤,摊主不耐烦地说:"别人都是一次买一公斤,你买一公斤还分两次,害得我算账麻烦。"摊主说的是实话,新疆人买卖东西都论公斤,从不说斤,如果遇到买半公斤者,真不好算账。那人听摊主那么一说,便说那就买一公斤。摊主说:"你想好,半公斤只要一张嘴一个肚子就装下了,一公斤要两张嘴两个肚子才能装下。"那人被摊主逗得开心,说请朋友们吃,三张嘴三个肚子还装不下吗?

每年三、四月,人们给葡萄树培土,然后等待它们发芽。农民们说,其实种葡萄很幸福,一年只关心两件事情。其一,葡萄在春季萌芽,如果天气热得早,枝条就会疯长,所以要及时把多余的斜枝剪去。其二,葡萄在生长初期和结果初期需要经常浇水,如果耽误了,不但葡萄长不大,而且会泛酸。这两个时节,人们天天守在葡萄园中,用他们的话说,和葡萄吃在一起,住在一起,把葡萄当亲人一样对待。

天赐新疆,盛产葡萄,大部分人家的房前屋外、田间地头都有葡萄树。至于成片的葡萄园,亦是处处遍布。新疆有五百多种葡萄,尤以吐鲁番为多,如葡萄王子、葡萄公主、无核白、马奶子、喀什哈尔、玫瑰香、百家干等。

有一次我在叶城买葡萄时,想先尝一颗,不料摊主不高兴地拒绝了我。我疑惑,不尝怎么能知道葡萄的好坏?正准备为他的小气而离去,他叫住我说,他卖五种葡萄,我只尝一颗,怎么能知道他所有葡萄的好?要尝就尝五颗,只尝一颗的事情不能发生!他说的是新疆人常用的倒装句,我听得明白,遂逐一尝过他的五种葡萄,挑最甜的品种,买了一公斤。

有民谣说,葡萄好吃树难栽。要我说,葡萄好吃洗亦难。常见的葡萄上面，总是有一层灰蒙蒙的白霜和灰尘残留物，虽然用水冲可以去掉，但还是去不干净。有一年在英吉沙的一个葡萄园，一位农民说，你们吃葡萄吃得都不干净，说完亲自示范了一番他洗葡萄的妙招，从此我便学会了。说来，那个妙招很简单，就是在盆中放入清水，再放一勺面粉进去，将面粉和水搅拌均匀，再将葡萄放入水中，手捏葡萄柄来回摆动，等面粉水呈浑浊状，葡萄就洗干净了。取出葡萄后，用清水冲一下，就可以放心吃了。用此妙招洗过的葡萄，不但干净，而且晶莹剔透，会泛出光泽。为什么用面粉水可以洗掉葡萄上的脏东西呢？因为面粉水的黏性大，会将葡萄上的脏东西粘下来带走。用这个妙招还可以清洗葡萄干、干枣、枸杞等干果。

葡萄与人之间的故事，可谓多矣！有一年在和田一家葡萄园玩，主人做好饭后，发现大家已在葡萄园中走散，便让他女儿古丽去叫。过了一会儿古丽回来说，那些人在吃葡萄，主人便让古丽去把大家催回，说，葡萄多得是，什么时候都可以吃。过了一会儿，古丽回来说，葡萄太多了，他们吃不动了，在数葡萄呢。主人再次让古丽去催，过了一会儿，古丽又回来说，葡萄太多了，他们数不过来，现在他们在看葡萄呢。

我有一棵属于我的葡萄树，生长在离我二百多公里的吐峪沟。2004年夏，我曾在吐峪沟的买买提家住过一周。那时，白天酷热难当，我把脚浸泡于他家屋后的水渠中，偶尔抬头看见土崖上的残留壁画上有一佛眼，当我看书时，感觉佛在看我。买买提的女儿也叫古丽，当时是十二岁的初中生。每天，她奶奶做好饭后，让她来叫我，我进屋便看见揪片子或拌面已摆在桌上。吐峪沟的晚上仍然酷热，我便睡在买买提家平房的房顶。偶尔有风，先是刮得葡萄叶子发出声响，然后刮到我身上，倒也舒坦。

一天，买买提家移植葡萄树，我闲待着没事便加入。买买提说，你干脆在这里栽一棵属于你的葡萄树，也有意义。他那么一说，我便独自挖坑，移树，培土和浇水，把一棵葡萄树移栽在了院子一角。买买提说，以后我们就替你收葡萄了，你如果能来你就吃，如果来不了，我们就替你吃。我很高兴，在这里栽下一棵葡萄树，留下念想，真好！

前几天，我再次去买买提家，一位漂亮的少女远远叫着"王叔叔"迎了上来。她发现我面露陌生神情，便笑着提醒我说，她就是六七年前天天叫我吃饭，给我端茶倒水的古丽。

盛夏的夜晚燥热，吃过饭后，古丽在葡萄架下给大家跳舞。她的一双小皮靴伴着鼓点，旋转，扭动，长长的辫子随之起舞。她奶奶颔首微笑，她也有过古丽这样的年龄，也像古丽一样跳过舞，如今看着孙女，也许想起了她的少女时代。待鼓声骤停，古丽一个漂亮的转身定格，双手缓缓翻转，露出精致美丽的面孔，然后将柔美的睫毛缓缓张开，露出一双黑葡萄般的眼睛。

今年又快到盛夏了，不久便可听到人们常说的那句话：吐鲁番的葡萄熟了。古丽现在在乌鲁木齐读大学，她回家后看见我栽的那棵葡萄树，可能会给我带来一些它的果实吧？

谢医生

□ 爱玛胡

她姓谢,祖上世代从医。父亲是国民党的军医,生了六个子女,要求子女必须学医,否则不认亲。理由有二:一是当医生的人必须有德,能保证他们做个好人;二是医生是个手艺活,好歹饿不死。六个子女都听话,纷纷考上医学院。

她是老幺,出生在抗日年代,后来读的医学院。姐姐哥哥有在国外的,要她出去,她说:"祖国建设需要有知识的人,我要顾大家。"谢医生就这样留在了国内,从事妇产科工作。她曾被下放到监利一个村庄,她也不抱怨,只打包了一箱子常用药品和医学书就去了。

那里是农村,她每天既要干农活,还要在田间地头给乡亲们看病。农村医疗资源匮乏,没医没有药,常有外伤后感染溃烂的、被蛇咬伤的、肺炎拖成心衰的、肿得眼睛都看不见的……她是妇产科医生,这些都不是她的专长。可是不能看着病人痛苦不管啊,没办法,凭着医学院的基础,她用手头仅有的药物,给农民看病。实在不懂的,就回去猛翻书,到最后,每本医书都被翻散架了,又被感激她的农村妇女用纳鞋底的粗线紧紧地缝上。

农村人苦,难得有机会求医用药,所以,大多数病人一用抗生素,就能药到病除。于是她远近闻名,当地人称谢神医。

让她更知名的是一起事故。

正是夏天,要收谷子的季节,突然雷电交加,大雨滂沱,谷子一旦烂在地里,一年的收成就完了,村里所有人都在冒雨收谷,她在卫生室里守着病人打针。有人冲进来喊:"六个人一起被雷打死了,谢医生,你赶紧去看看。"

旁边的病人拦着她,说雷电无情,搞不好就打着谁。

她想:是人命啊。雨衣都没穿,就冲了出去。

全靠徒手人工心肺复苏,她救活了五个人,第六个人实在是拖的时间太长了,没有救过来。村支书带领全村老小,齐刷刷跪了一地,给她磕头。她不会说客气话,也慌得赶紧跪下,对着村民磕头,感谢乡亲们的照顾。

下放结束,她被点名到省妇幼保健院上班。临行前,远近乡亲都来送她,农民实在,也没有什么好送的,就是鸡鸭、大米,装了满满一板车。

今年她已经84岁高龄了,仍然耳聪目明,头脑清楚,一个月来医院做一次教学查房,这些故事都是她的弟子零零散散地告诉我们的。她话不多,但有一句话是她经常说的,我记得很牢:把病人当作一个人看待,想办法解决他的痛苦,不要眼睛里只有他/她的病。

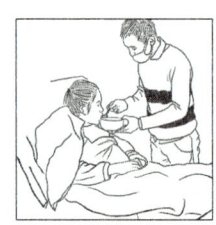

第一章 亲情颂

> 你和死亡好像隔着什么在看，没有什么感受，你的父母挡在你们中间，等到你的父母过世了，你才会直面这些东西，不然你看到的死亡是很抽象的，你不知道。亲戚，朋友，邻居，隔代，他们去世对你的压力不是那么直接，父母是隔在你和死亡之间的一道帘子，把你挡了一下，你最亲密的人会影响你的生死观。
>
> ——［哥伦比亚］加西亚·马尔克斯《百年孤独》

陆小姐

□ 胡图图

1

最近在快递收件处发现一个新的收件人名字,"陆小姐",后来得知是妈妈。外婆姓陆,在外婆离开的第六个年头,妈妈把她的姓冠在自己快递收件人上。

2

我敬佩,同时心疼陆小姐的坚强。当年陆小姐在烧煤炭煮早饭时晕倒了,头磕到了水缸,无人知晓后自己醒过来,那个时候她并不知道自己怀孕了,架着梯子上阁楼踩空滑下来,我们俩都命大地相安无事。陆小姐那双瞳孔浅褐色的眼睛弯弯,嘴角上扬地说起这些往事。我总联想到一切关乎幼时的记忆,懊恼自己幼时的脾气,愧疚当时的年少无知,心疼陆小姐远嫁过来的语言不通、丈夫不在身边的无助与坚强。现实没有《哆啦A梦》里的"时光穿梭机",所以将年幼时期的愧疚感与成年之后无处安放的情感寄托在当下所拥有的,我喜欢陆小姐给予的身份,我想以女儿这个身份多陪伴陆小姐。

3

陆小姐有个很可爱的习惯,起初我以为她是年龄大了,后来发现,她这个习惯是从有我们三姐弟开始的,她叫我们三姐弟其中一人的名字时,挨个儿把每个人叫了一遍后再喊对想叫的名字。因为她把我们三姐弟都放在心上了,才每次叫名字都喊了个遍。

4

我一直无法想象,没有陆小姐的生活是怎样的。梦到陆小姐骑着小电瓶车出了车祸,当我收到消息哭着赶到现场时,滚落到一旁破烂的头盔,满地鲜血永远昏迷的陆小姐,整个人软在地上,抱着陆小姐哭到上气不接下气地醒过来……梦里触目惊心的画面无法消散,脸上未干涸的泪水,都在提醒我刚刚梦里失去陆小姐的触感。往后每次陆小姐出行,都再三提醒她注意安全,她会很不耐烦,就像孩子无法接受长辈无止境的唠叨那般冲我嚷嚷:"知道啦知道啦,我又不是三岁小孩儿!"

5

陆小姐是很时髦的妈妈。她嫌弃我的穿搭,我喜欢看她穿着裙子驾驭高跟鞋走路带风、气质十足的模样;她说我唱歌像朗诵,我吐槽她不开口;她热衷追剧看综艺,我喜欢听她看综艺爽朗的笑声,痴恋男主角时花痴的模样,看小情侣恋爱剧情一脸嗑糖的表情。我希望陆小姐一直保持这份乐观心态,当然,不开心也没关系,记得告诉我,所有情绪都可以给我。在是我妈妈之前,你是瞿荞。

6

熟练操作手机淘宝购物退换货,看抖音直播下单,领取每个小程序买菜优惠的陆小姐;当故事中的白头发出现时,嫌弃我手机字体小,眼皮慢慢耷拉下来,偶尔变身"马大哈"。我一直很享受以姐妹身份共处的陆小姐,我要接受她年长我21岁。

7

"可爱"是这个世界上最高级的夸奖。

亚历山大·普希金写道:"我们可以用诗歌快速地对她说些什么/事实于我而言最为珍贵/你最可爱/我说时来不及思索/而思索之后/还是这样说。"

陆小姐最可爱了,我妈妈最可爱。

忘 记

□ 淡豹

春天以来，吴魏常梦见父亲。春天之前那三个月倒是一次都没有，即使在他最难过时——春节和母亲一起摆家里那张红木方餐桌，布满了菜，可只有两个人，怎么都空空荡荡的那晚——也没有梦到。三月初以后父亲就常出现了。告诉母亲父亲出现的消息，她很激动，会问吴魏他穿了什么、瘦不瘦、情绪如何、都说了什么话。时间长了，吴魏就懒得说了，不想再给母亲那些念想——她总认定父亲出现在梦里是在"托梦"，是"回家来看看"，总认为他出现之后，自己需要做点儿什么。有时是去给他烧纸，有时是催吴魏去墓地打扫一番。

"我是无神论者。"一个月前，工作极忙，母亲又催他赶紧去扫墓的那天，吴魏说。要知道公司是不养闲人的，我为父亲忙前跑后的这一年里已经请过许多次假了。而您，您为什么不肯走出来呢？为什么不卖了父亲在世时一起装修的这套又新又大的郊区住宅——当时还以为父母能一起在其中再过上二十年，还以为父亲会继续去郊区钓鱼，会继续开着车载母亲去仓储超市，回来的路上再因为买得太多而埋怨母亲——搬到城里，像其他不开车的老年人那样住在繁华、邻近杂货店和医院的小区呢？母亲一个人寥落地住在那儿就像在守寡。她把父亲生前使用的书房作为佛堂，供了从尼泊尔请回来的金佛，又将一间小卧室权作仓储，将父亲的书收进墙壁一侧的箱子里，另一面墙上全是照片，革命年代下巴高昂的合照，从部队转业时的留影，小家庭的第一张全家福，其中吴魏胖胖的小脸是六角形的。

这是干吗呢？吴魏和母亲吵了一架。你怎么就不能像其他老年人那样，去跳跳舞，遛遛狗，有一点革命乐观主义精神，或者至少做个精神健康的普通人，向前看？

发生矛盾后的这一个月，他依旧每周去看母亲两次。一次在周末，另一次一般在周二或周四。但他拒绝走进佛堂或储藏室，当母亲提起父亲时，他也不接话茬。你不能忘记对吗？我能。我忘给你看。

那晚导航引错了路。吴魏发现自己又拐上这条大街时已经来不及了。他知道要向前再走两个路口才能掉头，也知道那栋黄色的大楼，然后是那栋矮矮的旧楼，再然后是那栋玻璃幕墙高楼将要出现。去年父亲每次入院都住在七楼肝胆胰外科的病房。然后，就没有然后了。

他把车停在路边，想静一静，拿出手机，开始刷微博。叮的一声，来了一条留言。两年前的旧微博此刻居然仍有人回复，可能是搜到了他当时的某个关键词，"PET-CT（正电子发射计算机断层显像）""肝转移"或者"病友群"？一个拉布拉多头像留言，"我母亲也患上了结肠癌晚期，能请您拉我进病友群吗？"他回复："我父亲去世后，我已经退群了。不好意思，没能帮到你。"手一抖，他还是点进了微信。隐藏的微信群有四个，三个是病友群，去年一整年里他都在上面搜罗信息。另一个是"亲亲爱爱一家人"，以前有三个群成员，父亲去世后他删除了母亲，告诉她他解散了群，以后用不着它了。现在里面是他自己，以及不再说话的父亲。

他写："爸爸，我很惦记您。"发出去后整整齐齐的，每条都是同样的字数，同样的绿色框，自他发向无人收信的对岸。上一条相同的信息是昨天。

蜷在角落里的父亲

□ 徐 风

1

那时我们家的理发店还没安上空调，到了夏天，只有一台破风扇在头顶"呜呜"地转着，搞不好还会把地上扫成一堆的头发再次吹飞。

我不止一次向父亲提议——买台空调吧，摆在店里又洋气又实用。而父亲是怎么回答我的呢？他不说话，只是抬头望一眼头顶嗡嗡转着的破电扇，又低下头去忙手边的活儿。

每当这时，我就会产生从头顶蔓延到脚趾的窒息感。我会找个安静的地方给母亲打电话，说我不想住在这里了，要母亲接我回去。

父亲很少发出声响，就像那台破风扇，只有在干活儿的时候才会有点儿响动。他沉默地给客人理发，沉默地打扫店面，沉默地迎接一天又送走一天。正是这种沉默，让我在与他相处时，脑子里总是循环着鲁迅先生的那句话："我们之间已经隔了一层可悲的厚障壁了。"

有一个不爱与人沟通、几乎是半个哑巴的父亲，显然不是什么值得庆幸的事情。我笃定父母离异是因为他的冷漠与沉寂，甚至一度庆幸自己被判给了母亲。童年里的父亲，只是汇款单上的"徐尤志"三个单薄的汉字，我无法从这里获得任何拥有父亲的体验。

平日里，我同母亲住在一起，每当放寒暑假时，母亲的手机便会收到一条来自"徐尤志"的短信。

"放假让小风来这里住几天吧。"

母亲望着我："你想去吗？"

"无所谓。"我总是这么回答。

然后母亲会叹口气，起身去给我收拾行李。

去陪一个沉闷无趣的父亲，还要远离市区的朋友和电玩城，我当然不乐意。但是我还是会去的，我无法拒绝。因为这是徐尤志对他儿子仅有的要求，或者说是请求——求我去他那里住几天。

2

2路公交车经过父亲的理发店所在的街口，我背着书包下车，便能看到站台旁父亲的身影。

跟随父亲走回理发店的这一路是他话最多的时候，就像他把攒了半年的话题都用在了这段路上。我努力应和他，试图跟上他的思路，我在话题与话题间疲于奔命。

但这种情况维持不了多长时间，父亲就像一个没有天赋的脱口秀演员，急急忙忙背完事先准备好的稿子后，便只能手足无措地僵立在舞台上，等着落幕。

而我就是那块幕布，我急于落下，遮住父子间的尴尬。

"我上楼了。"这是我在尴尬的沉默中唯一能做的选择。我几乎是仓皇地离开父亲，然后开始质疑自己来这里的理由。

从楼梯上往下望，能瞧见父亲坐在柜台里的身影，个子那么高的男人坐在柜台后，竟像是蜷在角落里，几乎要与深灰色的墙壁融为一体。

大学室友曾向我抱怨过他与父亲紧张的关系，但我并不能理解室友口中的"激烈争执与冲突"，因为父亲能与我正常交谈已是破天荒，又何来争执一说？

我的少年时代从未给父亲留下一席之地，徐尤志对我而言，只是一个不会发出声音、快被我遗忘的、一直蜷在角落里的配角。他只是一个每逢寒暑假便会邀请我去小住的男人，而这仅有的相见也只是例行公事。

我也从未想过去深入了解这个配角，我觉得这无关痛痒。日子不会因为这些变得更好，也不会因此变坏。

3

在我大二的时候，我第一次收到父亲的短信，他告诉我祖父去世的消息，问我能否请假回家参加葬礼。

我说我知道了。放下电话，我才惊觉自己并无泪意。从小到大，我见父亲的次数寥寥可数，见到祖父的次数更是掰着指头都能数过来，我已经不大能回想起祖父的容貌，现在回想，竟是一片茫然。

我突然有些惶恐——许多年以后，当我有了白发，我回忆自己的父亲，会不会也像今天回忆祖父一般，只觉一片大雾弥漫？

坐了一天高铁，我的双脚在傍晚时分才踏上村口的土地。这种感觉很奇异，我明明才20岁，竟生出一种阔别之感。实际上，也称得上"阔别"，自我上了小学，便再未踏足过这片土地。

这是我离开后，第一次回来，来参加祖父的葬礼。看到父亲时我愣了一下，他不再是记忆里那个虽木讷但身姿挺拔的徐尤志了，我可以看见他头顶黑白掺杂的头发。这时我才发现，我已经比父亲高了半头。

"徐风。"父亲把我领到棺旁，"给你祖父道个别。"

我安安静静地跪在垫子上叩首，然后站起来。

时近傍晚，我和父亲坐在地毯上，父亲把蜡烛芯挑亮，放在我面前。蜡烛熏人，我刚眯眼，父亲又不动声色地把蜡烛移远了些。

"还记得你爷爷长什么样子吗？"父亲突然开口，声音很轻，我甚至觉得还没有烛花爆裂的声音大。

但我听清了。

"很瘦，矮矮的，胡子特别长。"我回答。

父亲深吸了一口气，慢慢说道："不对，你祖父特别高，身上有把子力气，一天能赶几十里路。"

"但你说的也没错。"父亲摸了摸鼻尖，"你说的是七八十岁的他，我说的是三四十岁的他。"

"这么多年了，你爷爷老了，我是在炕边儿照顾他最少的一个。"父亲嗓子里好像混进了沙砾，哑得怕人，也无力得怕人，"没当成个好儿子，当然，也没当成个好父亲。"

我喉头耸动，只觉得蜡烛离我太近了，烟气熏得我眼眶酸痛。

那个一直蜷在柜台后、几乎与墙壁融为一体的男人，我分明从他身上看到了自己的影子。我和徐尤志的相似之处不再令我惊奇，汇款单上的"徐尤志"三个字突然生出骨架，长出血与肉，站立起来。我看到时光飞逝，将那个争着要糖块儿的小孩儿拔高到成人模样，再给他染上风霜，刻下痕迹。

我恍惚间开始明白，自己在这20年间都错过了什么。我从未试图和父亲沟通过，是我亲手将父亲变成了单薄的汇款单上的名字。我无视他每一次试图与我沟通的努力，忽略他的挣扎，脑子里只想着逃避尴尬。

那夜我和父亲坐在地上，坐了很久。我将头埋在膝盖间。思绪纷乱，困意又使我昏昏沉沉。肩头被父亲披上外套，我听见父亲在我耳边悄声道："店里安空调了，暑假来住几天好吗？"

我抬起头，缓慢道："好。"

一直蜷缩在角落里、被我错过多年的配角嘶吼着发出声音，终于被我听见。我看着他生出血肉，朝我走来。而我终于开始了解他的过去，经历他所经历的。

与母同行

□邓安庆

没有亲眼见过妈妈湿疹发作的样子，甚至我一度都不知道。

我只看到经过湿疹劫难后的手，从手掌到手指，黝黑的皮肤和皮肤剥落后露出的新肉交错，新旧肤色对比十分醒目。妈妈从我的眼前迅速收回自己的手，戴上胶手套，拎着一家子的衣服去池塘边。

湿疹经常复发，陪着妈妈过江去复查。妈妈坐不得车子，一坐即吐。小时候，妈妈因为坐不得车子，只好踩着三轮车，骑了三十公里的路来学校给我送现做的肉和菜。而今，我陪着妈妈走在陌生的城市的街道上。医院人多，经常要排好几个小时的队。妈妈怕赶不上，一路疾行。

我边赶边喊："妈，不要走车行道，有车子啊！"妈妈赶紧回到人行道上来，走着走着，又走到了车行道上，边走边看两边建筑上的招牌。我上去拉妈妈："妈，你跟我走好了。"

妈妈说，要是医院走过了怎么办？时间来不及怎么办？我忽然想起妈妈说过，在南昌帮哥哥带孩子，小侄子拉着她要去超市买东西吃，左拐右绕，东行西走，买完东西出来，伫立在街头，望着庞大的城市，不知道往哪里走。

不认识字，看不懂红绿灯，也不知道哪是人行道，哪是车行道，身上没有钱，手机更不会用——妈妈对城市是惶恐的。

夜晚来临，妈妈烧好饭，泡洗了小侄子的衣服，来到门口，嫂子在给孩子喂奶，哥哥在给客户打电话，只有她一个人不知道把手往哪里放。

窗外灯火茫茫，庞大的城市没有一个人是她认识的，没有一个地方是她熟悉的，没有一句话是她听得懂的，她从乡村的泥土里被连根拔起，扔到这个城市住宅区的六楼。妈妈说，那一刻，她真想哭。

外婆78岁时，在池塘边洗完三大桶衣服，又收拾完三层楼的屋子，突发脑出血，当天晚上就去世了。我第一次意识到一个人一旦离开，我就再也不能触碰到她，再也闻不到她的气息了，任是如何想念，都止于空蒙。

妈妈也会是像这样操劳到最后一刻撒手而去吗？看着她端着碗从前房到后房，就是忘了找什么东西；看着她从楼上到楼下，腿脚上楼梯都颤巍巍的；看着她在人际的交往中担惊受怕，一个人默默流泪。一个人这样衰老了，这样在无数琐碎的日子里丧失了时间的精确感。

记得小时候有一日，放学回来，在家门口等到太阳落山，妈妈都没有回来，几只母鸡在豆场饿得乱转。

我起身沿着垸里的大路往田地方向走，黄昏灰蒙的光泽笼罩着整个垸子。

走到村口，迎面走来一个扛锄头的人，光线昏暗看不清，我就继续往前走，走着走着觉得眼熟，赶紧转头看，那人也恰在此时扭头看我。我看到了妈妈，妈妈看到了我。我们真的差一点儿错过，各自走向没有对方的时空中。

然而还好，妈妈现在在我身边，紧张地赶着，赶着赶着又撇到了车行道上，车子嗖地从身边掠过，妈妈身子一下子紧绷，我赶紧拉着妈妈的手说："没事的，没事的，有我在呢。"

光明正大地"偷窥"父母

□悄然微笑

在我妈又一次将手摔伤并且准备对我进行消息封锁的时候，我觉得是时候考虑对他们的生活多一些直观的了解了。

父母家此前没装宽带，因为不需要，他们用不来智能手机。我咨询宽带，选定套餐，购买设备，没几天我就能通过手机屏幕看见我家院子了。自此，我开始光明正大地"偷窥"父母的生活。

摄像头安装之初，我好奇老家到底是几点钟天亮，是不是和上海差不多。

通过回看按钮，看着故乡一点点从黑夜到白天。在6点29分35秒，突然天比之前更黑，但在第36秒，天"哗"地一下亮了。我第一次理解"黎明前的黑暗"这句话有多么写实，也终于知道"天亮"不是一种状态，而是一个瞬间。

好奇老家几点钟天黑，我打开回看，找到白天与黑夜交替的那一帧开始回放。傍晚6点22分16秒，我看到天快要黑了。到了第17秒，镜头远处的山突然变成模糊的影子，摄像头的镜头也自动变成黑白。

至于父母什么时候起床，什么时候睡觉，起床后都干了些什么，家里来过哪些人，事无巨细，统统在我的"偷窥"范围内。

清晨，看到我妈正在扫院子，我对着摄像头喊了一声"妈"，我妈听到声音后抬头挺身，面朝摄像头，和我聊起来，无非是今天冷不冷，早饭准备吃啥，我爸怎么没在家。

上午，看到我妈忙进忙出，猫咪跟着她走来走去，我恶作剧般对着摄像头"喵"了一声，上一秒还跟前跟后的喵星人一时呆住。我再"喵"一声，它似乎有种找到同类般的惊喜，对着摄像头"喵"了起来。

中午，看到我爸坐在走廊上晒太阳，想必是在外面干活才回来，我喊了一声"大"，我爸惊喜地抬头回应，说着说着，我发现他有点咳嗽，让他早晚多穿点，现在去喝点热水，免得咳得难受，我爸听话地跑进屋里倒了一杯开水出来接着聊。

下午，看到家里来了个拄着拐杖的客人，眉眼看不太清，和我爸妈聊得热火朝天。等客人走后一问，才知是前不久动过大手术、已经80岁的前大队队长。他此前长年累月不得停歇，这回做了手术，只好专心在家静养。晚上，爸妈不大出现在院子里，偶尔也会有村邻来家坐坐。大部分时间他们都待在堂屋里看电视，他们基本还是和我当年在家一样，每天追两集电视剧。

身处快节奏的上海，看老家的慢生活，成为一种心理需要。

每当我感到有点焦虑时，就打开摄像头，看看我家的院子，听一听鸡叫声、狗吠声，看一看猫咪懒洋洋地晒太阳，看我爸妈与邻居坐在院子里喝茶、聊天，兵荒马乱的一颗心慢慢平静下来。

大学毕业以来，我为父母买过许多许多东西，但从来没有一件物品，抵得上日日呈现在我眼前的这方天地。它弥补了我对父母陪伴的缺失，稀释了我的乡愁，成为我日常能量的充电站。

拆烩鲢鱼头

□周浩晖

天已入冬,寒意渐浓。在这样的夜晚,如果能和家人聚在一起,每人手捧一碗又鲜又浓的热汤,一边闲扯着家常,一边暖暖地喝着,那份安逸和自在,又有谁不羡慕呢?在这个周末的晚上,我带着妻女,一同来到了"王记鱼头馆"。

在扬州城所有的鱼头馆中,王记绝对是最有名的。它的名气很大程度上来源于小店门厅中悬挂的那块牌匾。匾上是清康熙帝御笔亲题的五个大字:拆烩鲢鱼头。字迹雄劲挺拔,极具帝王之相。"拆"字中的那个点又圆又大,而且特意用赤红色的朱砂写成,尤为夺目。

坐好没过多久,便有服务员将一只硕大的瓷钵端了上来。只见瓷钵中一片乳白浓稠的汤汁,尚在"咕咕"地泛着气泡。"我来给大家服务。"女儿拿起汤勺,盛起一碗汤来,放在了妻子面前,"妈妈,您先来。"女儿又给我盛了汤,最后才轮到她自己。我看见王老板站在柜台后,饶有兴趣地看着我们一家,目光中颇多赞许之意。一份鲢鱼头很快便被我们吃完了,正在意犹未尽之时,却见王老板踱到了我们桌边,客气地说道:"滋味如何?不如再加一份,算是小店送的吧。"

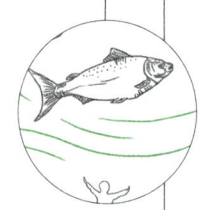

不一会儿,伙计端来一只水盆,放在王老板面前。那水盆中盛满了清水,水中浸泡着一只大鱼头。王老板卷起衣袖,从伙计手中接过一柄锃亮的精钢菜刀,平平地没入水中,在鱼头下方找准位置,手腕发力,横劈了进去。当刀身全部没入鱼头之后,他取走菜刀,两手轻轻一掰,鱼头像是蝴蝶展开翅膀一样,在水中分成了两片,但中间又没有完全断开。

他抬头看向门厅上悬挂着的那块牌匾,目光迷离,思绪远飘,似已进入了另外一个时空。

二

"我的先祖擅做鱼头,在扬州城里开了个馆子。大家都以'王鱼头'三个字来称呼他。王鱼头早年丧父,是母亲辛苦将其拉扯大的。他与母亲的感情非常好,是个大孝子。"

王老板嘴上说着,右手的动作丝毫不停,只是他的手伸在水下,被鱼头所覆盖,我们都看不见他在做什么,只能专心地听他的故事。

"有一年冬天,王鱼头的母亲得了寒疾,卧床不起。就在王鱼头心急如焚的时候,扬州的地方官突然找到了他。原来这些天康熙爷恰巧来到扬州视察河务,地方官便推荐了王鱼头去打理康熙爷的夜宵。

"广东巡抚得知康熙爷冒着风寒在各地巡视河务，特地从南洋之地觅得一批血鲢，送到了扬州的行宫中。血鲢通体赤红，如同遍染着鲜血一样。这种鱼有着驱寒强体的奇效，因此极为名贵。"

"啊！那不是正好吗？"女儿拍起了手，"赶紧请求康熙爷，赐几条血鲢给母亲治病呀！"

"那血鲢是奉给皇上的贡品，草民怎么有资格分享？"我耐心地解释道，"而且，王鱼头根本连见康熙的机会都没有，他这个越礼的想法，即使有胆量提出来，也没人敢帮他往上传报啊！"

女儿托腮想了一小会儿，又说："干脆不禀报了，就趁着做菜的机会，每天偷偷地带上一条回家。"王老板长叹一声："给皇上做饭可不是儿戏，全程都有大内侍卫严密盯防。偷偷地带上一条回家……谁能有这个本事？"

话锋一转，又回到了故事本身，"王鱼头每天到行宫中，为康熙爷烹制血鲢的鱼头。鱼头经过长时间的烩制，胶肉松散脱落，精华全部溶在了汤中，锅里往往只剩下一副空空的鱼头骨架。这种鲜汤的浓美，便可想而知。

"这样过了七八天，某天晚上，康熙爷心情好，突然想要召见一下这个做鱼头的厨子，于是王鱼头终于有了面见康熙爷的机会。"

三

"那个深夜，王鱼头跪在康熙爷的龙案前，听着康熙爷对其烹饪技艺的赞赏，可他的身体始终在瑟瑟发抖。康熙爷看着有些奇怪，便询问他为何如此，他颤着声音敷衍：'是因为天气太冷了。'康熙爷听了，哈哈大笑两声，说：'是朕疏忽了，自己喝着驱寒的血鲢汤，却把做汤人的疾苦忘到了脑后，来人哪，给他也盛一碗汤，让他暖暖身体。'"

说到这里，王老板似乎完成了清理鱼头的工作，他把两片鱼头在水中重新合好，将那鱼头慢慢放进了一旁的瓷钵中。

"王鱼头喝着鱼头汤，一时间百感交集，他终于控制不住心中的愧疚，放下汤碗，伏在地上哭着说道：'康熙爷，您仁慈宽宏，勤政爱民，小人却在每晚偷偷克扣您食用的鱼头，实在是罪该万死！'"

"什么？他已经偷了鱼头？"我惊讶地张大了嘴。

王老板让伙计把瓷钵端到我们面前："你们看看，这瓷钵里面的鱼头有没有问题？"

我摇了摇头。

伙计将钵中的鱼头翻了个身，只见那鱼头的背面，竟只剩下整整齐齐、干干净净的半副头骨，所有的皮肉已然不知去向。

王老板右手一抖，如变戏法一般，一块软塌塌的物件从他的衣袖中滑了出来，正是那失踪的半拉鱼头肉，其形状仍然保持完整，只是已全无骨骼的支撑。

"现在你们明白了吧？刚才我右手藏在鱼头下，就是在做这件事情。一共是三十六块小骨头，一块块地拆除，再一块块地拼接好，在我手法最娴熟的时候，完成这项工作，只需要三分钟。

"这正是王鱼头当年所用的手法。所以他给康熙做的血鲢鱼头汤，虽然头骨俱全，但是散在汤中的皮肉，其实只有半份，另半份皮肉，被他带回家中，治好了母亲的寒疾。

"康熙爷知道了其中的原委，对这种盖世的技艺也是惊叹不已，加上王鱼头是出于一片孝心，康熙爷非但没有追究他的欺君之罪，反而御笔亲题，赐了这块牌匾。"

随着他的这番话，我们又把目光投向"拆烩鲢鱼头"五个苍劲的大字。

"你们看看那个'拆'字，中间的一点像不像一颗红心？所以说，这道菜更深一层的含义，却是一个'心'字，孝心。"

女孩都是被父亲宠大的

□毛 利

跟两个"95后"女孩走在马路上,忽然不知道是谁先开始的,都批评起自己的亲爹来。

有个女孩说,她爸爸以前很爱做家务,她清楚记得一个细节,有一天她妈说地有点脏,拖一下吧。爸爸站起来,说拖一下不如用抹布擦干净,随后用一块抹布,里里外外抹了遍地,地砖都能照出人影。女孩心中相当震撼,觉得父亲不愧是好丈夫、好爸爸。然而十几年过去,她爸爸变成了一个油瓶倒了都不扶的男人。每天坐在沙发上,看着怀孕的老婆忙来忙去,不仅无动于衷还有诸多理由,典型的甩手掌柜。女孩总结了一下:"我爸之所以变成这样,是因为人到中年,积累了一点儿财富,身边还有诸多吹捧的声音,开始膨胀了,成了随处可见的油腻中年男子。"我听着听着,忍不住语重心长一番:"你现在觉得你爸不怎么样,将来结婚了就会发现,老爸比老公强多了。"20岁时我同样觉得我爸不行,一个油腻中年男子,出门爱吹牛,回家躺在沙发上,对老婆和女儿指手画脚。我爸唯一的优点是还算勤快。作为上海男人,他会做饭和洗衣服,还特别热爱跑到楼下洗,等着邻居来夸:"哟,真是做人家呀(上海话,贤惠的意思)。"我爸就摇头晃脑满脸笑意,有一种"天将降大任于是人也"的使命感,说着"家里这些活,除了我,还有谁能做"这种话。

结婚后才发现,不管婚前表现多么好的男人,婚后都会慢慢改变。曾经有一次我妈评价某个亲戚的儿媳妇多么不像话,我疑惑地问,为什么要找这种人结婚呢?我妈白了一眼说,她又不是刚嫁过来的时候就这样,那时候还是蛮温柔敦厚的。我大吃一惊,然后恍然大悟:人心是会变的。但是父亲不会,父亲最热衷给女儿忙前忙后。

以前我不怎么有体会,后来买了辆车,每个星期天都能看到我爸在楼下洗车,油箱总是满的。后来有一次长途自驾,我才发现,自己根本不会自助加油。丈夫还在旁边大惊小怪:"你连这个都不会?"但是大多数父亲,对女儿都是无条件宠溺的,对女儿恨不得提着脑袋当夜壶使。细致到什么程度?每次晚归时,我把车停在最远的停车位,第二天早上起来一看,我爸已经把车挪到楼下了。至于丈夫,他最喜欢说的话是:"这件事你自己干不行吗?这么简单你都弄不好啊?"

围城里的婚姻,差不多都是如此。

送别

□ 刘依舍

对外婆来说，送别是一件天大的事情，其重要程度远超相见。每次年后，我们准备返程回家，外婆都会提前准备好一长条清单，并且提前两天为我们置办行李。哈尔滨红肠、自制水果罐头、燕窝、酸菜、土豆……小时候，总觉得如果有足够大的袋子，外婆定会把她的家也装到袋子里，让儿女和孙子们带到他乡去。

我们每次返程，外婆的神情和气色都不是很好。即使我们的行李已经被她检查了无数遍，即使知道我们大概率会平安到家，外婆每次还是会比我们早起半个小时再检查一下我们有没有落下重要物件，每到临近火车站时，也都会嘱咐无数次"注意安全"。

外婆曾说，她接受不了我们同一时间回家，说家里一下子没有生气她不习惯。于是，我们每年都是分批回家。外婆的三个子女中大舅是最有出息、听话懂事的，所以外婆最疼爱大舅，每次都要求大舅留到最后。大舅每次回家都会带着满满几箱特产，承受比我们更多"爱的负担"。今年，外婆说我们每走一个她就要伤心一次，索性要我们一同回家。那天，外婆将我们一同送到火车站，我们谁也不说话，生怕把话题扯到"难舍难分"层面，外婆又要流眼泪。小时候不懂太多这世间的温情，只觉得好久都吃不到外婆做的红烧肉就十分不舍得离开。长大后，我开始变得十分感性，知道外婆疼爱我，每次分别对我来说都是巨大的痛苦。

在火车上，我收到了外婆在微信群里发的消息："我们老两口平时习惯了安静，你们一回来家里就热闹，一走家里又回归了冷清。每次我们欢喜几天，又要冷清一段日子，还不如从来就不回来，我们也省得折腾。"过了一会儿外婆又在群里说："你们一块走我受不了，下次还是分拨走吧。"望向车窗外只能看见倒退的风景，我跟母亲都泣不成声。

送别会有一种最好的方式吗？或许没有。减轻长辈痛苦的良药莫过于常回家看看。

一棵玉米种在公园里，怎么看都不是庄稼

□ 南在南方

父亲看着墙上的中国地图，说咱陕西这块地方像一把钥匙。说完，他下意识地摸了一下裤带，那里系着一串钥匙，能打开一处挂着锁的老房子。这处房子在陕南，藏在一条山沟里。

这是父母来武汉的第二天。外面正飘着雪，亮着的电暖器像一盆火。父亲嫌这东西费电，说要是在家里，给火塘加些柴就能取暖。

我明白父亲思乡心切，接着这个话题和他聊了火塘里的茶罐、煨着的酒、埋在火灰里的洋芋。父亲的心思不在这里，他说，这么冷的天，不晓得花脸猫咋样了。

这把我的心思一下扯远了。我在武汉待了十来年，接父母来住过几次，他们总要留一个人在家，照应庄稼，人情礼往，还有花脸猫。这次，他们能一起来，下了很大的决心。得找到接手种地的人，不然地荒着像什么话；打电话告知亲戚，不然客人来了大门锁着像什么话；至于花脸猫，自然也要请人来做猫饭。

我和弟弟妹妹都不想让他们再回老家了，却不敢告诉他们，怕他们觉得被挟持了。可他们来了，我还是把他们落下了。除了周末，家里只有他俩，幸亏还有只狗小朱，给他们添点笑声。

晚上，我和父亲照例要喝杯酒，扯些闲话，通常我会说到某个邻居或亲戚到城里之后是如何生活的，比如下棋、看书。说到有一位表爷还上老年大学学书法了，父亲笑笑说："那是没办法的事，城里没有地嘛，手闲着也累。"

父亲喜欢看书，读了《浮生六记》，说写得真好，可惜沈复和芸娘命太苦了。他夸蒋坦的《秋灯琐忆》写得好，看了汪曾祺的《人间草木》，夸汪先生家常，是个好老汉。父亲看书时，母亲要么逗弄小朱，要么坐在阳台上看看花草。母亲进过扫盲班，开始能认一些字，后来全忘了。等到她的三个儿女都在城里成家立业，有一天她叹息一声："原来养了三个客呀！"

有天晚上，父亲和我谈起了生死，说起了他预备的墓地位置。他说他要是死在城里，一定要把骨灰送回老家，他说他答应过祖母，死后陪在她身边；他说那地方离老屋近，就像换个地方睡觉一样，离屋近还有个好处，我们想看他了，不用跑路。我想，是不是留他在城里这事给他压力了？他们还是孤单。我每次下班，他们都像五星级酒店的门童，站在门口，眼巴巴的，看样子等了很久。我说，以前每年回去两次，现在天天在一起，怎么还等起来了？母亲说，那样习惯了，现在不一样了，有盼头。

周末扶着母亲去不远处的小广场晒太阳，母亲忽然指着一个人说，像咱们村里的一个人。这只是开始，后来每次下楼，她总能看到一个人像我们村里的某个人。有一天，她看见一只松狮，怎么看都很忧愁，母亲忽然乐了，说："你看这狗多像某某某！"我也笑起来，她说的那个邻居不苟言笑，倒真有几分神似。

我笑着笑着，心一紧，原来母亲也在思乡。

年关一点一点近了，父母想念起老家的腊月，烧酒的香，熬糖的香，左邻右舍欢快的声音，而这里缺这份热气腾腾。每有亲朋来电问候，父亲总说挺好的，挂了电话会若有所思地叹息一声。有一天，我回来，父亲很开心地说，那位上老年大学学书法的表爷回老家了，不住城里了，说就像一棵玉米种在公园里，怎么看都不是一棵庄稼。看来，表爷的话让父亲产生了共鸣，我又忐忑了一会儿。

春节前两天，弟弟从南京过来，说起前不久去广州出差看望一位老邻人的事情，说那位邻人拉着他的手哭得眼泪一把鼻涕一把。弟弟说，一个老头子怎么会那样哭？父亲说，年轻人不知道乡情，古人把"他乡遇故知"跟"洞房花烛夜"列入人生四大喜事，那可不是胡扯的。

父母第一次没在老家过年，母亲说前一阵对老家的一位王神仙许了愿，让我去买了香火。我腾了一个花盆的土放在阳台上。母亲跟王神仙说：对不住，隔了这么远，害你跑路，这城里又不敢放鞭炮，怠慢你了，等我回去再敬你，我对你许的愿你可要尽心呀。我问母亲许了啥愿，母亲笑而不语。我又问，母亲说请王神仙保佑我有瞌睡，说她都一觉睡醒了，看我还坐着，就许愿请王神仙让我早点睡觉。

正月初五，弟弟接父母去了南京。3月初，父母坚持要回老家，弟弟问我怎么办。我说："送他们回吧，城里留不住。"弟弟说："父亲打开老家的门时，猫突然扑了出来，像个委屈的孩子，二老差点儿哭了。"

我不再打计父母住在城里的主意了，就算不能陪在他们身边，至少他们还有邻居，还有瓜果，还有老锅老碗，还有过往。而城市是一把剪刀，把什么都剪碎了，除了儿女，可儿女属于公司，属于妻子或丈夫，属于孩子，属于柴米油盐……当然也属于他们，不过已经被分解得差不多了。

对孩子，散养比圈养好，对老人也一样，这也许是父母想让我们明白的。有许多福的确是福，但他们消受不起，他们那点福在村庄，如父亲拟的一副对联：粗茶淡饭布衣裳，这点福没关系；齐家治国平天下，那些事对不起。

这样想时，我给这副对联补了个横批：晚安晚年。

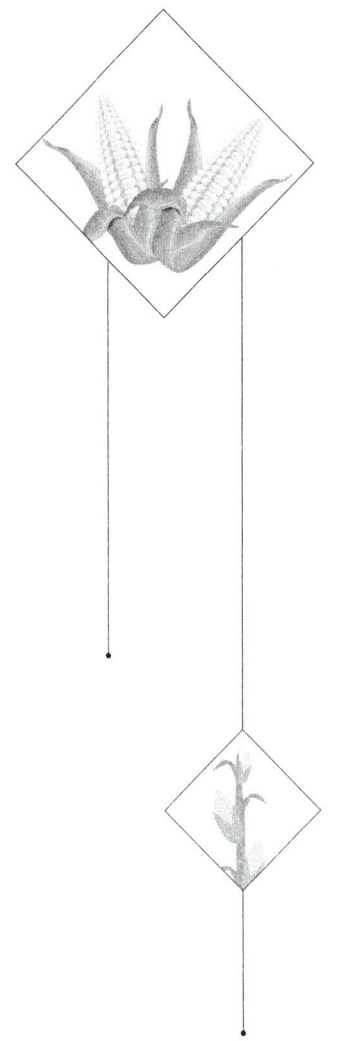

我的父亲"武大郎"

□史念兰

我是"武大郎"的儿子

在小说《水浒传》里,武大郎有一个外号叫"三寸丁谷树皮",因为他的身高"不足5尺"。宋朝的1尺约合31.68厘米,也就是说,武大郎的身高不到158厘米。

我的父亲,身高只有156厘米,他的外号就叫"武大郎"。

因为身材矮小,父亲直到30岁才娶到说话结巴的母亲。也因为身材矮小、力气不够,他在村里很难找到活计。我上初中后,家里的开销更大了,爷爷又得了重病,父亲为了给他治病从银行贷款一万元。一万元对我们家来说,简直是一个天文数字。

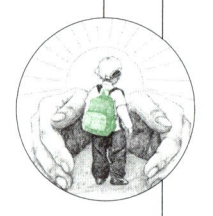

我的学费更是经常拖欠。一次,父亲跑了三家才借到100元。我低着头,鼓起勇气说:"你把钱还给人家吧,我不读书了。我有好多同学都出去打工赚钱了,咱俩一起打工,贷款也能还得快一些。"父亲却很乐观:"别看咱们现在过得不如人家,等你考上大学,就能过得比他们都好!你快拿钱回学校吧。"

我非常珍惜来之不易的读书机会,很少出去玩。只有一次午休时,被同学拉去赶集。那天赶集的人都很兴奋,因为戏班子来了。唱戏的演员一个个穿着红红绿绿的戏服,很是好看。

我们刚挤进去,一个同学突然对着我喊:"你看那个武大郎好像是你爸!"我仔细一看,竟然真是父亲!他穿着武大郎的戏服,挑着一根扁担,像小丑一样满戏台转。我羞得满脸通红,一句话没说就跑了。

那天下午,父亲到学校看我,送来从集市上买的零食。可能是刚下台,他的脸上还有一些没洗干净的油彩。我气冲冲地从他手上拿走零食,一句话都没和他说。父亲离开后,一个男同学嬉皮笑脸地说:"你爸确实长得像武大郎,你妈是不是像潘金莲那么漂亮啊?"全班同学哄堂大笑。

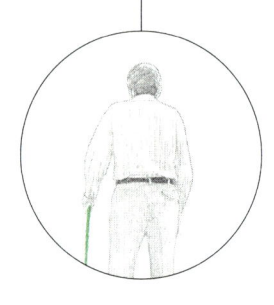

我像一头豹子般冲了过去,和他扭打在一起,将他打得嘴角出血。然后,老师让我的家长去学校。父亲刚到家就又跑了过来,连连向同学的父母道歉。回家的路上,父亲生气地说:"你下手咋这么狠啊,把你同学打成那个样子!我平时怎么教育你的?"那些龌龊恶心的话,我根本没办法复述给父亲听,只能冲他嘶吼:"都赖你,同学都说你是武大郎,我是武大郎的儿子!"父亲的脸色很不好看,说:"我以后不去扮演武大郎了。"放假回家,也常碰不到父亲。母亲说,他到外地打工去了。

高二暑假时,我去隔壁镇上找同学玩。在集市上,我居然又看见父亲扮成武大郎唱戏。回家后，我生气地质问父亲："你为什么骗我说去外面打工？"父亲说："我就是在外面打工。"

"骗子！我在镇上亲眼看见你扮演武大郎了！"父亲这才支支吾吾地说："既然你已经知道，我就不瞒你了。我确实在别的地方扮演武大郎。你上学需要很多钱，银行的贷款也要定期还。爸没有什么本事，只有这个活儿赚得多。再说除了我，别人也演不了'武大郎'……"那天晚上，父亲解释了很久，但我一句都听不进去。当时只有一个念头：考一个离家最远的地方去上大学，永远不要让人知道我是"武大郎"的儿子。

父亲，你是我的骄傲

上大学后，我只有春节才回去待几天，其他时间除了上课，就是打工赚钱。我希望赚很多钱，这样父亲就再也不用扮演武大郎，被人当成小丑一样戏弄了。

大四的一个周末，我去打工的途中，突然看见室友穿着黄马甲在扫大街。我忍不住好奇地停下来，原来，室友的母亲是一位环卫工人，负责清扫这片区域。为了减轻母亲的工作量，每个周末他都过来帮忙扫地。提起母亲，他满脸都是感激："如果不是为了供我上大学，我妈不会来干这么辛苦的工作。这一切，都是为了我。"

那一瞬间，我突然想起了父亲。其实，刚考上大学，母亲就告诉我，戏班子找到父亲时，他开始是不同意的。可对方愿意一年给父亲4000元工资，他考虑了几天，还是答应下来。母亲说："你爸知道，一定会有人笑话他。但在他心里，你比面子更重要。"

父亲扮演武大郎，室友母亲做环卫工人，都是用自己的劳动赚钱，两者究竟有什么区别呢？而同样是做儿子的，室友知道心疼母亲，主动分担她的工作；我却以父亲的职业为耻，不肯和他多说一句话。我匆匆告别室友后，刚走了几步，悔恨的眼泪就流了下来。脑海里，瞬间涌现很多声音，似乎都在跟我说："你真不配给人家当儿子！"

大学毕业后，我毅然决然地回到老家教书，因为，我想好好弥补自己之前犯下的错。去年，我在学校附近买了一套房子，打算接父母过来住。可是，父亲一口回绝："我年纪大了，不过去了，在村里挺好的。"我悄悄问母亲："我爸是不是还在生我的气啊？"母亲说："你爸是害怕给你丢人。他现在老了，身体佝偻得也就一米五。他怕被你的学生或者同事看到。你小时候，他给你丢人了；现在，你是要面子的成年人，你爸更不愿意给你丢人。"

听到母亲这么说，当天我就把他们接过来住了。那天晚上，我带父亲去学校散步。远远地看到同事，我对父亲介绍说："正往这边走的人是我的同事，他教数学。"

父亲一听，赶紧加快脚步，和我拉开距离，装作和我不认识的路人。我却追了上去，将胳膊搭在父亲的肩上，向同事骄傲地介绍说："这是我爸。我这个大学生就是这个小老头培养出来的，我爸厉害吧！"同事对着我父亲一顿夸赞。父亲很紧张，一直笨拙地解释说，他其实是一个没本事的小老头。

回家的路上，父亲一直用袖子擦拭眼泪。他哽咽着说："我这个爸爸又给你丢人了。"我对父亲说："他们说是他们的事，他们的父亲也许长得高大，但不一定有您伟大。您虽然矮小，但是在我心里是最伟大的。"那天晚上，我陪父亲喝了点儿酒。看得出来，他真的很开心，笑容就没有散过。

可能，很多农村孩子都有和我类似的经历：上了几天学，就开始嫌弃父母穿着一条满是泥土的裤子去学校看你；嫌弃父母的职业低微，上不了台面；嫌弃父母长得不好看……其实，我们的父母真的很伟大。他们在平凡的岗位上，创造出不平凡的生活。

我的父亲长得像武大郎，也常年扮演武大郎。但正是他的辛苦付出，才给足了我生活的底气。曾经，少不更事的我，以他为耻；现在的我，只会以他为荣。

北上广年轻人养不下去的猫，被四五线城市的爸妈"接盘"

□刘 丹

如今，一线城市里许多年轻人自顾不暇，开始把猫寄回家让四五线城市的父母"接盘"。

现在有非常多的年轻人把猫称作自己的女儿、儿子，如果说猫是自己的"孩子"，那父母如何看待这只"外孙"/"孙子"？

"这都是为你好"

我的猫叫刘美香，两岁半。

刘美香胆小又暴躁，被装在航空箱里都要撒泼打滚，绝不能忍受被寄养在狭小的宠物店的笼子里。时间来到2021年年底，我已经辞职躺了好长时间，失去了春节不回家的正当理由。朋友们都计划回家，而我在搬到新的住处后，还没找到信得过的上门喂猫人。思来想去，把刘美香随机托运回我的东北老家成了当下最好的选择。

被托运回老家集齐了所有令猫不快的要素：机场，人群；作为一件"特殊行李"被装进航空箱，缠上网兜，放到传送带上，再被送进飞机的有氧货舱中；飞机起落的噪声，颠簸；被带到室外，乘车，被从航空箱里掏出来，接受陌生人的打量和抚摸。

其实我从不知道猫咪在想什么。因此，托运这事与其说是对猫的挑战，不如说是对我的挑战——我将在刘美香随机托运的两个多小时里完全失去对它的控制。

出发前两周，我通过不断给猫买东西来减轻愧疚感，"我已经为你做了这么多"。我还曾计划去雍和宫拜一拜，后来考虑到年后要搬去上海，没空还愿，于是作罢。

猫作为某种"外孙女"

飞机爬升会让人有失重感，着陆时又伴随着撞击与颠簸。在随机托运猫咪之前，我从没留心过，哪怕在平稳飞行阶段，机舱内也时刻充满噪声。不知道货舱里的刘美香如何理解这一切，我再次见到它时，它已经在行李传送带上了。

猫蜷缩在航空箱最深处，看起来没什么问题。问题在于，根据当地从这一天开始的管控政策，来自"重点关注地区"的返乡人员需要在抵达的第一时间进行核酸检测，再被统一送到隔离宾馆等待检测结果。

我带着猫坐上大巴车，来到距我家不到3公里的宾馆。外地返乡的人站在大堂排队办入住，外卖员随着大堂的旋转门进出。我爸也赶了过来，他从旋转门里接过猫，还没和我说上两句话，门就把他带到了外头。

养猫这件事，我瞒了家里一个多月，然后先告诉了我妈，我妈心领神会，"你爸会抓狂的"，后面跟着个捂脸流泪的表情符号。

很难说我爸到底是有点洁癖还是有点别扭，他喜欢狗，散步时遇到小狗总要停下来看一会儿，可他不敢上前去摸，嫌脏，也怕被咬。

我爸平时几乎不网购，单位同事觉得稀奇，但也能很快反应过来：家里的孩子要回来了。他没告诉同事、这些快递和他无关，都是买给猫的。

关于我，我的生活和我的猫，许多事都在他们的经验范围之外。对这位毛茸茸的"外孙女"，他们嘴上说着嫌弃，落到行动上，却表现为一种本能的"隔代亲"。

我爸曾计划给猫做一棵树。小时候我养兔子，他就亲手做了有一室一厅的兔笼。这回，等他琢磨出草图，挑好了木头，我妈在网上下单的猫爬架已经寄到了家里。

看到足有一人高、缠着剑麻，配件齐全的猫爬架，我爸知道，他的树派不上用场了。

几天前，我爸闪了腰。他声称这是猫的责任：猫总藏到床下，他每天趴跪着看猫，积劳成疾。话虽如此，猫却缠着我妈，不怎么搭理他。猫咪有自己的判断标准：我爸每天"猫咪猫咪"地叫着，而每天为它添粮、铲屎的其实是我妈。

我说，想赢得猫咪的喜欢，我爸还得放下身段，多做点实际的事。我妈说，其实你爸的身段早就放下了，只是腰还放不下来。

从"刘美香"到"香瓜"

从北京国贸回到东北小县城，刘美香变成了我妈口中的"香瓜"。她小时候家里也有猫，人有剩菜剩饭就给猫一口，冬天天冷，猫钻进被窝里贴着人取暖，猫和人两不相欠，根本没有"养猫"的概念。

有一天家里只有我妈、我和猫。我妈说起自己许多个偷偷流泪的时刻，比如当班主任的第一年，她还不会与学生沟通，最后班长带着全班同学与她作对，"彼此都伤痕累累"；还有后来进入更年期，有时我爸随口说了句话，她就独自难过很久。"所以，有什么事你不要自己撑着，一定要跟我说。"她这样告诉我。

瞒着家里养猫那段时间，我刚工作，以为自己很忙，不怎么主动和家里说话。"你又换头像啦？"每次换微信头像后，我妈都要借此和我聊上几句。2019年12月底，我跟我妈坦白，其实我的微信头像是我的猫。我妈说："我就感觉这猫是在你家里！"

她和猫似乎很顺利地接受了彼此。去年夏天，我回家两周，后来我妈和我一起回到北京，晚上，猫跑到床头，舔我俩的头发。据说它这是把我们当作它的小孩（也可能是小弟）。

我可不敢说驱动猫的到底是"母爱"还是洗发水味。现在我已经离开老家，又从北京搬到上海。就目前来看，猫没有展现出任何离愁别绪。生活在北京和上海没太大不同，老家的日子也那样过着，上班遇到了什么事，今天晚饭吃了什么。但猫每天都很可爱。猫毛飘进了奶奶的饭碗里，猫毛粘在我爸爸的裤子上、我妈妈的大衣上，还从东北到北京到上海，粘在我所有的行李上。

我们的少女时代

□周 冲

青春片太可恨了。本来已经活得不痛不痒恬不知耻了，这不，看到少年们被水洗过的目光，忽然满心悲伤：原来我们曾经也是少女啊！那么天真，那么像一个人形磁铁，吸引和被吸引着，要和一个年轻的身体、一片未知的领域，建立生命的联结。

那时候，院前桃花开，屋后李树白，爷爷奶奶都还在，坐在破旧的藤椅上，一个讲她的当年，一个讲中国的过去。

那时候，又轴又倔，念书念到很晚，因为要争第一。夜读至转钟，困得不能自已，蜡烛翻下来，将被褥烧出无数黑窟窿。次日挂在双杆上，往来者曰："看见没？全校第一就是这样来的。"

那时候，买了软皮抄，扉页写着歌本。全班一个一个互相抄歌词。递给某个人，眼睛低着，但身上长了无数只眼睛。"你字好，帮我抄首歌吧！"这句话，准备了几天，依然说得惊心动魄。在那个明亮的时代里，石榴花沸腾地开，大树在田野上跑得披头散发。他立在楼下，骑着单车，一脚点地，另一只手抄在裤兜里，高声唤楼上人。过了一会儿，几个人下来了，打着尖厉的呼哨，像一群巨大的白鸟，在暮色里，骑着单车，飞快地离开。

停在我心尖的少年，有着长长的额发，篮球打得行云流水。但我不敢说，也不会说。暑假里，走很长的路，去镇上的公用电话亭，向他问好。是他家里的座机，号码熟记于心。有时候，他接了，无话可聊，只是说：你作业写得怎么样了？还有一个月开学呢，好无聊哦……

那时候，阳光撞在电话亭的玻璃门上，像夏天的爆米花一样炸开，噗噜噜滚滚而下。

青春是不懂得将就的。必须有一道闪电，倏地一下，将我们击中，早一秒不行，晚一秒不行，正好那时那地，看见那个人，轰的一声，完了。此后的岁月里，都在甜蜜的后遗症中，将那一刻的眩晕拉得很长，无限长。这才配在一起。

有一天，一个给我唱歌的男孩叫人来教室，说找我，出去后，他在走廊的另一端，木木地站着。那是个和现在一样的夜晚。天上一片零碎的星，远处一片零碎的灯。穿堂风来来往往，教学楼像一个肺气肿病人。我们靠着栏杆，谁也不说话，也不动弹。两个尴尬的人，戳着，每一寸空气都在纠结。这是什么事儿啊？不要再站在这儿了，不要再来了。果然后来什么也没有了，无疾而终。

学校组织去看《泰坦尼克号》，他坐在我前面，板寸根根分明，整个过程，一直坐立不安，一会儿朝左边看看，一会儿朝右边看看，就是不回过头。退场时已近黄昏，一簇一簇的人，挽着挤着，热烈地反刍剧情。一回头，在密密匝匝的人里，看到了他的眼睛，瑟缩的，疼的，仿佛鼎沸人声、车水马龙，都和他没有关系。一生遇到过那么多目光，唯有那一眼，令我至今想起，依然难过。

在《我的少女时代》里，有人说："青春总会因为一个人，开始闪闪发亮。"听得几欲泪下。我忽然觉得，少女时代不是一个名词，而是一个形容词。

我们一生中最怀念的质地，最干净的情感，最柔软、最执拗、最悲伤的状态，最欲语还休的那个人……都被它温柔地定义，然后，贮存在生命词库里，用以修饰我们的余生。

一颗流油的咸蛋，是祖父的"芳华"记忆

□ 申功晶

关于咸蛋这物什，早在南北朝的《齐民要术》中就有记载："浸鸭子（古代指鸭蛋）一月，煮而食之，酒食具用。"起初，社会经济落后，咸蛋成了一种高档佳肴，袁枚的《随园食单》中记载："腌蛋以高邮为佳，颜色红而油多。高文端公最喜食之。席间先夹取以敬客。放盘中，总宜切开带壳，黄白兼用；不可存黄去白，使味不全，油亦走散。"到了后来，畜牧业发达，咸蛋才上了平常百姓的餐桌。

我的家乡一入夏，小孩素有脖子上"挂咸蛋"的习俗。记得儿时，大人用五色丝线打好了络子，一大清早，挑上一个煮熟的咸鸭蛋，装在络子里，挂在自家孩子的胸前，寓意小孩不"疰夏"。等入了园，孩子们拿出各自的鸭蛋，玩起了"对对碰"。输家的咸蛋敲开，大家分着吃，而赢家的蛋则继续留着"战斗"。

近两年，还没正式入夏，父亲就着手腌制鸭蛋。他提着竹篮去菜场，挑选椭圆、光滑、品相上好的麻鸭蛋。鸭蛋壳有青、白之分，生青壳蛋的鸭多为放养，自行觅食，吃的是湖里的螺蛳、鱼虾等活物，故营养价值更高。

先把生鲜鸭蛋一个个刷洗干净，然后进入下一道工序——腌渍。"贪图省事可以用盐水腌渍，但总不如黄泥腌制的香。"父亲的黄泥腌蛋，还加了一道秘料——草木灰，用花椒、食盐等佐料熬一锅汤水，将黄泥溶开，和草木灰一起搅拌成泥浆，将鲜鸭蛋放入白酒里滚一遍（用白酒滚过的鸭蛋才能出油），裹上盐泥，然后放入草木灰里沾一下，逐个放入瓦罐内，将坛口封严。等上40天，就可以开吃了。父亲用草木灰腌制的咸蛋，蛋白不齁，蛋黄也是稠稠的呈溏心状，入口即化，且空口吃，也一点儿都不齁。我很惊讶，没想到父亲还有这么一手。

其实，父亲这一手"草木灰咸蛋"绝活来自祖父的真传。很多年前，祖父为了改善伙食，挎上一个空竹篮，挨门挨户向当地村民收购新鲜鸭蛋。

父亲说，祖父的咸蛋腌得刚好，蛋黄红沙流油，蛋白滑如凝脂，咸得点到即止，鲜得欲罢不能，就着一碗熬得稠稠的白粥，这大概是一家子在农村最奢侈幸福的事情了。咸蛋易保存不变质，可以从初夏吃到严冬。

近年来，每逢夏日，父亲对咸鸭蛋的嗜好几乎到"宁可一日无饭，不可一日无蛋"的疯狂程度。我猜，这是他越发思念祖父的缘故。

毋庸置疑，祖父在最得意和最艰涩的年代，都是从容淡定的，他身体力行"唯美食与爱不可辜负"，有着积极乐观的生活态度。苦难来自外界，但坚强是骨子里的。它是一种长在血脉中的风骨与傲气，关乎一个人的尊严、坚强和拼搏。就算命运让他们失去了很多，他们依然可以靠这些内在的东西，改写命运，赢回尊重。

父亲曾道"我对咸蛋，有着一种特殊的感情"。区区一颗咸蛋，缘何让他如此刻骨铭心？思来想去，我算是明白了，它是"自己动手，丰衣足食"的劳动之乐，它是一家人相濡以沫的天伦之乐，它更是一段"芳华"记忆。

忧伤的时候,到厨房去

□松软君

爸爸是个美食爱好者。这一点,从他圆圆的脸庞和肚皮可以略知一二。结婚二十多年,妈妈有时依然会在饭桌上惊叹:"也不是什么山珍海味,怎么你爸爸就可以吃得这么香?"

他爱吃,也喜欢自己动手做。天南海北的美食在我们的餐桌上轮番登场:醇香的糯米鸡、鲜甜的梅菜扣肉、滑嫩的酸菜鱼,连清宫御膳房里皇帝爱吃的开水白菜我们也品尝过。后来他入了甜品的坑,做起乳酪蛋糕、蛋挞、雪糕都不在话下;我还在上大学时,有一年中秋,他研制的冰皮月饼和奶黄流心月饼悄然寄来,还附带一大包送给室友们的爸爸牌牛轧糖。

作为女儿的我自然是享到了极大的口福。他偶尔也会在我吃得浑然忘我的时候说:"我现在可以给你做饭,等你以后工作了、独立了怎么办?还是得学着自己来,不用依靠任何人也能好好吃饭。"但每当我走进厨房,他又总是挥挥手"我来吧",指挥我蒸好米饭就把我打发出去了。

幸运的是,我多少还是继承了爸爸在做饭这方面的优秀基因。2019年年底,我在北京实习。拿着不高工资的我,外卖也不敢多吃,只能摸索着自己做饭。在手机上找好食谱、买了食材,按顺序一样一样放进锅里——我做的第一道菜是爆炒牛肉,当肉吱吱冒油、变熟、散发出香味儿时,我前所未有地理解了爸爸对美食的喜爱——做饭是件多么治愈而美妙的事儿啊!

我迫不及待地要跟爸爸讲述这一切。上大学以来,除了打生活费的日子和一些重要考试的前夕,我们很少发微信问候,但现在我有好多做饭的心得想要与他分享:昨天吃烤鸭剩下的骨架被我炖了汤、第一次尝试做的糯米饼煳锅了、徒手打发蛋白实在太难……有次炒菜,我不小心多放了些姜进去,但吃下第一口便惊呼,这不是妈妈炒的菜的味道吗?舌尖上的记忆是如此诚实且牢不可破,竟让我在一道普通的爆炒蔬菜中寻到了乡愁。

爸爸在手机另一端观望我的进步,对我所有成功或失败的作品,他都毫不吝惜鼓励;我在美食上表现出的与他如此相似的巨大热情,也让他难掩自豪。无论读书还是实习期间,爸爸对需要学着独立生活的我说得最多的一句话就是:"吃好喝好!"当从买菜到刷碗都需要自己解决时,我才渐渐明白这句话的分量:日子是琐碎的,但依然得严肃地去对待这唯一的生活。

2020年年初,我赶在年前回了家,也终于能安心地为爸爸妈妈露一手。我永远忘不了当我把一盘白菜肉卷端上桌时,爸爸眼睛里闪烁的光。那道菜花费了我一上午的心血。白菜要先上锅蒸软,再把调好的猪肉馅儿用菜叶儿小心地包好、用牙签固定,然后回锅直到蒸熟——这是爸爸最欣赏的一种菜:家常,但是需要花点心思。

"以前真没想到闺女的动手能力这么强,"每次吃我做的菜,他都惊喜得像是第一次吃到美食一样,"我放心了,以后闺女算是饿不着了。"他的语气里,一半是骄傲,一半,是真的放心了。

在琢磨吃这件事上，我有和爸爸一样的毅力。在家的几个月里，由我掌勺的午饭几乎没有重样。每天爸爸妈妈下班回家，第一件事就是跑到厨房看看我又做了什么新鲜玩意儿。而我终于也可以扬眉吐气一番，在爸爸几次兴致勃勃地想要做帮厨时，毫不客气地把他赶出了厨房。

但有时也会翻车。有趣的是，爸爸从不会说不好吃。不管我做什么，他都一如既往地"全盘"接收。刚自学做甜点时，烤出来的曲奇饼干硬得连我自己都难以下咽，每次却总能一点儿不剩——都被爸爸在第二天当作早点解决了。负责唱白脸的是妈妈，只有我们母女两人时，她才会悄悄告诉我，我爸爸觉得鸡肉有点柴了，或者葱姜放少了、盐不太够。

他爱吃带汤汤水水的饭菜、爱吃面条；没办法接受红薯，因为那会让他反胃；晚上必须有肉配一小杯白酒，再来点圣女果就完美了……我意识到我此前从未了解过爸爸的饮食习惯，也不太清楚他爱吃什么。偶尔我会苦恼第二天要做什么菜，然后突然想到，父母已经不停思考这个问题二十多年了。

没过多久，妈妈检查出十二指肠处有个囊肿，需要做手术切除。我和爸爸轮番上阵在医院陪着妈妈。谁也没有心情做饭，家里的厨房一个多月没有开火，外卖成了我和爸爸每天的主食。家人生病做手术是件大事，但在那段日子里，即使我和他单独在一起时，我们也从没谈起过这个话题。十几楼的病房里，妈妈睡着，常常是我和爸爸坐在另一张床上，看窗外旭日升起，直到霓虹灯亮。妈妈恢复到能慢慢喝些流食的时候，家里的各类厨房家伙、锅碗瓢盆就被爸爸搬到了病房里。尽管只是一碗小米粥——妈妈甚至不能吞咽小米，只能喝熬出的米油——他也要精心煮上三四道，反复撇掉最上层的泡沫。早晨五点，最新鲜的鲫鱼已经被他买回来，熬出的汤是牛奶般的乳白色，是为了给妈妈补身子。因为吃不上喜欢的水果，加上卧床输液太久，妈妈有时耍小脾气，把帮她按摩的我的手甩开。爸爸也不急，一直乐呵呵地抚着她的背。要知道在平时，爸爸才是容易上火的那个——这是我从没见过的父母的另一面。

我从没跟爸爸讨论过爱情。但如果将来有属于我的人出现，我愿意用爸爸的方式去爱他。

我没忘记爸爸的四字箴言"吃好喝好"。妈妈一天天精神起来，我重新开始琢磨起下厨房的事情。每天去医院前，我起个大早，烤好了蛋糕、司康、曲奇带到病房，给专门从省城回老家照顾妈妈的姨妈和妹妹品尝。那阵子我常常想起读过的一本书《忧伤的时候到厨房去》。食物是有魔力的，一块蛋糕的香气把我们的心情都调剂得甜丝丝。

"我外甥女做的点心真好吃，"姨妈有双和我妈妈一样的大眼睛，里面洋溢着惊喜，"香味儿真浓。"

我美滋滋地看向妈妈，像个要糖作为奖励的小孩；而她居然云淡风轻地摇摇头："赶不上她爸爸，她爸爸比她心细手巧多了。"

我装作一脸气愤，但心服口服。她不会知道听到这个答案的我多么感动。

妈妈顺利出院两个月后，我就再次离开了家，开始了在国外独自求学的日子。尽管每天都辛苦，我依然习惯向爸爸妈妈汇报每天的食谱，即便只是个简单的三明治。我开始留意各类养生信息，嘱咐妈妈冬天多吃红枣和核桃，告诉她哪些食物抗衰老、哪些食物要少吃。爸爸生日，我发微信祝贺他生日快乐，家里的走路机要多用几次——尽管能吃是福，肚子上的肉该减也还是得减。

不出我所料，他回复我一定要多买点米和面放在家里以防万一，还有那句我再熟悉不过的"闺女，吃好喝好！"当然，我会做到的。

我陪爷爷预习了死亡，很浪漫

□东七门

上周，同事们互相交流了回家过年时的故事。聊着聊着，我们忽然意识到：某种程度上，春节并不是团聚，而是一年又一年的告别。基本只有过年，我们才能再见到家里年迈的老人。中国有句俗话叫"年关难过"——下一年，就不知还能不能再见。就像我。

一天夜里，爸爸忽然开口道："老头子今年状态不太好了，最后想穿回军装。军装上哪儿弄？""淘宝上什么都有，你搜过了吗？"我妈打开手机，搜出一大堆老军装。最终买了一套87式的绿色军装，一双不含橡胶的老北京布鞋。这是爷爷的寿衣。

得知情况后，我在回北京前赶去探望爷爷。

车上，我们一路保持沉默。所有人都在忌讳"死亡"二字，也是对死亡的逃避。这寂静的氛围让我思绪乱飞：如果发现爷爷已经对"生活"感到空虚或痛苦，我该怎样面对他呢？抵达爷爷家后，我听说了两件事。

爷爷逐渐失去了时间概念。他经常半夜起床，以为已是白天，接着在一个非常规的时间入睡。他的生物钟自成一派，自己却无法察觉。

爷爷快93岁了，眼睛看不清，耳朵还能大体听见，他能起床走动，甚至能给自己下面条。只是，身体的零件不可抑制地缓慢停滞，于是分不清时间，感受不到饥饿，只是下意识记得：醒来了，就要吃面条。

而真正让我意识到"死亡并不只是悲伤的离别"的，是爷爷身上发生的另一件事。爷爷说，他现在常看见一座山坡。那是自己的幻想。"不知道你们看到的是不是这样的，反正我看到的，这里是一座大山坡。"他对着面前的大纸箱子说。"山坡上有时候是空的，有时候小鸟在飞，有时候一些碎石头轰隆隆地往下滚动。"他指着面前紧靠着米黄色墙角的床角，手划出一条上上下下的弧线。他却感觉眼前的不是床，而是山，偶尔还有人跑来跑去，站在对面。

"怪了，只有中间这个山包在动，旁边的不动。你看，它又在跑了，这是怎么回事呢？我有时想象，会不会你们年轻人也看得到这些东西？"说着说着，他忽然惊讶，"你看，树长出来了，好几棵。上面还有条河，一片大水沟子，哗哗往下流水。""现在是大水潭子，一直在变。哎哟！我天……你们看到了吗？"

听着这样的描述，我们忽然感到一种难以形容的松弛。笑着接话：如果我们能活到九十多岁，可能就会看到啦。

原来在生与死的夹缝之间，还会摩擦出这样一个因残缺而浪漫化的世界。或者说——原来面对衰老与死亡，发生的也并不完全都是可怕的事。爷爷的肉体还停留在这里，眼前的半个世界却仿佛已经提前上至天堂，不再在区区人间了。

临走前，心底对"最后一次告别"的沉重感好像被那片不知模样的山坡与河流冲散了。我抱了爷爷两次，像跳舞——紧拥在一起，悠悠荡荡很久。

我知道，这可能是最后一次。但有什么关系呢？

生命是一个圈，注定从生走到死。新生与死亡有着同等的价值。它们跟其他的生命故事一样，都只是人生花丛里简简单单的一朵，山坡溪流间稀松平常的一角。

仅此而已。

学会做饭，是妈妈给的救命锦囊

□凌公子

我在农村长大，周围的人们恪守着男主外女主内的传统。小孩子长到一定岁数都要帮家里干活，女孩子做饭做家务，男孩子下地。我是个女孩子，但我最不喜欢去的地方就是厨房。我讨厌那里面的烟熏火燎、湿漉油腻，喜欢在农田里被夏天毒辣的阳光炙烤。

所以当同龄的女孩子们都会做饭的时候，我最多只能帮妈妈打打下手。妈妈在家经常苦口婆心地要求我学做饭，她常对我重复一句话："不管你将来成为什么样的人，总是要吃饭的。"但我依然左耳朵进右耳朵出，对厨房工作的参与仅限于择菜、洗碗和擦桌子。有时候连这些工作也不想干。为了不被妈妈"抓壮丁"，我经常趁她在厨房里忙活的时候，一溜烟儿跑到地里主动干活儿了。

高中毕业后，我去了外地上大学。有一天坐在宿舍里读《小说月报》，一个中篇小说打动了我，但我忘了名字和具体情节。大意是讲女主人公是个全职太太，很会做饭，把丈夫的一日三餐照顾得很好，丈夫对此习以为常，但她逐渐厌倦了这种生活，有一天找碴儿跟丈夫吵架后离家出走了。她出走之后没有去游山玩水，而是去菜市场买了一大堆食材，坐在人流密集的街边，面前摊开一张纸，上面写着："请让我免费为你做一顿晚餐。"一个中年丧偶、独自抚养儿子的男人将她带回了家，那天晚上，一顿美味丰盛的晚餐让那对父子感受到了消逝多年的家庭烟火的气息，女主人公觉得自己做了一件很有意义的事情。她在外继续流浪，帮别人做饭，过了一段时间终于想回家了。当她到家后发现丈夫瘦了很多，还得了胃病。原来在她离家出走后，丈夫再也没有正经吃过一顿饭。女主人公意识到，两人是彼此深爱着的，她看着憔悴的丈夫，心疼地对他说："我会养好你的胃。"

这句话击中了我，让我想起了远在家乡的爸爸妈妈，也想象着未来的爱人和孩子，他们的胃是不是也会经常不舒服，也需要有人来照顾？

就在那天下午，我在心里默默地做了一个决定：我要学会做饭。暑假回到家里，我主动走进厨房，主动帮妈妈做饭，认真学习切菜、炒菜、煮饭……对所有工序没有任何抗拒和厌烦。妈妈跟爸爸说，突然觉得我长大了。

毕业之后我在北京工作，安顿好自己后，就去超市买了一大堆锅碗瓢盆和调味品，塞满了厨房的柜子，然后拍照给妈妈看。看着这样的厨房，感觉生活有了温度，也有了向往。

前年年底，因为长期高负荷工作，以及项目惨败、被曾经信任的人污蔑和攻击，我情绪崩溃，陷入中度抑郁，被迫离职。没有工作后，我每天除了跟自己的情绪做斗争，其余时间就待在厨房里给自己做饭。等饭菜出锅，闻着一屋子的香气，死气沉沉的心就活了起来。会做饭能够养好的，何止一个人的胃啊！

我经常想起妈妈苦口婆心劝我学做饭的情景，想起她说的那句话："不管你将来成为什么样的人，总是要吃饭的。"以前总以为她口中的"将来"，是出人头地、功成名就的场景。现在才懂得，"将来"也有可能是人生失意、精神崩溃的暗夜。也终于懂得，妈妈为什么一定要让我学会做饭。

如果有一天，我不幸颠沛流离、困顿无助，只要我能认真做饭、好好吃饭，有朝一日，总能抚平伤痛、积蓄力量，重新开始认真生活。

学会做饭，是妈妈给我的救命锦囊。

一个人的安全感，藏在餐桌上

□甘蓝蓝

最近有一篇小学生作文《一碰就炸的妈妈》火了。孩子生动地描写了家里的氛围：煲汤时，爸爸以迅雷不及掩耳之势往锅里丢了家里的最后四个扁尖，妈妈想制止，没来得及，于是大发雷霆；吃饭时，爸爸抽了两张餐巾纸用来放骨头，妈妈再次生气："吐骨头为什么要用餐巾纸，为什么不用盘子？"最后无奈感叹："病毒再不清零，妈妈的温柔就清零了，到那时候，日子还怎么过啊？"在孩子鲜活的文字里，我们看到了妈妈的焦虑和困扰，也看到了弥漫在这个家庭里的爱。

《舌尖上的中国》里有一段话：在这个时代，每一个人都经历了太多的苦痛和喜悦，中国人总会将苦涩藏在心里，而把幸福变成食物，呈现在四季的餐桌之上。一个家最真实的关系，就呈现在一方餐桌前。

有研究发现，孩子的阅读、写作和算术能力，高中的学习成绩，大学入学考试的分数，还有其他很多学习方面的表现，都和晚饭怎么吃有关。

1

加拿大著名发展心理学家、记者和作家苏珊·平克在走访中发现，跟亲近之人进行面对面的接触，可以让你拥有更强的身体免疫力、学习力和生理上的恢复力，她将这种现象称为"村落效应"。全世界长寿人口众多的地区都有一个共性，那就是他们保持着村落般的人际关系，人与人能常常面对面沟通，为彼此提供生活和心理上的支持。

这种效应在孩子身上的影响尤其明显，苏珊·平克综合多项研究证明：跟独自缩在屏幕前用餐的孩子相比，经常跟家人一起吃饭会让孩子更擅长阅读和写作，让青春期的少年更加幸福健康。

从牙牙学语的幼儿期，到性格反叛的青春期，再到年轻的青年岁月，父母和孩子一起吃饭的次数越多，孩子的词汇量就越大，也更不容易走歪路。一起吃饭聊天的家庭，更有可能养育出心理更健康、在学校表现也更好的孩子。研究人员对将近60个低收入和中等收入的家庭展开了追踪调查，从孩子3岁时开始，每年观察和记录他们的行为，直到他们完成高中学业。最开始，研究人员给每个家庭发了一台录音机，让他们吃饭时把它放到餐桌上。孩子在三四岁的时候会说出一些成年人难以理解的话，比如三岁的汤姆说："我睡着的时候看到很多动物，我做梦，睡醒之后它们还在……"

母亲没有敷衍地告诉他"只是做梦，好好吃饭"，而是跟他展开了讨论："真的吗？你梦到了什么？"

"一只大怪兽，妈妈，它的身体……它咬下了我的脖子，戳我的眼睛。"

"你还记得我跟你说过怪兽是什么吗？它们只不过是人类创造出来的东西罢了，它们只生活在电影里。一些想象力丰富的家伙创造了它们，还有各种各样的特效，让它们看起来特别可怕。"

"而且我不会让任何怪兽伤害你。"

一段生动的对话，包含讲故事、新信息、母亲的抚慰等，还有复杂的词汇。

另外一些父母只顾着自己聊天，和孩子的对话只有教训："坐直了！嚼东西的时候闭上嘴巴！"还有的父母在用餐时一言不发，因为他们觉得应该食不言，寝不语。虽然一遍又一遍地跟孩子谈论梦境中的怪兽，可能会让人感到无聊和麻木，但孩子们正是在幻想中一点点认识世界的。

父母和孩子同频的交流，不仅能提高他们的词汇量和语言能力，还能增强他们的同理心。

他们只有被理解了，才会学着去理解别人。

2

家庭聚餐的仪式，能增强孩子们的归属感，在他们遇到困难时，成为他们的"心理安定器"。很多人都有这样的体会，在外面承受着极大的压力，或者受了委屈，只要回家能面对一餐热腾腾的饭菜，有愿意听自己吐槽的爸妈或是伴侣，那些委屈就会得到治愈。

《教父》中有一个细节，一次吃饭的时候，迈克和手下谈论帮派的事情，迈克的姐姐提醒他说："父亲从来不会在餐桌上当着孩子们的面谈'生意'。"迈克愣了片刻，停下了嘴里的"生意"。哪怕是在外面刀光剑影的"教父"，回到餐桌前，也要做一个亲切、有耐心的"家人"，聊有趣、温馨的话题，让餐桌成为体会家庭温暖的最好的地方。

3

从生命诞生的那一刻开始，在每个人生阶段，我们与他人的关系、在关系中得到的能量，都会影响我们的安全感、思维方式、认知能力，甚至健康程度。

杨绛在《我们仨》里写到了很多吃饭的场景。女儿钱瑗出生在英国，"我们用大锅把鸡和暴腌的咸肉同煮，加平菇、菜花等蔬菜。我喝汤，他吃肉，圆圆吃我"。钱瑗长大后，常常给父母做菜，"她买了一只简单的烤箱，又买一只不简单的，精心为我们烤制各式鲜嫩的肉类，然后可怜巴巴地看我们是否欣赏。我勉强吃了，味道确实很好，只是我病中没有胃口。我怕她失望，总说：'好吃！'她带信不信地感激说：'娘，谢谢你。'或者看到爸爸吃，也说：'爸爸，谢谢你。'我们都笑她傻。"

一日三餐，是最日常的生活，越是日常，越能够提供一个空间，在家人之间建立心灵的连接。在饭桌上，我们谈论哪个菜最好吃、哪个同学上课捣乱、哪个菜摊的菜最新鲜，谁家又有什么八卦……

这些饭桌前的细碎琐事，构成了孩子对家最深的依恋，也是一个家最真实的温度。

姥姥家饭桌上的酱

□ 肖 于

很多个明晃晃的夏天，我姥叫我："飞啊，帮姥干点活儿吧。"我在园子里捉蝴蝶，或是抓蜻蜓，也可能在看草叶子上的瓢虫，听到这话马上答应一句，就去帮我姥干活了。这活，我爱干，抢着干，我姥知道，她最疼我。

酱缸上放着尖角的铁皮"帽子"，把它摘下来，然后是我姥洗得雪白的纱布罩儿，用橡皮筋箍在缸上。铁"帽子"放在水泥地上，纱布罩儿放在铁帽子上，我开始捣酱。酱缸里放了个木头的酱杵子——木头柄加一个小长方块木板，这便是酱杵子。

酱缸里的酱很安静，一动不动。一打开，就有一种咸鲜的酱味扑出来。酱杵子捣酱要上下翻，把下面的酱翻到上面来，上面的酱是接触了空气的新鲜的黄色，下面的酱是暗棕色的。捣酱就是把下层的酱捣上来。我两只手握在木柄上，把酱缸翻个乱七八糟。翻腾一会儿，我就厌了，跑去玩了。我姥继续捣酱。捣酱的意义在哪里，我并不知道。

有时候，雨来得很快。这种时候，我也会很机灵地赶快去盖酱缸。酱缸被雨淋了，酱就要长蛆，那就不能吃了。

酱有多重要？东北人的餐桌根本离不了。

从酱缸里盛出的酱也能吃，可是不够味道。我姥家饭桌上的酱都炸过，有时是蘑菇酱，有时是鸡蛋辣椒酱、肉末酱，这三种酱，百吃不厌。

蘑菇酱就是蘑菇肉末炒了放酱炸。蘑菇要选小蘑菇，大拇指指甲大小的。很多蘑菇是我姥带我去松树林里采的。姥带我采蘑菇做伴儿，我很爱去，但我有时候走不动了，姥也哄着我，总在蘑菇筐里带一点儿点心，一块绿豆糕，一块槽子糕，一块炉果，点心是姨孝敬姥的。

有几次，没到松树林，我就走不动了，姥叫住赶马车的农村大爷，让他捎我们一段。不管认识不认识，老太太带个小女孩，车老板都会豪爽地让我们上车。我想，我一定在车上睡着过。

我再也吃不到那么好吃的蘑菇酱了，我姥去世十三年了。她在，故乡就是我最想回去的地方；她在，不管多远，我每年都要穿越大半个中国回去看她，只是看她。

姥住的那间小屋，除了一张床，就只能放下两个凳子了。对着床的那面墙上的隔板也是蓝色的。我小时候，在这间屋里住过很多年。那时，姥能做酱，酱块子被报纸包裹着。酱块子的咸鲜味道裹也裹不住了，这小屋好像一直都浸在这发酵的豆香气里，散不掉，去不掉。

姥走了，我不送她，她好像还在。姥是那个坐在院子里、水泥路面上、小方凳上，穿着干净的白色带浅格子衬衫，外面套一件灰蓝色布马甲，头发纹丝不乱，戴着眼镜，看《老年报》的老人。

姥走的那年冬天，在东北生活了五十多年的父母，也彻底离开了老家，定居他乡，开始了新的生活。姥没了，我们好像失去了留在老家的理由。

亲情颂 第二章

我们越长越大，父母却越长越小

□ 肖 遥

我驱车载着爸妈前往一个楼盘。置业顾问热情地围着我们转，像导游一样介绍整个小区。我爸看房很积极，但关注点似乎有点儿偏，他一个劲儿地问置业顾问："这房子的地基要打多深？"对方被他问得一头汗，结结巴巴地回答："叔叔，我可不是搞工程的……"我在一边听着，使劲憋着才没笑出来，我爸真是购房者中的"一股清流"啊。我估计那位置业顾问从没碰见过像我爸这样，问这种只在项目评审会上才会提出的问题。置业顾问于是转移话题，告诉我们小区里有诊所，还配备老年活动中心。对这些，我爸这位机械工程师根本不关心，他几十年前的职场角色已然上身，认真地叮嘱这位年轻人："请你问一下搞工程的，这地基打了多深，回头给我回话。"态度不容置疑。

我妈的反应则截然相反。置业顾问起劲地介绍楼盘附近规划的地铁和商业设施，我妈却在一旁嘀咕："最好别发展起来！"她才弄不清楚房产增值全靠周边设施的规律，只觉得那种空寂辽阔的自然是最美的，如果被商业场所破坏了就太可惜了。后来，她竟然靠在售楼部的那个长沙发上睡着了。

总而言之，我爸妈对买房毫无兴趣。他们一听到看房结束便如释重负，兴高采烈地说："那咱们去山上摘柿子？"我嘴上说"陪你们玩儿去"，心里却在紧张地计算着："如果买下刚才的楼盘，首付款还差多少……"我忽然觉得这一幕好熟悉，小时候我缠着爸妈玩的时候，也见过他们脸上这种强忍着不耐烦的表情，虽然勉为其难陪我玩了，但明显看得出他们心不在焉且心事重重。

下午爬山时，我不断地发微信与置业顾问讨论两个楼盘的性价比，我爸在一边不停地催我："别玩手机了，赶紧去摘柿子呀。"一瞬间，我恍然觉得我爸变成了小孩子，准备叉起腰来跟我吵架："你不陪我玩，你是坏人！"我真想与他理论一番：到底是买房子重要，还是摘柿子重要？然而话到嘴边还是收回去了。

如今角色反过来了，我竟然成了那个忙着"重要事情"的大人，我的父母成了抱怨我不好好陪他们玩的小孩。与小孩子不同的是，他们可能并不感到愧疚，而是觉得自己抱怨得对："你怎么对玩这么不上心？这么好玩的游戏你竟然也三心二意，真是够无聊的！"

到了我父母这个年龄，对体能和力量变得既畏惧又向往，他们特别热衷于锻炼身体，也很自豪于能坚持早起，他们以自己的方式对时间宣战，就像我作为一个中年人，试图用投资来获得安全感。我们明明知道，这些像西西弗斯推石头上山一样，都是徒劳，但谁都不能否认这些投入的过程有其意义。

我们越长越大，父母却越长越小，时间在对我们施展残酷的魔法。当我把角色代入后反而释然了，在时间面前，我们都是脆弱而渺小的，哪有什么大事情？哪有比陪伴亲人更大的事情？

我在山上跑，感觉浑身充满力量。一回头，父母落在后面，正在吃力地追赶。我站在原地等待父母，决定不再关注手机，我对着他们喊："你们别着急，慢慢来，有我在！"

当"饺子狂"父亲和有"厌饺症"的我住到一起

□柳 一

几年前,父母从老家来北京帮我带孩子,三代人从此朝夕相处,一桌吃饭,闹出不少矛盾。

父亲的饮食口味重油重盐,他热衷于腌制各种咸菜,每隔一段时间剁上一碗,再倒上酱油、醋,加点香菜叶子,不论吃什么都要配上这碗咸菜。我再三反对,表示这种饮食对"三高"的他来说极其有害,还吵过几次架,但收效甚微,可能人上了年纪就越发固执了吧!

我们早餐吃得简单,牛奶、鸡蛋、面包,再来几片酱牛肉,一些新鲜果蔬,易做且营养丰富。但父亲从来不和我们一起吃早饭,他号称自己"这辈子没喝过牛奶",并以此为傲,证明自己不"数典忘祖",在他看来,饮食习惯逐渐变得跟我们一样的我妈已经忘了自己农民出身的本色,变得"小资"了。

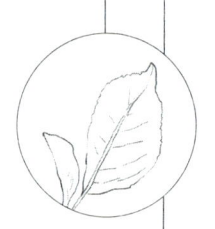

他每天很早起床给自己做专属早餐,用酱油和葱花烧一碗汤,主食基本离不开肉饼、油条、饺子,其中以饺子为主。说起饺子,这是父亲一生的挚爱。他以前在老家时,几乎每天都会吃饺子,在我看来复杂且麻烦的诸多工序:和面、醒面、剁馅儿、擀皮儿、包饺子、下锅……他早已驾轻就熟、一气呵成,每天重复也丝毫不觉得麻烦。待饺子出锅,他盛出一盘,自然要配上那碗咸菜,总是吃得津津有味。

我则恰恰相反。回想起来,我小时候对饺子并没有什么特别的感觉,但随着成长过程中吃的饺子越来越多,直到每天都吃,我开始出现逆反心理,看到饺子就皱眉头,倒不是觉得味道不好,而是单纯对"吃饺子"这件事情反感。毕竟,即便美味如满汉全席,每天都吃也受不了呀。等终于上大学离家后,我就很少主动吃饺子了。大学四年,我吃饺子的次数一只手就数得过来。

认识我老公后,第一次去他家吃饭他父母就做了饺子,可能这是老一辈人表达热情的通用方式?我硬着头皮吃了几个就再也吃不下去,后来听老公转述他父母的评价,"这孩子太拘谨了,怎么吃得这么少?"

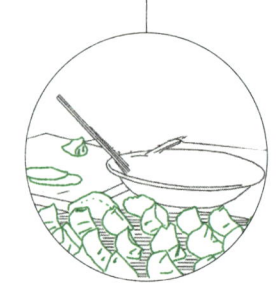

等我和父亲因为孩子又住到一起,饺子就又成了问题。父亲依然如故,抓住一切机会做饺子,除了早晨做给自己吃,赶上家里有人出差或者旅游,哪怕只离开一天,他也要做一顿饺子,美其名曰"发脚",等人回来再做一顿,名目变成了"接风"。来客人,做饺子以示欢迎;遇到高兴事儿,吃顿饺子表达喜悦的心情……

在我们家，所有的节日，不管传统节日，还是父亲嗤之以鼻的各类"洋节"，统统要吃饺子。中秋节时父亲嫌月饼"太油太甜"，但转头就吃起了更油腻的煎饺，竟然还是油梭子馅儿的！家人过生日他绝不吃蛋糕，他说这些东西太"小资"了，一碗饺子才更应景。春节更是当之无愧的正日子，我们基本会从进入腊月开始每天吃，一直吃到出正月。每当我提出抗议，父亲就理直气壮地说，中国人过节怎么能不吃饺子？

平心而论，父亲做的饺子味道相当不错，品类也丰富多样。从形式上看，蒸煮煎皆有，从馅料上讲，猪肉白菜、芹菜牛肉、韭菜鸡蛋、素三鲜、鲜虾瑶柱、酸菜粉丝等新旧口味层出不穷，而且皮薄馅大，鲜嫩可口。但吃的频率太高，即便好脾气如我老公，也从最初的赞不绝口，到后来忍不住小心翼翼地说："咱爸做饺子是不是有点多？"

由于工作性质，我大部分时间不用坐班，几乎一天三顿跟父母一起吃饭，因此，跟我老公相比，我的饺子苦役更加沉重。被勾起了童年阴影的我屡屡抗议，最初争执一次能管上几天，父亲做饺子的频率低一些，或者同时给我烙两块饼，但几天后就又恢复原状了。

争执的次数多了，父亲开始打苦情牌，那是一段来自童年的悲惨历史：爷爷奶奶家里很穷，父亲只有过年才能吃到饺子，那是他记忆中最美味的食物。即便是过年，那幼小而饥饿的胃也不能得到充分满足。有一年春节，还在上小学的父亲在村里玩，看到一户富裕人家的孩子端着热腾腾的饺子坐在门口，逗他说可以一起吃。他兴冲冲地跑过去，富家孩子故意闪开，他摔倒在门槛上，饺子没吃成，还磕到了下巴——一道浅浅的疤现在还藏在已经发白的胡楂儿里。

也许是难以果腹的记忆、被戏弄的耻辱感，父亲把"吃饺子"这三个字深刻地烙在了心里。他后来考上了大学，这在那个年代是很难得的事情，毕业后国家分配了体制内的工作，日子一天比一天过得好，但对饺子的渴望丝毫没有消减，他越发固执地追求童年时代匮乏的东西：香喷喷的饺子，油汪汪的肉饼，漂着油花的一切汤汤水水……与此同时，他却对童年认知范围内不存在的东西避之不及，比如牛奶、蛋糕、刺身、寿司，那些被他统称为"小资"的一切。

除了饺子，父亲关于贫瘠年代的记忆还包括一块手表，因为家中贫困，只能供作为长子的他一个人读书，而他同样成绩优秀的姐姐，也就是我的大姑，主动辍学去厂里做工，待父亲考上大学，大姑把攒了几年的钱全拿出来，给父亲买了一块上海全钢手表。那块手表父亲戴了很多年，早就坏了，但他始终珍重地收在抽屉里。

饺子、手表，这些属于那个时代的伤痕，也许父亲注定要收藏一生。

说了这么多，我对饺子依然谈不上和解，只能是多了几分宽容。毕竟，和父母一起住，三代同堂，更闹心的事儿可远不止这一件呢。

最近，父亲回老家办事，暂时无法回北京，我的饺子苦役暂时解脱，同样，父亲的饺子压抑也得以释放，我妈说，他现在一天吃三顿饺子。我听了只有苦笑。不过，值得欣慰的是，我儿子目前还很喜欢吃姥爷做的饺子。

跳进同一个"战壕"

□明前茶

早上八点,土地上亮晶晶的浓霜被冬阳晒化成一层薄薄的露水。来挖山药的多半是穿着裘衣、毛背心与敞怀棉袄的中年男子,多数是家里的顶梁柱。他们大部分人都带着一个十来岁的孩子。而两三天之前,这些中年男子还都在外地打工。

当孩子们的班主任赵老师要求这些爸爸回来陪伴孩子,爸爸们的第一反应是:"这么细致的活儿,我干不来。再说了,我长期不在孩子身边,孩子也不服我管哪。"没想到赵老师坚持说:"反正你们挣钱的活儿也基本上干完了。老是不花时间跟孩子接触,孩子看向你们的目光,只会越来越像陌生人。"于是,他们回来了。

这会儿,挖掘机已经在山药地里开出一条长长的深沟,就像电影里被工兵挖出的战壕。大地裂开一条一米多深的深沟,涌出新鲜的土腥气,有点涩,有点腥,还有植物根系的清甜味儿。大人们先跳下了深沟,然后将镢头、铁铲接下去,再伸出双臂,把孩子抱下来。这可能是孩子学会走路以后,这帮农村的汉子第一次拥抱自己的小孩。双方都有点不自然,有点羞涩。

山药地的主人老李感叹说,一年种铁棍,十年无地力。一轮铁棍山药种完,这块地就只能种些速生的叶子菜了。要等上十年,这里才能再种山药。"等下回我们再在这块地上收山药的时候,今天这批孩子都已经离家了,上大学的上大学,打工的打工,爹娘想见一面也很难。"不知为什么,这话在这拨心思粗糙的农村汉子心中激起了某种隐秘的涟漪。有人拄着镢头,回味着老李的话,出了半天神。

很快,奋力干活的父亲们就出了汗,把敞怀的棉袄都脱了。等到孩子也脱下棉袄的时候,有位父亲好像头一回留意到孩子穿的毛衣颜色不对,问:"你怎么会穿粉红色的毛衣?"男孩儿满不在乎地说:"姐姐的毛衣洗缩了水,妈妈就给我穿了。被小伙伴们笑话过,不过我不在乎。"当爹的突然沉默了。他继续快速而卖力地起着山药,似乎在揣摩如何在勤俭节约与满足男孩的自尊心之间取得一种平衡。最终他说:"马上老李就会给咱们结算工钱。爹给你去买一斤纯羊毛毛线,黑灰色或者浅棕色的,织一件新毛衣和一件毛背心。"

男孩从未在父亲这里受到过这样的关注。他嗫嚅半天,不知道说什么好,忽然他说:"爹,你鼻头上粘了泥巴,我来帮你擦掉。"孩子忘了,自己也是两手泥。好,他这一擦,父亲的脸上就像侦察兵糊了迷彩面具一样。这个动作逗笑了众人。忽然,不知是谁起了头,在狭窄的、被太阳晒得暖烘烘的深沟里,大人开始追跑着,反手用泥糊了小孩一脸,小孩也毫不客气地举手糊大人的脸,笑声挤满深沟。

他们知道,这是不可多得的一刻。因为很快父亲又会外出打工,儿子还会继续孤独成长。然而,有了今天这毫无芥蒂的相处,足够他们在未来的相处中,让彼此少一些陌生与怨怼,多一点儿战友般的情感。因为他们曾在一个"战壕"里出过力、流过汗,彼此默契地帮衬过。

人生哪有衣锦还乡，其实都是世间游子

□ 温伯陵

历史上，有两次"回老家"特别感人。

公元前196年10月，刘邦回到沛县。那时，他已经打败所有的竞争对手，占据了天下的市场份额。而这一切的起点，就在沛县。

就像外出打工然后发家致富的土豪，回老家给小孩子发压岁钱、发糖一样，刘邦也特别豪气："我虽然在长安买房、买车、开公司，但我的灵魂依然在这片热土上。我宣布，沛县百姓以后都不用交税了。"然后，他在沛县最豪华的五星级酒店大摆宴席，请全县的乡亲们吃饭，还唱自己写的新歌："大风起兮云飞扬，威加海内兮归故乡，安得猛士兮守四方。"

另一个感人的"回老家"的人是李世民。

公元632年，李世民回到武功县庆善宫。34年前，他在这里出生。34年后，回到这里时，他已经站在大唐权力之巅。

李世民赏赐了随从的大臣，并且给闾里的父老乡亲发放了米、面、油，向他们致以亲切的问候。然后，他让人在舞台上唱歌，歌词是他新写的《功成庆善乐》："寿丘惟旧迹，酆邑乃前基。粤予承累圣，悬弧亦在兹。"

如果按照拍电影的套路，这是完美的大结局，衣锦还乡。

可当我们深究下去，就会发现根本不是这样的。刘邦和李世民所谓的"衣锦还乡"，不过是休养生息。

那时候的刘邦早已病入膏肓，还强忍着病痛平定了英布的叛乱。更不幸的是，他负了重伤，半年后就在长安去世。作为大汉集团的老板、丰沛故旧的利益代言人，他根本没有自己的时间，活着要为大家活，死也得为大家死。面对层出不穷的叛乱，刘邦不顾退休的年龄，依然骑战马、驾长车，奔波在战场一线。在精心谋划了"诸侯王、外戚、功臣"三足鼎立的格局后，他死前想安静地躺一会儿都不行，还得听吕后唠叨："我们以后可怎么办啊？老头子，你快说句话啊！"不得不说，在沛县的几天是刘邦最轻松的时光，他好像又回到那个无忧无虑的年代，那是青春的气息。

在世人眼中，刘邦和李世民是在功成名就后衣锦还乡，可在他们的心中，不过是想找个温暖的地方，安放受伤的心灵，然后，爬起来继续战斗，毕竟奋斗者永远在路上。所谓"衣锦还乡"，真的不必太当真。成功如刘邦和李世民，也不过是稍息片刻，然后继续踏上奋斗的征程，直至去世的那一刻。

游子归故乡，是人生的终点。不成功如我辈，更不必在乎流言蜚语。混得比别人好，当常怀谦逊之心；混得差，无非是撸起袖子加油干而已，大丈夫当以四海为家。就像1910年，毛主席离开韶山前，抄给父亲的那首诗一样："孩儿立志出乡关，学不成名誓不还。埋骨何须桑梓地，人生无处不青山。"

下行的爱

□ 郭志远

中国式的爱是下行的。我是这样认为的。

阿旗的舅舅是一个地道的中国农民，曾经是一名走街串巷的锢匠，育有三子一女。大儿子与二儿子因为宅基地的事，闹矛盾了，大儿子认为父亲偏向弟弟，便以此为借口不与父母、二弟家来往，因此，他也不用在父母跟前尽所谓的孝了。

但是很多年前，当大儿子还是孩子的时候，他不知道父母是怎样含辛茹苦地把他养大的，有一口好吃的也得给他留着。但是再苦，父母也认为是快乐，因为这是疼爱孩子嘛！没有任何条件能成为不疼爱孩子的理由。可如今，因一点儿身外之物，当年下行的爱没有折射上行，连几分之一也没有。

想当年十里八乡谁不知道郑锢匠的手艺，小到盘子、碗，大到水缸、面瓮，都能给你锢得天衣无缝。可如今，他自己家的亲情再怎样用力也锢不到一块了，只剩叹息。

得宝家三岁的儿子昆昆感冒了，小两口那是一秒都不敢耽搁，马上带孩子去看医生。孩子不能有一点儿疾病或受一点儿伤，如果有，那做父母的必然心急如焚，恨不得那病那伤在自己身上。

可前几天得宝的母亲刚好感冒了，如今还没好，无力地在床上躺着。当时得宝只是到母亲床前问了句"厉害吗，还用去看医生吗"之类的话，母亲说没事，多喝口水歇歇就好了，如果看医生，那样不光给孩子添麻烦，还得花钱。得宝听后，就没再当回事。母亲连感冒药也没吃。可如今孩子病了，那就不一样了，得马上看医生。孩子和大人不一样，大人能扛，而孩子不行。得宝媳妇也是这样认为，我有时也是这样认为的。

三天后，孩子的感冒好了，看来有病还是要找医生。孩子是奶奶照料大的，他一有点精神，便跑到奶奶屋里来，问奶奶怎么病了，怎么不去看医生等一些幼稚但暖心的话。奶奶只是随口应承着，伸手在卧床内侧拿出一个近乎干瘪的橘子，递给孙子。

孙子欢喜得不得了，转身去找爸爸、妈妈，说奶奶给了自己一个橘子。奶奶随后在自己房间隐约听见训斥孩子的话语："别再去奶奶房间啦，她感冒还没好，别再传染给你了。"既有儿子的声音，也有儿媳的。奶奶刚才见孙子的喜劲顿时没了，无神的双眼随即盯紧透窗的一缕夕阳，直到光线全部从房间溜走。

一天，我带着孩子去河边玩。我的生活也绕不开孩子。当时是下午四点多钟，映着夕阳，我们看见一群野鸭子在冬日的河水里自西北方向游向东南方向，身后划起的波浪因太阳的照射，形成了一个又一个巨大的银色箭头，异常漂亮。那是我从未见过的景色。孩子非常高兴，看到他高兴，我也非常高兴，不只是因为看见眼前的景色，更因为孩子高兴。而当时，我的母亲因为腰疼还在姐姐家养伤，我有几天没去看她老人家啦？对孩子的爱可以不择方式，不计时空，但是对母亲，我计算着什么时候该怎么样了。两下相较，我心里有种莫名的难受和焦躁。

我看到很多外国人也是不计较条件地去疼爱下一代，不知道他们的爱是下行的吗？反正我感觉中国式的爱是下行的，我说得如果不准确的话，起码在我周边小小世界里的爱，是下行的。

第三章 锦年情事

　　他觉得他和她的关系似乎成了这样——他站在一条河中，河的对岸是她；他为她而下水，却不敢再贸然向前，因为前边水太深，而他不识水性，每进一步都有没顶的危险。退回去不成问题，却又不甘心退回，因为身后的岸上没有能让他感到幸福的事物。因为她在彼岸，彼岸对他具有巨大的吸引力，能让他对幸福产生丰富的想象。他希望她不停地向他招手，给予他前行的勇气。而她并不，似乎也不会主动望向河中的他，更不会自己也下水拉他过去。他如果真的退回去，她似乎还能够忘了他。

——梁晓声《河的对岸是她》

遇见斑马

□水生烟

1

每年的单位年会部门宣誓时,我的脚趾都不停地抠着地。半个小时后,我打算出去透透气,在院子里装作看手机。然而一个人站在我面前,他还叫了我的名字:"尚嘉!"听声音我就知道是谁了,但我是不会承认的。我抬起头,假惺惺地说:"赵译?"

赵译看着我,问:"脸这么红,喝酒了?"

"哪能呢?还没到聚餐环节!"

他又说:"那你别喝酒,我在楼上有客人,等会儿坐你的车回去。"我深吸了一口气,觉得他不是胆子大,就是人有点傻。

如果你遇见过那样一个人,你听见他的声音就会脸红,说话时分不清平翘舌,走路有可能顺拐,开车有可能撞墙……的话,你一定会明白我在说什么。

2

我和赵译从小就认识,我们的友谊破裂在十岁那年的冬天。当时,赵译用铁锹拍实了一大堆雪,挖了一个雪洞,累得手脸通红,头发里都冒着热气。他邀请了好几个小孩参观他的雪洞,最后一个才轮到我。这也就算了,可我刚爬进去,他就用雪堵住了洞口。眼前忽然黑了下来,我听见他们的笑声,一下子就哭了。我乱拍乱砸,手腕不知被什么划破,赵译把我拉出去的时候,几滴血落在雪地上。我踢了他一脚,他也哭了。

高考之后两个班一起出去野餐,将近一百人围成一圈席地而坐,赵译在圈子中间,唱了一首俗得让人直起鸡皮疙瘩的网络歌曲。我看着他,却想起小时候的儿童节,可他早就不是小时候的模样了,他面孔英俊,嗓音好听,我看到好几个女生红着脸。一曲终了,有人起哄:"有女朋友吗?"

赵译抬起眼睛,目光灼灼,视线从我的脸上一掠而过。然后他叫出了班花的名字,说:"你愿意做我的女朋友吗?"

我抚摸着手腕上的小小伤疤,忽然生起气来。我发觉自己一直记着赵译的仇,从十岁到十八岁。似乎有些不可思议,但这是真的。我日日摩挲着对他的气恼和讨厌,直到情绪表面像被包浆般锃亮闪光,也像被磨薄了一样吹弹可破。

3

二十二岁,我有了男朋友。比赵译内敛,比赵译温和,比赵译好看。我一度为此而得意。可是我们走过巷口时,那么巧就遇见了赵译和他的女友。

走远之后,我的男友还挺逗,他说:"你能不能轻点抠我的手?"我们俩的关系就这样变坏了。我觉得他就像掌握了我的污点和把柄,他看着我,眼神也像X光,精准扫描了我的病灶,这同时伤害了他。

我不是没想过挽回这段关系。我烤了一个蛋

糕，所有的主料和配料他都认得，唯有那截绿色是盲点，他问我："这是什么？"我如实回答："草。"

于是他也说了一个字。同音降调，第四声。我们就这样分手了，分得满地狼藉，很不体面。那晚我做了个梦。梦里我给赵译做了个青草蛋糕。

4

二十七岁，我稀里糊涂地和赵译相了回亲，我由此成了一个"翻小账的女人"。

这话是赵译说的，后来我的昵称也成了"范校长"。

餐厅里，当看清面前笑得光芒万丈、得意扬扬的赵译，我的想法在"留下"和"逃跑"之间反复横跳。赵译拉了我一把，说："都是成年人了，咱们坦诚大方一点儿，坐下说！"

我们沉默了一会儿，后来他的电话响了，铃声居然是"河马张开口吞掉了水草，烦恼都装进它的大肚量……"

就这样，往事争先恐后地蜂拥而来，我们控诉了对方。

我说："那时候我给你送锅包肉，在路上摔倒了都虔诚地举着盘子，膝盖摔烂了也没让锅包肉落地！你倒好，给我送盘炸鸡柳，你边走边吃，到我家只剩三块！"他快要笑疯了："你那是怕你妈揍你……"

"那你为什么把我封在雪洞里？""我当时才十岁，你原谅我吧！"赵译笑着说，这让他的道歉显得不太真诚，"那胡同里满墙的'赵译是狗'不是你写的？"

"是，我用了整整一盒粉笔……"说到这里，我们终于相视而笑。

走出餐厅时，我看着玻璃窗上的影子，深深后悔穿了一件橘色的大T恤。我的样子不像是相亲，倒像是出来倒垃圾。因此赵译提议看电影的时候，我拒绝了，提议散步的时候，我又拒绝了。

马蹄声法则说：如果你听到马蹄声，先猜马，不要猜斑马，因为马常见，而斑马不常见。

我被自己的悲观主义狠狠打脸。我承认，我今天遇见斑马了。

5

我和赵译之间关系的真正转变是在年会的那天晚上。我看着他和同事道别，然后走向我。我打趣他："确定不跟女同事一起走吗？"赵译大笑："尚嘉，我好喜欢你！"

我的心尖软了软，却不合时宜地想起了一件事，冷哼："你喜欢班花，那豪情万丈的！""行了，范校长！"他抓着我的手腕晃了晃，"我当时要是说出你的名字，你能踢死我吧？"我想起了那个梦，决定给赵译做一次青草蛋糕。

我用了一种名叫"情人泪"的多肉植物，看起来还不错。我没想到转身的工夫，情人泪就不见了，赵译捏着餐叉，看着手机，正有滋有味地咀嚼。

"你在吃什么？"赵译又挖了一块蛋糕填进嘴里，他看着我，好像我在说胡话。我差点想要掰开他的嘴："你把那根草吃了？你怎么不把蜡烛吃了？""蛋糕上也没蜡烛啊？"他眼巴巴地看着我，让我深深懊恼自己的无聊举动也许会让他拉肚子的严峻可能。我在他身边坐下来，我有必要跟他道个歉。可是他抱住我，说："没关系。"

可我喜欢他啊！每一次远离他，都是因为想要抱紧他。这道理我如今才懂，我更浅薄。

后来擦桌子的时候，我发现了那根情人泪。我的大脑持续短路，我问："你没吃？"他笑："那我现在吃？"

我无语。

金庸笔下的爱情

□衷曲无闻

1

在许多缅怀金庸的文字中，出现得最多的是这一句："你瞧这些白云聚了又聚，散了又散，人生离合，亦复如斯。"这是《神雕侠侣》里，杨过走后，程英安慰陆无双的话。她话虽如此说，却也忍不住流下泪来。

2

程英和杨过第一次见面，是在乱石阵里，杨过被金轮法王打成重伤，眼看阵法将破就快丢了性命，程英及时出手相救。杨过在昏迷中误把她当成小龙女，一把抱住了她。这一抱，让她又羞又急，却怎么也挣脱不了。

从那一刻开始，她对杨过的好感正式升级为喜欢，她的心里住进了一个"杨大哥"。可是，程英终究是个斯文温雅、殷勤周至的女子。不似陆无双那么刁钻活泼，更不似郭芙那么骄肆自恣。纵然是喜欢杨过，知道他心里有别人，就不再轻易表露心迹，而是把如水的深情藏了起来。

3

杨过受伤期间，程英照顾他的起居饮食。她和杨过交谈，慈和中带着一分敬重，总是风轻云淡地将自己的心事一掩而过，安慰他说："等伤势好了，便去寻你姑姑。"喜欢的人就在身边，她只能在纸上反复书写"既见君子，云胡不喜"。如此克制的深情和冷静，让人敬佩。她心细如发，能察觉杨过对小龙女对郭芙的情谊，当然也知道她和杨过之间的不可能。她明白这是一场暗恋，但还是甘愿"一见杨过误终身"。

这是金庸在爱情里关于"得不到"最好的处理，在一起是两个人的事，但我爱你与你无关，就算得不到回应，注定爱而不得，我也无法收回对你的爱，只是我可以克制，用爱你的心去爱世间万物。

4

那"得到"呢？

故事的结尾，有情人终成眷属，王子和公主从此幸福地生活在一起，大侠和美人携手退隐江湖，就真的没有然后了吗？金庸在《倚天屠龙记》新修订版的结尾给出了答案。

张无忌决意和赵敏归隐蒙古，周芷若却来要求他履行承诺："你只管和她做

夫妻、生娃娃，过得十年八年，你心里就只会想着我，不舍得我了。"怕读者体会不到他的用意，金庸还特意在后记中强调，张无忌没选定自己的配偶，事在人为而非命定。这样的心思，颇有点红玫瑰与白玫瑰的味道。人性的复杂与悲哀正在于此，你即使此时得到，十年以后未必还是当日心境。哪对爱情破裂后的恋人，当初看对方的时候，不是心里蘸了蜜？凤冠霞帔、对拜天地、生个娃娃，不过是一时的欢乐，时间温柔一刀砍来，人性要剑空手接白刃。

5

不只"偏要勉强"和"问心有愧"的左右为难，新修订的版本，张无忌还有一男娶四女的打算。张无忌的性格自带滤镜，就是只记得人家对他的好，而且越想越好，自然原谅了别人的过失。昔时在濠州，张无忌和周芷若已经在拜堂了，是赵敏"偏要勉强"，抢婚成功。后来在少林寺，周芷若坦言自己"问心有愧"，对自己很有信心，也了解张无忌的性格弱点，料定"过得十年八年，你心里就只会想着我，不舍得我了"。

当然，对爱情还抱有幻想的年轻人，自然接受不了这样的修改。于是金庸在书的后记里指出，这是年轻的小弟弟、小妹妹所不能参透之感情，他们总有一天会明白的。周芷若飘然远去之前，一针见血地点出张无忌的博爱，控诉了男人都是大猪蹄子。

6

金庸曾在旧版《倚天屠龙记》的序中坦言自己最爱小昭，新版中他偏心地增加不少小昭与张无忌感情的戏份。波斯船上，两人分别在即，张无忌说："我会永永远远都记得你，前晚做梦娶了我可爱的小妹子为妻，以后这个梦还会不断做下去。"小昭回应说："我真想你此刻抱住我，咱俩一起跳下海去，永远不起来。"这些结局的重大改变，似乎也反映了金庸的最新爱情观，活在当下，顺势而为。

年少的时候，我们以为爱情许下承诺就会一辈子在一起，彼此要忠贞不渝，后来才明白，所谓忠贞的爱人，只不过是弱者为了保护"我方水晶"，掩饰无法承担爱情风险的无能，没有信心靠魅力让对方死心塌地与自己过一辈子，而不得不依靠承诺的枷锁来束缚对方。而成熟的爱情观，是我爱你，不需要承诺，我也会和你在一起；你不爱我了，就算承诺再美，我也不怕失去你。

7

金庸写"侠之大者，为国为民"，也写"无人不冤，有情皆孽"，他几乎写尽了世间爱情的模板。

萧峰失手打死阿朱，塞上牛羊空许约，情深未变却寒盟，其他人再好也比不上，"阿朱就是阿朱，四海列国，千秋万载，就只有一个阿朱"。杨过深中情花剧毒，只余七天寿命，拼死从李莫愁和金轮法王手中护全郭襄，感叹"七日之后我便死了，日后她长到她姐姐那般年纪，不知可会记得我否？"她何止记得，她寻寻觅觅的一生，点点滴滴的全部，都是杨过的影子。

"相思无用，唯别而已。别期若有定，千般煎熬又何如？莫道黯然销魂，何处柳暗花明？"金庸启蒙了我对爱情的憧憬，也教会我如何面对爱情里的聚散离合。千万人之中，或许只有一对如同杨过与小龙女一样幸运，用近二十年的时光去挣扎，最后却能在一起。千万人之中，或许只有一个像程英、郭襄，哪怕爱而不得，也只问付出，不求回报。

难免有的成了李莫愁、梅芳姑、周芷若，黑化不过是为了满足一己之欲。还有很多像丁典一样，喜欢却不能在一起，弥留之际，回想起过去的美好，希望找一个人来分享那些填满时光的回忆。

你的爱情，是什么样的呢？

爱没爱过，胃知道

□闫晓雨

1

出于方便，就叫你火锅先生吧。我们认识的时机不算太好，你比我大七岁，有过未婚妻，在结婚前夕对方选择不告而别，从此你变得对爱敏感多疑。我们的第一次见面还算有趣。因为感情生活受挫，你来北京散心，我是在北锣鼓巷拐弯处一间二手相机店见到你的。因为喜欢摄影，我隔三岔五会跑去那家店。其实我不懂什么器材和型号，只是拣着模样好看的，挨个儿拿起来试试。你的脸，就那样突兀地出现在我的取景框里。

那是一张有些颗粒的脸，白净中透出冷厉。

你问我，是不是也喜欢胶卷相机。我说，是。胶卷相机最珍贵的，是一幅胶片只能拍一张照片。既代表瞬间，也代表永恒。不像手机，拿起来，咔咔咔，万花丛中挑不出一个天然可爱的表情。你听完我的解释哈哈大笑，可能觉得投缘，就顺手向我要了微信，说回头有合适的相机推荐给我。我们的相识和身边所有路人一样普通到极致，没什么新花样。

出门后，也没有再刻意并肩行走，打了个招呼便分开了。但看着你的背影，我莫名地觉得，这不会是我们最后一次见面。

2

自从和你见面后，我就很想在微信上和你说话。可是脑子里那根弦绷得紧紧的，不断提醒自己，别去招惹不该有交集的人。潜意识里，我期待着与之发生联系，却又害怕那份心意在现实的撞击下七零八落，连自尊的躯壳都收不回来。

没想到几天后，你先给我发来微信。你说自己回了重庆，心情有所好转，还把你在胡同里拍的照片发给我看。一来二去，我们的话多了起来。我知道你是一家食品公司的包装设计师，赚得不多，手里的余钱都拿去玩儿摄影了。和我一样，你对食物也有足够的热忱。我爱食物骄傲丰盈的内里，你爱食物未拆开前的那份矜持与等待，你的手机里，还存了很多诱人的好吃的食物照片，都是你自己做的。说将来有机会做给我吃。那段时间，我们联系非常频繁，你在南方，我在北方，每天最珍惜的就是下班后，耳朵里响起的亲切呢喃。

爱情开始时，看似无迹可寻，又四处露出马脚。

3

其实我问过自己，如果我们真的在一起了，接下来该怎么办。当时的我能想到的最佳解决方式，是好好享受当下，不管以后。

你什么都做了，唯独不说喜欢我。我想过放弃你，再也不理你，但总是被你无意中的一句话拨动心弦。那是2015年的夏天。你在微信上对我说你不开心。我问：你怎样才能开心？

你说：你过来，让我牵下手就开心了。我翻个白眼说：你有病！

更有病的我，立马订了第二天早上飞往重庆的机票。那年夏天，我工作几近饱和，除了忙公司的事，每晚回家还要写书稿和专栏。那天晚上忙完已经凌晨，屋漏偏逢连夜雨，洗澡时家里停电了，我摸着身上没冲干净的泡沫，拿毛巾一点点擦干净。

那点呼之欲出的少女心，在暗夜里熠熠生辉。第二天出现在你面前的我狼狈极了，头发上被残留的护发素糊成了一片，油腻腻的，很丑。你只是笑一笑，问我，想吃什么？像个熟悉的老朋友。其实，我本来想吃你做的饭的，可又觉得只有一天，做饭太浪费时间了，随便走走路，说说话，也是好的。

你带我去了重庆很出名的一个地方——洪崖洞，那里像极了宫崎骏动画《千与千寻》里的场景。站在高楼处吹着江风，你和我讲起自己的童年，中学，打过架的兄弟，甩了你的前女友，以及每个月压力很大的房贷。你看起来很悲观，说不知道那个充满负担的房子，什么时候能有个明快的女主人。我对你说，会有那样一个姑娘出现的。在心里说，但不是我。

那一瞬间，我突然明白你为什么不开口告白了，或许，和我的理由一样吧。到底是没有勇气横跨这现实的种种鸿沟。有些话，说了，又能怎样呢？

我闻到不远处飘来的辣椒香味，勾魂儿似的，就一起走了过去。我从来没有吃过那么好吃的火锅。不知道是因为山城的红汤太撩人，还是坐在身边的你太迷人。你给我调好了一碗麻油蘸料，递过来，怂恿我试一试，在那之前从不吃麻油的我原本是想拒绝的。可那一刻，我鬼使神差地接了过来，从此，吃火锅再也离不开麻油蘸料。

4

我和火锅先生有过在一起的机会，不止一次。大半年里，我们两个抽时间来来回回飞了很多次，每一次，我都觉得要恋爱了。但始终是以朋友的名义，看望彼此。

每当提到关键问题，我们都缄默不语。火锅先生是三代单传，家里只有这一个孩子，父亲身体不好，不可能离开山城。而我，工作、朋友、梦想，大部分在北京，让我离开这里，宛若断我手臂。

我们喜欢彼此，但我们更喜欢自己。所以在决定和火锅先生告别那天，我问自己，这样的感情，称得上爱吗？

我不知道。

早前有部评分特别低的电影上映，只是因为它的部分取景地在重庆，我就去看了。电影里那些场景火锅先生都带我去过，甚至，我还能想起，当时的他是以什么样的表情和我在阳光下走过那些路。

电影散场，我发了条微博：你是我终于释怀的秘密，你是我无处可寻的记忆，你是我背道而驰的欢喜。就着电影好好道了一个别，再见，重庆！再见，火锅先生！

世间会有人愿意陪我上山看星星

□明前茶

如果你是一名北京女性，29岁，未婚，而最近这个印象不错的相亲对象告诉你，他比你小4岁，从小在安徽小城镇的单亲家庭里长大。母亲硬是凭着踩踏缝纫机的收入，供他念完本科和研究生。除此之外，他一无所有，你还会与这样的男生交往下去吗？

说实在的，我的闺蜜林童见过肖南后，也是犹豫的。看得出，虽然出身如此寻常，肖南身上却毫无卑怯之气，他是淡然而清癯的，应对得体，不卑不亢。第一次见面后不久，北京的初雪就来临了。肖南在某天傍晚打电话给林童，说他是北京一家民间观星组织的队员，今晚，他将与十几位小伙伴一起去门头沟白铁山上的灵岳寺，在那里观看一年一度的双子座流星雨。在午夜两点，拖着燃烧尾巴的火流星，将会接二连三地出现。"你愿意去吗？山上很冷，加厚的羽绒衣裤，我已经替你买好了。"

出于好奇与礼貌，林童换好连帽羽绒衣和羽绒裤，跟着去了。

车行两个小时才抵达门头沟的斋堂镇，在盘山路上行驶十几分钟后，众人不得不弃车徒步上山。

灵岳寺在海拔800米的山顶，从停车点走过去要一个多小时。越向上走，空气越是清凉发脆，丝丝发甜，像刚刚结晶的冰糖。头顶上，双子座流星雨的序幕已经拉开，不时有流星擦过深蓝偏紫的天际，拖着长长的尾巴倏忽而逝。仰头望天，你可看到它们甩动的尾巴有红色、亮橙色、橙白色、白色之分，它们有的在冲撞，有的在滑翔，有的在吟叹。敏感如林童，甚至可以听到它们作为宇宙的尘埃，擦过地球大气层时，被点燃的轻响。此时，北风已经把雾霾吹散，星光下，秃树的剪影如此优美，一些枝丫像大地伸展的触手，上接璀璨的星河。林童被这样近在咫尺的美震惊了。在北京生活了29年，她从来没有意识到，不用开车走很远，就会站立在如此浩瀚无垠的星辰下。

肖南说，北京的观星者，是有福的。北京的西北面有山，东灵山海拔2000米以上，海坨山、百花山也有2000米左右，这个高度已突破了雾霾的干扰。另外，北京周围的城镇化发展，让这片地区没有彻夜不休的光污染。

那天抵达山顶后，肖南的伙伴们迅速架好相机，开始做流星的计数与标准观测。他们会统计双子座流星雨在每个亮度等级上的分布，做成一张曲线图，提交给国际流星雨组织。这是观星爱好者从业余级别向专业级别跨越的标志。林童问肖南，为什么他不做这样精细的记录，肖南说，观星对他而言，纯粹是美的享受，五官感触的开启。"就像品红酒一样。人总不能在品红酒那一刻，同时分析红酒的成分并产生一份数据报告。"

这句话说乐了林童。这一晚，两人坐在凌晨两点半的星空下，林童问了她最好奇的一个问题："你怎么会提前去买羽绒衣裤？你怎么知道我会答应跟你来观星呢？"她的潜台词是，你怎么判别萍水相逢的女伴，是同道中人？

肖南微笑："羽绒服是一年多前我开始相亲时，就买好的。我确认世间有个志趣相投的女生在等我，她迟早会出现。而且，你没有意识到吗？你的朋友圈出卖了你。在我们认识之前，你就转发了美国宇航局公布的2019年最佳星空图片。"

原来如此！

一个只敢在愚人节表白的胆小鬼

□ 程 一

如果有人在愚人节向你表白，你信吗？

我是信的，因为我遇到过一个人，明明平时胆大得很，偏偏在感情上胆小如鼠。他以朋友的身份在那个人身边陪了好久好久，进一步怕失去，退一步又舍不得。纠结来纠结去，最终在愚人节那天向那个人表白了。这就是那个胆小鬼的故事，愿你读完后在爱里能勇敢一点儿，再勇敢一点儿。

如果，我是说如果，我在愚人节这天和你表白了，你会答应吗？你大概会觉得这只是一个愚人节的玩笑吧。

这是我们认识的第八年，也是我偷偷喜欢你的第八年。或许是我隐藏得太好，你一点儿都没有察觉到我对你的心思，对外人介绍，你都说我是你最好的朋友。除了你，谁都不能欺负我。又或许是你伪装得太好，早就知道我的心意，却不想说破。

我一路跟着你从高中到大学，再从大学到现在。我见过你为了初恋男友和隔壁班女生干架的样子；见过你第一次离开家去外地上学失魂落魄的样子；见过你喝醉酒哭着说你那么爱他，为什么他不能再等等你，伤心欲绝的样子。可唯独，没有见过，你喜欢我的样子。

其实有很多次，我都鼓足了勇气，想要告诉你我的心意，但最后都没有。我是很喜欢你，但是我怕，怕你为难，怕你拒绝，更怕我连以朋友的身份陪着你的资格都没有了。

所以，明明那句"我喜欢你"已经在心中酝酿了无数次，我却还是没能说出口。是啊！不管我在别人面前多么骄傲，一到你面前，我就卑微到了骨子里。你说你喜欢高高瘦瘦的男生，我就拼了命减肥，每天喝三大杯牛奶，围着操场跑二十圈，连我最喜欢的炸鸡可乐都通通抛弃了，只为了有一天，我能符合你的标准。明明我也不差，但在你面前，我总是不自信。你不会知道，我向来睡眠浅，半夜若是被吵醒就很难再入睡。遇见你之前，每次睡前，我都会把手机调成飞行模式，但现在睡觉，我都会把提示音调到最大，生怕没有在第一时间回复你的消息。

你不会知道，我喜欢你，是一天二十四小时对你随时有空的喜欢。你不会知道，我喜欢你，是世间景色千千万，我却只想和你分享的那种喜欢。我喜欢你，但是我怕，怕我离太远你会忘了我，又怕靠太近你会嫌我烦。

有人说，如果你很喜欢很喜欢一个人，又害怕被拒绝之后的疏远，那就选在愚人节这天告白吧。如果对方相信，皆大欢喜；如果被拒绝，一句愚人节快乐，就可以轻松掩盖你玩笑下的真心。

原谅我不够勇敢，连表白都要选在4月1日这一天，但我想你知道，那么喜欢你的我，哪怕是在愚人节这天，也不愿意欺骗你。我是真的喜欢你，也是真的怕失去。

如果，我是说如果，我在愚人节这一天和你表白了，你可不可以选择相信我？

愚人节是骗人的，想和你过情人节才是真的。

玩笑是假的，喜欢你，我是认真的。

总是一个人过节的姑娘

□王宇昆

1

我认识一个叫陈月芬的姑娘。

陈月芬一直想改名,因为她高中时期暗恋的那个体育委员,五大三粗,总是拿她的名字嘲笑她,说这名字土得掉渣,这小姑娘便把这件事一直揣在心里。高考结束的那个夏天,她软磨硬泡,让她爸同意给自己改名。她心里想改成"陈乔安",跟她偷偷看的那本校园言情小说里的女主角同名,洋气得很。

书里乔安的命运跟她的不一样,乔安被很多男生环绕,帅的喜欢她,有钱的追求她,丑的巴结她,就连班主任都敬她三分,只要她请假,不问理由都给假。而陈月芬不同,她高中时是丑小鸭型的姑娘,厚如钢盔的刘海,个子瘦小。跑操的时候,她因为个子矮,总被安排在最前面,跑不快,就被那个皮肤黝黑的体育委员训斥,大声吼着要扣她的跑操分。

究竟喜欢他什么呢?陈月芬搞不明白,她只知道班上能看到她存在的男生不多,体育委员算一个。上体育课前排队点名,体育委员会故意用方言,就是那种很土的腔调,喊着"月芬月芬",全班哄笑。陈月芬倒也不是那种任人嘲笑的姑娘,以牙还牙喊体育委员的外号。整个队伍又是一阵笑,后排几个男生也跟着喊,陈月芬一副"我赢了,你活该"的表情,朝体育委员翻了个白眼。

在遇到这样一个家伙之前,陈月芬一直把自己归类于那种"不可能有男生注意到"的女生,从青春期开始,除了住在同一个大院里的男孩,再没有其他男生走进她的生活圈。陈月芬倒也不觉得这有什么,身边有一两个可以结伴去上厕所的小姐妹就足够了。她们聊起男生像是夏夜躲在草丛里的蛤蟆,过程中你一言我一语,谁喜欢谁,谁暗恋谁,大致彼此心里也有数了。

陈月芬向来只附和自己的小姐妹,当有一天她想骂骂咧咧地数落那个总是挑她刺的体育委员时,话到嘴边却不知道该怎么开口了。"虽然长得挺健康,身材魁梧,可打完篮球一身汗臭的模样怪恶心人。""虽然嘴巴贱,总是爱惹惹这个挑挑那个,可实话讲,心眼不坏。"

陈月芬一板一眼地描述着,说罢,看见身前几个小姐妹的表情不对劲。"陈月芬,你是喜欢上人家了吧。"其中一个小姐妹带头起哄,其他人也跟着起哄,"就是就是,你看你耳根子都红了。"陈月芬赶忙摆摆手,脸上写着"你可拉倒吧,我怎么会喜欢上这种人。""记得很久之前听某个小姐妹说起,体育委员有过一个女朋友,是隔壁班票选前三名的班花。"她搞不清楚自己为什么突然会想起这件事。

很寻常的一天，陈月芬卸下书包，洗漱换衣服，接着做晚自习没做完的习题，一边做一边偷摸玩了半个多小时的手机，其间趴在桌子上迷迷糊糊睡着了。若不是父亲敲门提醒她该上床睡觉了，她也不会从梦中惊醒。短短十几分钟，就做了一场大梦。梦里有个男生追在她屁股后面狂奔，像那支急支糖浆的广告，眼看着要被追上的陈月芬突然停下来，一回头便对上了体育委员的脸。她问对方为什么要追自己，体育委员气喘吁吁地告诉她——你学生证忘带了。

陈月芬低头接过学生证，看见了自己丑陋的证件照，还有"陈月芬"三个字，便在父亲的敲门声中醒了过来。"什么乱七八糟的梦啊，净胡扯。"陈月芬搓搓头发，突然对门外的父亲喊了句："爸，我想改名！"

2

即便陈月芬一整个暑假都在向父亲游说，还是没能把名字改成"陈乔安"。高考结束后体育委员去当了兵，毕业同学录里，陈月芬把他的那一页放在了最后，留在上面的电话没敢打过，留在上面的QQ也只是偶尔偷偷追踪一下新发的说说。

后来，她渐渐搁置了这个习惯，再也没想起来过。

陈月芬大四在一家小创业公司实习的时候，老板要求所有人必须称呼对方的英文名字，这下，陈月芬才终于心满意足地被叫Joan了。随着每天都被无数次称呼为洋气的Joan，陈月芬逐渐对这个名字冷淡了。她不懂，为什么用上这个名字之后，总是伴随着做不完的工作和挨不完的训。那一天，坐在Joan对面的程序员大哥，突然很温柔地喊了一声她的名字，然后滑着老板椅挪到陈月芬面前。

"Joan，你们大学生比较有创意，这不马上就要过七夕了，你说我们男的送什么，女孩子才会高兴啊？"

"你有女朋友了？"

陈月芬内心不敢相信，眼前这位一整个夏天都没怎么换过衣服、踩着一双人字拖、小拇指留着长长指甲的男士，竟然也脱单了。这是赤裸裸的歧视，陈月芬自己也承认了。但也没什么气不过的，毕竟这才是大多数人的青春吧。

3

"Joan，帮我个忙吧。"七夕那天晚上，早早下了班回到寝室刷韩国综艺的陈月芬，突然收到一位同事的微信。陈月芬问她做什么，同事说让她假装成男朋友给她转五百二十块钱，钱她先转给陈月芬。陈月芬在微博上看过类似的桥段，却没想到现实中真的有人这么做。

为什么呢？一个今晚过了就过期的面子吗？

"为了气气我前男友，他刚才在朋友圈发，他给他女朋友买了一束花。他也是真好意思晒……"陈月芬也跟着敷衍地帮腔："就是就是，送束花就拉倒了？以为自己是吴彦祖？"说完，陈月芬点击了同事发来的转账，并附带一条信息："宝贝，永远爱你！除了这个，今晚我还给你准备了另一个惊喜！"接着就把五百二十块钱转了回去。啰啰唆唆弄完，陈月芬竟已觉得累了，她没再继续看综艺，暂停了播放，敷了片面膜。

她把头仰着靠在椅背上，面朝天花板，进入冥想的状态。似乎又迷迷糊糊地睡着了，她听见有人追在她身后，超级大声地喊了一句"陈月芬"，是用土得掉渣且再熟悉不过的腔调喊出来的。不知道为什么，这一声呼喊听得她浑身酥酥的。和被人称呼为Joan的感觉迥然不同，一个像落在睫毛上的光与尘，一个像涮完脏抹布的水桶。

好像大多数人都在大多数普通的青春时光里，过着一个人普通的日常与节日，偶尔会怀念一下那显得有些不普通的过去。像某种特别的祷告，又像是墓志铭一般。

揭晓秘而不宣的喜欢，埋葬不痛不痒的错肩。

最好的暗恋，莫过于变欢喜

□檠 宁

我和宋嘉宇熟悉起来，完全是因为他太胆小。

高三下半学期初始，北方下着雨的窗外冻得人裸露的皮肤一秒内就能失去知觉，但教室里人多门窗又紧闭，倒是分外暖和，加上政治老师枯燥的朗读课文声，全班同学睡倒一大片，于是，我艰难地做一股清流，上演"小鸡叨豆"点着头时，突然面前多出一只手，吓得我一个激灵。

"你干什么？"我疑惑地问虽然坐在我斜前方，但交集寥寥的宋嘉宇。他笑笑，晃晃手里的绿色瓶子："风油精最提神醒脑了，你往太阳穴或者脖子上涂一点儿。"

我赶忙摆手，有点儿不耐烦："我挺讨厌风油精味儿的，原来每天是你在涂。"

宋嘉宇愣了一下，脸微微一红，却坚持劝我："你那么艰难地坚持听讲，不就是为了好好学习吗？这点儿苦忍一忍。"

"不是啦，"我无奈一笑，"政治老师是我小姨。"这下轮到宋嘉宇瞪大眼睛，似乎惊讶得清醒了。

于是，那节政治课和下一节历史课，教室里都只有我和宋嘉宇鹤立鸡群般坐得笔直，虽然按我俩的成绩，在这个实验班，更像是一幅鸡立鹤眠图。

但不知怎的，澄清了误会，宋嘉宇越发喜欢和我分享清醒小妙招了，比如喝黑咖啡、浓茶，闻芥末……听得我头皮直发麻。他对自己狠就算了，还在课堂上我趴到桌上时，猛拍我的桌子，文科生也知道固体传声效果极佳，那天我差点儿与他吵起来。

老师狠狠地瞪了我一眼，待我坐稳，也狠狠地瞪了宋嘉宇一眼。可能是我骨子里的温柔掩盖了怒气，他竟然凑过来，邀请我一起站在后黑板处听课。

我对他龇牙咧嘴，胖乎乎的他依旧一副好脾气的模样："坚持就是胜利啊！"我怎么都没法谴责像棉花团一样的他，更何况，我也在为未来担忧，谁不想做佼佼者呢？

于是我翻了个白眼，说："关你什么事？"但在心里，默认了他对我的种种"恶行"。

他真的有无数千奇百怪的"偏方"治疗犯困。有时上着课，在困得头要歪下去的那一刻，我竟然会因为脑袋里飘过的一句"宋嘉宇还有三秒钟抵达"，而猛地清醒过来，像是连锁反应，我上课认真了许多，做试卷也顺手了不少，加上经常跟宋嘉宇互相教学，我的成绩竟然不坐"海盗船"了。

唯一的不足，是人一缺觉心里就会有无名的怒火，而我左看右看，也只能对"罪魁祸首"宋嘉宇发脾气。风水轮流转，这次换我悄悄潜伏到他身后，正扭瓶盖，"你干什么呢？"旁边的同学猛然问，让我失手洒进了宋嘉宇衣领半瓶花露水，用他的话形容，就是："这辈子都没那么清醒过。"

我怕宋嘉宇感冒，请他喝滚烫的姜茶。我们坐在操场上看忽明忽暗的日光，很自然地就聊到了理想的大学。宋嘉宇说："其实我也不知道学什么专业，更不知道能考上什么学校。"

"你肯定能考上让自己满意的学校，你那么努力。"我条件反射般安慰道。

"我这种榆木脑袋，不努力就更没希望了，不像你有天赋，一努力就超过我了。"宋嘉宇难得露出丧气的表情，我的心竟然软了一下，明知道他不爱吃甜食，偏去打岔闹他："快，喝完姜茶再吃根棒棒糖，生活又暖又甜。"

他想躲，我去追，被他下意识地抓住了手，他的掌心温热干燥，我的呼吸瞬间漏了一拍……上课铃打响，我跟在他身后回到教室，看到他的耳朵鲜红欲滴。

一切似乎都变了，又似乎还是原样。他依旧很努力，而我却因为想让他注意到我、不停地提醒我，而故意熬夜做完了一套套试卷，在下一次月考中被老师称作"黑马"，甚至我妈每天为我准备的伙食都升级了，但这些，都远远比不上捉弄宋嘉宇让我开心。

他真的太胆小了，连我突然在他耳边唱一首歌都会吓得瞪大眼睛说不出话，我哈哈大笑，他就挠挠头，也好脾气地跟着笑，从不怪我打扰他学习。

我们经常在学习累得头昏脑涨时去吹冷风，但春末的天气已经很温柔了，为万物披上柔情，少有的大风天，他也会主动替我挡住。

我几乎沉溺在这种宠爱里，大概是顺风顺水惯了，我们一同讨论题目，教室里的安静营造出一种特别的气氛，我忍不住问他："我们考去同一座城市，以后也一直这样好不好？"

我不信他听不懂，因为他从没这么干脆果断过，胡乱抓了几本书就塞进书包："再说吧，今天太晚了，我先回家了。"然后落荒而逃。

我又生气又伤心，还有点儿后悔，因为从那天开始，哪怕我上课时故意在桌子上趴很久，也收不到他的提醒了。我们重回零交集的状态，于是我更拼命地学习，只想不去注意消失了的习惯。

日子过得飞快，天气开始燥热，三模结束后，迎来了高中生涯的最后一个假期，接着就踏进了高考的战场。我认真写了两天的试卷，像用心打磨一件作品，而后尽情和朋友疯玩儿，不愿去想也不愿承认宋嘉宇成了我心里一个坚硬的疙瘩。

出高考成绩那天，我还是忍不住想起了那段日子，我坐在学校的花坛边试图让自己释怀，虽然我们的故事无疾而终，但还是感谢他让我圆满地走完了这一程。

难得夏日里有凉风，我坐久了竟然打了个哈欠。"这种日子还能睡着？"一个声音猛地蹿到耳边，这次换我清醒得仿佛被灌了风油精。

我百感交集地看着笑嘻嘻的宋嘉宇，他递给我他的分数条，是个和我不相上下的分数。我就说他太胆小了，他解释："之前我不敢确定，但现在我有把握了，我们可以去同一座城市，甚至同一所大学。"他的脸又微红起来："如果你愿意的话。"

我没有立刻回答他，想起昔日浑浑噩噩的生活也是这般被他破开，突然涌起了斗志。那一刻，我在心里想，生活一程又一程，我们拭目以待。

住在梦里

□张侗

三舅的手一伸，三妗子就把倒满的茶杯递过来。三舅喝一杯，三妗子给倒一杯。如今三舅的手伸出去，没有一只手让他握住。三妗子弥留之际，一次又一次地把枯瘦的手哆哆嗦嗦地伸出来，三舅的手迎上去紧紧抓住，久久不松开。三妗子的手就在三舅的手里慢慢变得冰凉。

一把老陶壶，通体散发着淳厚沉稳的青铜色。三妗子说老运河边上那么多植物都能当茶喝，天然野生，还取之不尽。她采来竹叶、蒲公英、银杏叶、葛根、大蓟，洗净，沥水晾干，冰箱封存。喝的时候取出一小撮放进陶壶里烹煮。那些叶子虽然形状各异，其实很难区分，但见水亲，烹煮后原味尽显。三舅开始喝不惯这样的茶，那些味道生出万千毛刺似的，舌尖和喉咙被刺出无数毛细血管样的印痕，在抗拒着的口齿与沙砾般的味道摩擦中，他逐渐顺从了。三妗子颇得意地说这茶就三舅降得了。

三舅"嗒"茶而不是饮，看不见喉结蠕动，也听不到咕咚声，嗒一口茶含在嘴里，并不急于咽下，稍停片刻，待茶水漫延开来，角角落落都被滋润到了，再缓慢咽下，而甘甜驻扎在口齿间，几乎在同时，身心像被水漫洇过的土地安静下来。

遇见这样的茶需要机遇和阅历，然而嗒饮则需要选择与智慧。三妗子离开后的大多数日子里，三舅一个人坐在屋檐下的躺椅里眯眼看太阳，偶尔睁眼四下望一圈，折起身嗒一口，又眯瞪过去。有时候三舅折起身就不再躺下去，嗒一口茶，剩下的时间只好用来发呆、沉默和忧伤。他双手托着茶盏，手却莫名抠紧了，仿佛一松手茶盏就会摔得粉身碎骨。透亮的茶水陪伴着三舅拥有着素静的时光。三舅说，从此喝茶就是一个人的事了。

一个人嗒茶让三舅模糊了季节的边界，未有察觉般地失去了对季节准确的把握与分辨。他静静地嗒茶，发呆。月光垂下无数发光的绳子，虫鸣声攀缘而上，星光像磨碎的珍珠粉窸窸窣窣地落下，那声音像周围都是善良的东西在落座。三舅嗒一口，茶味仿佛是岁月的合谋者，把他孤零零地放在余生的月光里，越发清晰和聚焦。茶或许是一道密语，幸好有茶相伴着，有大把的时间心平气和而缓慢地与岁月达成和解。

三舅伸出手去，莫名地停在半空。他是想抓住那只苍老枯瘦的哆哆嗦嗦的手！他手指并拢攥紧了，半天不松开。三舅低声说迟了。迟了。

茶杯已空，盛满了月光，像个窥视者。三舅松开手，收回来，把冰凉的手紧紧捂在脸上，许久。他长叹一声，起身进屋。这夜三舅睡得踏实。

让三舅入睡的不是那些茶的味道，而是拥有三妗子的每个梦。

樱花掉落的速度

□ 淡蓝蓝蓝

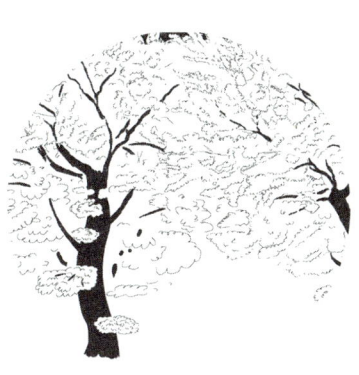

如果樱花掉落的速度是每秒五厘米，那么两颗心需要多久才能靠近？这句话出自新海诚的一部动漫旧片——《秒速五厘米》。当我重温这部片子，发现五年前和五年后的观感已经微妙地发生了变化。

男生贵树和女生明理是好朋友，明理中途转学，其间便只能与贵树以书信的方式联系。在贵树一家远迁鹿儿岛之前，他特意乘坐新干线千里迢迢去和明理相会。风雪天，贵树写好的长信被风吹走。两人终于见面，并没有太多言语，贵树没有提及长信的事，在冬天的樱花树下，两人默契地拥有了初吻，并约定下次一起来看樱花。

像一个温吞而迟缓的青春故事，终于有了美好的开头。可事实上，一切又在开始的那一刻便戛然而止。搬到鹿儿岛的贵树拥有了新的生活，可他再也没有了明理的音信。时光流过若干年，两人再也没有相遇。他们有了各自的生活，可贵树一直在人海中留意着相似的身影，明理也会偶尔梦见那份青涩又珍贵的感情。总是后知后觉地明白，那份萦绕一生的感情，其实就是最初的爱。

五年前，我并不喜欢他们的故事。明明有太多的方式可以找到对方，但不去行动，非要在经年之后，深受那份感情的牵绊。

五年后，有个女孩给我讲述了她的故事。她和他是高中同学，颇有默契。大学时他们去了不同的城市。第一个学期，她经常收到他的信和礼物，有时打开信封掉出的会是一片叶子或者一张空白的纸。她的室友们想当然地以为那个浪漫的男生是她的男朋友。她只是笑着说，现在还不是啦。她潜意识里笃定他以后会是。那年寒假，她回了家，她一直在等，但他没有出现。从此，他们不再联络。她曾经以为，环绕着他们的世界很小，但是当她失去他的音信才发现，原来世界大而空旷，以致他们再也没能遇见。很多年过去，她有了深爱的男友，也或多或少地听闻他在遥远的城市有了安定的生活。但她依然耿耿于怀地问我："为什么当年他会悄无声息地离开？"没有人能给她答案，除了他。当然，今时今日，她也不可能再去追问他。我反问她："为什么当年你不主动联系他？"她定定地望着我，突然苦笑一声，摇头说："我也不知道。"他们的这场错过，永远没有答案。那一刻，我似乎突然理解了贵树。他不是不勇敢，也不是太内敛，只是太过后知后觉罢了。他不知道未来有多远。

有一种情感，它在青春期萌芽，却生长得太过隐秘与迟缓，它流经我们的血脉，最后注入心脏最深处。可它生长的速度远远慢于时光的河流，于是只能像密封瓶里的一株植物，永远保持葱茏，却因错过花期，再没有机会开花结果。待到多年以后，摊开掌心，那瓶子里的植物依然绿着，尽管有遗憾、有失落，却是怀念青春最好的凭证——最好的时光里，你曾迎面而来。

樱花掉落的速度是每秒五厘米，而我却永远也走不到你身边。

我喜欢你，全世界就你不知道

□青芒渡

9月，T大的新生报到日分外热闹，排在长长的缴费队伍里，江月筋疲力尽。宗未然突然递来一瓶可乐，江月的心跳没来由地加速。宗未然笑着说："好巧！"

一个夏天没见，宗未然似乎长高了，黑眸格外莹亮。江月正想张口回答，发现马上就要轮到自己，她心一横，说："缴完费你就先走吧，我还得一会儿呢。改天请你吃饭！"不知道是不是错觉，她觉得宗未然离去的背影有些难过。"同学，你好！"办理手续的老师把江月的注意力拉回。她从包里摸出证件："老师好，这是证明材料，我要办理贫困生的入学贷款。"她不想他知道自己办贷款的事。

她第一次和宗未然说话是第一次期中考试后，除了语文和英语，她没有一门科目及格。"江月，中考时你可是咱们班的佼佼者，怎么退步成这样？"班主任的脸色很差，"你好好想想吧。"

江月手指冰凉，倒数第七这个名次像一记闷棒，瞬间将她的眼泪砸了出来。她从县里考出，以全市前十名的成绩被招进省城的一中，幸运地享受到了学杂费全免的奖励。可她一进班就意识到了人和人之间巨大的差距，不适应老师的授课方式，融不进女生们的圈子，买不起大家都在穿的运动鞋……卑怯就像褪到脚底板的袜子，别人看不到，但自己知道有多别扭。她也不想，可努力了两个月，却只收获了这样的结果。这天的最后一节课后，教室里没有人，江月号啕大哭起来。

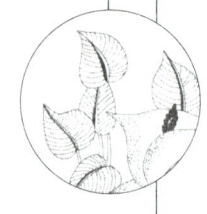

"嘿！"宗未然抱着篮球推门而入。教室空空，两个人四目相对。江月心想：这下完了。她和宗未然没说过话，只知道他是班里的物理课代表兼体育委员。

宗未然走过来，目光落在摊开的卷子上，红色的分数太刺眼了。江月想逃，对面的人却理解地点点头："这张确实难，我教你？"那天讲的题目江月不记得了，她只记得宗未然真的很厉害，她没听懂的老师讲解的知识点，都被他拆解得细致清晰。讲题事件后，宗未然发现江月的厚刘海下有一双灵气的杏眼，笑起来带着浅浅的梨涡，真的很可爱。

这天，宗未然来找江月，说："帮我一个忙。我周四运动会要跑长跑，缺个人给我递水。"

江月答应了。那天，她随手拿了本习题册来到休息区，有一下没一下地写着，偶尔瞟两眼赛道。宗未然跑了第一名，同学们都跑向终点线祝贺他，而被簇拥着的他越过攒动的人头，准确地看向了人群中的江月。两人的目光猝不及防地撞在一起，宗未然露出一个得意的笑。

江月突然觉得心里软了一下，转身进了洗手间。正准备出隔间，她突然听到外面有熟悉的声音传来："她就是很装啊，开运动会拿什么习题册，生怕别人不知道她多努

力。典型的'小镇做题家'。"一阵细细的笑声和水声交织在一起，"她还经常找宗未然，这昭然若揭的小心思……"江月慢慢走出去，感觉心里湿漉漉的。她给宗未然发了一条短信："对不起，我不舒服，先回教室了，水放在休息区的座位上了。"

江月看了看手机，距大学报到那天已经过去一个礼拜了，他再没找过自己。江月想，自己是不是应该主动请他吃饭，上次自己确实很失礼。点开对话框，江月敲敲打打几次也不知道说什么，宗未然却先发过来一条消息："不是说要请我吃饭吗？你今晚有空吗？"

江月说晚上8点校门口见。见面后，宗未然突然说："除了吃饭，你还欠我一瓶水。"

宗未然说的应该是运动会的事情。江月说："我那天听到有人在背后说我是'小镇做题家'，所以情绪很差。"宗未然说："你不必在意那些话，而且看着你一路走到现在，我其实很佩服你。""佩服我？"江月猛然抬头看向宗未然，宗未然真诚地点头。江月停顿了片刻，缓缓开口："其实，缴费那天我要去办助学贷款，我怕你会笑我，所以我本能地不愿意你在。"当秘密终于一次性吐出，江月觉得自己卸下了心里的包袱。

两人并肩走着，晚风习习，路灯把他们的影子拉成二维图像。片刻，宗未然转过头问："今天说好的请我吃饭，还算数吗？"

"当然算！我带你吃烧烤！"

江月正在宿舍里看文献，忽然门被打开，小茗湿漉漉地站在门口："外面突然下暴雨，图书馆那边水特别深，幸好我带了伞！"江月突然想到宗未然几分钟前发的"朋友圈"定位是图书馆。"我出去一下。"她站起身像风一样飘出门，"阿茗，借我伞用用！"

踏上图书馆的台阶，收起伞，江月才发现自己的头发和衣服上都是雨水。她抬起头，看到宗未然身旁站着一个妆容精致的女生，两个人的眼神都充满惊讶。江月没想到会是这种情况，不知道为什么，腿突然有点软。宗未然一脸担心："下这么大的雨，怎么还来图书馆？"江月愣了愣，不知道怎么回答。女生见状走过来，递上一张纸巾："擦擦吧，小妹妹。"可江月只想赶快离开这里，她一把将伞放进宗未然手里："给你的。"然后转身离去。

第四次接到一个陌生号码打来的电话时，江月才接通，对面的声音很熟悉："江月，救我！我在南门外面的面馆，没带手机，付不了账。"宗未然前几天说要还伞，江月一直推托，她还没想好怎么面对宗未然。她心里仍乱糟糟的，但还是找到小巷尽头的面馆，看到宗未然揣着双手坐在椅子上。

"为什么打给我？"江月问。

"因为我只记得你的号码！"宗未然说。江月抬头看他，突然觉得他的眼睛里藏了很多话。"我一直觉得这些话需要在浪漫的环境里说才好，但我怕你会误会。"

江月觉得自己的脸颊突然开始升温。宗未然说："那天你看到的女生是一个学姐，她有男朋友。"原来那次是乌龙？宗未然的声音里带着一丝不易察觉的温柔："你总是下意识地退一步，可你真的看不出来吗？我从没想过和别人考同一所大学，没故意在开学时和别人遇见。江月，我喜欢你，全世界就你不知道。"

企鹅情书

□沈嘉柯

1

米其林当然不是真名。米其林的真名是米琪琳，她是一个可爱的中学女生。米其林不爱说话，却常常一个人抬起头笑。

电视里有段时间天天播放一家世界著名轮胎的广告，收作业的小组长开始大声朝她叫："米其林，轮胎，无障碍。"周围的同学大声哄笑。这个时候她就把头埋进胳膊里，似鸵鸟一般。谁都以为她是趴在课桌上气哭了，连肩膀都在颤抖。其实米其林是在偷笑，她心想：这没什么了不得的啊，不就是一个绰号吗？

我真是一个奇怪的女孩，米其林想。

隔壁家的蔷薇开了好几次，15岁的米其林心中也有蔷薇开了。这种花开放的时候有股神奇的力量，天蓝云白，一切美好。花开也有原因，三个字：叶一企。

2

米其林开始写第一封情书，那是写给男生叶一企的。"企，我今天从篮球场走过，那群使劲蹦跳的男生真搞笑，跟猴儿似的，上蹿下跳。你就坐在旁边观看，微微笑着，鼻子皱着，上面有点汗水，黄昏的太阳光照着你，闪闪发光。我知道，你那样是因为脚扭了，你脚上还绑着白色的布。你就是他们的精神队长，你必须在场，他们才打得好。我就是喜欢这样的你，安静的时候最帅了。"

很快，她收到了"回信"。"我以后会很少打球，避免伤口复发。而且，进入初三，要把学习放在第一位。"看着字就好像看见叶一企热情阳光的样子。

米其林看着看着，就笑了，因为在回信的最后部分，是"其实我也喜欢你，但是我一直没注意到你，你总是那么沉默。教室里没有人，我从外面经过的时候，看见你一个人坐在窗下，托着下巴微微笑着。你的头发真长，真好看"。

3

天气、学习、校外好吃的烧饼店，还有春天过后，小橘林开花了，有淡淡的香气。这些主题，占据了米其林和叶一企"情书往来"的版面。

时间就像灰色的小老鼠，等米其林发现的时候，已经跑过去46天了。她现在管他叫企鹅，尽管他又高又不胖，但谁让他名字里有个"企"字呢？

"企鹅，你看见我今天穿的裙子了吗？是一条米白色的、带有蓝色花纹的裙子，是我爸爸从外地带回来的。我今天特别想穿，因为我们今天集体去野炊，你也会来。这次野炊，是初中最后一次了。以后就要全心全意为升学考试学习了。"

"哼，我警告你，小心我叫你轮胎哦！好了，对不起，我才不敢这样叫。企鹅也不错，胖乎乎多可爱，就跟你一样可爱。"

"好啊！那我现在警告回去，不许这样比喻我。我以后会瘦，等着吧。我妈说，她十几岁的时候也特别胖，一到高中，就变苗条了。我也会这样。可是，你还是喜欢我，对吗？"

"当然，我喜欢的是你的人啊！胖一点儿有什么关系？不过，从现在开始，一点儿也不能放松了，因为我想考取东城区的重点高中。你也一样，要考上，对不对？所以你也要开始努力。"

"我会努力的。所以，我们约好，3个月后，就不再写信了。"

4

"一转眼就是升入初三的第一场考试了。我的数学还是没把握，心里好紧张。难道像我妈妈说的，女生就是学不过男生吗？"

"瞎说，没有的事情。我有个姐姐就考上了名牌大学，成绩很棒。你忘记了吗，我们不是约定好，要读东城高中吗？你应该好好找找原因，时间来得及！"

"企鹅，我真的看见那些方程式就想打瞌睡，我就是学不好数学，呜呜……"

很反常，这次中间隔了一天，米其林才看到回信。叶一企这次写过来的话，语气格外重，尤其是最后一句："米其林，我想，被一个不求上进的女孩子喜欢，我要感到羞愧了。"米其林的眼泪大滴大滴地掉。毕竟他们年纪不大，现在，她只想好好努力，在东城高中遇到他。起码，她不想被叶一企"怒其不争"的目光冷冷瞪着。

今天被米其林牢牢记下了，是"情书往来"的第97天。

5

这已经是米其林写情书的第100天了。以往信里的主题以生活居多，现在越来越多地被学习这个主题代替。不再商量什么好吃、好用，连圣诞节那天的晚会上，各自用心打扮的样子，都不再被提及。

第136天，按照约定，为了不妨碍各自的学习，升学考试倒数3个月那天，也就是明天，要中断"书信往来"。明天，该和他说些什么呢？米其林忽然觉得，心中充满雾气一样的惆怅。这些天来，每当觉得煎熬，考题面目可憎的时候，米其林会找出那句话。然后在心里默默地对叶一企说："你不会因为被我喜欢，而觉得羞愧的。"说完米其林的心就宁静下来，她渐渐感觉，功课已经不再像以前那么难了。

甚至，米其林觉得自己心里有些东西仿佛清晰起来，比如以前她从没想过的将来。将来她想做什么呢？"他有他的理想，我呢？"第137天的晚上，米其林写下最后一封情书。但她心里很明白，不会再有"回信"了。米其林的心里，某些东西开始坚定。"即使你不再喜欢我，我也要好好地努力了。"

6

升学考试后的3个月。东城中学开学了，前来报到的新生在教学楼前熙熙攘攘。她在高一（5）班门口看见了叶一企。他冲她笑笑，说："你也考上了这所高中啊！以后又是同学了。"米其林也回以微笑。

从开始到现在，这是叶一企对米其林说过的第一句话，也是最后一句和唯一的一句。不会有人知道，几万字的日记，米其林已经埋在学校小橘林的地下，在她收到通知书那天。

叶一企，只是写在米其林青春里的一个名字，出现过的地方，只在米其林那个散发着橘子清香的日记本里。

也许青春期最容易发生的就是一场轰轰烈烈的暗恋。日记里的每个细节都那样逼真，难过、流泪、欢喜，一个都没少，可以说是一出很好的恋爱演习。也许，就如那句话说的，谁也不愿意自己在最美好的青春时期被一个不优秀，甚至糟糕的人喜欢，那真是一件叫人羞愧的事。

她还有足够长的岁月去爱别人。从把握倾慕，到把握自己的感情。将来的事情，将来再说。

如果一辈子都遇不到那个相互喜欢的人

□陈大力

前几天在作者群里，迟迟突然说了一句：感觉自己没有遇到过爱。然而，这个女孩，明明喜欢过许多人，而且其中大部分都是双向选择。

但我并没有反驳——因为我想起，大概两年前，在一段极度情绪化的时间里，我本人，作为一个朋友圈也当营业场所的博主，居然在朋友圈里不管不顾地发非主流语录："也无所谓了，反正我遇到的人都从来没有爱过我。"这些蛮丢脸的……从理论上讲，我是被喜欢过的，我有被万分挑剔的对方视作珍宝的经历，我有被很骄傲的人包容，我也有点点头就能实现的双向选择，对方已经准备好了一切，就差向我什么都挑明了。

但是朋友们，26岁的我想说，没事真的不要在心里问，"对方是不是爱着自己"，而且不要把这个问题越想越深，因为一旦你去刻意地深究一个人"爱不爱"，答案往往就是，不怎么爱。因为内心深处，我们把"爱"，已经抽象成一个完美无瑕、极致浓烈和纯粹的概念，当你用这个概念去对照世俗生活中的言行，往往就让后者相形见绌：虽然他对你好，但没有好到极致，没有好到心无旁骛，没有好到像电影里一样放弃一切，你感觉到了他的一些私心，感觉到他对自己人生的考虑跟照顾，所以，他"就是不爱"。

这种思考，虽然在"概念"上是正确的，但在现实生活中是无益的。

想一想，你对"爱情"的概念是怎么来的？是不是书本、电影？里面的人，是不是用尽毕生只为了印证"爱有多真"，是不是好像他们这辈子只有一个目标，去跟一个心思完全澄澈的人，完成一段空前绝后的反人类的旷世之爱——也就是你在现实生活中绝对达不成的东西？

因为，在这个世界上，就是没有人能给予"童话般"的爱。

我20岁出头的时候算半个恋爱脑，那时我的生活可以说仅仅由两大部分组成，一个是赚钱（谢天谢地，至少我还知道赚钱），另一个就是为男的伤脑筋，琢磨他们到底在想什么。

我喜欢的人都太难懂了，但那时我觉得，我是享受这样的难以捉摸的，因为"单身多无趣"，如果没有爱的情绪，在这个大家都保持距离、互相算计的世界里，要怎么撑过日复一日的日常啊？不会觉得这个世界真的没有什么值得奔赴的东西吗？到了现在这个年纪，我才想通，人确实是需要"爱"的情绪的，但这个"爱"，并不需要是一个具体的人。

前几天我在小区楼下驻足了一会儿，感受到三月刚开始蒸腾的一点点热气——是能把湿漉漉的心情刚好烘干的那种暖和，看到不远处阳光透过树叶，在微风中浮动出斑驳。那一刻我觉得我特别爱这个世界，"爱"这种情绪充盈着我的内心，但你们看，当时我并没有想到世界上任何一个人。

人是需要"爱"的，但真的不必把爱局限为"另一个人奉送来的好意"——爱，明明是一个很大的、很无形的概念。你可以爱万物——爱自己的际遇，假想自己像冒险故事书里的主角，正在经历起承转合的一切；爱季节更替，春天时出门散步拍照，感受街上行人跟草木生机勃勃；爱人的智慧，从书里感受人类长河群星闪耀。这些更泛化的爱的情绪，能为你支撑大部分的快乐，当然支撑不到百分百，可是拜托，就连恋爱中的人，也不是时时刻刻在体会百分百的快乐，我经常觉得，两个人在一起，快乐至满格的时间往往须臾，剩下的时间要想得到快乐，你心里就要带着爱意去温柔地看这个花花世界。而且这种爱是发自内心的——你不需要别人知道你"过得活色生香"，你就是去体验，你就是在体验。

大概18岁的时候，我拖着行李箱、背着吉他，坐长途火车去上海念大学。很快我就找到了一群一起唱歌、一起想乐队的名字、为彼此伴奏的朋友——我们做过一些再也不会做的事情，在"双11"还是光棍节的时候，我们像办巡演一样在傍晚的校园里弹着吉他逛来逛去，不时有人围观驻足，或者跟我们点歌、打闹。我们都好年轻，一身天不怕地不怕的"正气"。

在那所所有人为绩点劳碌的大学里，我尤其没出息，无所事事但开心。

后来我开始写文章挣钱，大三就能负担接近2000元一张的单程机票，没再坐过长途火车，飞机不允许带超长的吉他，我便也让它在角落里积灰。但现在，我后知后觉地认识到，我"爱"过那种18岁的生活，就像爱一个潇洒的恋人，我没有真的在爱谁，但对那种生活的爱，浸润在我的内心。

人不是非要通过爱另一个人，来体会爱的情绪——爱的柔软、雀跃、万般风情跟刻骨，在很多人生经历里，其实都会有。

迟迟在群里说"好像也没遇到过爱"的时候，我对她说，跟这世界上任何一个人，当你去深究"是不是真爱"的问题时，得到的答案往往就是，不是真爱，或者"不是特别爱"——因为，到底什么是真爱啊？为你倾家荡产，为你付出生命？拜托，我们在憧憬的，根本就是不会真的存在的东西。我接着跟她说，我早就放弃对"童话般的真爱"的追求，转而去爱更广阔的东西。

当你爱着你所经历的一切，你就像在跟一个无形与柔软的东西，处于一段非常甜蜜的关系中。

我没有在爱谁，我在爱这个世界的星辰大海。

喜欢逢雨发芽，遇风开花

□柒先生

1

记得上高中的时候，班里的女孩偷着谈恋爱，开心的时候上课都傻笑，失恋的时候都会去理发店剪短发。那时候的爱情似乎跟头发的长短息息相关——喜欢你就长发及腰，等你来娶我；讨厌你就剪短头发，剪一地不被爱的分叉。

这大概是一个约定俗成的规定，剪掉了头发，就可以忘记那些不想记得的、不开心的事。可惜，我偏后知后觉。那是盛夏的一个中午，我剪了一个平头，头发只有一厘米长。所以午休结束的铃声响起，有个同学走过教学楼过道的时候，指指我的头偷偷地问："失恋了？"我说："天热。"她笑着说："顽皮，快说。"我还是那样回答，她依然觉得我顽皮。最后，我一本正经地说："我喜欢你。"她突然愣住了，脸瞬间一红，像一片火烧云。我一下子急了，不知该怎么解释，说："你不会以为我真的喜欢你吧？"她低着头嘀咕了一句："我知道。"然后捂着脸害羞地跑了。看着她的背影消失在楼道，我自言自语："我还真的喜欢你。"

她是隔壁班的姑娘，叫丁薇。我们都是艺术生，并且在音乐室里我们是同桌。早上练声和形体，我常常去得晚，后来，我的桌子上开始多了豆浆和油条。

我猜，你也这样喜欢过一个人，聊得来，放得开，你跟她在一起无比轻松，她讲的笑话你能笑好几天，她皱个眉你都担心好几天，你最喜欢的课间操是转体运动，看着她的背影觉得好暖。

2

你跟多少人说过"我喜欢你"？但你有没有想过这句话背后的含义？你轻易出口的"我喜欢你"，你说时心潮澎湃，别人听的可能是一生一世。如果你没想好往后的人生怎么过、有没有她，就千万别开这种玩笑，因为喜欢这种事，很容易让人当真。

丁薇不甘心，后来问我："如果我们现在还在一起，会不会还深爱着对方，像开始时一样？"我说："不会啊。"她说："我不信，如果我们当初坚持那么一下下的话，就会很幸福。"我说："你也知道那是如果。"她问："为什么？"我说："有一天你会明白的，爱是一种能力，而喜欢是一种情绪。年轻的时候，我们总喜欢拿情绪说一辈子对你好，而往后我们会闭上嘴，拿能力去告诉对方我能养你一辈子。你别怪青春荒唐，那都是我们长大的地方。"

有一句话，我跟丁薇说过三次。

第一次，我们都有初恋，不过不是对方，我喜欢上文科班的一个姑娘，她喜欢上理科班的一个少年。在学校食堂，我们一起吃饭的时候，她很开心地跟我说："我谈恋爱了！"我愣了愣说："你要幸福啊！"

第二次，我陪她在理发店理发。我问她："你确定了吗？"她抹了抹眼泪说："我要坚强，我要忘了他。"从理发店出来，我跟她说："你要幸福啊！"

第三次，她打电话告诉我："我不等你了，我要结婚了。"她总是快我一拍，几年前，她在我之前谈恋爱，几年后，她在我之前结婚。我说："我要给你当伴郎啊！"她说："红包来就行了，我不想见你，我怕我会哭。"我说："你要幸福啊！"她说："嗯，我终于要幸福了。"

后来，我终于觉得有一句话比"我喜欢你"更好听，那句话叫"你要幸福啊"。你那么懂她要的，就像懂番茄甜椒、酱烤鸡翅、孜然烤土豆、麻辣风味烤鱼排，你爱极了那味道，知道需要几分火候，她想上天，你就愿意给她买蹿天猴。

3

我一直喜欢下午的阳光照在热气腾腾的米线上的场景，用筷子挑起一绺米线，米线在筷子上绕了一圈又一圈，绕到最后，突然都从筷子上滑落到碗里。我喜欢那种徒劳，就像我喜欢你，没有结果，但我还是转圈转得一身劲儿。

10年前，丁薇跟我说过一些傻话，比如如果10年后，我未娶，她未嫁，我们就在一起。那时候我们一起失恋，在学校门口吃云南米线。我说："青春没有对错，只有两种结果，要么给喜欢的人，要么剁碎了喂狗。"丁薇说："那我是不是一个奇葩？我把青春剁碎了给喜欢的人，他去喂了狗。你当时看我像一只飞蛾去扑火，为什么不拽住我的翅膀啊？"我说："你发疯的样子，像是看见了爱情。"

那天，我只字未提我失恋的事，安慰了她一下午，我们沿着街边的铺子吃了糖炒栗子、糖葫芦和棉花糖，她开心得像一个孩子，似乎忘记她刚刚丢失了心爱的人。

我才知道，失恋并不是一件坏事。你觉得那是一束热烈的光突然消失，你躲在黑暗里把一瓶一瓶的酒喝到肚子里，从眼睛里流干，那多傻啊！我们总会在另一个阳光升起的早晨，走进另一个人的世界。每一场爱都有它存在的使命，每一个你喜欢过的人，都会教给你在残酷的世界里活下来的技能，所以，失恋的你会变成更强大的一个人，这就是失恋的使命。

4

我们最后都没有跟初恋在一起，那应该是最好的结局。

我最后一次见丁薇是在火车站，她是短发，我支支吾吾没敢问出口，只是指了指她的头发说："挺好看，这个发型适合你。"她笑着说："天热。"

我觉得"初恋"这个词好美，像是山谷等来一场刮过四季的风，烤馍等来剁碎的红烧肉和青椒，我站在地铁和人海里等来你向我挥手。

有句话一直没舍得说，就放在心里，走了那么多年，它逢雨发芽，遇风开花，它连接白昼与夜深，它铺开的是秋天的麦田，我喜欢你藏在尽头，它收起的是一碗阳春面，面底藏着荷包蛋。如果用青春拼成一首《十四行诗》，那么把"我喜欢你"当作最后一行吧，我希望你亲手画个圆圈当句号。

真好，年轻的时候喜欢一个积极向上的人，因为她，你成了更好的人，那便是初恋最好的意义。再相逢，她说："我要跟你喝酒，你请客！"你说："好啊！"多年后，我很喜欢一句话，也想说给你听：我希望在一个黄昏，携着烧酒半斤，甜辣的鸭头和鸭脖、打包烤串来推你家的柴门，笑着跟你说："你们家的双喜字贴得有点歪哦。"

那是最好的青春，这姑娘我喜欢过，她教会我对一个人有两种爱：要么"一声我喜欢你"，要么"一生我喜欢你"，想好了再张口说，一点儿也不晚。

聊着聊着花就开了

□浅　水

花是什么时候开的？是昨天，还是今天；是早晨，还是晌午，他们也不晓得，反正是不知不觉就开了。这个世界有好多事情，在你没有注意时，不知不觉就发生了，就像花开，这样美好的事情，蓦然让人欣喜。聊着聊着，花就开了。花本来快要开的，只是你和别人说话时没有注意，分散了精力。

他俩当时正好站在冬天与春天的关口。两个人聊着聊着，梅花就开了。梅花是先开花，后长叶。细碎的嫣红小花儿，缀满树枝，说不上浓烈，有淡香，却是实实在在地花开一场。

聊着聊着，海棠花开了。垂丝海棠花色艳丽，花姿优美，花瓣呈玫瑰红色，朵朵弯曲下垂，如遇微风飘飘荡荡，娇柔红艳。真的如宋朝杨万里诗云："垂丝别得一风光，谁道全输蜀海棠。"站在树下看，妖艳的垂丝海棠，鲜红的花瓣把天际都搅红了。

聊着聊着，碧桃花开了。碧桃花，绽开在路边花坛里，不知谁人所栽白碧桃，花色洁白，美若白玉；五色碧桃，一朵花有两种颜色，一半白一半红。花色由淡，到浅粉、深粉，或者红色，花瓣一层一层，旖旎动人。

聊着聊着，槐花开了。槐花一开，草木深一寸。槐花的香味，是沁入肺腑的，嗅它的花香要隔上一段距离，借风传播，让你从眼皮底下的凡俗事务纠缠中抽身出来，忽然意识到一年一度的槐花开了。

聊着聊着，楝花开了。楝花开时，细花如繁星满天，展现美姿秀色。当你还没注意时，素净芬芳的花，伴着雨丝，缀满树枝。就这样，时而有风，时而有雨，小花纷纷凋落，隔几日，楝花转瞬不见。

聊着聊着，鸽子花开了。鸽子花树就在菜场附近的小巷子内，有人在树下摆摊卖菜。枝上花序圆似鸟头，苞片洁白，硕大如翅，宛如展翅欲飞的小白鸽子。它们在风中摇动，让人感到这个世界是在动的，高低排列的花，为春末夏初铺一层底色。

花开时，没在意，也不只是在聊天。喝酒、下棋，也有这样的情形。

两人对饮，饮着饮着，芍药花就开了。花圃里，种着花，风一吹，纯白的芍药花就开了，开得那么蓬松，那么硕大。这两人是老街坊，没事儿，遇上了，喝上几口，聊上几句，酒香四溢，没有别的，就图一乐，没想到，就在他们喝酒间，把注意力转移时，花就开了，开得泼泼洒洒，从不同角度看，开得一明一暗。

两人下棋，下着下着，紫藤花就开了。两人就着一方石桌下棋，石桌上方是一紫藤花架，一串一串挂在头顶，开得光影重叠，香气扑鼻。

这个春天，我想和朋友到山中吹风，看到那些花儿次第开了，春山如笑，我也笑。在这空寂的地方，可以穿越，做一回古人，坐在一块石头上，两人聊天，不经意间，真的是一山一山的花，都开了，开得漫山遍野。

有些时间不能浪费，有些事情不知不觉，就像两个人聊天，聊着聊着，花就开了。

第四章 生命颂

你看到过不开心的花朵或有压力的橡树吗？你是否遇到过抑郁的海豚、自尊有问题的青蛙、无法放松的猫、充满仇恨或怨恨的小鸟？那些偶尔表现出这些消极心态或神经质行为的动物，是因为它们在与人类亲密接触的过程中被人类影响了。请观察任意一种动物或植物，让它教你如何接受现实，向当下臣服。让它教你如何获得本体意识，教你成为你自己，使你变得更为真实。

从大自然中学会这个道理：观察万事是如何运作的，生命的奇迹是如何在没有不满或不开心的状态下展现在你面前的。

——［德］埃克哈特·托利　译／曹　植《当下的力量》

颤抖的羽毛

□金 波

记得在小学三四年级的时候,学校里玩起踢毽子的游戏。一开始,只看谁踢得多,后来又看谁会踢花样儿;到后来,不但看踢的技巧,还要比一比谁制作的毽子最漂亮。

我踢毽子的技巧在班上属于中等,单脚踢还可以,双脚踢就不熟练了。"里踢"还可以,"外拐"就很差。所以我决心在制作毽子上超过别人。

我家养了一只大公鸡,它尾巴上的翎毛在阳光的照耀下变幻着不同的色彩。我要用它的翎毛为自己制作一只漂亮的毽子。

这天,我约了几个要好的同学,我们摆好了包围圈,慢慢地缩小着、缩小着。大公鸡似乎早已预感到面临的危险,它伸长了脖子,竖起了羽毛,好像要和我们争斗一场。当我们扑向它的时候,它腾空而起,从我们的头顶飞了过去,逃出了包围圈。

我们再次摆开了阵势。当我们慢慢地缩小着包围圈的时候,大公鸡还想像第一次那样腾空飞起。但是我们一窝蜂地扑了上去,终于擒住了它,七手八脚地拔着它的翎毛。公鸡咯咯地叫着,它再也忍受不住疼痛,竟然拼出了那么大的力气,一下子就挣脱了我们,又一次腾空飞起来。

大概是因为冲劲过猛,它竟然冲进了一个很深、很大的蓄水池。鸡是不会游泳的。水池四周又有高高的围墙,即使它勉强扑腾到池边,也无法爬上围墙。

我们趴在池边看着公鸡在水中挣扎,心里很着急。我们找来了一根长长的竹竿,想让它攀着爬上来。谁知它一见竹竿,以为我们要打它,吓得逃到了池子的另一个角落。我们又找来一根绳子,系上一个活扣儿,打算套住公鸡的脖子把它拽上来。可是我们刚把绳子放下去,它就吓得扑腾起来。

我们都不会游泳,谁也不敢下到水里。

我们在心里暗暗央求着大公鸡,请它飞上来,保证不再拔它的毛。可是它浮在水面,向我们眨着不信任的眼睛。大公鸡在水里泡了很久,浑身的羽毛都湿透了。它有气无力地闭上了眼睛,眼看着就要被淹死了。它再也无力反抗了,我们找来一个铁钩子才把它打捞上来。它躺在地上一动不动地喘着气。同学们见它要死了,很害怕,都悄悄地走了。我独自守护着我的公鸡,给它端来米饭和水,可是它连眼都不睁。

第二天一早,我怀着惴惴不安的心情,带着新制作的毽子来到学校。同学们都围了上来,纷纷夸奖我的毽子最漂亮。

可是我高兴不起来,我还在惦记我的那只大公鸡,不知它是死是活。我望着手中的毽子,它在瑟瑟地颤抖着。

后来,我的那只大公鸡还是慢慢地站起来了,又开始吃东西,咯咯地叫起来。我总觉得对不起它,所以每天放学总是约上那几个要好的同学,去到郊外草地上给大公鸡捉蚂蚱。开始它总是躲着我,好像对我很有戒备心,不肯凑上来吃我喂它的蚂蚱。渐渐地,它又恢复了对我的信任,一见到我放学回家,就咯咯地叫着跑过来。

我总是很偏爱它,常常单独喂它一些好吃的。但是,我从来没有让它看见过我那只漂亮的毽子。

一棵树的悼念

□冯积岐

这棵树守在我们村的村口。这是一棵白皮松，树皮雪白雪白，如同皎洁的月光，恬静、安详；树身三人合抱不住，高大、伟岸；树冠犹如一把撑开的巨伞，匝地的树荫厚厚的、圆圆的一圈，仿佛一个巨人盘腿而坐。站在十几里以外的岐山大塬上，远眺我们村里的松树，它的光芒像箭一样穿透薄纱般的雾岚，越过一个又一个村庄，其形象依旧清晰、明朗，一点儿不模糊，一点儿不暧昧。无论近看远眺，它都是坚定的、坚毅的，给我们村远行而归的人以信心和信念。

这棵白皮松是岐山县的景致之一，也是我们村的标志。没有人测算过它的树龄，我小时候，村里的老人就说它是千年松。我们村属于先周墓群区，也许，它的根基就扎在先周。

我在小说中多次描述过这棵白皮松，将它想象为一棵能开口说话的人树。我也曾虚构过，小说中的祖母为保护这棵松树而付出了很大的代价。

小时候，祖母常常牵着我的手在树下捡拾松子和脱落的松树皮。树皮或像飞鸟，或像牛像马，或像山像石，这些树皮很有形象感。我的童年记忆，有不少日子烙印在松树下的青草地上：站在树下，可以听见，松涛声如吟似唱、如歌似诉；郁郁葱葱的松针间仿佛向下滴落绿色的汁液，绿了我和祖母，也绿了我的心灵，我的心中仿佛是一片绿草地。

我们村里的老人一茬又一茬白了头发，老去了，下世了。我在松树的注目中走过了童年、青年和中年，也开始变老了。可是，那棵白皮松依然神采奕奕、翠绿如初，它似乎和衰老无关。

然而，就在几年前，松树突然衰老了，树皮开始大片地脱落，松针枯黄了、落掉了，不再续长，树干光秃了，由雪白变为灰白，又由灰白变为黑色。那黑色的枝丫贴在蔚蓝色的天幕上，如伸出去的手臂，它似乎在无奈地呼喊或叹息着什么。隔老远看，白皮松像一幅水墨画悬挂在天地间，有悲壮的美感。

通过这棵树，我知道了，世间万物都有老的时候。我们常说的"不老松"，只是因为人寿只有百八十年，所以许多人难以见到自然老去的松。如果以天地为参照而观之，松的生命周期，也许跟我们眼中的夏虫差不多吧。

但是，不论如何，这棵松树在我们眼里，已经是个奇迹，甚至是神祇一样的存在了。所以，我们村里的人为了悼念这棵树，为它立了碑，刻写了碑文。我回到故乡，站立在松树前，回想起它当年的雄壮、英武，心中未免有一种悲伤感：这么顽强的松树，它历经了无数次的雪虐风饕，怎么说死就死了？既然有生命，就有死亡，凡是生命，都难逃这一定律。白皮松死了，可它依旧那么伟岸，那么刚直，不屈不弯，守在村口，仍被村里的人们记在心里。这才是一棵树的真正价值。

野猫斯芬克斯

□格日勒其木格·黑鹤

小猫不知道是被谁带进营地的。它很小，小得可怜，当它站在我手掌上的时候，并不比我的手大多少。它可能是被来呼伦贝尔旅游的游客买下的。当时，购买者可能为它袖珍的可爱样子所吸引，但在即将完成旅程时，似乎突然明白过来，这小猫是无法带上飞机的。

我回来的时候，那背包就放在我的房车门口，打开背包，它就从里面爬了出来。

我不清楚将它留下的人为什么认为，这里是一个适合收留小猫的地方。这里是蒙古牧羊犬繁育营地，我在营地里繁育传说中能够驱赶并且杀死狼的东方咬狼犬的后裔，如果被那些猛犬发现这只背包，背包和里面的小猫，会迅速被撕扯得粉碎。还好，那些猛犬都被关在笼子里。

它是一只小狸花猫，那种很常见的身上带有条纹状花纹的猫，雌性。小猫适应得很好，它到来的时候是春天，到了秋天草尖泛黄的时候，就已经成长为一只身上点缀着斑斓花纹的漂亮大猫。它是天生的猎手，可以顶着骄阳，纹丝不动地在鼠洞边静卧一两个小时，而当地鼠失去耐心从洞里露头的一刹那，它会猛地一挥爪子，将地鼠钩出洞口，扔到半空中，凌空将地鼠咬住，叼住咽喉，一击毙命。

第二年冬雪融尽，春天到来，整天整夜，除了睡觉的时候，它都发出婴儿啼哭一样的悲惨叫声。我知道它是想寻找一个伴侣，但令人遗憾的是，离我们最近的营地也有十几公里远，而那些营地里都没有饲养家猫。

它声嘶力竭地嚎叫了两天。第三天下午，我看到它孤零零地往山的方向去了。它就这样在营地上消失了。大概半个月之后的一天，我走出房车时，看到它正蹲在房车前，看起来跟离开时没有太大变化。

以前，它也会经常离开营地几天，但总能安然无恙地回来。又过了一个多月，我注意到它的腰身变得肥硕，但我没有想太多，只以为那是食物过于充足所致。

直到大概两个月后的一天，我无意中经过草垛时，听到从里面传来细切的叫声。我慢慢地靠过去。在那里，母猫扒出了一个洞。我轻轻地扒开一些，看到几个肉乎乎的小东西。母猫竟然产下了猫崽，而且是三只，它们幼小，身上那种跟母猫一样斑斓的狸花纹十分清晰。

我正打算凑近了看得更真切一些，母猫不知从什么地方蹿了过来，挡在草洞前，齿缝间发出蛇一样威胁的咝咝声。为了不让它过于紧张，我及时地走开了。

我早就意识到小猫在草洞里并不安全，在这草原深处残存的原始食物链中，一切活着的、体形小的存在都会是食物。我决定把它们挪到房车里，但母猫并不让我接近小猫。

黄昏，我正在房车里看书，听到草垛那边传来尖厉的嘶叫声。我从房车里冲出去，看到一只体形细长的小兽从草垛上跳下，转瞬之间就消失了。整晚，营地上都回荡着母猫失魂落魄的哀嚎。第二天，我看到草洞里只剩下一只猫崽。

大概是因为独享了母猫的乳汁和照顾，这只猫崽的体形大得出奇，刚刚满月的时候，大小已经与母猫不相上下。随着渐渐长大，它的毛色也在发生变化，原来身上那种清晰的斑纹开始幻化为一种模糊晕染般的夹杂着棕黄的灰黑色。它的四肢很长，异常粗壮，而最为醒目的是，它的两耳耳尖上生着两绺耸立的黑色长毛。

猫崽在春天出生，而它的个头，就像雨后的牧草一样，疯狂飞长，到了夏天，我已经非常确信，它的体内至少流着一半荒野的血。无论如何没有人会相信它是一只家猫，它更像某种拥有超凡力量的野兽。我喜欢看它黄昏时立在屋顶向远处凝望的侧影，美极了，像斯芬克斯。斯芬克斯很快就证明了自己野性的一面。

初夏的一天，我看到它正叼着一只鸽子穿越营地。我冲过去，想救下那只鸽子。斯芬克斯表现出惊人的敏捷，它叼着鸽子直接蹿上了草垛，将鸽子压在爪下，冲我发出威胁的咆哮。

鸽子已经没有动静，责打斯芬克斯也毫无意义，猫捕食一只鸽子就像我们吃鸡蛋一样，是天经地义的事。

我一直小心，生怕营地里的猛犬伤害到斯芬克斯，但万事总有疏漏，一只蒙古细犬跑出了犬舍。这种优秀的猎犬，可以猎取狼和狍子这类大型动物。

这刚刚逃出笼子的黑色猛犬发现了蹲在草垛上正在撕食野鸟的斯芬克斯，捕猎的欲望一瞬间就主宰了它的一切。它对我的呵斥置若罔闻，直接冲向了斯芬克斯。

看到正奔向自己的黑色猛犬，斯芬克斯一动不动。我以为它是吓呆了。然而，几乎就在蒙古细犬一口咬到斯芬克斯的同时，斯芬克斯挥出一爪狠狠地打在它的脸上，然后原地腾跃而起，轻飘飘地落在了不远处。

蒙古细犬有些蒙了，它的左腮被斯芬克斯的爪子划开，正在滴血。第一次袭击，它连斯芬克斯的毛都没有咬到，却被抓伤，这让它感到懊恼。斯芬克斯显然也为失去了那只刚捕获的野鸟而同样懊恼，它站在原地，耸立起身上的皮毛，发出嘶哑的咆哮。我意识到也许它们势均力敌，索性放弃了继续阻止的想法，在一边静观其变。

它们对峙着，随后斯芬克斯发起了攻击。它的速度快得惊人，蒙古细犬根本无法跟上它的节奏。在几次狂暴的对接之后，蒙古细犬被伤得不轻，除了腮部的那处伤口，鼻头几乎被直接抓掉，只剩下一点儿皮还连着。

我将愤愤不平的蒙古细犬拉回犬舍关好，再出来的时候，看到斯芬克斯已经重回草垛上，继续享用那只野鸟，似乎什么也没有发生过。我意识到，它的力量已经强大到可以无视这种高大凶猛的猎犬了。之后，它在营地上出现的次数越来越少。

我最后一次见到斯芬克斯，是在草原的深秋。我骑马从山麓走过，看到一棵树下散落的羽毛，非常抢眼。我慢慢地打马走过去，看见在那棵落叶松上大约距离地面两米高的横杈上，一只大猫慢慢地抬起了头。是斯芬克斯。跟上一次见到它时相比，斯芬克斯又壮硕了很多，它用琥珀色的眸子冷漠地打量着我。在它的身体中，对人类的温情本就薄弱，在丛林中游荡的这段时间，更让它仅存的对人类的妥协彻底消失。它现在是自给自足的野兽。

很快，它似乎为我打扰了它的休憩而有些恼火，站起身，从容地伸了个懒腰，顺着树干滑落下来，那壮硕的身体在落地时没有发出任何声响。

它转身走进一片萧瑟的灌木丛，那斑斓的毛色与秋日的丛林如此契合，转瞬间就融入其中。最初我还可以隐约看到它耳尖上闪动的两绺缨毛，然后，它就不见了。

我想，它不会再回来了。

天台上的猫中医

□六井冰

我家的猫，我一直坚持着散养的原则。这个散养，当然并不是让它们走出家门，而是说家里的每个角落，它们都可以随便打滚随便玩。虽然狗豆不是十分赞成我这个原则，但他自知无法左右我的思想，更加无法阻止猫们的步伐。但是，在多次见到老虎和大喵随便出入我们的卧室后，他终于行动了——买回了一台吸尘器。

你看，狗豆就是这样一个从善如流的人。在我们的共同努力下，我们家窗明几净，人健猫康。我一直将猫们的身体健康归功于良好的伙食和卫生条件，直到有一天，我发现老虎在天台上吃一种野草。

我家楼顶有一个四十多平方米的天台，除了种下两棵果树，还开辟了一个小菜园。不过我天性懒散，久而久之，那块小菜园就荒芜了。

再后来，也不知道是小鸟衔来了野草的种子，还是那些泥土中本来就潜伏着野草，小菜园竟然长出了一大片野草。渐渐地，那片野草地竟然成了猫们嬉戏打滚的场所。

某天，我在天台晒衣服，看见老虎伏在草丛中一动也不动，继而把脑袋往草丛中钻，鼻子还一动一动的，像是在嗅着什么味道，又像是在思考着什么高深的难题。

"咦，老虎，你怎么了？"我抱起老虎，这才发现它的嘴里衔着一根草。

"哎呀，傻老虎，这是草呀，不许乱吃！"我把草从老虎的嘴边扯出来，老虎从我手中挣脱开，跳进草丛中又衔起一根草，嘴巴还不断地咀嚼着，津津有味的样子。

老虎为什么吃草？我拔起一根草细细打量，那草枝条细长，叶子呈小小的椭圆形，上面还缀着白色的小花。这种草我小时候在农村见过，我们叫它鹅肠菜，是用来喂猪的。我们并没有饿着老虎呀，它为什么会主动吃草？

难道这种野草有神奇之处？为了揭开谜底，我特意下载了一个识别植物的软件。软件告诉我，这种不起眼的野草学名叫牛繁缕，是一种中药，有清热消毒、凉血止痛的功效。

天哪！老虎怎么知道这种野草有这样的奇效？更奇怪的是，我发现每当猫们在野草丛中追逐，它们经常会用嘴巴或脑袋往野草丛中蹭，似乎这样做有着特别的意义。

跟老虎不同，嘀嘀不喜欢咬牛繁缕，它喜欢在狗肝菜丛中打滚，偶尔还会吃一些叶子。狗肝菜是南方的一种野草，也是中草药，网上说其有凉血解毒、生津利尿的作用。

奇怪的是，每次吃完狗肝菜，嘀嘀就会在天台上大吐一场，吐的东西有时是一摊水，有时是一些类似毛发的东西，有时候只是一些还未来得及消化的猫粮。初时我们很担心，以为嘀嘀患了啥怪病，就去请教宠物医生。宠物医生说，这也许是动物自我催吐的方式，如果它的精神和身体没有什么变化，那就应该对身体无碍。

可是，嘀嘀为什么要自己催吐？后来跟猫友聊天，我才知道猫在舔毛时会吞下一些毛发，这些毛发在肠胃里排不出去，会影响它们的健康，于是"化毛膏""去毛膏"就应运而生。而我们一直坚持"绿色养猫"的原则，觉得猫也像人类一样，有干净的饮食以及充足的阳光、适当的运动量，就能保证它们健康成长，所以除了必需的猫粮和肉类罐头，我们没有购买别的营养膏给它们吃。

既然我们没有为它们提供化毛膏，那么嘀嘀自力更生，自己吃下狗肝菜催吐也是理所当然了。

令人奇怪的是，后来我还发现，每只猫对植物的喜恶都不一样。比如老虎喜欢咬牛繁缕，嘀嘀喜欢咬狗肝菜，而西瓜皮，它的爱好比较特别：它喜欢吃韭菜。

我家并没有种韭菜，这韭菜是我家右边的邻居种在天台上的。我家天台与邻居的天台仅有一墙之隔，而且这堵墙不高，我们邻里之间经常隔着围墙聊天。

某天早上，我刚打开天台的门，西瓜皮便飞快地冲出门，跃上围墙，跳进邻家的天台，直蹿进人家的小菜园。然后，令我震惊的一幕发生了：西瓜皮伏在人家的菜地上，像牛一样啃着人家的韭菜。

"西瓜皮，快回来！不许偷吃人家的菜！"我急了，大声吆喝。谁料西瓜皮抬起头来，只是淡淡地看了我一眼，就继续埋头吃菜了。不管我怎么喝止，它都恍若未闻，直到邻家爷爷上天台晒衣服，西瓜皮才慌慌张张地蹿回家。

我把情况告诉了邻家爷爷，向他道歉。邻家爷爷是一位善良的老人，他不但不生气，还热情地让老伴拿出一些韭菜种子给我。也许是我技术欠佳，那些韭菜种子在我家的菜地里并没有发芽，因此，西瓜皮照样时不时地蹿去邻居家偷菜吃。

吃完菜回来，它有时候会心满意足地躺在地上睡觉，有时候会直接在天台上呕吐出一些毛球，总之它的健康是有保证了。只是我时常为家里出了个偷菜贼而汗颜不已，担心它会影响睦邻关系。

邻家爷爷安慰我说："没关系的，猫吃不了多少，让它吃吧。"真是一位宽容的老人，对小动物这么包容，祝愿他老人家健康长寿！

菊花盛开的季节，老虎会特别开心，它经常守在菊花丛中，咬着花瓣，津津有味地大嚼。菊花的功效不必多说，反正就是清肝明目之类，只要对身体有好处，它要喜欢就让它吃吧。

有时候我也纳闷，为什么每只猫喜欢吃的植物都不一样？这当中到底有何玄机？也许，每只猫的脑袋里都有着一套属于自己的养生密码，就像每个老中医都有属于自己的独家秘方吧？

这两年，社会上流行种多肉，朋友也送了一些多肉给我，我用花盆种得挺好的。可是没多久，我就发现多肉的叶子和枝干都有被啃过的痕迹。我已经懒得破案了，知道是谁啃的又能怎样？反正也不会依法严惩，由它去吧。

也不知道是什么缘故，我们鲜见大喵在天台上吃草，印象中好像从未见过。由此带来的副作用是大喵的嘴角经常发炎，叫声嘶哑。这不是什么大病，对一只猫来说，却是一件痛苦的事。我觉得这与大喵从来不吃草有关，也许它缺乏某种维生素，跟人类是一样的，于是试着给它喂食维生素B_2。

说来也怪，吃了两三天维生素B_2，大喵的嘴角或咽喉的炎症就消失了。从此，维生素B_2在我家就成了人猫两用的常备药物。

曾听很多养猫的朋友说，让猫吃药是一件非常伤脑筋的事，对大喵来说，完全不存在这个问题。任何时候，只要我把大喵抱在怀里，扒开它的嘴巴，随便把什么药放进它的嘴里，它都能乖乖地吞进去。

你看，这个世界就是这样奇怪，它不愿意吃草，却能乖乖地张嘴吃药。

所以说，这个世界上的很多事情真的不必勉强，每个人都有属于自己的路要走，就算失之东隅，也能收之桑榆，不管是人还是猫。

八哥

□吴 乡

哥哥养的第一只小动物是八哥,这只八哥是他的一个同学给他的。每天早晚,要给它喂一次食,他亲自喂。他上学前喂一次,放学后喂一次,不许任何人动。八哥真是个喜欢学舌的家伙,当地人喊小孩时经常用"天收的",八哥看见小孩来家里玩就会叫:"天收的!天收的!"看见有人来看病,它就会叫:"排队!排队!"这给我们当时单调的生活增添了不少乐趣。用笼子养了一段时间后,哥哥就直接把它放到屋梁上,做了一个窝,这样省心多了,它会自己飞出去觅食,吃饱了就飞回来,还自言自语说一些奇奇怪怪的话。

有一次,八哥带了另一只八哥回来,它们就在梁上打打闹闹,你一句我一句相谈甚欢。两只八哥在我家屋梁上住了半年之久,不知哪一天另一只再没回来了,只留下我家的那只八哥。能看出来它很悲伤,因为它不再学人说话了,也不发言了,直到有一天,它也没有飞回来。哥哥为此伤心地哭了。母亲说不要紧,再养一只,哥哥很倔强,说再也不养八哥了。他开始养小猫小狗,还养了一群鸭子,加上奶奶养的一群小鸡,成天把我忙坏了,不是给它们喂食,就是挑逗它们,一会儿用小棍捅捅它们,一会儿又绊住它们的脚让它们无法走路,或者把它们放在一个站不住又下不来的地方,看它们的窘态。家里养的小狗长得很快,保安、护卫等业务样样精通,都是天生的。小狗不太喜欢我,从来不跟我亲近,看见我放学回来就溜进巷子,还偷偷地张望,看我进门没有,其实我从来没有欺负过它。

家里那群鸡被奶奶调教得十分服帖,叫它们过来就过来,并不需要食物的引诱,挥挥手就会走开,奶奶坐在土场上择菜,几只鸡就会围着她,并不吃菜,只是在那里咕咕低语,理理毛,伸伸脖子,或趴着打盹,等菜择完了,它们才开始清理垃圾,把剩下的菜吃掉,地面很快就干净了。有时奶奶在厨房做饭,几只鸡也围着灶台踱步,给奶奶做个伴,奶奶一直说鸡也有灵性,许多年后她还一直唠叨这事。有一次,父亲去余干县走亲访友,带回来一只巨大的母鸡,它的体格比大公鸡的还大,经常生双黄蛋,比鹅蛋还大。它的食量也大,奶奶视为至宝,要求我每天早晨抱它去菜园吃菜虫,还要挖些蚯蚓,荤素搭配才能喂饱它。这只鸡不好惹,谁冒犯它,它会追着啄,直到你逃离。

鸭子最不招人待见,一群鸭子成天不着家,早出晚归,圈不住,也不守时,经常天黑了还要去把它们找回来。我们家这群鸭子之所以无组织无纪律,主要是没人管,哥哥喜欢,但他白天要上学不在家,我又不喜欢它们,采取放任的态度。鸭子喜欢在泥水里打滚,经常是一身一脸的泥,形象也不好,加上它们的叫声既不悦耳也不细腻,不像鹅那么高亢,也不像公鸡那样有韵律,常常干扰视听。

那只让哥哥伤心的八哥,在一年之后居然又飞了回来,照样骂人,管闲事,照样去燕窝边上点头哈腰,真是恶习难改,但哥哥笑逐颜开,全家人都很高兴。天底下的生物都是有灵性的。

蜗牛的爱情

□ 赵小帅

我没看见犀牛的爱情,无论它们自己还是人演的。如果不是偶然在院子里捡到了两只从天而降的蜗牛,我一时不会对这类慢性子动物的家务事感兴趣。

它们不是国内北方常见的小蜗牛,而是彪悍的非洲大蜗牛,超过10厘米长的玳瑁色外壳很适合发呆鉴赏。两只蜗牛到来的时间相差了近一周,而且之前与之后院子里没出现过蜗牛。所以,在都被我关进透明的塑料点心盒之后,我有理由认为它们是天作之合。

我简单粗暴地按照到来的次序给它们分别命名为"1号"与"2号"。2号出现后,我开始研究蜗牛的性别问题,结果得知蜗牛是雌雄同体。

2号在到来的第三天就对1号产生了好感。然而1号守身如玉,于是在之后的将近三个月里,我每晚看着同样内容的蜗牛肥皂剧。每晚夜深人静,2号以为没人窥视的时候就会把身体从外壳里充分舒展开来,缓慢地移到1号身边,先伸出触角敲打1号的外壳尾部试探,然后爬到1号的外壳上,不大自信地尝试与1号头部关键位置对接。有几次我甚至都误以为它们达成和解了,然而1号最终仍把头部坚贞地缩回了壳里。

有段时间,我甚至以为自己只会学习到饲养蜗牛的食谱,比如它们特别喜欢吃西葫芦,圆白菜也会吃腻,吃过胡萝卜后它们拉出的屎是橙红色的,长长地拖在屁股上,总让我想起那个词:"彩虹屁"。资料上说蜗牛喜欢在潮湿的环境里活动,最好每天给它们喷点水。于是,每天半夜,我拿喷雾瓶唤醒它们成了这段缓慢的蜗牛爱情中最持久的浪漫因素:嗯,我希望看到两只结着丁香般愁怨的蜗牛爬进我的人造雨巷。

行与不行就像幸与不幸一样来得猝不及防。一天晚上,就在我的注意力被电视荧幕上大片套路的无脑厮杀吸引时,偶然低头却发现它们居然成了。我不知道1号和2号到底是谁搞定了谁,我看到时它们显然已经达成了完全的默契:肩并肩地挂在盒子壁上,类似人类颈部的地方有根白色的软管彼此相连。

当它们终于分开时,我有些惊讶地发现居然是1号有些恋恋不舍。在随后的日子里,1号的缠绵更是让我瞠目结舌。

也是在此时我产生了疑虑。看着它们每天半夜耳鬓厮磨地用触角长短相交着我所不懂的信息,我在想是否该把它们放归自然,收获一个美好的童话结局。然而持续了三个多月的俯视视角又让我疑虑:蜗牛是否会将此视为一种被逐出乐园的处罚?归根结底,我或许一直没能看懂蜗牛的爱情。不知多早的神话年代里,或许也有过一双眼睛看着自己营造的花园里发生的事同样纳闷。也许最初谁都没打好主意,而在我屋子另一个角落的另一个塑料盒中,一只凤蝶幼虫正貌似平静地等待着从蛹中羽化成蝶。

和松鼠互利互惠

□ 盛 林

我家林子里，主要有两种松鼠，一种是东方红狐，穿红色毛衣，有一条火红的大尾巴，我们一般叫它红松鼠。一种是东方灰狐，穿灰色毛衣，有一条透明的大尾巴，我们叫它灰松鼠。红松鼠和灰松鼠都与狐狸挂上了钩，因为它们毛衣的款式接近狐狸，而且像狐狸一样聪明。它们的聪明，体现在善于同人搞好关系。它们知道林子里危机四伏，有太多的敌人，但如果和人亲近一些，保命系数就会高很多，所以这两种松鼠，都把安身立命的小房子，搭在离我们小木屋很近的树枝上，只要我们去鸡院，或者坐在露台上，就会与松鼠们打照面。

我很喜欢坐在露台上，看松鼠们做杂技表演。它们有三个表演很不错，一个是三级跳，从第一棵树跳到第四棵树，只要跳三次；一个是溜树，从树根溜到树顶，再从树顶滑到树根，只要一溜烟；一个是走电线，从这头走到那头，如履平地。它们吃橡子的样子也很好看，屁股坐在地上，尾巴朝天，双手捧着果子，大龅牙锯子似的把壳锯开，嘴巴像打蛋机一样嚼动，一枚橡子就落肚了。

我边看边惊叹，换了我，牙齿早崩掉了，人如果像这样吃坚果，牙医肯定要发财。为了表彰它们的精彩表演，我在树上挂了一只瓶子，里面装满了小米，请它们吃免费午餐。这只瓶子让松鼠们变得很忙碌，一会儿红松鼠来了，一会儿灰松鼠来了，不管谁来，都把身子倒挂在树上，头朝下露着龅牙大吃一顿。有时红的灰的一起来，于是发生财产争执，互相绕着瓶子追击，但谁也追不上谁，瓶子是圆的，而它们的时速一样，但它们不肯停下来，边追边对骂，吱吱叽叽，很像毛猴子叫。

每次我去鸡院，总会有松鼠盯梢，我为鸡鸭们分食时，它们按兵不动，等我一离开，它们就冲上去蹭饭吃，速度比鸡快，但比鸭子慢，所以它们生怕抢不到粮食，吃饭时索性把大尾巴背在身上，像背了一条毛毯，这是为了减少拖累，加快进食速度。

不管怎么说，松鼠们与人打成一片，日子过得从容，不用担心吃饭的事。橡子成熟时，松鼠们会蹿到枝头，把果子一枚枚扔下来，然后一枚枚衔到花园埋起来，它们选择花园，因为这里离小木屋近，小偷比较少。但为了保险起见，它们把坚果埋得很深，然后盖上泥土和树叶，看上去什么都没有。到了青黄不接时，它们就跑来挖粮食，一挖一个，从不落空，记忆力好得惊人。它们埋东西、挖东西，把花园弄得一团糟，我并不在意，它们有忧患意识，值得鼓励。有时我还帮助它们，在土里埋一大窝橡子，第二年，松鼠们发现这窝橡子时，表情就像发现宝藏的阿里巴巴。我们和松鼠互利互惠，我们关照它们，它们给我们带来乐趣。

但这种友好关系，有一天出现了问题。那天，一只肥胖的灰松鼠沿着长长的电线逛荡，逛到我们的屋檐下，它发现这里风水极好，便想造个房子，于是它留了下来，像个经验十足的老木匠，以电线为落脚点，开始刨木造房。这种破坏房子的行为，简直是在太岁头上动土，我当然不能容忍。于是我跑过去驱赶，但赶一次它来一次，它铁了心要在这里造高档公寓，而且手脚很快，傍晚时就挖出了一个圆溜溜的洞，有乒乓球那么大。

菲里普下班后，我带他去看松鼠的样板房，他看了吓了一跳，因为样板房正中是电线。他用木板把洞口堵住，还钉上钉子。但第二天，那个装修工又来了，它不但拆除了堵塞物，把钉子也拔了，于是洞穴又露出来了，它继续进行精装修。傍晚时，装修工收工回家了，菲里普也收工回家了，我再次带他去看样板房。这次，他想了个新办法，找到一只装菜的锡箔盘子，中间穿个洞，挂在了电线上，想挡住松鼠前进的路线。第二天，那个装修工下树，又沿着电线跑来了，果然被锡箔盘子挡住去路，它挠挠头皮，想了一下，掉转头，跳上树，从树上跳到房顶，再从房顶落在电线上，正好站在样板房与锡盘之间，于是，它双手搭在盘子上，像个滚雪球高手，把盘子滚向另一头的电线杆。然后沿电线跑回来继续做木工，精雕细琢，就像胆大艺高的鲁班。

于是，菲里普与这只松鼠较上了劲，他把盘子推回来，松鼠把盘子推出去，再推回来，再推出去，好像两个小朋友在做游戏。我家的茉莉好奇地跟着看，想弄清最后谁赢。当然，这样推来推去，总得有人先住手，不然日子没法过了。最后，大松鼠先住了手，因为它的装修工程竣工了，不再理会菲里普，率先搬进了房洞。没多久，屋檐下传来小松鼠的吱叫声，大松鼠进进出出，忙着讨生活、奶孩子。我们只好耐心等，等小松鼠茁壮成长，一家人搬回树上，才把洞又堵上。这次，菲里普动用了铁网，牢牢封住了洞口。但没多久，又有新的松鼠从电线上逛过来，它看了看铁网，没有犹豫，又是咬又是撬，弄出一个口子，钻进房洞，进行生儿育女的营生。这个房洞，就成了"松鼠客栈"，客人来来往往。

"松鼠客栈"有"房客"时，能听到刺耳的刮擦声，好像有人兢兢业业地在锯房子，听得我们六神无主。我们很担心，有一天房子会被蛮不讲理的房客锯通，它们会把房子赶走。说错了，是把房子里的主人赶走。当然，绝不能让这件事发生。

有一天，菲里普痛下决心，要给"松鼠客栈"钉一块铁皮，彻底阻止房客。但菲里普还没把铁皮钉好就发生了一件事。

那天，我们在露台上看风景，来了一只红尾鹰，它落在一棵大树上，那儿有一个枯树枝搭建的巢穴，红尾鹰跳到巢穴上张望，突然，从巢穴里冲出来一只松鼠，它向鹰发出吱吱的警告声，鹰跳过去攻击松鼠，松鼠竟没有逃跑，而是上蹿下跳，用它的攀缘技能，与鹰勇敢地周旋，很显然，它在拼死保护巢穴。我简直看呆了，我没想到，松鼠竟敢与鹰对抗。这时，菲里普取来了枪，对空射击，鹰吓跑了，与此同时，巢穴却掉了下来，破碎的巢穴边，躺着几只小松鼠，它们还没有毛，皮肤粉红，但都摔死了。我们赶走了鹰，却没能保住松鼠的孩子。

那天，那只失了孩子的松鼠妈妈，一直在疯狂地跳跃，表达着愤怒和悲伤。

从此，我们再没提堵墙洞的事。但洞中那截电线，被菲里普包上厚厚的胶带，保护好了。几年过去了，直到今天，这个洞一直留着，并向全体松鼠开放。我们想，它们喜欢，就让它们使用吧。我们的房子很大，不在乎有一个破洞。我们还在考虑，为松鼠们做几只小木盒，挂在我们的房子上，铺上树叶，作为经济适用房，供应有需要的房客。

自谋出路的树

□麦 伽

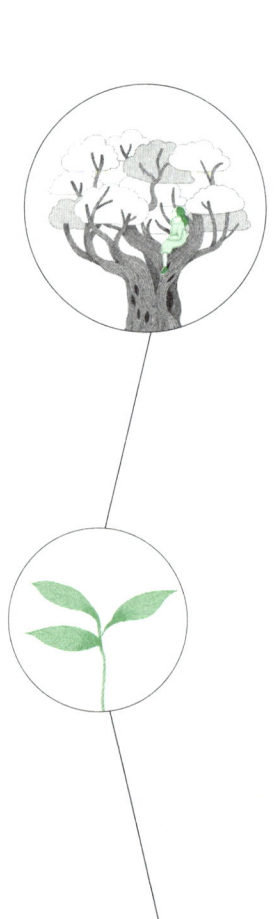

我家后院，有一棵蓝花楹树。而且，这棵树总是歪着脖子。也不只是歪着脖子。刚从泥地里钻出来，它就往邪路上长。说得不好听点，它真是从脚后跟开始，就已经铁下心走上旁门左道。它那歪脖子越过篱笆墙探入邻居家的躯干，被时不时来鸡窝里偷食的袋貂当作栈道，轻易就从邻居家的后花园暗度陈仓，翻入我家后花园。继而登堂入鸡舍，不掏分文，大吃大喝。

因为歪，横看竖看都不顺眼。我又没胆偷偷将它一锯了之——私自砍伐树木，哪怕是种在自家院子里，那也是违法的。说起来，我也挺佩服这棵树那么歪，比45度还歪，竟能做到不摔倒在地。对树来说，身子是歪的，根是正的，就足以稳如泰山。就算根不正，甚至东倒西歪，那也不怕，只需根扎得足够深，也就够了。

我家这棵蓝花楹树，之所以歪着身子长，会不会是一种无奈之下，自行琢磨出来的绝境生存之道呢？因为，那棵蓝花楹树的正上方，是两棵高大强壮、枝繁叶茂、对它来说简直是遮天蔽日的柏树。这两棵柏树，都至少有15米高，光是每年落在我家车库顶上的枯枝败叶，用一辆五菱车的拖斗也装载不完。假如人群中的小弟，能有个大哥罩着，日子自然会轻松许多。但若是一棵树头顶有个实力强大的老大哥罩着，日子就太难过了。要阳光没阳光，要雨露没雨露，简直比没爹没妈的孤儿还惨。

一棵树，能有啥出路呢？总不能深更半夜，偷偷从土里爬出来，单腿跳着去找个新家吧？如果不愿一死了之，它唯一的办法，也只能是使出最大力气，歪着身子，瞅准空子，往斜刺里突围——哪里有无遮无拦的天空，它就往哪里伸展枝叶。就这么长啊长，最后长到谁也奈何不了它的粗壮，谁都不得不仰视它的高大时，也算是扬眉吐气了。

我家这棵歪着身子、挣扎着成长的蓝花楹树，春天一到，花开满树，足以把我们家后院，以及后邻家的院子，都明亮得如同塞满整个蓝紫色海洋。

这是一种积极向上的生活态度，谁能不说它有着满满的正能量呢！

爱的巢

□ 华 姿

鸟在单身的时候，只需一片树叶当屋顶，就可以度过所有的白天与黑夜。但是，当准备生育孩子的时候，它就需要筑巢了。所以，鸟筑巢并非为了自己，而是为了孩子。也就是说，在爱的感召与激发之下，原本只会觅食与嬉戏的鸟，突然之间，竟然成了建筑师。

草叶、苔藓、根茎和嫩枝，都是它们的建筑材料。但这些材料只能用来建房子，不能用来做床垫。若要让初生的幼鸟住得舒适些，那就得有柔软又保暖的材料，比如羊毛、鸡毛、棉花、布片，以及某些植物的绒毛等。为此，它们常常蹑手蹑脚地跟在羊群后面——只有这样，才能捡到羊毛；它们又常常从这个鸡窝飞到那个鸡窝——只有这样，才能捡到鸡毛；或者偷偷地躲在农妇的屋檐下——只有这样，才能在她不在时叼走她晾晒的棉花或棉线。总之，为了让幼鸟住得舒服些，它们真是费尽心机。倘若费尽心机也找不到合适的材料，它们就会扯下自己身上的绒毛，铺在鸟巢里。

生活在亚洲南部的大嘴鸟就更聪明了，说它是建筑天才，恐怕也不为过。为了保护自己的孩子不被蟒蛇和猛禽所食，大嘴鸟不仅把巢建在下垂的树枝上，还为巢做了一个坚实的屋顶。这个屋顶是全封闭的，不需开合，因为大嘴鸟把开口设在巢的下面。

要筑一个这样的巢，不仅需要智慧，还需要耐心和勇气。它先要在水边选一根树枝，这根树枝必须足够坚韧，能承担起整个巢的重量。然后，它便在枝上缠上一些植物纤维，再把一些坚硬的草茎固定在纤维上。建成后的鸟巢悬挂在水边的树枝上，就像葫芦悬挂在风中的藤蔓上一样。

整个筑巢过程不但费时，而且辛苦。因为它没有任何的依托，是真正的空中作业。但是，有了一个这样的巢，任何猛禽包括蟒蛇，都无法吞食它的孩子了。米什莱说，因为爱和恐惧，大嘴鸟建造了一个这样的空中之城。

爱的力量是巨大的。爱不仅可以使软弱变刚强，懒惰变勤勉，小气变慷慨，还可以使愚笨变聪明，狭隘变辽阔，乃至，使平凡变伟大，使短暂变永久，又使永久变永恒。

村庄麻雀

□张玉明

在村庄，麻雀终年可见。即使大雪封路，也不飞走，留下来，陪伴我们。它们似乎也没有别的去处，就把我们的村庄当成了家乡，认我们做了亲戚，做了邻居。

麻雀羽毛灰色，夹杂芝麻样黑点，故名。这样的体色本是一种保护色，能极好地隐藏自己，免遭老鹰等猛禽的捕食。但我们人类不懂，觉得土里土气。麻雀因貌丑而遭冷落，得以偏安乡间，自在潇洒。不然早被人捉去，囚在笼中，没了自由。

麻雀喜欢热闹，成群聚在一起，整天叽叽喳喳的，吵得要死。清晨，我好梦正香，却被树上的一群麻雀吵醒。不由又想起一些烦心事，便恨恨地骂道，可恶的麻雀，还让不让人睡了。终于忍无可忍，我翻身下床，一边骂，一边开门，奔至树下，随手捡起一样东西，朝空中扔去。麻雀受到惊吓，一团云似的，向村东头飘去。然而好景不长，片刻消停后，噪声又起，想必又被村东头撵了回来。

我们偶尔会捕捉到它们，便开心得不得了。翻出妈妈编织毛衣剩下的毛线，拴住麻雀的一条腿，抓紧毛线的另一头，放它在空中飞，像放风筝一般。因为有毛线束缚，麻雀飞不高，飞着飞着，便一头栽在地上。我们正弯腰去捡，冷不防被背后蹿出的大花猫抢了先，迅捷地叼走。我们急忙追赶，转瞬间，花猫不见了踪影。我们伤心了好一阵子，恨死了花猫。

冬天是麻雀最难挨的季节。草木凋零，食物匮乏。庄稼收割归仓，昆虫销声匿迹，草籽、野果也无处找寻。寒风中，饥饿的麻雀们无精打采地站在树枝上，少了往日的喧嚣，安静了许多。它们有时也蹲在村边低矮的电线上，一字排开，一动不动地注视着村庄和田野。放学回家的路上，我们会朝它们大吼几声，或扔过去一两块土坷垃，它们便懒洋洋地转移到更高处的高压线上，依旧蹲成一排。我们再吼再扔，它们不再理睬。这是冬日乡村的景象，如今成了脑海里永恒的记忆。

为了生存，麻雀会偷吃地里的麦种。父亲非常生气，一天去田头几回，每次回来，嘴里都骂个不停。母亲关照我，没事的时候也去田头转转，帮忙看着点。母亲还扎了稻草人，插在地里，说多少管些用。

挂在屋檐下晾晒的腊肉和香肠，也会遭麻雀啄食。母亲心疼得不得了，叮嘱我哪儿也不许去，就坐在院子里看守。结果，还是让麻雀钻了空子，被母亲责骂了好几回。我恨死了麻雀。

筑巢是鸟的本能，许多鸟都很认真，只有麻雀敷衍了事。它们在屋檐下随便找个墙洞，就算安了家。跟燕子没法比。燕子春来秋去，只作短暂停留，但巢依然筑得一丝不苟，不肯将就。也许是难得见面，或是被感动，我们对燕子另眼看待，包容有加。我们破例允许燕子在自家房梁上做巢、孵卵、育雏。堂屋的地面落满了燕泥和燕粪，我们也不嫌弃；雏燕从早到晚，呢喃声不断，我们也不嫌吵；家门整天敞开着，不舍得关上，只是怕妨碍燕子出入。麻雀则从来没有这种待遇。相反，我们对麻雀似乎有点苛刻，多有微词，甚至骂骂咧咧。不过麻雀好像无所谓，从不计较，就像母亲骂我们一样。

麻雀是名副其实的乡村物种。只要在村庄，就会见到成群的麻雀。它们终年盘旋在村庄上空，从生到死。它们已与村庄融为一体，成了村庄的符号，村庄的代言，村庄的一员。如果有一天见不到它们了，要么你已离开了村庄，要么村庄已不复存在。

从家乡传来消息，村庄的土地被征用了，房屋被拆迁了，村民被安置了。草房瓦舍变成了林立高楼，父老乡亲们变成了小区居民。大家都兴高采烈，满心欢喜。我却怅然若失。那些麻雀去了哪里？

一天，在单位办公楼的大厅里，突然与一只麻雀相遇。我不知道它从何处来，又为何而来。它蜷缩在墙角，惊恐万分。我想走近它，它便急切地飞走。但明亮的玻璃幕墙让它迷失了方向，找不到出去的门。在一次次撞击玻璃墙后，掉在地上，羽毛散落一地。我捡起它，轻抚它的羽毛，它安静了下来，依然用惊惧和异样的眼神望着我。我走出大厅，松开手，放它飞走。它飞到一棵梧桐树上，并没有急着离开，而是回头望了望我，又朝我鸣叫了两声，然后才飞向远处。

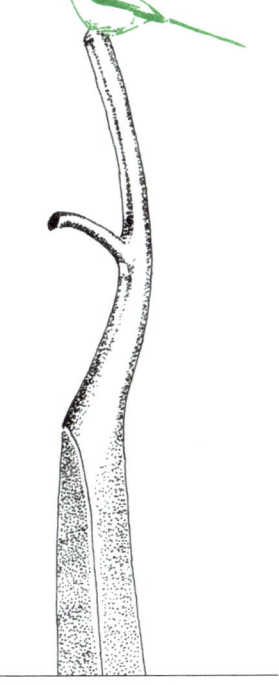

我恍然觉得，它就是我们村庄里的一只麻雀，那只曾被我们骂过许多次、撵过许多回、恨过许多遍的麻雀。如今村庄变了样，它无家可归了，流浪到了这里，与我不期而遇。

时间善变

□ 罗欣顿·米斯特里

"说来也怪。我家蒙塔兹在世的时候，我整天一个人坐着，有时缝衣服，有时读书。她就在后屋忙活自己的事，做饭、打扫、祷告。可我们并不觉得孤独，日子过得很轻松。我只要知道有她在就够了。

"而现在我真想她啊。时间这东西实在不可靠——我希望它飞逝的时候，它却像胶水一样黏着我，真善变啊！

"有时候，时间像条线，把我们的生活编织成一年年、一月月；有时它又像根橡皮筋，可以随心所欲地拉长。时间可以是小女孩绑头发用的漂亮发带，也可以是你脸上的皱纹，偷走你青春的容光和头发。"

他叹了口气，苦笑一声："可是到头来，时间就是套在人脖颈上的绳索，慢慢地勒紧。"

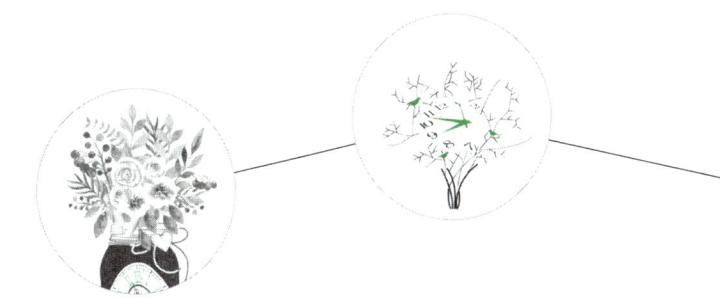

鼠的纪念碑

□ 陈 仓

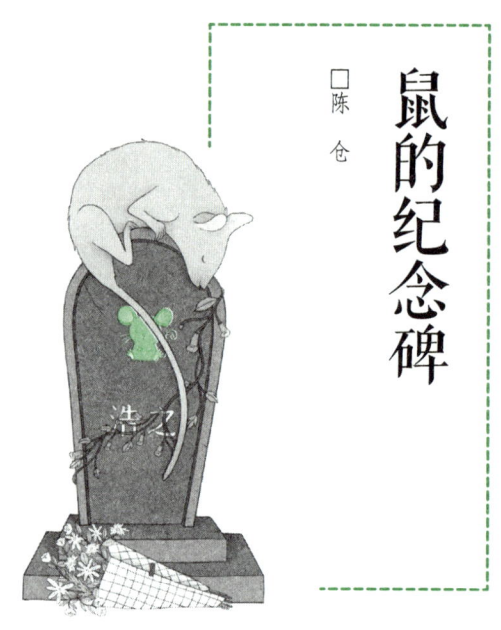

在畜牧兽医学校的第一节解剖课上,我们每个同学领到一只关在笼子里的小老鼠。实验老师布置的任务是观察它们面对各种情况时的反应,比如喂它、辱骂它、吓唬它、欺负它、用注射器扎它……因为老鼠和人类的基因组相似度非常高,而且内脏结构很相近,所以老鼠成了我们探索生老病死的殉道者。90%的实验动物都是老鼠。

那天天气不错,温暖的风把明媚的阳光吹了进来。因为我喜欢晒太阳,所以,我把自己的老鼠提到阳光下。但是它似乎已经适应了夜晚的黑暗,无法体会阳光打在肩膀上的那种美妙,反而显得十分不安,蹿来蹿去,晒了十几分钟,它的目光慢慢弯曲了,充满柔情地向我求饶:快点给我找个凉快的地方吧。接下来是规定动作,先给老鼠打针,然后在它的腹部动手术,主要是练练大家的胆量,尤其很多女同学,见到蟑螂都会大呼小叫,更别说在动物身上动刀子了。我逮住它,握住牙签那么粗的针头,不知道应该往哪里扎,想起自己打针时的疼痛,我是十分怜悯而慌张的,像医生哄孩子一样,我一边开导它,一边把针扎进它的屁股,把20毫升的盐水推进了它的体内。最后一环,我握着手术刀,始终没有胆量下手,只好可怜巴巴地站在旁边,看着其他同学像一个个真正的医生一样,剪毛、消毒、切口、止血、缝合,一步步地完成"手术"。手术中途,我仔细地观察着它,发现刀子在它的皮肤上划开的时候,它的眼睛扯成一条线,含着冰块一样尖锐而憎恨的光泽,它的双颊紧紧地绷着,它的耳朵向后支着,胡子一会儿竖起来,一会儿聚成一团……我非常清楚,这就是痛苦的表现。

那天下课以后,我们按照实验老师的吩咐,对一只只老鼠进行了鉴定,如果"手术"是成功的,就对伤口进行精心包扎,并安排专人照顾它们,直到完全恢复健康,再交由实验室的工作人员继续饲养。如果"手术"彻底失败,对很难存活下去的老鼠,要实行安乐死。办法非常简单,向它们的血管里注射一定量的空气,它们很快会陷入昏迷并死亡。

在实施空气注射的时候,原来的笑闹声没有了,几个女同学的眼泪流下来,整个班的同学都十分悲伤。有人提议,它们毕竟是死在我们手中,是为我们的第一课献出了生命,我们要给它们举行一场小小的葬礼。

从学校后门出去,有一片泡桐树林,先在林子中间用石头垒一个祭坛,摘下一把牵牛花放在上边,然后围着祭坛一边转圈一边唱孝歌,最后靠着一棵泡桐树垒起一个衣冠冢。有人拿出小刀子,把泡桐树当成墓碑,在上边刻下了"浩之兄弟之墓"。"浩之",意指耗子。

每次回母校的时候,我都要去泡桐树林看看,开始几次清晰地看到那几个字随着泡桐树的长大也一起长大了,后来再去看的时候,由于学校扩建,泡桐树林已经不见了,多出一座教学楼耸立在那里,宛如一座纪念碑。

与稻花鱼捉迷藏

□ 明前茶

2020年9月,在武夷山,民宿主人小赵每天端上的山菜,必有鲤鱼炖豆腐。我还是头一次吃到如此毫无土腥气、肉质紧实细腻的鲤鱼。小赵领我去看民宿后面的泉水池,他家养殖的鲤鱼全部出自高山梯田,鱼身修长,尾鳍呈现罕见的金红色。小赵说,这些鱼都是养在他家田里的稻花鱼。

小赵的父母,还种着他们赖以生活的梯田。一大早,60岁的老赵就要去看顾他行将放水的稻田,查看微微倾斜的彩带般的梯田里,每一层最低处的养鱼池,是否已经蓄满了山泉水。他是种田40年的老把式了,我亲见他从一穗稻谷的底部,摘取三五枚谷粒,放在掌心轻轻揉搓,并用牙齿咬嚼,观察里面是否灌浆乳熟。没错,这里的谷粒已经饱满。老赵一声令下,稻田开始排水,随着水面的下降,可见鲤鱼的脊背在欢跃滚动,它们奋力摆动尾鳍,向每层梯田最低处的鱼池方向汇聚。在那里,老赵雇来的帮手们已经张开渔网,准备将这些鲤鱼捕回家去。

梯田上下有温差,因此,稻子的成熟也有先后,老赵从底层开始,每天只放两层水,收两层稻花鱼。有趣的是,老赵特意嘱咐帮手们,在每层养鱼池里留少量的鱼不捕。有人觉得诧异。老赵说,等收完稻谷,我自有妙用。

这是老赵家的忙季。一方面,稻谷的收获需要看管;另一方面,每天带回来的稻花鱼都要处理,除了一部分供应民宿的客人或出售给鱼贩子,另一部分立刻要做成武夷山当地有名的"田鲤干"。

通常,武夷山的农民会在秧苗高度刚及一尺时放养鱼苗。此时,杂草已经在与稻子争抢营养,鱼儿欢游,不仅啃食稻田中的杂草,还将害虫、蜗牛、藻类一网打尽。到了稻子开花的时节,这些鲤鱼已经十分矫健,它们会一跃而起,吞食坠落的稻花,整个动作一气呵成,仿佛在玩撑竿跳。

养了鱼,稻田就不能打农药了,也不需要打除草剂,鱼粪会为稻田追肥,鱼儿们顽皮地追逐扰动,增添了稻田里的氧气,使得稻子不会因缺氧而倒伏。这样,种出来的稻米也是绿色有机食物。武夷山的稻农们聪明地利用了每层梯田底端的蓄水池来调节稻田的水位,既不会让蓄水过深淹了稻子的根,又确保在天旱缺水时,鲤鱼能在其间自由游弋。

为什么稻田收获时,要留着蓄水池里的部分鲤鱼不捕呢?在我快离开的那天,答案揭晓了,收获后的稻田开始漫灌,为之后的翻土平整做准备。底部蓄水池里的鱼儿又游回了收获过的梯田里。此时,小赵为愿意体验下田捉鱼的游客们,准备了齐胸高的橡胶水衣。我们笨拙地穿上水衣,在泥水里小心翼翼地挪动。看到鲤鱼了!在稻田的泥水中,其金红的背鳍与黑色的脊背在阳光下散发着夺目光芒。我们变得兴奋起来,忽然,有人双手高举大喊:"鱼好紧张,你们看它的鱼鳞夹得好紧,急促张嘴,搞得我也紧张了!"话音未落,她手里的稻花鱼猛甩尾巴,差点脱手,甩出的泥点子沾了她一脸。

这是人鱼大战,也是泥水混战。衣冠楚楚的城里人,打碎了自己那层矜持的壳,他们在泥水中追逐、尖叫、笑闹,与稻花鱼玩起捉迷藏来。此刻,鱼是自然的精灵,不时在水田中蹦出的青蛙与蚱蜢,是自然的精灵,游客也成了自然的精灵。万物平等,且释放出生机勃勃的欢乐。

呼 救

□周 涛

这个故事的主角是一只鸟。

平常见到的那种蓝背雀，细巧，翘着保持平衡的尾巴，比麻雀秀气一些，但也很常见。眼下成了本文主角的这只蓝背雀，应该说是一只典型的鸟中"失足少年"，它在尚不会飞的时候不慎从窝里掉下来。它羽毛略丰，稍可滑翔而不致摔伤。可是它不能再飞起来，它的双腿还软弱，不足以弹跳起飞；翅膀上的几根短羽，也总是漏风，鼓不起"满帆"。

它掉在我住的楼后面，恰好被女儿发现，捧回家里，放在阳台上。

这只蓝背雀蹒跚在三尺阳台上，显得"往往是幼稚可笑的"。它的叫声并不嘹亮，有一种徒唤奈何的味道。其实我们并不想囚禁它，也知道像它这样的小家伙最好能够重返故里，不然，几天之后是必死无疑的。可是谁又能把它送回窝里去呢？

它叫着，不饮不食，凄凉无助。而我们是多么希望它能活下去啊，一个小生命，因为偶然的失误，将夭折于我们手里，这是令我们多么不情愿的事！然而，我们作为神通广大的人毫无办法。它还在不停地叫，像在呼救，焦急中隐隐含有一种坚定、一种信赖。我想，谁也没办法救走你，除非童话里的鸟。

可是奇怪的迹象出现了：我住的三楼阳台外附近的电线杆上，出现了一只蓝背雀，又出现了一只蓝背雀。它们飞起来盘绕一阵儿，又落在附近电线杆上，鸣叫着，像在问答，又像在安慰。女儿说："它们是来救它的。"我说："救不走，它们没手。"女儿说："那也不一定呀。"我说："除非是童话。"

不久，电线杆上的鸟越落越多，全是蓝背雀。它们观察着，鸣叫着，也交头接耳，像在讨论营救方案。有一两只大胆的"侦察兵"，飞落到我的阳台上来，见人即飞，人走又来，好在我的阳台是没封闭的。这已经成了一种异象，电线杆上陆陆续续地落了有几十只蓝背雀。平时不曾料到这院里还有这么多这类鸟，这时全集合了，群众集会或有重大行动似的，一只鸟落成一个黑点，形成一种阵势，造成一种整肃、紧张的气氛，只为关怀另一只离散的同类。

女儿说："我们躲起来，别让鸟看见。"我说："对，别影响它们营救。"这时我似乎觉得这小家伙有希望了。很久很久之后，再望出去，电线杆上的蓝背雀全不见了。打开阳台的门，仔细查找，"失足少年"也不见了，"不翼而飞"。

"救走了！"女儿高兴地喊道。"它们是怎么救走它的呢？"我纳闷道，"它们没有手啊！"

"那它们不会用嘴吗？"咦？这倒是个办法。那个营救的场面没能见到，但是想象一下，几十只蓝背雀飞进阳台，每一只用嘴咬住"失足少年"的一点、一、二、三，同时起飞，空中飞翔起一团蓝背雀，中间托举着那只尚无飞翔能力的幼雀，从人类居住的幢幢楼窗前飞过去，飞回只有它们才认识的地方。

这，何等壮观，何等感人！一群怎样有勇气、有智慧、有伟大集体主义精神的小鸟凡雀呀！真是不可思议，谁还能认为蓝背雀是一种没有思想的小鸟呢？

大猩猩如何戒掉手机瘾

□ L

说到沉迷于玩手机等电子产品,我们人类最在行了,但是这事发生在大猩猩身上就非常有意思了。难道现在动物园里的大猩猩都有自己的手机了吗?

这个大猩猩界的"低头族"是美国芝加哥林肯动物园里一只16岁的大猩猩,名叫阿马雷。

阿马雷虽然没有自己的手机,但它沉迷于手机无法自拔,其原因非常令人意外。来动物园看它的游客,总是隔着玻璃隔板给它看各种有意思的视频和照片,其中有游客本人的自拍,也有其家人和宠物的照片以及游客拍摄的阿马雷……渐渐地,这只大猩猩对手机上了瘾。

阿马雷对手机上瘾到什么程度呢?由于长时间在玻璃隔板附近守候,和它同居的大猩猩攻击它时,它都没意识到自己被攻击了。

动物园的管理员说虽然大猩猩之间的这种攻击和互动很正常,不会造成伤害,但阿马雷的这种分心行为,会导致它在大猩猩群体里的地位下降。

动物园的工作人员为了让阿马雷戒掉手机瘾,真是操碎了心。最后,他们不得不在玻璃隔板外安装隔离绳,这样,游客们看阿马雷就需要保持一定距离。

如果有游客试图给阿马雷看手机里的照片或者有意思的视频,动物园的工作人员会上前制止并且解释不要这么做的原因。

动物园灵长类研究和保护中心主任斯蒂芬·罗斯希望阿马雷和游客之间有几英尺(1英尺≈0.3米)的缓冲区,这能缓解大猩猩因沉迷于手机而不和同伴们互动的问题。他不想阻止游客们拍摄大猩猩,只是希望游客们不要分散大猩猩的注意力。同时,他也希望游客们能和动物园的工作人员一起帮助阿马雷幸福地生活。

虽然智能手机影响了阿马雷的正常生活,但是我们不能否认电子产品也曾帮助动物们熬过艰难的日子。

有一段时间,动物园里的动物们倍感无聊,捷克王宫镇野生动物园曾安排黑猩猩通过屏幕与另一家动物园的黑猩猩互动。

芬兰赫尔辛基一家动物园曾为白面僧面猴制作了可以播放视频的监视器,还配备了传感器和摄像头,用来捕捉猴子使用该系统的数据。猴子一走进盒子就会触发视频播放,它们可以看到蠕虫、海洋生物、其他动物园的动物、抽象艺术或森林场景。

有一位叫保罗·罗斯的外国小哥因为和大猩猩的友爱互动而走红。保罗和女儿在美国路易维尔动物园游玩时,给一只名叫杰拉尼的大猩猩展示了手机里的照片。杰拉尼对此非常感兴趣,虽然隔着玻璃,但是他们的互动非常美好。

国内也发生过类似有趣的事情:2022年3月,山东一男子在动物园逗猩猩时给它看了手机视频,没想到这只猩猩居然伸手示意向下滑,表示自己想看下一个。

尽管有研究指出大猩猩和人类的这种互动有利于满足大猩猩的情感需求,但是像阿马雷这样沉迷于人类的手机而影响正常生活就不好了。借此提醒各位,刷手机千万别沉迷,否则你会忽略身边的世界。

为爱赴死

□周晓枫

海南三亚，下过小雨。晚餐后，我下楼散步。

小区道路的光线渐渐暗淡，通过路灯的映照，能看到一条反光而湿黑的路。我沿着这条混沌的小路向前，突然地上的什么东西动了一下，像个被风吹得滚落的果子。我吓了一跳。低头看，原来是个小家伙。

我没有立即判断出它到底是青蛙还是蛤蟆，像是两者的混血儿。我蹲下来观察，它坐姿端正，表情庄严，雕塑似的一动不动。它个头不大，大概只有我的拇指那样的长度。它像被揉过的纸巾，乍看松垮地团在一起，仔细看各部分的衔接又是紧凑的，双腿并拢在体侧，融成的整体严丝合缝。哦，这是遍布中国南方的常见品种：沼蛙。

它长久蹲坐，仿佛在思考何去何从。溪流在另一侧，而它正朝着人类的院落瞻望。这种迷失可能导致丧命。我想帮助它抵达正确的方向，又很怕两栖类鼓起的眼睛。犹豫之后，我放弃了，决定继续向前散步，它自己会做出选择的。我想，等我折返的时候，如果它还在这儿，无论如何，我将克服恐惧，回家去拿长柄的扫帚和簸箕，把它拯救到彼岸。

这条路有一二百米，走到头，我看了一会儿月亮，再返回来。返程只到半途，远未到刚才见到沼蛙的地方，可我惊讶地发现，它停在大路中间，依然保持着刚才的姿态。这只懂得魔法的青蛙，怎么不动声色地跟了我这么远？像童年那个游戏：我们都是木头人——在你蒙起眼睛的时候，他们不知不觉地靠近你，并在你睁开眼睛的瞬间，凝固动作。我低下视线，看它，它不动；离得再近些，它还是不动。我靠得太近了！毫无征兆，它的动作如此之快，几乎是侵犯式地向我冲过来，带着恼怒，带着超过挑衅的绝杀态度。我吓得连连后退两步，才和它保持了距离。它没有善罢甘休，直勾勾地盯着我，余怒未消。我不明白这只沼蛙的矛盾态度，为什么如此厌恶我靠近，又执意地追踪我？

我很快得知了谜底。我见到了它的孪生兄弟，不，是兄弟们。就在我看月亮那会儿，它们有许多只，个头几乎一致，偶尔有两三只能目测出有体积差。隔上数十米，就有这么一位伫立的小矮人……小得像不起眼的土块或卷起一半的落叶。这是一条人类铺设的步道，虽然夜晚人迹寥落，但依然危险，几十公斤的体重可能随时从天而降，而沼蛙的个头儿不过是一小摊垫脚的湿泥。我有一次险些踩中，即使鞋底与沼蛙差之毫厘，但它岿然不动。

我终于发现，它们为什么有如此表现。

我见到一对沉浸爱情的情侣，雄性比雌性壮硕，却由弱者背负着蹦跳，发出很大的鸣声。原来，这么多沼蛙聚集，因为这是雨后的求偶时刻。体内的生物钟精确催促，它们如约赶往聚合地点，参加盛大的集体婚礼。

可惜，相遇似乎并非易事。多数时候，为了等待心仪者，它们就像抱柱的尾生那样漫长到无望地各自等候。似乎一直在倾听和分辨，众生喧哗的合唱中，会有一个歌喉，让它怦然心动。它那么凝神，那么专注，长久得仿佛忘了时间和等待的目的。每一只都坚决地压在自己的影子上，只有以极低的角度观察，才能在某个特别的角度，看见草地上的地灯把它的影子斜斜地拉长，像个小型的埃菲尔铁塔。我把手电筒的光源打在它身上，上下移动，它的影子一上一下地跳跃，但除了明显外凸的眼睛里反射出的光点，它丝毫不受影响，你看不到它有任何变化。头颅角度没变，身体纹丝不动，像个古代人盘腿在蒲团上。是的，它的腿折叠得多么好，贴合完美，隐藏着饱满而弹力十足的肌肉线条。它的内肘微弯，形成空置的弧形，像是随时准备抱拢伴侣。它是个多么有耐心的爱人啊，像思恋或失恋到了绝望那样，停在那里，没有任何表情与动作，不知道能等多久。我对两栖动物的脸，一贯怀有恐惧。但此时这些痴情者，使我产生好奇和兴趣。我再次靠近，观察另外一只沼蛙，它好像刚刚和爱侣分开。这只沼蛙没有脖子和腰窝，从头到胯骨，几乎可以拉成笔直的斜线。无论从正面，还是上方，都会发现它有个简直是严格符合几何学的三角脸。它也没有下巴，它的嘴是一道如此深的切痕，把它的脸一劈两半。这使它的头，由两部分组合而成：像个浅盒子，带着隆重的盔盖。它夸张而有些老龄化的双眼皮，给人以复杂的感受，说不清更靠近天真者还是纵欲者。这回，它不叫了，呼吸似乎很轻，我看见它似乎潮湿的鼻孔像两个既不扩张也不收缩的针眼。也许，它是靠隔夜茶色或锈铁皮色的皮肤呼吸的，可以不动声色。我的鼻子快贴到地面了，才发现它的喉结部分快速抽动，频繁鼓起和收缩，像个正在漱口或吃药的老人。

这场盛大的婚宴里，每一个它，都是冷静的、耐心的、克制的；每一个它，都是痴情如水、激情似火的爱人，迎接着身体的狂欢节……未来的每一条蝌蚪，都是它长着一条尾巴的美人鱼孩子，继承着基因里的遗传：随时为爱等待，随时为爱枯竭，为爱赴死。

你的猫一直在认真听你讲话

□ 贾静晗

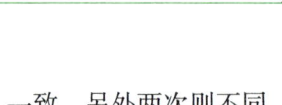

中国至少有5800万只宠物猫,这是去年的数字。畜牧业协会发布的《2021年中国宠物行业白皮书》显示,猫的数量已超过了狗,成为中国城镇家庭饲养最多的宠物。

人们习惯称猫为"主子",这或许是人类历史上第一次对其他生物使用敬称。和狗相比,猫和主人的情感关系更弱。在目睹陌生人"伤害"主人后,狗会拒绝陌生人的食物,但猫不会。

另一个常被提起的区别是,每当狗听到你叫它的名字,它总会迅速、热情地跑到你的身边;但无论你呼唤猫多少次,无论声音多么饱含爱意,它们丝毫不予理会。在很长的时间里,人类都不清楚,猫咪能听懂我们的话吗?

事实上,猫不仅听得懂自己的名字,可能也知道家里其他猫的名字,甚至是你的名字。

2019年,一个研究团队发现,家猫能从人类的话语里辨别出自己的名字。2022年5月,同样是这个研究团队,在《自然》杂志旗下的期刊《科学报告》上又发表了一篇论文,题目为《猫咪能在日常生活中学习同伴猫咪的名字》。

这些心理学家、动物行为专家找来了48只猫,其中29只来自猫咖,另外19只来自家里有多只猫咪的家庭。研究者用一台笔记本电脑为每一只猫播放4次主人喊它同伴名字的录音,每次间隔2.5秒。之后,电脑屏幕上会显示一张猫的照片,时间持续7秒。每只猫会进行4次实验,其中两次名字和照片一致,另外两次则不同。

结果发现,当猫听到的名字和照片上的脸不匹配时,它们就会花更长的时间盯着屏幕看。这意味着,图片与它们的期待不一致,它们感到困惑。但是,这种情况只出现在家养的猫咪身上,猫咖中的猫不会对同伴的名字产生明显的反应。这或许是因为猫咖里的猫对生活在一起的同伴没那么熟悉,听到它们名字的机会也更少。

在第二个实验中,研究者把猫同伴的照片换成了人类家庭成员的照片,将播放的声音也换成了猫主人的名字,然后重复了第一次实验的操作。这一次,家养的猫咪也显现出了对主人名字的认知。并且,与人共同生活的时间越长,猫对"叫错名字"的反应也会越明显。

实验证明,猫能够站在第三方的视角,通过观察人类之间的互动来记住人类的名字。你的猫可能一直在默默地听你说话。

猫对你的关心不止于此。它们可以在大脑中记录人类的存在,并通过敏锐的听觉来确定人类的位置,用声音追踪你的一举一动。美国俄勒冈州立大学的一个团队还发现,当被单独留在一个陌生的环境中时,64.3%的小猫会对主人产生类似于人类婴儿般的"安全附着"。

在研究的最后,研究者克里斯汀·维塔莱写道:"也许我们的猫真的爱着我们——或者说,它们中的大多数是这样的。"

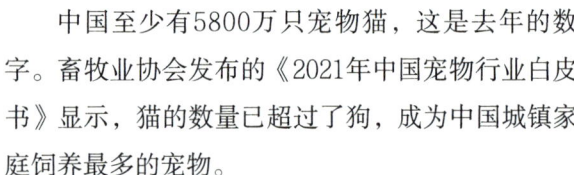

"我的男朋友"孔雀

□ 盛 林

我住进林子后,每天都能看到孔雀。孔雀是鸟还是鸡,很多人疑惑过。说它是鸟,它却像鸡一样走来走去,和鸡一起在草地上打盹,一起洗泥水澡,一起抢虫子吃,并能与人打交道。说它是鸡,它晚上却睡在树上,或者睡在房顶,它还会展翅飞翔,有诗证:"孔雀东南飞,五里一徘徊。"

当然,我们不用再疑惑,鸟类学家说了,孔雀是鸟,我们就把它当鸟吧。

之前我看孔雀时,很少去想它的性别,只知道它是会开屏的动物,是供人欣赏的。甚至想当然地认为,我看到的都是母孔雀。

其实开屏的都是公孔雀。它们开屏,一是为了吸引异性,传达爱情;二是为了抵抗外敌,把敌人吸引过来,给母孔雀创造逃生的机会。这两个重要使命,要求它必须高大美丽,必须引人注目。所以,它长得很魁梧,并且光彩夺目,有绿色的凤冠,蓝色的围脖,蓝绿相间的背心,深黄色的翅膀,绿、蓝、青混合的尾裙,尾裙开屏时,像一扇金碧辉煌的屏风,上面点缀着无数圆斑,像一只只生动的眼睛。

我喜欢孔雀,惊叹于它们的美,总想接近它们。但孔雀是这样一种鸟,我越想亲近它,它越傲慢无礼,我进一步,它退一步。当我泄了气,转身走开时,它却在我身后开屏了,羽翼沙沙作响,像一场突如其来的细雨。我轻轻转过身,观看它们的表演,它们也在观看我,并向我传送思想,嘴里发出咯咯的声音,好像在说,女士,请遵守规则,原地观看。如果我忘了这个规则,向它们靠拢,它们就毫不犹豫地收起屏风,拖着长尾巴跑进树林。

尽管如此,我也一直在巴结它们。有一句俗语,叫"拿热脸贴冷屁股",我就是。每天早上,它们从树上飞下来时,我主动献给它们一些鸡粮、狗粮,有时还有面包片。它们最喜欢面包片,每次都风卷残云般吃得精光。所以每周去小镇购物,我都会买一大条面包,专门用来笼络孔雀。我希望它们不但喜欢面包,还喜欢我、喜欢我家,永远不要飞走,更不要飞到别人的院子里,那样我会很嫉妒。

我的一番真情意,还是打动了一些孔雀,它们果然留了下来,陪了我好几年。

我还交到一个孔雀朋友,它是一只绿孔雀,性格比较内向,总是独来独往。它吃了我的面包后,不像其他没良心的孔雀那样嘴一抹走开,而是站在原地为我开屏。它开屏时,目光温柔,表情喜悦,像是在向我问好,也像是在向我道谢。它的表现让我受宠若惊,从此对它偏爱有加,有好东西先请它吃。它对我也完全没了戒心,它开屏时,我可以接近它,轻轻抚摸它的羽毛。后来,这只孔雀看见我,不管我手上有没有面包,都会为我打开灿烂的羽屏。我在公路上走路时,它就守在路口,对着我的背影大放光明。我朝哪个方向走,它就朝哪个方向转,像一棵忠心耿耿的向日葵。有时我走累了,坐在路边的草地上,它就隔了一条沟壑继续开屏。但我的男朋友菲里普一走过来,它就收起屏风,快步跑开。菲里普有些妒忌,称它才是我的男朋友。但是有一天,我的男朋友消失了。我等了好长时间,一直等到今天,等到此时此刻,它也没有回来。它来到这里,出现在我面前,为我开屏,表达一番心意后,就悄然离开了。

苔藓之美

□梁 衡

苔藓,恐怕是植物中最小、最古老的品种之一。它是与恐龙同时期的物种,全球分布有23000种,中国有3100种。苔藓的家族这样庞大,个体却十分渺小。它没有根,没有花和籽,只有茎与叶,真是简洁到了极点,肉眼看去只是一点儿绿痕。这么卑微的植物却在干着一件伟大的事情。它不肯在明媚的阳光下落脚,让给那些更需要热量的家族;不肯在人多的地方露脸,让给那些更要人喝彩的花朵;它专找阴暗、湿冷、老旧的角落,用自己微小的身躯为那些被冷落抛弃了的旧物,织成一件细密鲜亮的绿衣,轻轻地裹在它们的身上,让它们不失尊严地屹立,安详地享受云起日落。它像一个发过大愿的苦行僧,专门引渡苦海中的人。

我第一次真切感受到苔藓的存在,是在一个原始林子中穿行时。当林子足够大,足够幽深时,最刺激你的并不是那些高大的乔木,而是林中一条条绿色的光带,那是苔藓包装过的朽木或者挂于树间的古藤。

微风拂动,树缝中的阳光照得它扑朔迷离,就像是夜空下的露天音乐会上,歌迷们手中的荧光棒划破黑暗,伴着歌声。

其实,苔藓之美更在于它对人心灵的抚慰。你看,愈是人迹罕至的地方或门可罗雀的时候,就愈显出它的存在。它永远在无声地分担着你的寂寞,陪伴着孤独的你,而且总能将寂寞转化为恬静,将孤独转化为自信。古诗文中的苔藓,无不是一种静好的风景。最著名的如王维的"返景入深林,复照青苔上",如刘禹锡的"苔痕上阶绿,草色入帘青"。纵然是在隐居的岁月里也能找到一份快乐。

而现在的旅人去寻访古镇、老宅,也会去留意那墙角的苔藓和旧瓦上的绿痕。说是无情却有情,情到深处只几痕。

苔藓虽小,却有极强的生命力。前几年,有英国学者在南极1500年的岩心中发现苔藓的踪迹,施以适当的温度它竟能起死回生。苔藓虽微,却有特殊的价值。生活在高寒地带的驯鹿无青草可食,不要怕,专有苔藓来养活驯鹿,而驯鹿又养活了这里的土著。苔藓就是人类忠实的仆人,它平时不上台面,垂手立于墙脚,一旦有事立马显身来到面前。

我是几乎不写新诗的,为了苔藓,忍不住也要涂抹几行:

当枯木已朽,

当砖瓦已旧,

古道上已经无人行走,

老房子里也再无人厮守。

这时有一个精灵,轻轻地走来,

它抚摸着过去的时光,

给每一件旧物盖上一层温柔。

让万物有平等的尊严,

它拥抱每一块冰冷的石头。

用绿色填满所有的沟壑,

它将寂寞酿成一壶老酒。

让时光无声地轮回,

它将死亡转化为生命的永久。

嫁衣也是一种职业,

他人的美丽,

何尝不是你更美的理由?

寄居蟹的"二手房"交易

□ 何爱华

寄居蟹的"房子"就像古代战场上士兵的铠甲一样重要。如果没有"房子",身处热带的寄居蟹即使不被天敌吃掉,也抵挡不住骄阳炙烤。这也让寄居蟹的"房产市场"竞争非常激烈。随着春天的到来,寄居蟹的"房产市场"交易逐渐升温,每当一枚大贝壳被冲上岸,就会在"房产市场"中引起一股换房热潮。

排队"换房"井然有序

由于无法靠自身长出坚硬的外壳,寄居蟹只能居住在被遗弃的贝壳或螺壳里。随着身体不断长大,当寄居蟹的居住空间变得逼仄,逐渐无法满足自身需要时,它们就不得不搬到更大的居所里。然而,合适的居所并不那么容易被找到。海滩上出现一枚非常适合做"住房"的大贝壳时,就会吸引来附近的寄居蟹。然而,这枚贝壳实在是太大了,就连最大的寄居蟹也觉得大。就在大个子寄居蟹试"新房"的同时,其他需要换"房子"的寄居蟹相互打量,寻找自己中意的"二手房"。随后它们按照体形从大到小排好队,个头大的在前面,最小的在后面,依次排成一列,每列有10～20只寄居蟹,形成一条"换房链",目的就是换"房"。

"换房"之争

如果排队换房时体形小的寄居蟹插队或误进了不适合自己的大"房子",也是不被允许的,因为体形大的寄居蟹会马上与之争夺,将小寄居蟹赶出去。

除了等待海浪带来的空贝壳及排队"换房",寄居蟹有时也会蛮横地强占贝壳。如果某寄居蟹遇到了合适的贝壳,那么,即便这枚贝壳是有主的,这只寄居蟹也会用锐利的大螯将原"房主"钳住,然后以自己的"房子"去碰撞螺壳生物的"房子",直到将其撞翻。接下来,这只寄居蟹会停下来观察这座"房子"。

如果满意,那么它会毫不留情地将原"房主"揪出壳外,甚至将"房主"吃掉,然后将"房子"据为己有。如果一只寄居蟹抢的是其他寄居蟹的壳,那么被赶出"家门"的寄居蟹只能不情愿地住进强者丢弃的壳。一些无壳又找不到合适的壳的寄居蟹,还会紧紧盯着有壳的寄居蟹,密切关注"房主"的动态。一旦发现"房主"出门,"无房"寄居蟹就会立刻住进"房子",从此赖着不走。有时,住着小壳的大寄居蟹会巧遇住着大壳的小寄居蟹。此时,双方便会和平交换"房子"。

精心装修,小心守护

和人类装修房子一样,一些寄居蟹也会精心"装修"自己的住所。它们通过分泌有腐蚀性的物质,去掉壳内部的一些错综复杂的骨架结构,使壳变得更加宽敞和光滑。"精装修"后的壳会变轻,使寄居蟹行走时背起来更加方便,行走速度也更快。

为了保护自己的房子,有的寄居蟹也会找管家或保镖帮助自己,例如生活在海里的一些寄居蟹会背上海葵一起出行。这样一来,海葵就充当了寄居蟹的保镖,既能在寄居蟹的壳上获得栖息的硬基质,在寄居蟹觅食时可获得碎屑,依靠寄居蟹更快地移动,又能保护寄居蟹免受天敌伤害。因此,寄居蟹搬家时都不忘带走海葵。

白鹤湖

□ 傅 菲

在这栋两层瓦房里，生活着一对五十多岁的夫妇，男人叫文书，女人叫西西。夫妇俩同年同月同日出生。他们是本地人。八年前的春天，西西在湖边洗菜，突然一只大白鸟落在湖里，嘎嘎嘎，叫得很凄惨。她把大白鸟抱回了家，发现它有一只翅膀断了。挖笋回家的文书，识得大白鸟，说，这是白鹤，是祥瑞的鸟。他们把白鹤养了起来。西西给大白鸟包扎伤口，敷药，挖藕芽给它吃。

第三天，院子里又飞来了一只白鹤。两只白鹤相对，用头磨蹭对方，很是亲昵。它们嘎嘎地叫，欢欣喜悦。后来的那只白鹤张开翅膀，扑扇着，像在跳舞。这让西西羡慕不已，激动不已。

过了四个月，受伤的白鹤可以张开翅膀了，但仍然不能飞，可能是骨头还受不了力。它们在竹林里追逐玩耍，一起去水坝底下的藕塘里觅食。它们再也不走了，和西西夫妇生活在一起。它们一起在湖上跳舞，一起在草洲上晒太阳，一起飞上屋顶朝天叫。它们多么恩爱啊，恩爱得让人嫉妒。睡觉的时候，它们也挤挨在一起。两只白鹤在一起，再寂寞的山林，也不觉得孤单了。

三年后的一个冬天，傍晚了，白鹤还没回到院子里。西西和文书在河边找到了白鹤。其中一只，也就是翅膀受伤的那只，躺在石头上，耷拉着头，叫得很凄凉。另一只站在它身边，仰着脖子，一直叫。第二日，受伤的白鹤死了。医生说，它死于肠胃出血。西西把白鹤葬在一棵老松树下。活下来的那只，形单影只，也不去藕塘觅食了。一个月后，它在老松树下，安静地死去。西西伤心透了。她长这么大，从没见过这么忠贞的鸟。她把它们埋在了一起。文书挑来土砖沙砾，给它们垒了一座三米高的凉亭。

一年后，西西一家搬离了竹林。水库有了名字，叫白鹤湖。我和颜沿湖而走，老松苍郁遒劲，挺拔而立，冠盖倾散，是一座山的形状。树下是一座木亭，亭门上，挂着一块木匾，上有手书行楷大字"白鹤亭"。亭的后面，是悬崖，飞瀑流泻，水珠跳溅。在白鹤亭，我默默地坐了半个小时。雨季已过两月有余，湖水日浅，湖尾露出草洲。草色青青。颜说："这里适合筑半山书房，引泉入池，磨墨画画，临屏观鸟。"我说："在这里居住，虽然美好，但太令人悲伤。"

在下山的路上，我问颜："你深深地爱过别人吗？"

"没有。"

"你被人深深地爱过吗？"

"好像有过。"颜想了想，沉默了一会儿说。

"你有过吗？"颜反问我。

"没有深深地爱过和被爱，一生算是虚度了。我不是虚度生命的人。"我说。

"那什么是爱呢？"

"爱是无可替代的欢欣吧。失去了这样的欢欣，便是永生的痛苦和寂寞。你说呢？"

"爱是心灵的彼此依存。"

我靠着车窗，窗外是葱绿的峡谷。我没有接话。窗玻璃映着一双眼睛，湖一样的眼睛。晚霞在林梢飞渡。

蜂 园

□ 盛 林

我们要建一个蜂园。菲里普用最好的松木，做了三幢蜂房，每幢蜂房放十块蜂板，他还在蜂房的底层，做了一排精致的凹槽，只有一厘米高，这是小蜜蜂进出的通道。三幢蜂房搬进林子安顿好后，菲里普砍掉了周围的杂木，防止小蜜蜂出入时被撞伤，他还在蜂房四周，埋下了灭蚁、灭蛾的药丸。这些事做完后，他上网买了六千只意大利工蜂、一只意大利蜂王。

有一天，UPS（联合包裹公司）开进了我家院子，满脸惊恐的邮差像扔炸药包一样，把装着六千只蜜蜂的盒子扔给我，说了声"you take care（你自己小心）"，撒腿就跑了。我抱住盒子，便听到了激愤的轰鸣声，六千只被囚禁的蜜蜂，经过长途跋涉，已经很不耐烦了，互相挤压着、撞击着，似乎想找出口越狱。难怪那个邮差吓成那样。当然，我也紧张得手脚冰凉，生怕"炸药包"突然爆炸。

那天，菲里普下班，看到了新来的蜜蜂，高兴得大喊一声："嗨，伙计们！"那天傍晚，他穿上防蜂衣，打开蜂房的盖子，请新来的伙计住进了新房子。

从这天开始，我们为蜜蜂提供糖水，这件事要做一个月，才能让工蜂安居乐业，让蜂王早下蜂蛋。供应糖水的事由我负责，我每天早一次、晚一次，配糖水、送糖水。糖和水的比例是一比一，配好后装进玻璃瓶，瓶盖上有一排细密的针孔，把瓶子倒扣在蜂槽上，糖水就像打点滴一样滴进蜂房。小蜜蜂闻到新鲜的糖水味，会迫不及待地飞出来，挤在一起吮吸。

一个月后，小蜜蜂们从野外采回的蜜，足够喂养蜂王了，并有了积余，这时，我们停止了糖水供应。小蜜蜂甜蜜的事业就此开始。每天太阳刚刚升起，它们成群结队地飞出蜂房，四下寻找花蜜。

有一天，我和菲里普检查蜂房，菲里普打开了蜂盖，拎起一块蜂板，掂了掂，高兴地对我说："有蜜，有很多蜜。"我看着四下飞舞的小蜜蜂，欣慰地说："真是太好了，它们适应新环境了。"没想到菲里普却摇了摇头，他说："这些蜜蜂都是新的，蜜蜂只能活一个月，一生只酿一勺蜜。"我听了顿生伤感，也就是说，被我捧回家的六千只工蜂，已经全部死去了。菲里普告诉我，蜂王可以活三四年，它的一生都在下蛋，等它下不动蛋时，工蜂们会自发培养新蜂王，新蜂王登基后的第一件事，就是把老蜂王处死。但很多时候，老蜂王会及时逃跑，飞向野林，成为一只野蜂。

听了这些，我很惊讶，原来小小的蜜蜂王国也有残酷的宫廷演义。

有一天，菲里普收蜂蜜了，足足装了三十瓶野花蜜，每瓶半磅重。那天，我手上沾满了蜂蜜，我不敢浪费，一点点把它们舔干净。感受甜美，想念小蜜蜂。小蜜蜂一生只酿一勺蜜，这三十瓶蜜包含多少只蜜蜂的生命？

我认真地想，到底是我们养了蜜蜂，还是蜜蜂养了我们？

幸福的羊

□ 尤 今

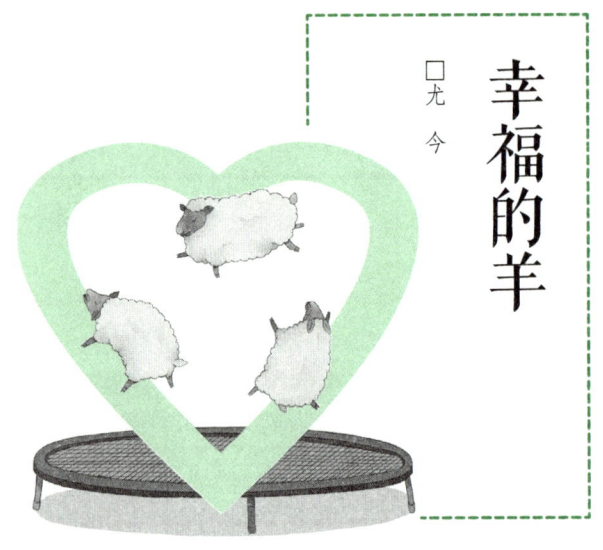

羊,是冰岛夏天里一道很奇特的景观。

马路两旁,是一大片一大片兴高采烈的草地;草地上,毛发丰厚的羊儿,宛如颗颗浑圆的珍珠,自得其乐地滚落四方。最奇的是,羊群周遭,完全没有牧羊人或牧羊犬的踪影;羊儿,纯然是自己的主人。它们抬头看山、低头吃草;看厌了这边的风景,便晃晃悠悠地越过马路,大摇大摆地走向另一边的草地。它们心高气傲,全然无畏于穿行的汽车,肆无忌惮地来去自如。它们的"目中无人"成了驾车人士的一大负担;我们就曾多次为了闪避突然由草地冲到马路上的羊儿而紧急刹车,幸好冰岛游客不是很多,公路使用者寥寥无几,才不至于酿成意外。有时,羊儿心血来潮,便成群结队地踏着碎步,沿着嶙峋的石岩攀爬上山,远远看去,就像一队艰苦出征的士兵,有着凛然不可侵犯的浩然正气。

本性懦弱畏缩的羊儿,在冰岛却展现截然不同的面貌。它们不怕天、不畏地,活得惬意自在。这,和冰岛已经沿袭了一千余年的传统放牧方式有关。

冰岛土地辽阔,没有猛兽出没,畜牧业发达,养羊人家都放心地采用"野外放养"的方式。每年五月,在暖风的吹拂下,丰嫩多汁的青草蓬蓬勃勃地长了起来,每个村庄里每家每户养羊的人,便忙忙碌碌地在自家羊儿的身上做独特的记号,然后,将它们放去野外,让它们无拘无束地到处觅食。

羊儿这一离家,便长达四个月;换言之,在整个温煦的夏天里,它们享有充分的自由,要去哪儿便去哪儿,要吃啥便吃啥。天和地,便是它们的家;湖泊清澈洁净的水任它们喝、草地全无化肥的草任它们吃。牧羊人扮演的,仅仅是遥控的角色,每日出门一次,去查看羊群的行动和行踪,仅仅静静地从旁观察,绝不干涉它们的去向,更不干扰它们的意向。在这种独特的放养方式下,一户人家即使拥有数百只羊,照顾起来也不费吹灰之力。

嘿,在治安奇佳而犯罪率极低的冰岛,没想到,动物的世界竟也安全如斯,真的是人间乐土啊!

羊儿在这种"无为而治"的自由里,逐渐养成了无拘无束的心态和性格,随地乱走,一心以为自己是冰岛的主人,快乐又自信。

"物竞天择,适者生存",在冰岛这样独特的自然环境中,千百年来,羊儿早练就了特强的耐寒抗病能力,羊毛特厚、特软、特好,织成羊毛衣,御寒功效特强。冰岛人穿着这种羊毛衣,安然地度过了一个又一个冷透骨髓的冬天。

冰岛的佳肴呢,有许多是以羊肉为主料的。

冰岛的羊肉,肉质纹理绵密细致,那种又嫩又滑的好味儿,近乎妩媚。有人甚至指出,冰岛的羊肉滋味之好,是举世无双的。

我想,滋味好,原因完全在于"野外放养"这种独特方式。冰岛的羊儿,得以在一种身心全然放松的情况下,自在地活着,当然得以活出最佳的状态啦!

也许,从事教育的,也能从这种养羊的方式里得到一定的启示吧?

猫是闺蜜

□ 艾小羊

我家有两只猫,一只叫饭团,一只叫熊猫。自从养了猫,我开始理解为什么人们喜欢把有魅力的女人形容为猫。猫这种动物,几乎完美地钻了人类劣根性的所有空子。生而为猫,专治人类的贱病,如果女人都能像猫那样,世上也就没什么大猪蹄子了。

第一,猫不黏人。它基本对你爱搭不理,实在有求于你,才跑到你面前蹭蹭椅子腿之类的,这时候,你就有种受宠若惊的感觉,无论手里有多重要的工作,都忍不住放下,给它加食喂水,陪它玩逗猫棒。所以不黏人的女人,偶尔黏起人来,威力有多大,可想而知。

第二,无论公猫母猫,每天都把自己收拾得漂漂亮亮、干干净净。有人说,猫一生有三分之一的时间在打理自己,虽然有点夸张,但也差不多吧。每当我看到猫咪奋勇舔毛,舔着舔着累得睡着了,就很惭愧。

我做个面膜、化个妆都嫌耽误工夫,忙起来三天不洗头,过的是什么日子啊?人家猫,长那么一身毛,每天不厌其烦地把能舔的地方都舔干净了,简直比我都活得有尊严。那谁不是说了,清洁和美,是生而为人的尊严。所以,在猫的对比和监督下,我每天把自己收拾得精致美好,这可能也是榜样的力量。

第三,猫特别懂得自处,完全不怕寂寞。有本杂志做过一个选题:你不在家的时候,你的猫在做什么?我心想,还能做什么,自得其乐呗。猫可以跟自己玩很长时间,一切东西都可能成为它的玩具,包括自己的尾巴。我餐厅的椅子上垂下两条坐垫绳,猫就可以逮着一根绳子玩两个小时。

有时猫看上去无所事事,你觉得它很孤单,但它并不觉得,不然为什么你过去想跟它玩玩,它却一脸嫌弃?

这一点,让猫显得特别神秘和强大。而它越神秘,猫主子越贱性大发,只要在家,动不动就想去看看它、逗逗它,它越不理你,你越想理它。

第四,猫的情绪非常稳定,既不大喜也不大悲。我认真研究过猫开心时的样子,无非尾巴翘起来,满屋子走两圈。但它不开心的时候,你基本看不到它,要么躲在衣柜里睡一天,要么待在窗台上,诗人一般地注视着楼下的风景。

无论动物还是人,多面性是魅力之源,猫的魅力也就在它冷酷、淡定、什么都能搞定的外表下,有一颗敏感多疑的心。当它露出软弱和黏人的一面,妈呀,那真是要了人命。

虽然平时我家猫对我爱搭不理,但只要我加班或者应酬回家很晚,全家人都睡了,一开门,猫在门口,四只眼睛齐刷刷地看着我。无论多晚,哪怕它们已经睡了,也一定睡眼惺忪地站在门口。

猫这些品行,如果放在人身上,不就是亦舒笔下的职场女性?美好、独立、有神秘感、戒掉情绪,不黏人又懂感情。

所以我觉得,狗是女人的宠物,猫则更像女人的闺蜜。一个养猫的女人,如果不能变得越来越好,是猫的失职。

每头鲸都是一座孤岛

□边 月

自从无意间在B站观看了一部关于虎鲸的纪录片后，我就迷上了虎鲸这种生物。在纪录片里，这种有着巨大体形，黑白相间的海洋霸主看起来像一言不合就大开杀戒的冷酷杀手。实际上呢，一开口却成了声音奶萌的嘤嘤怪，所以被很多吸鲸的网友戏称为"胖虎"。有着几吨的体积，却有种虎头虎脑的可爱，这种反差萌引得无数人对它蜂拥而至。我也是其中一员。于是，趁着五一长假，我和朋友去了大学城里的一个海洋公园。

在那里，我排了几个小时的长队，终于见到了心心念念的"胖虎"。那是一头体形极小的虎鲸，在偌大的游泳池里来回翻滚，身后的大屏幕上投影出它娇憨的神情。它游得很快，在清澈的池水里穿行，露出黑色的鳍。"它看起来很孤单，每天光待在这儿多无聊啊！你看它这么小就开始在海洋馆表演，多可怜啊！"朋友突然转身跟我感慨道。我听见她的话，刚被虎鲸逗乐的笑容淡了下去，脑海里关于虎鲸的资料一瞬间清晰起来。虎鲸是有家族群体的，它们像人类一样，幼鲸需要在成年虎鲸的教导下学习捕猎生活；它们也像人类一样害怕孤单，需要陪伴。我站在那里看着那头小虎鲸，孤独的身影有种说不出的落寞，它本该在辽阔的大海里畅游，而不是被禁锢在这里，为了娱乐人类，违背本性，日复一日地进行表演。

我曾在动物园里看过很多动物，金丝猴、大象、各种蛇，还有东北虎、狮子等。那时我觉得它们很享受，毕竟在动物园里接受投喂，被人好吃好喝地圈养着，不用在野外艰难地捕猎，不用像人一样为了生活四处奔波。直到现在我才明白自己错得有多离谱。那些生活在大自然里的猛兽是有野性的，可是因为长期被关在动物园里，它们已经失去了原有的狩猎技能，磨灭了野性，一旦人们将它们放生，它们还能在残酷的大自然里活下来吗？很难很难。

2013年，纪录片《黑鲸》上映，该片记录了虎鲸提拉库姆悲哀的一生。这头虎鲸身上背负了三条人命，它约莫两岁的时候在冰岛被抓获，被圈养在冰岛的小海洋馆近一年后，它被迫开始了长达34年的表演。在纪录片中，长期遭受囚禁的提拉库姆不能和其他虎鲸交流。最后，它患上了精神疾病，还杀死了曾经的驯兽员。这头杀了人的虎鲸，又何尝不是人类造成的悲剧？人类虽然站在食物链的顶端，但从来不是自然的主宰，世间万物是共生共存的。一头鲸就应该是一座岛屿，一群鲸就是一片海洋，遨游在云雾缭绕的海上，无人打扰，才是它的归属。

第五章 幸福讲义

  我在小小的书斋里，焚起一炉香，袅袅的一缕烟线笔直地上升，一直戳到顶棚，好像屋里的空气是绝对的静止，我的呼吸都没有搅动出一点儿波澜似的。我独自暗暗地望着那条烟线发怔。屋外庭院中的紫丁香树还带着不少嫣红焦黄的叶子，枯叶乱枝的声响可以很清晰地听到，先是一小声清脆的折断声，然后是撞击着枝干的磕碰声，最后是落到空阶上的拍打声。这时节，我感到了寂寞。在这寂寞中我意识到了我自己的存在——片刻的孤立的存在。这种境界并不太易得，与环境有关，但更与心境有关。寂寥不一定要到深山大泽里去寻求，只要内心清净，随便在市廛里，陌巷里，都可以感觉到一种空灵悠逸的境界，所谓"心远地自偏"是也。在这种境界中，我们可以在想象中翱翔，跳出尘世的渣滓，与古人游。所以我说，寂寞是一种清福。

——梁实秋《寂寞是一种清福》

去不了远方，不如以游客视角"发现"日常生活

□苔女士

我回味起上一次旅行，那是去年五一，我和好朋友一起去上海玩。我们俩走在武康路上，周围是颜色清新的建筑和一些设计独特的小店，擦肩而过的摩登男女都叫人移不开眼睛，头顶的梧桐疏疏地筛过春末夏初的阳光。我和女友一人拿着一个冰淇淋，走在斑驳的光影里。那种放松舒适的感觉，至今想起来都让我心驰神往。

旅行的魅力可能就是让我们能通过它走进他人的日常，来逃离自己的日常吧。比如，同样是在一个好天气里散步和吃冰淇淋，在我家楼下做这件事和在遥远的上海做这件事，感受就完全不同。我经常在北京的胡同里看到很多游客慕名前往某家老字号茶店买冰淇淋吃，他们买到后会先拍照，看起来幸福极了。我曾经也是这样，但当我在北京待了接近十年之后，散步时顺便买这家店的冰淇淋已经成为日常生活的一部分，它已失去原本的魅力。

另一个我体会很深的例子是我老家的奶茶店。最近几年，老家长沙的一个奶茶品牌非常火爆，很多人特意跑到长沙去"打卡"。这家奶茶店的奶茶确实挺好喝的，我上学的时候经常买，但每次看到游客们千里迢迢地跑来长沙，排半天队就为了买这个奶茶，我还是觉得特别好玩儿。对游客来说，这个奶茶已经不是普通饮料了，而是类似于一个城市的"地标"，喝上它就等于远离了日常生活，处于"在别处"的状态。

知道这一点之后，在任何地方识别一个人是否为游客就变成了很简单的一件事情。对着看起来并无特别的事物进行拍照的大概是游客，摆出造型让同行者给自己拍照的则必为游客。只有游客才会对所在地有新鲜的惊奇感和无穷的探索欲，因为他们知道自己只是过客，所以想把自己处于此时此地的瞬间永恒地保留下来。本地人则不同，他们在一个地方已经住了很久，那些令游客啧啧称奇的东西可能只是他们平常生活中的一部分，他们对此已经没有特别的感觉了。

我曾经无法忍受自己的平常生活，渴望去到陌生的地方体验新鲜的事物。然而这两年多也影响了我对"常"和"无常"的看法，我越来越觉得"无常"才是"常"态，在当下能够平淡无奇地正常生活已经算是一种幸运了。也正是因为这种微妙的心态转变，今年取消旅行计划后，我并没有太多的抱怨，在一开始的失望之后，想到自己还拥有安宁的生活，心里也就有了稍许慰藉。

既然不能去远方，我决定"就地取材"，重新探索这个熟悉的城市。尤其要不负春光，好好享受大自然。和我抱有相同想法的人也不少，在这一届"假期朋友圈摄影大赛"中，我看到了前所未有之多的野餐、逛公园、爬山等亲近自然的图片，往年从来没有过这么大的规模。我看到平时爱美怕晒、一年四季都"全副武装"的女同事戴着遮阳帽坐在草坪上晒太阳；平时木讷少言、总是被我们开玩笑说是"理工直男"的大学同学拍摄了南方城市的湖面和鸭子；就连平日里最没有情调的程序员同事竟然也去了户外露营。今年的春天似乎得到了前所未有的关注和珍爱，每个人都想抓住它，再也不敢将它视作理所当然。

我没有特定想去的地方，只是想要离户外更近一点儿，不错过当下的季节，于是漫无目的地闲逛，仔细地感受着周围的一切：空气中已经有了几分初夏的热烈，阳光白晃晃地砸下来，透着一股狠劲儿，然而一走到有阴影的地方，清新凉爽的空气又细细地吹过来了，到底是"首夏犹清和"。

我买了一份麻辣烫，坐在空旷的街边花坛旁吃着。北京的日常情景在我眼前不断地放映，我把自己当成一个游客，试图从中发现一些新的细节。街上比平时要安静许多，一对年轻的情侣牵着手说说笑笑地散步，戴着黄色帽子的外卖员在马路上飞驰而过，高楼大厦在阳光下闪耀着银白色的光，成片的白云在天上缓慢移动。第一次这么漫无目的地观察北京，我有种奇怪的感觉。在我的"游客视角"的注视下，北京竟然变得有些陌生起来，有一些说不上来的距离感，但又像被我发现了它的秘密和细节，因而和我有了更亲近的联结。

我一边吃，一边看，在台阶上坐了很久。在这个安静而缓慢的过程中，一个念头从我的心底升起，我意识到，在暂时无法自由旅行的时代，我们可能都需要学会把注意力转移到对日常生活趣味的探索之中了。

《在自己房间里的旅行》这本书的作者因为一场决斗被判禁足42天，活动范围不能超过自己的房间，于是他就在目之所及之处进行思维的旅行。看完这本书后我深受震撼，也给自己提了一个问题：当出行受到限制，我能否在陈旧的环境里找到新鲜感，在有限的空间里放飞思绪和想象力呢？如果可以，生命会变得更加自在和宽阔吧。

我觉得，将生命体验由向外拓展转为向内探索，是我们当下亟须学习的功课。

回答

□ 刘 擎

第一，人生不是一个先要制定完美蓝图，再去施工的工程项目；人生也不是一场先要确定剧本，再去表演的电影。

第二，对人生意义的问题，什么样的回答算是一个"回答"呢？其实，真正的回答不必（其实是不能，也不应该）采取一种哲学的、理论的或体系学说的形态。我们每个人的思考和心得，更可能表达为一个叙事，是不断讲述一个关于自己的故事。

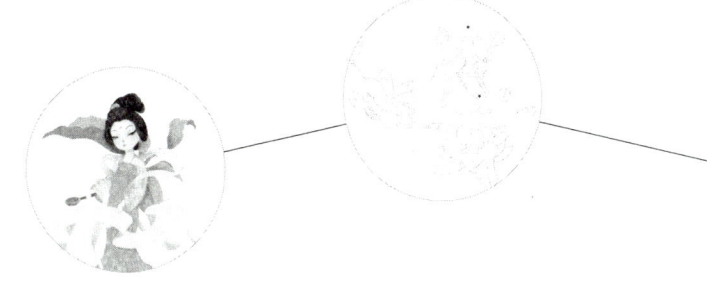

因为"穷",才要活得更丰盛

□闫晓雨

我有很多辆跑车,每日一换,几乎没有重复过。但我最喜欢的是那辆墨绿色的豪华敞篷跑车,马力十足,容纳性又高,内部所配饰的座椅均以手工定制绒毯彰显奢华……

"嗨,姑娘,到家了。"耳边亲切的话语打断幻想,我笑笑,熟练地划开背后包的反转夹层,不多不少,捏出五枚硬币,递给了老伯。

是的,这就是我最钟爱的跑车。它总是风雨无阻,以守护者的忠诚姿态停在地铁口,为我们这些住在五环城乡结合部的劳苦大众提供温暖服务,从地铁到小区的七分钟路程,司机老伯会陪你唠嗑吐槽,路边炒湖南米粉的大妈会抛来带有方言的微笑,什么都不要想,只需五块钱,包你非常爽。

该跑车有一个好听的名字,叫"小蹦蹦",也就是短途人力三轮车。

我最喜欢那辆墨绿色跑车的所有者,他是一位来自北方戈壁却心怀南方沙砾般细腻的中年男子,车厢里经常轮番放着二人转和昆曲,他总穿着灰色棉衫,头发油腻,握着车把的双手上隐约露出斑点,估摸着是做父亲的年纪,身上却浮现爷爷辈的沧桑。

同是天涯穷光蛋,何愁前路无知己。每次坐在老伯的车上,我都有种说不出的亲切感。

外地人在北京生存太困难了。有时候,连我这种年轻人也会望而生畏,何况是老伯,拖家带口还没有五险一金。

老伯没钱吃大餐也在努力微笑,没钱换新衣也要精神抖擞,没钱买iPhone6也会拿出翻盖手机给大家看儿子大笑的屏保——明明白白的穷,实实在在的帅。毫不牵强,生性随放,却时常把感恩挂在心上。

前几日我冒冒失失地坐老伯的车去附近的朋友家,结果钱没带够,傻了眼。

老伯倒大方得很,善意地挥挥手,示意不要了。

"那怎么行,您也不容易啊。"

"有啥不容易的!穷归穷,做人还是要开心嘛。载你我开心,要有需要我待会儿再送你回去?"

我不好意思地回头笑笑,道了声谢,继续前行,心里某盏油灯倏忽之间就被燃亮。

富有是一种聚合,贫穷是一种发散。没有钱买偶像的演唱会门票,不如去798看许多免费画展。没有钱给女朋友奉上闪亮钻戒,不如捧着月色写封小小情书。没有钱为爸爸妈妈买房看病表孝心,那就抽个节假日,买张硬座荡回去,三两青禾酒,双筷蘸籽油,陪他们吃顿简单的家常饭。

年轻人呀,不要永远只有埋怨的勇气,而忽略觉醒的能力。如果你不想这么一直穷下去,那么请你,先把自己丰盛起来,说不准泡面也能吃出鲍鱼熊掌的味道。

有喜欢的人，生活才有意思

□张军霞

我们办公室的小李，是一个典型的宅男，也是一个书呆子。

他上班永远穿工装、皮鞋，下班穿运动服、球鞋；工作不忙的时候，他也不喜欢闲聊，拿一本厚厚的业务书，坐在角落里啃了又啃，仿佛那玩意儿真比面包还美味；下班之后，据说不喜欢打游戏的他，去得最多的地方就是图书馆，尤其是周末，一去两天也不烦；他租的房子，厨房是最干净的地方，因为他永远不做饭，中午吃食堂，一早一晚都在外面吃。就是这样一个木讷的人，有一天上班来，竟然主动跟大家聊天，问什么花花期又长又好养。我笑着说："长寿花啊，种下就不用管啦，只要有点阳光它就开花。"

第二天，小李居然又向另一个女孩请教："你们过生日时，喜欢男朋友送什么礼物？玫瑰花吗？"女孩嘎嘎大笑："玫瑰花必不可少啊！你这几天得了花痴病吗？一会儿研究家里种什么花，一会儿又问送女孩子什么花……哈，我明白了，你这是心里有了喜欢的人，我没猜错吧？"小李是多老实的孩子啊，一边脸涨得通红，一边点头如鸡啄米："……不是……算是吧……"我们对小李的终身大事关注已久，急忙凑过来打探："怎么认识的？有照片吗？快让我们看看！"

原来，小李心中喜欢的这个女孩，就在图书馆上班，因为他去的次数多了，慢慢和她熟悉起来。她知道他周末一定会去，有时会提前给他占好一个座位，他也在中午出去买午餐时，顺便给她带一份；女孩说自己平时不喜欢交际，所以选了在图书馆工作，这里相对清静一些。可不喜欢说话的她，偏偏在和小李聊天时，有着说不完的话。就在不久前，小李鼓起勇气约女孩一起看电影，人家竟然答应了！他现在这么紧张地追着我们问东问西，是因为女孩的生日快到了，他们约好了要在他的出租屋里一起做饭、吃饭，他要把家里好好收拾收拾，还要准备送给女孩的礼物……

后来的后来，小李不说我们也猜得到，他的恋爱过程比较顺利。因为他开始穿休闲装，下班就急着离开，头发梳得很清爽，走路有时还哼着歌儿。一个人心中有了喜欢的人，每天都有所期待，生活才能变得这么有意思啊。

也许很多时候，你觉得一个人的生活未必不好，只是又隐约感觉这样独来独往的生活总是少了点什么。你会不由去幻想，如果有一个喜欢的人就好了。张小娴在《恋爱中的人都很忙》中说："喜欢了一个人，每天要做的事情就比以前多了。"她还举了一个例子，比如，从前每天打开报纸，你只需要看看自己的星座运程，如今，除了看自己的那个星座，还要看看他的那个。

也就是说，如果你觉得日子无趣，那是因为你心中还没有喜欢的人。心中有了喜欢的人，日子会越过越有意思，就像我们的小李同志一样。

夕阳灯是女孩的精神救赎

□定福庄牛小玲

《恋爱的犀牛》里有段台词是这样的:"黄昏是我一天中视力最差的时候,一眼望去,满街都是美女,高楼和街道也变换了通常的形状,像在电影里……"这是个烂梗,因为黄昏视力下降,也可能是缺乏维生素A而引起的夜盲症。但就我自己而言,我确实很爱黄昏,因为夕阳总是超级漂亮。

最近我换租了,一间主卧,在北京东五环,租金3350元/月。我放弃了和好朋友整租两室一厅的自由空间,花更多的钱去和陌生人合租三室一厅,原因只有一个:在这个房间里我能看到夕阳。我还理智地算了一笔账,我每天6点半下班,7点半到家,2022年有248个工作日。其中5月24日到7月30日,日落时间在7点半之后,其中有49个工作日。也就是在我工作日都按时回家的情况下,我能在出租屋里看到夕阳的次数是49次;一年中休息日有117天,就算其中有一半时间我能待在出租屋里看日落,四舍五入是59次。2022年,在北京没雾霾,每天都能看到日落的情况下,我大约能在这个房间里看108次夕阳。我上一个房子是在一个老小区的一楼,窗外被建筑物遮挡,我基本看不到阳光。所以,我花了不到100块钱跟风买了夕阳灯,三味书屋的氛围感立马得到提升。

说起来,夕阳灯是今年最"火"的居家单品,具体有多"火"呢?当你在小红书上搜索"日落灯",上万点赞的相关笔记在两位数以上。一个灯引来无数测评人,从二十块到几百块的细微区别都被姐妹们研究明白了。还有日落灯拍照姿势+道具的攻略。后来,升级产品出现了:日落灯2.0版本——破晓灯。后来甚至还出现了透明鹅卵石版本的天空之眼日落灯。痴迷夕阳灯的不光是赛博世界的千万姐妹和小玲我,一打听才知道,编辑部也是人手一个。

最近同样搬了家的壁壁,绞尽脑汁,呕心沥血,买了三次夕阳灯,不抛弃不放弃,只为买到心仪的那款。格调审美一流的消费头子汪汪,在来俺家看完日落灯之后,连连称赞,激情下单。但和很多姐妹一样,从尊重艺术的维度来讲,其实咱们买的都是赝品。因为上网搜了搜,发现正版夕阳灯是意大利曼达拉奇工作室的作品,算上税费,价格在一万块左右。

盗版是正版的平替,正版是夕阳的平替。平替的种类各种各样。橙黄色是最经典的,用最温暖的颜色激荡你高中时夕阳洒在教室的记忆。紫色夕阳灯更多应用于"网红",表面是在冒充迅猛龙,其实是在冷艳的灯光下感受紫气东来、紫定能赢的玄学秘密。至于某夕夕上15块钱16个颜色的五彩夕阳,商家们更是发挥出了激情创意,将彩虹的色调与夕阳的广袤融为一体。

人类追逐太阳,深入林中,仿佛是想与自然相贴的本能。

几百年前,歌德还在探讨自然主义与人文艺术的关系;巴比松画派还在描绘法国枫丹白露森林的忧郁;爱迪生发明电灯的时候肯定没想到,夕阳灯在今天会成为女孩们装饰房间的利器,是名副其实的当代自然主义装置艺术品。

这是属于新世纪的智慧，我们最擅长的就是创造或虚拟出一个自然的平替。看不了夕阳，就买夕阳灯；租不了大房子，就上开心网偷菜，玩《摩尔庄园》；没法在下雨天睡大觉，就打开音乐App听雨声入眠；想离广阔天地近一点儿，再近一点儿，就提出一个概念叫"元宇宙"。

从廉价招待所的风景画假窗户，到"网红"直播间的豪华背景墙，也都是这样。

小时候，"自然"离我们很近；长大后，"创造自然"离我们很近。十几岁喜欢洒满教室的夕阳，二十几岁喜欢假绿植、夕阳灯，四十岁喜欢风景画、山水十字绣，老了以后喜欢假山、有大花或者大胖娃娃的年画。以前憧憬去看山川湖海，现在囿于昼夜、加班与寻找爱。以前想看广阔天地，现在循环于出租屋、地铁站、公司三点一线的距离。就这样，在时间与空间的限制下，夕阳灯这个看似无足轻重的装饰品，已经不单单是消费主义的廉价陷阱，它成为一个焕发生机的精神出口。

夕阳是啥？夕阳又可以是啥？是刚抠开的鸭蛋黄，是平整的南瓜汤，是一兜甜蜜的橙子，是你抬头看见的小惊喜，是一些坚信自己仍然热爱生活的时刻。夕阳在记忆里总是与"结束感"有关。

早年间，夕阳就像一条分割线。夕阳下人们身体慵懒，形状模糊，你背着双肩书包路过小区一楼，能闻到谁家做了尖椒炒肉。父亲母亲下班，厨房里飘来饭香，客厅里闪烁着电视机里的淡青色的光，你坐在沙发上看小鹿姐姐和跳跳龙，《智慧树》播完还有《动画城》。长大没有让日子更好过，但你有五颜六色的夕阳灯可以选择。

在一本叫《空间的诗学》的书中，作者巴什拉曾经这样阐释：空间并非填充物体的容器，而是人类意识的居所。家，是人在世界的角落。我们在家屋之中，家屋也在外面之内，我们诗意地建构家屋，家屋也灵性地建构我们。拥有夕阳灯之后，我即使再晚回家也会让它点亮十几分钟，像在举行一种状态分割的仪式，妄图在十几平方米的出租屋里构建诗意。

我也会珍惜一些能看见的、真正的、属于大自然的夕阳。它们出现在周末东五环的通惠河边；出现在我下地铁站的抬眼间；出现在我回老家的列车外；我喜欢记录夕阳，一是因为想记录早上的朝阳但我根本起不来，二是因为夕阳之后的时间，才真正完全属于自己。

夏末秋初，天气凉爽，走出三里屯，我看到有人骑着共享单车放声歌唱，夕阳洒在他的身后，影子被拉得很长。城市的建筑形态各异、颜色绮丽，车灯闪烁，但眼睛眯起来，视野变得模糊的时候，你会发现它是和夕阳灯一样的橙黄色。即使你掌握不了城市的灯红酒绿，但出租房里那抹橙黄色的大光圈何时亮起，完全取决于你。

你掌控不了生活中的很多的事情，但感谢科技，让我们有在房间创造夕阳的能力。

夕阳或者夕阳灯是一个时间结界，还是一个场景符号？

我不知道，但我总是很爱夕阳，真的假的都挺好。

遇见同频的人

□ 淡淡淡蓝

作为一个标准的"社交恐惧症患者",非非是被逼无奈来参加某协会组织的学习培训的。今年再不参加培训,估计协会就要将她除名啦。

非非定睛看了看她左邻的名字,这个名字她一定是熟悉的,是在报纸副刊还是在杂志,抑或是在本地的电视台出现过?非非想不起来。

听了十分钟台上的讲话,非非就走神了。左邻在百无聊赖地刷手机,右舍在认真地做笔记,非非的乐趣是把手册上会员的名字和人核对起来。然后她发现,右舍来自她的老家,还和她的同学在一个单位,这让非非有了"搭讪"的欲望。非非窃笑了一下,原来她并不是彻底没救的"社恐"。偶尔,她也是有"社交厉害症"的。非非报了她同学的名字,然而,右舍眨巴着漂亮的大眼睛,说:"不熟悉。"非非怅然若失。话题自然也进行不下去了。

非非又去研究左邻,她是一所职院的老师。非非悄悄在百度输入左邻的名字,首页跳出来十几条新闻,非非肃然起敬,可不敢随意"搭讪"了。

"摸鱼"到吃饭时间。非非和左邻几乎同时站起来,她们迅速走出会议室冲向电梯。左邻还拉了一下非非的胳膊,意思是"我们跑快点"。午餐是自助餐,她们俩是第一时间到达餐厅的。等她们挑选好满满两大盘食物坐到餐桌前,大部队已经排起了长龙。她们俩心照不宣地对视微笑,神奇的化学反应悄然产生了。

等吃过午餐,她们已经谈笑风生。美食拉近了她们的距离。她们的话题从眼前的食物,聊到了旅行。左邻说她四月刚去过甘南,非非说她去年去了川西。她问非非去稻城了吗?爬到牛奶湖看到五色海了吗?非非告诉她,那是她的川西之行中最遗憾的一次回忆,因为在距五色海最后两百米的地方,非非放弃了……两人聊得眉飞色舞,难舍难分。

下午的主题是换会议室分组讨论。走进会议室,非非惊讶极了。她的右舍已经分到了另一组,而她和左邻不仅在一组,连位置也仍然在一起。

其间有一个朗读环节,老师让会员上台去念他的诗。非非低着头怕被老师点名,而左邻怂恿她:你那么喜欢诗,应该上去朗读。一句话让非非情绪纷飞。她们才认识几个小时,她竟然就"读出"非非喜欢诗。

两天的会议结束时,她们互加了好友,仿佛成了相识多年的朋友,有许多的话题,有许多的共鸣。她们聊写作、旅行、美食,聊工作、投稿、生活。她们看着别人只是吃几片水果的晚餐,再看看自己面前,每个品种都不能错过的美食,默契地大笑。

非非感觉奇妙极了。她从来没有在一次会议上和一个陌生人说过这么多话。她一直以为中年的自己再也不想结识新的朋友了。但是现在她明白了,她只是先入为主地把"社恐"的标签摆在了自己面前。遇到一个同频的朋友太难了,她不想付出精力和努力。但能遇到一个同频的朋友,是一件多么难得又开心的事啊。

冬读

□ 刘世河

"寒夜读书忘却眠，锦衾香烬炉无烟。美人含怒夺灯去，问郎知是几更天。"一直很喜欢袁枚的这首《寒夜》，不但励志，更有生活的小情趣。

诗中我尤其喜欢"美人含怒夺灯去"这句，每每读到都忍不住哑然失笑。美人夺灯，我倒是不曾经历过，但年少时痴迷读书的我没少被母亲"夺灯"而去。

彼时我之所以爱在冬夜读书，一是因为冬季昼短夜长，二是冬天乃农闲之际，大人们都歇息在家，无须再早出晚归地往农田里跑，晚上熬会儿夜也不怎么影响他们。记得那阵子收音机里正在播评书《三国演义》和《岳飞传》，光听总觉得不过瘾，我便特意从一个远方亲戚那里借来了这两本书，如饥似渴地啃。白天要上学，只有晚上，吃罢晚饭，我便一咕噜钻进热被窝，将煤油灯端到跟前，趴着读。母亲则坐在一旁，或者纺线，或者做针线活。因为太入迷，不知不觉就读到了深夜。母亲便开始催我快点睡觉，明天还得上学呢。我嘴上答应着，却迟迟不舍得将书合上。如此这般地催几遍后，母亲就有些着急了，不由分说，便将煤油灯给生生"夺"走了。次日再犯，再夺，如此反复多次，见我实在"恶习"难改，渐渐地，母亲便也就听之任之抑或熟视无睹了。有时候还会主动过来帮我拨一下灯芯，好让我看得更清晰些。

现在每每忆起，都会情不自禁地想起汪曾祺先生的那句"家人闲坐，灯火可亲"来，心里暖暖的。

说到冬夜读书，其实古人更是颇有此好。早在西汉时期的《礼记·文王世子》中就有"春诵、夏弦、秋学礼、冬读书"的说法。杜甫更有"古人已用三冬足，年少今开万卷余"的名句。其中"三冬足"中的"三冬"指的就是农历十月、十一月、十二月这三个月。诗圣的意思是，农耕社会，冬季正值务农闲暇之时，恰是读书的大好时机，不应该轻易浪费。况且，古人早已给我们做出榜样，都已经用足整个冬天来读书了。

唐代的杜耒也写过一首《寒夜》，流传甚广，而且很适宜冬夜来读。"寒夜客来茶当酒，竹炉汤沸火初红。寻常一样窗前月，才有梅花便不同。"冬夜来客，主人以茶当酒，炉火正旺，水在壶里沸腾着，茶香满屋。月光映在窗户上，和平时并无两样，只是窗前的几枝梅花，在月光下幽幽地开着，芳香袭人，便使得今晚的月色与平时格外不同了。既是寒夜来访者，定乃道合挚友，茶可当酒，更为君子之交，亦是雅友。在这里，诗人笔下的梅花其实就指客人。正因为有了梅花一样的客人来访，才使得这个寒冬之夜与平日格外不同起来。

而我们现代人，一本好书之于冬夜而言，无疑便是摇曳在窗前的那枝梅花了。

每个焦虑的家长都应该去搞一搞装修

□ 刮 哥

去年这个时候，我家开始装修。有过经历的人都了解其中的艰辛，但这件事完成后，再回头看这整个过程，虽道阻且长，但颇有些哲理，竟能衍生出一些关于生活其他领域的思考。

装修是一个逐渐妥协的过程，它可以有效灭嗨，让人脱离虚妄的幻想，认清自我，回归本质。生活本质大概如此，养孩子更是。每个焦虑的家长，都应该去搞一搞装修。

装修开始总是令人充满期待，我眼里看的、脑里想的都是无比美好的场景。我会勾画出在各种样板间般干净整洁舒适敞亮的完美的房子里的生活场景并沉迷其中。

直到真正动工。随着那些墙皮地板剥落的，是我的心；与钢筋水泥结构一起露出来的，还有真实的自己。我脑子里那个宽敞通透的客厅的视觉效果，至少需要40平方米，当初不经意间把眼珠子变成广角镜头，而自己的客厅，20平方米不到，我视力也没什么问题，肉眼可见，五步就能走到头；要实现幻想中精致小巧的卡座效果，需要离五个卡座那么远的距离看才会有，而我计算一下卡座的位置，退两步就撞墙了——朋友来了有好酒，但是都得站着；那个幻想中洒满阳光的温暖的阳台飘窗，跟自家的窗户规格毫无关系，我计算了一下，甭说摆书架小桌，撅着屁股费劲巴拉爬上去，腿都伸不直。

但我不甘心，小房间也能做成样板间啊，小小的房子也可以有大大的理念啊，我们按比例缩小就好了啊。但当我想让小小的房子实现大大的理念的时候，小小的现实给了我大大的嘴巴。

干净通透简约的客厅确实有充沛的活动空间，但是我妈问我："进门我衣服挂哪儿？"我想了想，在客厅活动？呵呵。而一家四口一进门衣服和鞋子往哪儿摆不乱，才是每天都要面对的问题，必须放弃空间做一些柜子。我安慰自己，反正一个人躺在沙发上小憩的宁静的景儿也只是白日做梦，不鸡飞狗跳已经算是取得了巨大成就，做柜子就做柜子吧。卡座固然可以把酒言欢，但是我妈问我："搁哪儿吃饭？"我发现我需要解决的是如何让一家四口和每天帮助你接送孩子的老人们能坐在一起吃口饭的问题，所以我必须首先布局以便放得下一张更大的餐桌。

我安慰自己，就算有了卡座吧台，中年人又有几个叫得出在家里把酒言欢的朋友的名字呢？中年人的社交由孩子主导，若不是周末为了给孩子找伴不得不往一堆儿凑，中年人只想在家里躺着。当然，小小的钱包也可以给我大大的嘴巴。

想在北方的冬天坐在窗台上喝咖啡看书而不让漏进来的西北风吹出大鼻涕，美观、保暖、安全，每一寸都需要钱，即便按照自己家蜷缩着腿的小窗户的尺寸计算，好工好玻璃好五金，算下来至少要8万元，是我预算的两倍。然后我妈问我："搁哪儿晾衣服？"我权衡了一下在阳台喝咖啡和晾衣服的概率，突然冷静下来，还是决定做一些实用的架子。我安慰自己，省下来的钱到外面喝咖啡，一天一杯，够喝八年。总之，我固然可以在最初有我的期待，但我也必须学会在半路不断调整目标，因为我的房子，终归不是样板间。就像我的孩子一样。

当然，与不断调整目标匹配的是心理建设，我一定要习惯计划赶不上变化的事实。计划得再周密，事情也绝对不会完全像预期那样按部就班。

我一切都计算好了，守法合规，躲开了中考，避开了高考，把法定节假日全刨出去，算出一个进度表。但当我在我认为最安全的日期装窗户的时候，安装工人打电话说，对面楼里的培训机构冲过来几个人问，你动明火之前报备了吗？在工人表示已经向当地派出所备案之后，他说："我们这边正在进行内部考试，考一天，你敲出声音就报警，让你干不了。"我当然知道报警没有道理，但我不想难为工人，又分身乏术，只好决定今日作罢，但当我想跟工人再约时间时，被告知已经安排到一星期之后了。

结构好不容易完成，窗户也安好了，顶部刚做完，北京就下了去年最密集、最大的雨，一连下了好几天。窗户和阳台暴漏，顺着外墙吊顶往下流。工长说："现在什么都不能搞，漆会淹，线会泡，你这窗户没做好。"把安窗户的工人——当然又是等了一星期——叫过来勘察。工人说："老板老板你听好，这个窗户做挺好，是你防水没搞好。"防水里外里做了五趟，工人都快给我跪了，说："老板放过我，你这个楼也就这个效果了。"第五趟之后，终于不漏了，因为雨季结束了。

诸如此类的意外事件还有很多，本来预计四个月完工，一晃干了半年多。这一过程自然十分煎熬，但我也有所收获，比如可以更好地控制情绪，疏导焦虑；不贪不妄，看破红尘；空即是色，慢即是快，整个人显得很佛系。有一次我一朋友看见我问："你是不是信佛了？"我很惊喜："你是不是觉得我现在特别稳重、特别豁达？"

装修可以让你更深刻地理解人生不如意事十之八九的道理，人活一世，计划当然要做，但要随时做好全盘皆翻的准备——这颇可以延展到养孩子方面。

尽管我的房子现在的状况跟我的预期和计划全不一样，但它呈现的样子，令我相当满意。走过来你会发现，有时候放弃未必是错误。纵然你对房子有万千期待，但你必须不断调整，吸收并放弃，边破边立，找到最适合自己房子的那个方案。

房子和房子不一样，人和人也不一样。你一定会有遗憾，必然会妥协，但遗憾和妥协并非坏事，因为房子最终呈现的，一定是最适合它的大小、结构、布局、功能的那个样子。

一房尚且如此，何况孩子乎？

你可以豁达遗憾于你的孩子不是天才，接受他真实的样子，你可以把你的期待藏好，向孩子的意愿妥协，相信我，这不是坏事。很多朋友对孩子的成绩表现出了巨大的焦虑，问我是怎么考虑的，我都会问一句："你的房子多少年没装修了？"

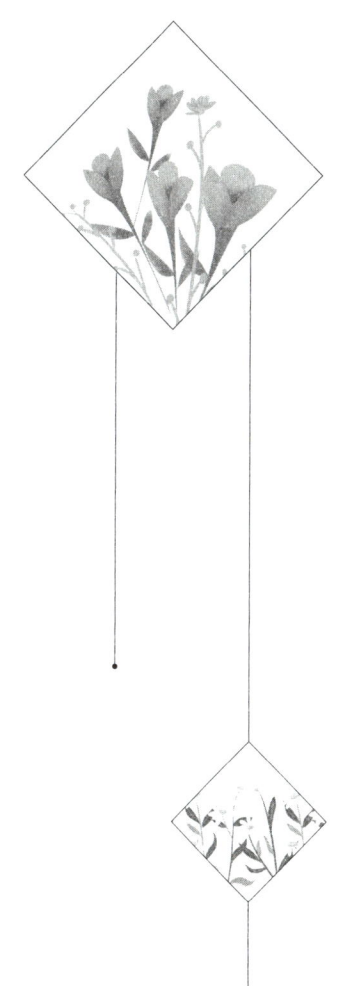

每个日常，都可以写成诗意

□流念珠

日常，指平时常见的事物、常做的事情；诗意，则是指用一种艺术方式对现实或想象的描述与自我感受的表达。难得的是，不少诗人将日常写成了诗意。

比如苍蝇，人人都不喜欢，因为它给日常生活带来了很大困扰。南宋诗人杨万里却写过一首关于苍蝇的诗，名叫《冻蝇》，内容十分可爱："隔窗偶见负暄蝇，双脚挼挲弄晓晴。日影欲移先会得，忽然飞落别窗声。"大意是隔着窗户偶然瞧见了一只正在晒太阳的苍蝇，它在不停地摩挲着脚。当太阳的影子快要移走时，它先感受到了，于是忽然飞落到别的纸窗上，并发出了轻微的声音。在杨万里的笔下，苍蝇能晒太阳能挠脚，还能跟着太阳的影子灵巧挪动，可谓机灵可爱。

唐代诗人韩愈也挺有意思，他从日常掉牙现象出发，写了一首诗《落齿》："去年落一牙，今年落一齿。俄然落六七，落势殊未已。余存皆动摇，尽落应始止。忆初落一时，但念豁可耻。及至落二三，始忧衰即死……因歌遂成诗，时用诧妻子。"这首诗很长，足足写了36句。韩愈写自己落了一颗牙，然后哗啦哗啦落了很多颗。他想着，留存着的牙齿都已动摇了，看来总要到落尽才算完结。在诗文中间，他将人生与掉牙关联，发出各种各样的感慨。最后，他还不忘写上一句：因为歌咏落齿，就写成了这首诗，常常给老妻和孩子们读一读，让他们惊笑一番。

白居易也喜欢用诗歌来表现日常，写了十来首览镜诗，是唐代诗人里览镜诗写得最多的人。不过，别的诗人多用览镜诗来感叹时间的流逝、悲伤的情怀，白居易却相反，他看到镜子里的自己那么老了，居然很高兴，写下了《览镜喜老》："今朝览明镜，须鬓尽成丝。行年六十四，安得不衰羸。亲属惜我老，相顾兴叹咨。而我独微笑，此意何人知。……尔辈且安坐，从容听我词。生若不足恋，老亦何足悲。生若苟可恋，老即生多时。"通过描写照镜子这个简单日常，白居易写出了自己的乐观豁达。

古今中外，总有人喜欢将人们不太关注的日常作为审美对象，观察、欣赏，然后写成诗意。

我爱孤独浩荡无边

□ 王 苹

为什么人们喜欢开会呢？大约因为太孤独了。感觉天天坐在家里，不去见见人，非得憋出病来，于是从一个房间会聚到另一个房间，把心里翻江倒海的那些观点全部倾倒出来，而且唯恐不让自己发言似的，喋喋不休。

我偷偷溜出门去，悄无声息地下了电梯，看到天空中大朵大朵自由飘荡的云，它们不谄媚，不逢迎，灵魂独立，自由丰盈。

会后照例是聚餐。酒足饭饱，饭局切换到私聊的频道，热烈中忽然现出一点儿无聊。找不到合适的聊伴的，便坐在那里发呆，刷手机，或者看着觥筹交错的一群人，神情恍惚，好像这跟日常生活相悖的热闹，虚幻的烟花般在天空炸开，璀璨而又脆弱。

回去的路上，无意中打开朋友圈看了一眼，发现即便多年不见，朋友圈的人依然在那里，晒书的晒书，晒娃的晒娃，吹牛的吹牛，拍马的拍马，奉承的奉承，狂欢的狂欢，孤独的孤独。总之，大家像开会一样，一团和气，客客气气地维持着这种世俗的关系。

朋友圈不过是一个宴会厅，人们端着酒杯走来走去，一双眼睛专盯着对自己有用的人。可是，宴会散去后，人们还是恢复如初，仿佛石子落入湖中，那湖面咕咚响了一下，又恢复平静。

朋友总是问我，你有一个非常可爱的女儿，为什么从不见你发朋友圈？我不喜欢发朋友圈，冷暖自知，你的幸福，只有最亲密的朋友和家人才会真心关注，并喜欢你的分享。不相干的人，不过看看热闹罢了，即便点赞，也可能只是出于一种习惯、无聊或者礼貌，甚至赞美中会夹杂着嫉妒和失落。

想了想，人们为什么讨厌朋友圈却又离不开它呢？不过是因为忍受不了孤独罢了。可是孤独是一种多么美好的东西，以至于我如此珍爱它。有人邀约饭局，多称病推辞。我只想将这宝贵的孤独留给自己，用来看云、读书、写字，或者跟女儿说说闲话。

就在此刻，我和女儿躺在一起，肌肤相触，亲密无间。黑暗中，她突然温柔地亲我，而后重复那句几乎每天都要对我说的话："妈妈，我爱你。""我也爱你。"我回吻她，柔声说道。我们同时闭上眼睛。慵懒又幸福的睡意，正像一只大鸟的翼翅，缓缓降落在我们身边。

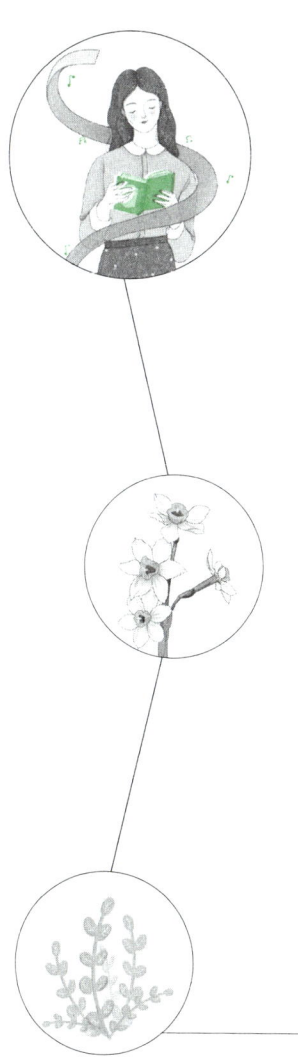

一个人的日子，也要认真吃饭

□乔七阳

如果一个人在家吃饭有关键词的话，我想那必然是省事。怕麻烦是人的天性，即便在口腹之欲面前也不能免俗。食材处理要省事，做饭流程更要从简。身为北方人，爱吃面食的我最常做的就是快手的汤面：锅里烧着水，一旁架起iPad（平板电脑），点开某个生活博主的视频，伴着轻快的配乐打开冰箱，随便拿些蔬菜、鸡蛋，等水烧开即可下锅。偶尔汤面吃腻了，我也会换一换花样，煮个麻辣小火锅或是清淡的关东煮，放些肥牛卷和魔芋丝，热气腾腾的一锅，从胃里暖到心里。

填饱肚子，饭后洗碗的收尾工作就该开始了。最省事的做法自然是用洗碗机，但对一人食来说，攒满一机器的脏餐具可谓遥遥无期，为了几只碗洗一轮又嫌浪费水，所以一般都靠自己手动清洗。我喜爱汤面小火锅的另一个理由，就是它们需要的厨具和餐具可以完美控制在一个锅、一只碗和一双筷子的极简范围。我还曾试图省略其中的碗，效仿韩剧中的女主角端着锅、用锅盖接着吃面，奈何技术不到位，不是烫到自己，就是摔了锅盖，只能乖乖承下多洗一只碗的重担。

一个人在家吃饭是享受，外出堂食却是截然不同的心境。作为轻微的社恐者，每每我试图想象一个人坐在餐厅里吃饭的场景，总会下意识地产生抗拒。"其他客人会不会觉得我很可怜，连能一起吃饭的朋友都没有，只能自己孤零零地来吃？"类似的想法在脑海里萦绕不去，叫人只是想想就觉得害怕紧张。

从理性上我也知道，这种来自他人的"关注"多数时候并不存在，而是源于我脑内的臆想。即便如此，很长一段时间里，我都宁可匆匆打包回家吃已经变冷的外带，也不愿一个人坐在餐厅里享用刚出炉的美食。

出门在外时我唯一更想一个人吃饭的场合，大概就是办公室里的午休时间：忙碌了一上午的身心都急需休息，一个人在工位上吃着饭刷会儿手机，是再好不过的能量补充。此外，相比和领导与同事们围坐一桌、赔笑尬聊的压力，一个人无拘无束、安安静静地吃饭，完全可以算得上轻松愉快了。

当然，遇上独自旅行或去外地开会的情况，一个人吃饭就变得无法避免。说来奇怪，我在这些情况下反而表现得更自如。或许是游客的身份赋予了我格格不入的勇气，让我更容易接受自己与其他成群结伴的食客的不同；又或许是在陌生之地品尝全新的美食所带来的成就感和新鲜感，足以安抚我内心的社恐小人。

细数一个人外出旅行的记忆，其实还有不少关于独自出门觅食的趣事。比如有一次，我在某满是情侣的"网红"甜点店倔强地独自吃完了一整套甜点拼盘，并自拍了一张发给朋友，戏称自己是"出淤泥而不染"。还有一次在首尔，暴走

了一天的我直到深夜才得空进食，到酒店附近的家庭餐馆比画着菜单点了一份豆腐锅，然后连吞了两大碗米饭，吓了上菜的姨母一跳。临走前，门口收钱的韩国大叔冲我笑笑，说了句"谢谢光临"。我也对他笑笑，走进店外的寒夜里，身上和心里都热乎乎的，莫名生出一股为中国女生的食量争了一口气的自豪感。

工作几年后，被职场的刀光剑影磨炼出了些许强心脏和厚脸皮，渐渐地，我不再那么抗拒，甚至开始享受偶尔一个人外出堂食了。尤其是无须加班的周五傍晚，我都会带上一本小说，在下班后直接从车站走到离我公寓不远的小火锅店，然后熟练地点上我最爱的酸菜羊肉锅。

等上大约十分钟，热气腾腾的一人食小火锅就摆到了眼前，旁边配一小碗撒了芝麻的白米饭。一手翻开书，一手舀一勺汤浇在饭上，让饱满的米粒浸足汤汁，再夹上两片肉，趁热一同送进嘴里，瞬间香气四溢。

我边吃边看书，有时沉浸于书中的世界，被周围的喧闹忽然拉回现实时，竟有种经历了时空穿越的错觉。店外的天色已经全暗了，头顶灯的暖光倾洒在书页和碗里，亲切地投下一片浅浅的阴影，叫人想起了《深夜食堂》的温馨。身边是陌生的、热闹的食客们，说笑着，期待着即将到来的周末，置身其中的我虽是孤身一人，却又像拥有很多很多。

如果要说一个人吃饭可以有多潇洒，当数有一年和朋友外出旅游，在当地美食广场坐着歇脚时，看到的一个坐在我们附近的上班族小哥。那会儿正值午饭时间，他的面前放着一个玻璃饭盒，里面盛着满满的白米饭，没有任何配菜。我正好奇他会去买些什么下饭，却见他小心地卷起衬衫的袖子，从脚边的塑料袋里掏出一颗硕大的牛油果，利落地剥了皮，然后啃一口牛油果、扒一口白米饭，就这么大口大口地吃了起来。

美食广场上人来人往，小哥却仿佛对周围的一切浑然不觉，自顾自地啃完了牛油果，然后意犹未尽地嗦嗦手指，表情满是餍足。我默默注视着他大快朵颐，脑海中不自觉地浮现日剧《孤独的美食家》里，五郎叔旁若无人、只管埋头干饭的样子。那一刻我深切地意识到，原来当人专注于眼前的食物时，不管吃的是什么、身处何地，都不影响那份享受食物的心情。一个认真享受食物的人，不仅不显得孤单，还有一种独立于世的魅力。

我非常喜欢电影《一天》中的一句台词，出自安妮·海瑟薇扮演的女主角之口："我是单身一人，但我并不孤独。"一个人吃饭的日子里，我越发坚定地相信这句话。在我看来，人生就是一个人的人生；倒不是说我觉得自己会孤独终老，而是唯有我能为自己的人生负责，喜欢吃什么或是不喜欢吃什么，都要靠自己去努力实现和解决。

一个人吃饭的日子或许还有很多，当我享受这份宝贵的自由时，也理应承担起相应的责任：要按时、认真地吃完每一顿饭，把每一口都嚼碎咬烂、好好地咽进肚子里，就像对待每一天的生活一样，充满热忱，永不敷衍。

电饭煲测试

□ 和菜头

几天前参加了一次"电饭煲测试":在某著名电商平台搜索条内输入"电饭煲"三个字,如果返回结果都在300元以上,那么平台就把你划入了有钱人的行列;300元以下,则是被划入了穷人的行列。针对不同的人,平台展示不同的商品,这是一种区别对待。

我就想起我的一位有钱人朋友,他的一大爱好是在那个著名电商平台上玩小游戏,组队刷金币,然后挣平台给的几毛几块钱奖励,乐此不疲。我又想起我的一位更有钱的朋友,他的爱好是跑到另外一个以廉价著称的电商平台买全国各地的菜,因为有些当地的时令菜北京的菜场里根本没有。以此为发端,他开始疯狂地在平台上捡便宜,快乐无比。

他们输入"电饭煲"三个字会返回什么结果?我一直很好奇,准备哪天有时间找他们测试一下。那个玩小游戏赚平台散碎银子的朋友,不知道平台算法会如何对他进行判定,看起来他的时间并不值钱,也许会给他推荐100块钱价位的电饭煲?那位热爱捡便宜的朋友,算法也许会直接把他抛弃,因为看他购买的各种零零碎碎,应该是个"低价值用户",直接用锅煮饭就好了,要什么电饭煲?

算法本身没有善恶,它只是在追求效率。从正面积极的角度去想,向一位用户推荐符合他经济实力和购买习惯的产品,能够提升平台成交率,也更符合用户的真实需求。但也不妨从阴暗潮湿的角度去想,算法用差别对待形成不公平,限制用户所见范围。其实是把人封闭在一个透明的罩子里,让他们很难发现外面的世界,更难以突破自身的局限。

网络平台有没有那么大的力量?可能没有,也可能远超。说是没有,那是因为说到底无非是个购物平台,能有多大影响?买100块钱的电饭煲和1000块钱的电饭煲能给人生造成多大的不同?说是远超,那是因为网络平台不只是购物平台,还有社交平台,还有娱乐平台,还有信息平台。用真实之眼看过去,是一群人跪拜在手机下,不断献祭着自己的时间,然后手机赐下一些金色的、粉红色的泡泡,捏爆之后深深吸入可以让人欢欣片刻,紧接着继续献祭以换取新的泡泡,一刻都不能停歇。

人们好奇自己能否通过电饭煲测试,包括我。通过之后会有虚荣的满足感升起,没通过则会有自我焦虑升起。但是迄今为止,我家没有一个电饭煲,这样的情况已经持续了很多年。而且,我不打算购买一个,无论平台向我推荐多么新鲜奇特强大的电饭煲。因为我的生活里不需要这种东西,100块钱和1000块钱一款,对我来说没什么区别。完全不吃饭,或者仅仅吃一点点饭,这是一小群人的选择。对他们来说,每餐必须来碗米饭这件事不成立,我刚好是其中之一。

无论如何,在未来的世界里我们注定要和算法共生,我们将比之前更加依赖各种网络平台。也正因为这样,想清楚自己要什么,做何选择才变得无比重要。其中有一个选择非常古老,它让人在接受工具的服务,和成为工具的加工对象之间选一样。我觉得,能够区分出它们已经很了不起,因为太多人把后者想当然地当作了前者。

犹存鸭脚覆僧廊

□ 钱红丽

每入冬，非雨即阴，腰膝皆疼，也写不出《阴翳礼赞》来。清早，出门采买食材。拎几样小菜，往回走，忽然迎面一株银杏，树冠黄叶璀璨万端，心里顿时亮堂一下，驻足欣赏起来，渐渐地，负面情绪舒缓了些……

这一树黄叶，可将一个濒临抑郁的人重新拉回平凡的日子里。看！我又正常起来了。

报业大厦前植有五株银杏，一年年地萌叶，抽枝，茁壮，蓬勃……立冬以来，三株已黄。适逢朗日，这星辰一样的黄叶，锡箔一样明亮。每日经过树下，忍不住捡几片漂亮叶子，当书签。

天鹅湖北岸有一片银杏林，植株密而高。这几日，所有叶子皆黄透，惹人流连……天上灰云堆积，初冬的风阴而凉，银杏叶"怎敌他、晚来风急"？纷纷落下……衬得徜徉其中的人颇为孤单：落叶人何在，寒云路几层。

诗是李商隐的，我以为写孤独写得最好的。这么着，电光石火的碰撞中，你与古人心意相通了。千年前的晚唐，李义山先生也是如此孤单落寞。千年之前，千年之后，到底人是一样的。几番思接千里，人于精神上的无依感，自会减少几分。

古时，人们一直叫银杏为"鸭脚"，因其叶片酷似鸭蹼，故而名之。宋始，民间开始将这植物中的活化石进贡朝廷，才改名为"银杏"。相似命名的，还有鹅掌楸，因其叶子酷似鹅掌，故得名。

中国的古寺内，一定植有两种树，一为柏，一为银杏。

有一年暮秋，于云南深山访寺。乍入寺门，劈面一株古银杏。树下端坐一老者。上前，躬身，问其高寿，答曰：九十三。一身银灰袄裤的他，握一根枯树杖，眯眼坐着，头顶银杏树冠宽达丈余。云南特有的钴蓝天空，映衬着银杏浩渺的黄叶，似乎随时都会自燃起来。银杏叶的黄，仿佛唤醒了艺术上的通感，似叫人听闻金属之声，千军万马奔腾不息……这一树黄叶下，静坐一位肃穆老者，颇显寂历高古之风。

还有一年，也是初冬，我在大别山深处，邂逅一古寺。这座寺庙据说初建于东晋，历经劫难，几毁几建，门前石狮早已风化。

彼时，正值昏暝时分，群山莽莽，四野苍茫，一群人伫立两株老银杏下，或喧声，或寂然……

呆望近在咫尺的风化石狮，风雨剥蚀中，纵然石狮，也烂，徒剩这寺前两株古银杏一直在，年年冬初，年年绚烂。

这人世，没有什么可以永恒不灭，唯余银杏。

清代有一不甚出名的诗人，叫厉鹗的，有一首《法云寺银杏》，我非常喜欢：

不见龙鳞近佛香，犹存鸭脚覆僧廊。
十围空洞潜魑魅，双干生枯饱雪霜。
影小吴王曾蝶马，凉多吉甫定移床。
孤根已是千年后，怊怅无人比召棠。

这法云寺里没有古柏，唯余银杏。"龙鳞"指代古柏，"鸭脚"便是银杏了。末一句点出心迹：孤根已是千年后，怊怅无人比召棠。

看读诗的人如何理解。他是在以银杏的高古独自，反衬内心的惆怅孤独。这诗，借树抒怀，意在言外，好一个骨骼清奇。

初来合肥那年，也是这样的季节，搭乘公交，我把手伸到车窗外，时不时触摸着路旁伸展出的银杏湿叶，电影一般的快乐。那快乐，简直可以抓住，至今在我湿漉漉的手心里。

看虫子打架才是孩子该做的正经事

□陈 赛

小时候读《神雕侠侣》，对杨过的一段童年往事印象十分深刻。他幼年时在桃花岛，一次与郭芙和武氏兄弟斗蟋蟀，因为郭芙踩死了蟋蟀而打了她一记耳光，引得武氏兄弟痛殴，也令黄蓉对他的误会和嫌隙更深。

为什么杨过会对那只蟋蟀之死如此激动？

因为那只黑黝黝、相貌奇丑的小蟋蟀就是他自己。

大概只有孩子才会对虫子产生这样的情感共鸣。除了极少数的昆虫，比如萤火虫啦、蝴蝶啦，大部分成年人对虫子的本能反应都是一身鸡皮疙瘩。1973年的一项调查显示，我们对昆虫的恐惧甚于死亡，排在公共场合演讲和恐高之后，与"经济问题""深水"并列第三。据说对昆虫的这种厌恶感是有进化基础的，因为它们叮、咬、传播疾病的能力（虽然只有极少部分昆虫对人类有害）。还有一种说法是，我们与昆虫亲近不起来，可能与它们的长相有关，它们的头部大都是固定的，又没有表情，所以很难人格化。

但为什么孩子不一样呢？对昆虫，他们即使不是表现出巨大的热情，也至少不像我们这样感受到威胁。他们在火柴盒里养蟋蟀，让蚕宝宝爬过自己的小手，会对着一条死去的毛毛虫悲伤，他们甚至喜欢蜘蛛。我认识一个小朋友，攒了半年的星星只为买一只毒蜘蛛。是因为他们有更多的好奇，他们能在自身之外的事物中找到可爱之处？还是初生牛犊不怕虎，他们的意识尚未能理解祖先们通过进化向我们发出的危险信号？

无论如何，孩子喜欢昆虫，是一件很好的事情。我们不久前做过一期关于植物的封面故事。在那期封面里，我们提到过一个"自然金字塔"的概念，是美国弗吉尼亚大学的城市规划师蒂姆·贝特里提出的，是他为人们应该摄入的"自然"剂量开列的一份清单。

金字塔的顶端是一年一度或两年一度的荒野之旅。按照他的说法，"那些地方会重塑我们的核心，为你注入对自然的深刻的敬畏感，让你重新与更广阔的人群连接，重新确信自己在宇宙中的位置"。往下一层，是每月去一次森林、海边或者沙漠。再往下一层是每周去一次公园、河边，暂时逃离城市的喧嚣，至少在自然里待够一个小时。然后，底层的是我们日常交互的自然，包括社区里的鸟、树、喷泉，家里的宠物、绿植，自然光、新鲜空气、一小方蓝天……这些都类似于日常蔬菜，可以帮助我们舒缓压力，提高专注力，减轻精神疲惫感。

人世间的荣枯、生死、成败、悲喜，似乎都暗含在这样一则小小的故事里，但我最喜欢的一点是，它真的发生在我们身边任意一个平常的小角落里。只要有泥土、有树木的地方，在后院随便翻开一块水泥砖，都能看到同样的戏剧上演。

掉落林间的美好

□迟子建

在故乡的夜晚，一本书，一杯自制的五味子果汁，就会给我带来踏实的睡眠。可是到了月圆的日子，情况就大不一样了。穿窗而过的月光，会拿出主子的做派，进屋后，招呼也不打，仰面躺在我身旁空下来的那个位置。它躺得并不安分，跳动着、闪烁着，一会儿伸出手抚抚我的睫毛，将几缕月光送入我的眼底，一会儿又揉揉我的鼻子，将月华的芳菲再送进来。被月光这样撩拨着，我只能睡睡醒醒了。

月光和月光是不一样的。春天的月光，似乎也带着股绿意，有一种说不出的嫩；夏日的月光呢，饱满、丰腴，好像你抓上一把，它就能在指尖凝结成膏脂；秋天的月光，一派洗尽铅华的气质，安详恬淡，如古琴的琴音，悠远、清寂；冬天的月光，虽然薄而白，但它落到雪地上后，新鲜明媚得像刚印刷出来的年画。所以冬日赏月，要立在窗前，看着月光停泊在雪地上后焕发出的奇异光芒，你会想，原来雪和月光，是这世上最好的神仙眷侣啊！相比之下，冬春之交的月光，就没有特别的动人之处了。雪将化未化，草将出未出，此时的月光，也给人犹豫之感，瑟瑟缩缩的。

凌晨三点来钟的样子吧，我被渴醒了。室内似明非明，我起身取水杯的时候，发现杯壁上晃动着迎春枝条般的鹅黄光影。心想月光大概太喜欢玻璃杯了，在它身上作起了画。喝过那杯被月光点化过的水，无比畅快。回床的一瞬，我有意无意地望了一下窗外，立时被眼前的情景震撼了：天哪！月亮怎么掉到树丛中了？我见过的明月，不是东升时蓬勃跳跃在山顶的，就是夜半时高高吊在中天的，我还从没见过栖息在林中的月亮。那晚的月亮也许因为走了一夜，被磨蚀得不那么明亮了，看上去毛茸茸的，更像一盏挂在树梢的灯，那些还未发芽的树，原本一派萧瑟之气，可是掖在林间的月亮，把它们映照得流光溢彩，好像树木一夜之间回春了。看过了这样的月亮，又怎能不被美给惊着呢？只要睁开眼，蒙眬中就会望一眼窗外——啊！月亮还在林间，只不过更低了些，再睡，再醒来，再望，也不知循环往复了多少次，月亮终于沉在林地上，由灯的形态，变幻成篝火了。

第二天彻底醒过来时，天已大亮。窗外的山，哪还有满月时的盛景？消尽了白雪而又没有返青的树，看上去是那么单调。虽然寻不见月亮的踪迹，但我知道它因为昨夜那场热烈的燃烧，留下了缺口，不知去哪儿疗伤了。因为它燃烧得太忘我了，动了元气，所以不管怎么调理，此后半个月，它将一点点地亏下去。待它枯槁成弯弯的月牙儿，才会真正复苏，把亏的地方，再一点点地盈满。它圆满后，不会因为一次次地亏过，就不燃烧了，因为月亮懂得，没有燃烧，就不会有灰烬，而灰烬，是生命必不可少的养料。

我怎么能想到，在印象中最不好的赏月时节，却看见了上天把月亮抛在凡尘的情景呢！假使我彻头彻尾醒着，这样的风景即使入了眼，也不会摄人心魄。正因为我所看到的一切在黎明与黑夜之间，在半梦半醒之间，那个月亮，才美得夺目。

现在的冬天不如从前的冷了

□苏 童

厄尔尼诺现象确实存在，一个最明显的例证是现在的冬天不如从前的冷了，前几年的冬天那么马虎地蜻蜓点水似的就过去了，让人不知是喜是忧。冬季里我仍然负责在中午时分送女儿去学校，偶尔会看见地上水洼里的冰将融未融，薄薄的一层，看上去很脆弱，不像冰，倒像是一张塑料纸。我问我女儿早晨妈妈送她的时候冰是否厚一些，我女儿却没什么印象，事实上她长这么大，从来没见过地上长出来的冰，那种厚厚的结结实实的冰。

记忆中冬天总是很冷。西北风接连三天在窗外呼啸不止，冬天中最寒冷的部分就来临了。母亲把一家六口的棉衣从樟木箱里取出来，六个人的棉衣、棉鞋、帽子、围巾，不管你愿不愿意，我们必须穿上散发着樟木味道的冬衣，不管你愿不愿意，你必须走到大街上去迎接冬天的到来。

冬天来了，街道两边的人家关上了在另外三个季节敞开的木门，一条本来没有秘密的街道不得已露出了神秘的面目。室内和室外其实是一样冷的，闲来无事的人都在空地上晒太阳。这说的是出太阳的天气，但冬天的许多日子其实是阴天，空气潮湿，天空是铅灰色的，一切似乎都在酝酿着关于寒冷的更大的阴谋，而有线广播的天气预报一次次印证着这种阴谋，广播员不知躲在什么地方用一种心安理得的语气告诉大家，西伯利亚的强冷空气正在南下，明天将到达江南地区。

江南有谚语道，下雨下雪狗欢喜。也不知道那有什么根据，我们街上很少有人家养狗，看不出狗在雨雪天里有什么特殊表现，我始终觉得这谚语用在孩子们身上更适合，孩子们在冬天的心情是苦闷的、寂寞的，但一场大雪往往突然改变了冬天乏味难熬的本质，大雪过后孩子们冲出家门、冲出学校，就像摇滚歌星崔健在歌中唱的，他们要在雪地里撒点野，为自己制造一个捡来的节日。我最初对雪的记忆不是堆雪人，也不是打雪仗，说起来有点无聊，我把一大捧雪用手攥紧了，攥成一个冰碗，把它放在一个破茶缸里保存，我脑子里有一个模糊的念头，要把那块冰保存到春天，让它成为一个绝无仅有的宝贝。结果可以想见，几天后我把茶缸从煤球堆里找出来，看见茶缸里空无一物，甚至融化的冰水也没有留下，因为它们已经从茶缸的破洞处渗到煤堆里去了。

融雪的天气是令人厌恶的，太阳高照着，但整个世界都是湿漉漉的，屋檐上的冰凌总是不慌不忙地向街面上滴着水。路上黑白分明，满地污水悄悄地向窨井里流去，而残存的白雪还在负隅顽抗，街道上就像战争刚刚过去，一片狼藉。

人人都说江南好，但没有人说江南的冬天好。我对季节气温的感受总是很平庸，异想天开地期望有一天我这里的气候也像云南昆明，四季如春。

在自己居住的城市旅行

□ 蒋曼

一位网名为"G僧东"的微博博主发布的"上海人在上海旅行"的系列vlog（视频网络日记）受到网友追捧。这个上海本地人敏锐地发现：许多上海人即使在这个城市里生活了几十年，对自己居住的城市，其实也不了解。不仅一些经典景区没去过，甚至连豫园和城隍庙的关系都搞不清。于是，他专门拍摄了上海本地游系列，带领上海人在自己居住的城市旅行。按照他所提供的线路，从黄浦江观光船到东方明珠塔，许多上海人突然发现自己对自己居住的城市，其实陌生得很。

何止上海人，在庞大的城市森林中，我们都是行动有限的微尘。当日常的城市漫步、逛街成为一种节日，我们已经习惯漠视自己居住的城市。街成了道路，我们像风一样通过，讲究的是畅通无阻。导航耐心等待我们输入目的地，然后规划出最优化的路线。我们像候鸟，路线清楚，定位精准。

叶小姐住在一座城市边缘，去机场的时候比进城多。她早已与公共交通绝缘，出行不是开车就是打的。她对这座城市最深的感情是埋怨，怨恨堵在路上的时间浪费了她花样的青春。除了天气预报和实时交通路况，她没注意到这座城市的任何特质，她不关心它的历史和未来，她认识的物理距离最近的人都在小区微信群里面，代号是楼栋+房号。

她也耳熟许多地名，但是她实在不觉得那些地方属于那座城市，虽然她有着清楚地标明所属的身份证。那又怎样，附近的小区，就像另外一个国家。叶小姐说："即使把门禁全部拆去，我一辈子也不会去一趟。"对楼下百米之外的地方，都很少涉足。这真是现代人的独特体验，他们也许对巴黎塞纳河边的一座咖啡馆、新加坡的街角教堂如数家珍，而对自己居住的城市却足够陌生，把它作为暂借之所，急着挣脱，急着奔赴。

当城市的边界越来越遥远，我们对自己居住的城市渐渐陌生。循着爆红或者众口一词的叫好声，人们追逐名气而去，走在他乡的土地上，对所有的名胜了如指掌。

陈丹燕说，城市是个生命体，它不是依靠地标建筑或者热搜而拥有生命，它的命运、格调、脾气、气味是那些来过、老过、走过的人。他们漫长而短促的人生，欢歌与哀泣，精致与衰败、暗黑与明亮在此跌宕起伏。

你在自己居住的城市漫游过吗？用脚丈量过两公里以外的某处吗？不是探亲和访友，只是单纯地去逛一逛。那里的街道两边栽种着不同的行道树，路上走着我们不认识的人，建筑叫不出名字，街道成为迷宫。但我们并不急着赶路，天空和大地之间弥漫着不慌不忙的气息，扎根的人和定居的树都在用力生活。

行游于自己居住的城市，用心与肌肤去亲近一座城市，抚摸它的欢颜，聆听一些悲歌，目送楼宇间的夕阳余晖，瞥见玻璃幕墙上闪亮的碧波。它们不是寄生的巢穴，不是造型各异的建筑。它们在人的命运流转中被思念、被记忆，不动声色地安慰、庇护那些旺盛的人间烟火。

长冬有小趣

□马亚伟

长长的冬天，就像一趟长长的旅程；虽然我们都知道，终点站是春暖花开，但这趟旅程实在太漫长，如果不在沿途增添点风景，漫漫严冬简直成了苦旅。智慧的人们，最懂得在严寒的日子里善待自己，在难熬的岁月里来点趣味。

古人最擅长在寒冷中炮制温暖了。"围炉夜话"四个字，从骨子里带着古雅和暖意。"深夜一炉火，浑家团栾坐。煨得芋头熟，天子不如我。"屋外天寒地冻，风声呼啸，屋内家人围炉，笑语喧哗。有炉火可取暖，有芋头可解饥，有亲情可守候，这样的日子，美得赛过皇帝呢！其实，芋头不是主要的，关键的是全家围坐的场景。汪曾祺说的"家人闲坐，灯火可亲"，源头就在此吧。

李渔在《闲情偶寄》中记述过他的一些小发明创造。冬天的时候，他会做"暖椅"。暖椅上有一个中空的方盒，装上抽屉，往抽屉里点几块炭烧，就可御寒了。不知道李渔的"暖椅"是否安全，但他这份炮制温暖的小情趣，让人感觉他是暖男一枚。天冷的时候，总给人时光很慢的感觉，觉得手中的大把时间怎么都用不完。也许正因有足够的时间，人才可以静下来思考，所以激发出了很多创意和灵感。

"晚来天欲雪，能饮一杯无？"如果下了雪，像白居易一样邀请好友来围炉夜饮，也是冬日快意之事。雪后的踏雪寻梅，可谓古人雅致情趣的天花板。若真能寻得山中野梅，折取一枝带回家，放置案前的花瓶中。萧条沉寂的冬天，鲜艳灵动的梅花，带给人无限欢喜。

往事越千年，岁月匆匆逝。当下的人们，依然会沿着古人描画的脉络，为长冬增添一些小趣味。最喜冬夜里家人围坐的氛围。如今，大家都捧着手机度日，但我总会在晚饭后招呼一家老小，放下手机，把时间还给亲情。冬夜长长，时光的脚步慢慢悠悠。我们围坐在一起，聊聊愿望，说说明天，谈谈往事，温馨的话儿暖人心。

长冬的小趣味，还有很多很多。长冬有小趣，生活有大美。

满世界的聪明人，可我只想和简单温暖的"笨人"玩

□ 牛皮明明

过去有肝胆相照的朋友，有义薄云天的志士，有赴汤蹈火的爱情，有胸怀坦荡的君子，有敢作敢为的家伙。

宋元丰二年（1079），乌台案发，苏轼受牵连。先贬黄州，生活过得是苦闷无比。老苏爱叹气，常深夜爬起来，先叹沙洲冷，然后叹离人泪。得知他被贬，苏东坡的朋友道潜不远千里，从开封跑到黄州，一住就是五年。后苏东坡被贬海南，道潜更是肝胆相照，驾一叶扁舟，渡海相随。这样的朋友真牛，听上去像传奇，却多情得让人落泪。如果人生中有这样的朋友，我愿意减肥30斤。

清顺治十四年（1657），因为科场案，众多文人被流放到黑龙江宁古塔。宁古塔天寒地冻，多半去了就回不来了。流放的人中，有一个人叫吴兆骞。他给好友顾贞观写信，信中说："塞外苦寒，四时冰雪，鸣镝呼风，哀筑带血，一身飘寄，双鬓渐星。"自己怕是活不下去了。清顺治十五年（1658），接到吴兆骞的信，顾贞观发誓此生必救吴兆骞，于是开始四处奔走。所到之处，皆是冷眼，别人都当他是一个问题来客。直到康熙十五年（1676），顾贞观拿着自己写的《金缕曲》在京城见到纳兰性德，扑通就跪下了。好一个君子一跪，纳兰性德打开《金缕曲》第一句，便落泪了。第一句便是："季子平安否……"纳兰性德当即答应十年内救出吴兆骞，可顾贞观硬是长跪不起，落泪于前。"人寿几何？请以五年为期。"纳兰性德又答应五年救出。康熙二十年（1681），不多不少，正好五年，纳兰性德救出了吴兆骞。为救朋友，顾贞观这一奔走，用了整整二十三年，有情有义。假若人生中有顾贞观这样长情的朋友，死也值了。

在过去，身边的朋友有"不辞山路远，踏雪也相过"的深情厚谊，有"古路无行客，寒山独见君"的碧海云天，就连陌生人之间，也还有一句"相逢一醉是前缘"。而如今，由网络拉近的"face to face（面对面）"距离，远跟不上现代人"heart to heart（心连心）"消逝的速度。

十年不联系，联系就借钱，千里送行的朋友少了，千里讨债、万里传销的人多了。

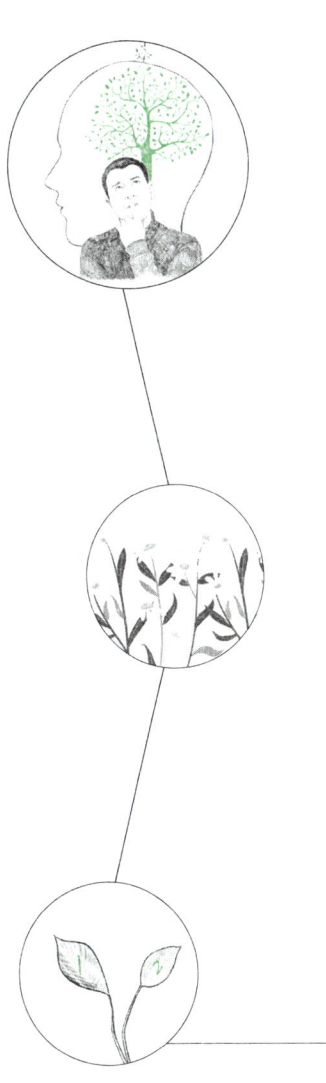

有一种治愈，叫在冬天里晒晒太阳

□摘星楼主

你是否听过这样一个故事：希腊的亚历山大大帝巡游到某地时，遇见正躺着晒太阳的哲学家第欧根尼，便主动上前打招呼："我是大帝亚历山大。"哲学家依旧躺着："我是第欧根尼。"大帝谦逊地问道："我能为先生做些什么吗？"哲学家干脆地说："有的，不要挡住我的阳光。"

你瞧，晒太阳真是天底下最幸福的事情，连高高在上的大帝，在太阳面前都失去了光芒。而在冬日里晒晒太阳，不仅仅是暖身，更能暖心。尤其当寒风四起，那一缕缕穿透万物的阳光，能治愈人间的一切。

南宋诗人楼钥在《白醉》中写道："年少足裘马，安知老夫味。"年少时，我们总是幻想着鲜衣怒马，仗剑天涯，以为幸福一定是要做出点什么，可随着年轮一圈一圈增加，才发现，能坐在自家庭院里晒晒太阳，才是一生中最幸福的时光。

小时候寄住在奶奶家，那时二叔还在读书，听村子里的人讲，他可能很快就要辍学了。那个时候，我不明白辍学意味着什么，只知道二叔每天回家后都闷闷不乐。奶奶总是默默地流眼泪，也不说话。

但我知道，白天忙着农活的奶奶，夜晚也不得安眠。她常偷偷爬起来，在院子里就着月光纺线。我也知道，奶奶会悄悄把钱收起来放在一个小铁盒子里锁好。后来，二叔说要离开家，我看见奶奶拿出那个铁盒子塞进了二叔的手里。

离家后，二叔很少再回来，但每次他回来的时候，奶奶看起来都非常高兴。可是我发现，奶奶的笑容旁边，添了许许多多的皱纹，背也不似从前挺直……

如今，我也长大成家了，一有空闲，就会回去看望奶奶。她总是喜欢让我搬把椅子，与她一同坐在院子里晒太阳。而我总是一面照做，一面嚷嚷："雀斑都要被晒出来了！"

可奶奶说："以前家里穷啊，没日没夜地忙，心里堵得慌，如今你们都出息了，奶奶也可以坐下来，晒一晒太阳。"

那个时候，我才真正懂得了晒太阳对奶奶意味着什么：那是历经艰辛后的喘息，是完成使命后的安定，是回首往昔的知足。

是啊！在茫茫人海中穿梭的我们，也许都忽视了，能无所事事地坐下来晒一晒太阳，是一件无比幸福的事。

其实，晒太阳真的是太过寻常，冬日里天冷了，自然想出去晒一晒，取取暖。但不是每个晒太阳的人，都会真正暖起来。我们总以为，温暖的阳光只来自太阳，可当我们心里幽暗时，再灿烂的阳光，也焐不热一颗冷却的心。阳光不只来自太阳，更来自我们心里。当你不放弃希望，不放弃再试一次的念想，你才能让那束温暖，照进你的心房。只有我们心中有光，才能感应到自然的华彩；只有我们心中有光，才能与有缘的人彼此照亮；只有我们心中有光，才能让冬日里的暖阳，成为治愈人生严寒最好的解药。

人生，请记得留一段时光，给太阳！

雨滴和雨滴在大地上重逢

□ 傅　菲

雨落在头上，冷冷的。我用手摸摸，密密的圆珠形的雨，从高高的天际落下来，每一滴都很冷。每一滴雨都像破碎的脸孔，无法复原。雨下了好几天，下下停停。山路泥泞，我便坐在雨廊里，看雨怎么落下来。天空呈灰白色，乌蒙蒙的，海拔略高的山峰也隐没了。雨从一个巨大的筛子中落下，透亮，一滴粘连一滴，形成绵长的雨线。

雨线和雨线并不交织，像垂下的璎珞。雨线是银白色，密布在我的视线里。两只家燕斜斜地飞，一会儿落在翻耕的田里，一会儿落在电线上。

田翻耕了，家燕又来了。家燕喙短而宽扁，翅膀狭长而尖，尾羽呈叉状，上体呈蓝黑色，还闪着金属光泽，腹面白色。春天是燕子剪开的，剪裁出柳树丝绦，剪裁出桃花灼灼。这是古人说的。燕子娇小的身子，驮来春风。它体态轻盈伶俐，在低矮的空中划着优美的弧线。春风在回荡，雨也空蒙。

前几日下小雨，我无处可去。找了几根竹篾、一圈麻线、一盒大头针，挖了几条蚯蚓，去溪边钓黄鳝。将麻线绑在竹篾上，另一头绑扎大头针，针头扭成弯钩，穿一条红蚯蚓，抛入溪里。竹篾弹性大、易弯曲，可以弓在溪边的石缝里。我抛了五根竹篾，自顾离开，去田野采野花。黄鳝来吃食，吞下诱饵，大头针便会钩住它的嘴巴，怎么也吐不出来。它便不再游动了。我隔一刻钟提竿子，查看一次。过了一个多小时，雨稠密了起来，我的雨披流着细沟似的雨水。田畴空无一人，清冷，水雾散了出来。我收了竿子，挽一个竹篮，走田埂路回来。汪汪水田浮起一层淡绿。田埂的荒草也抽了寸芽。

回到伙房，鞋子、裤脚、衣袖全湿透了。黄鳝钓了三条。我生了一钵炭火，赤脚架在火钵上。突然觉得很冷，不停地打冷战。我熬了生姜茶，喝下一大碗，又喝了半碗热水酒，身子才暖和起来。雨是那么冷，从毛孔渗透到血液里，由内而外地浸泡了我。

雨的冷，是从高空带来的。它的冷，就是天空的冷。我把黄鳝剁成手指长，一段一段，放在砂钵里炖。用生姜、辣椒干、胡椒叶做调味料。炭火红红。我坐在伙房门口，怔怔地看雨。不仅仅是看雨，也看别的。至于别的，是什么，我也不知道。蒙蒙湿的空气中，我没看到雨，只有一片蒙蒙灰白。我在想什么？我在想人。这个人是谁呢？我也不知道。我想起了去过的一个城市，凌晨下了火车，到一个酒店，看窗外下了一天的大雪，又回来了。我想起了一首诗，描写栀子花在雨中纷纷飘落，花瓣如鸽子羽毛。我又想起了暗夜疲倦的声音，像破裂的水管爆水。雨中的房墙和黛色的矮山冈，我也看不见。我看见了一张书桌，桌上有一本看了一半的《阿米亥诗选》。书旁边有一个玻璃烟灰缸，烟灰缸里有几个潮湿的烟头和一个空火柴盒。天完全暗了下来，我拉亮灯，起身把砂钵端上餐桌，打开盖子，砂钵里的黄鳝成了木炭。

一下午过去了。一天过去了。雨还没过去。

每一场雨的到来，既是对大地的馈赠，也是对大地的清洗。当雨落下来，其实每一滴雨，都是极其孤独的。但大地的繁荣，都是雨的馈赠。雨滴和雨滴在大地上重逢。

不过是一碗人间烟火

□郭慕清

是夜。炖了一小锅萝卜牛腩，盛一碗，低头趴在碗上闻一闻，弥漫的热气扑到了眼镜上，摘下眼镜，用木质小勺舀一点儿，慢慢入口，有些烫，咂吧咂吧嘴，竟然是出奇的香。

汤里并没有放名贵的调味料和滋补药材，只有萝卜、牛腩、水和盐，简简单单，清清爽爽，味美大抵是因为熬久了一些。

熬得久，是一个挺有意思的词，于菜品，于人生，道理如一。有几年，日子过得比较艰苦，总是碰壁，也曾在深夜痛哭。问父亲："为什么我这么努力，却没有收获？不是一分耕耘一分收获吗？"父亲答："熬得久了总会收获。"就像田野里一望无垠的麦子，虽然饱经三九腊月的猎猎寒风，虽然在春天憋着劲儿蹿个子，但哪怕差一分一秒熬不到炎炎夏日，麦穗就不能在阳光下发出金色的光芒。熬得不久，还差一点儿火候，麦穗便不会低头，牛腩汤就不会鲜美，事情也不会功成。大道至简，看似煮的是一粥一汤，却包含万千世界，不是吗？

说到由美食悟人生之道，汪曾祺谈过昆明一处的炒菠菜甚是美味，为什么呢？油极大，火甚匀，味极美。他和蔡澜对吃的看法一致，推崇袁枚《随园食单》中所提的"素菜荤做"。这讲的是用荤料来增添素菜的丰富性，挖掘简单食物的别样风致。就像是芦蒿炒腊肉，单炒野生芦蒿，会有些青涩，难以入口，但是在烹炒的时候，稍稍添一点点腊肉借味，就大为不同，更能尝出芦蒿的清和鲜。真正的"素菜荤做"其实来自潮州菜。潮汕人认为，纯素的食物不耐饥饿，而且寡淡无味，要让食物鲜美好吃，必须荤素结合。据说，清康熙年间，潮州开元寺举办过厨师厨艺大比试，参加比试的皆为潮汕一带寺庙主理厨政的厨子，比试项目中，便有烹制"八宝素菜"这项内容。

"八宝素菜"是潮州素菜的传统名肴，是由莲子、香菇、草菇、冬笋、发菜、白菜、腐枝、栗子共八种纯素食材做成。有一位来自意溪别峰寺的厨师，十分聪明，也深谙素菜一定要荤做的食理——这八种素食，一定要用肉类去炆炖，荤素结合，味道才能浓郁。可是这次比试是在佛寺里举行的，绝不能携带排骨、老母鸡等肉类食材进寺。怎么办呢？这位厨子久久苦思，终于想出了一个好主意。在比试的前一天，他在家先用排骨、老母鸡、赤肉熬制了一锅浓浓的汤，然后将一条洗干净的毛巾放进锅里煮，再把毛巾晾干。第二天比试的时候，他手提装满食材的篮子，将毛巾搭在肩上，把门的和尚没有发现肉类，便放他进去了。做菜时，他将毛巾放进锅中煮片刻，让毛巾中的肉味溶解到锅里，然后加在菜肴之中，从而夺得了比赛的头名。

绘一幅画，觅一份爱，和做菜其实并无二致，少不得那些看似错落，实则有致、入味的搭配。菜一素一荤，够香。书画的一枯寂一丰富，入禅化境。爱人性情的一急一缓，一英雄豪迈一红颜知己温柔如水，彼此搀扶，情投意合。这世界万物，道理万千，其实也不过是一碗人间烟火。

留一口给念想

□ 梅莉

去越南玩的时候，首先看见的是越航上穿奥黛的越南空姐，个个纤细袅娜身材，风摆杨柳腰肢，着实令人羡慕。

后来才知道，越南人吃得真少啊。酒店的早餐，是品种丰富的自助餐，只见越南导游阿山就盛一小碗薄粥，加几条晒干的小毛鱼。于是，就很惊讶地问，你早饭就吃这么一点点？他说是的，越南人胃口很小，每顿饭都吃得很少。难怪，越南人多数是瘦子。

越南菜大都小巧得很，分量少。吃一碗著名的越南米粉，三下两下米粉就被捞完了，剩下的便是汤水。有人曾这样形容越南人请客："有一天，越南朋友请我吃饭。我们五个人，她点了一碗饭。你没听错，一碗白米饭，然后用一个勺子——小勺子，不是饭勺——给我们每个人的碗里面，舀了一勺米饭。我震惊了，说我一个人就要吃两碗饭，现在你给我一个人吃一碗饭的五分之一？"我估计越南人的胃就是这样被饿小的，后来，他们哪怕面对山珍海味，也吃不下很多了。越南人吃得虽然少，但用餐时间长，细嚼慢咽，对食物很虔诚，仿佛每一片菜叶他们都要仔细品尝出其中真味。导游阿山还很有哲理地说，最好的美食是食材新鲜，美食是需要慢慢品尝的，你不能一次吃太多，不然，下次你再吃时，它就变得不好吃了，要留一口给念想。

留一口给念想，遂想起邻邦日本，不也是这样的饮食理念吗？街上的女人也都很清瘦苗条。

日本饭菜量少，也更加精致。这次去东京，奢侈了一下住在安曼酒店，吃个豪华早餐，碗呀碟的十几二十个，只只装一丁点儿，全是冷的，没有一点儿锅气，一点儿也不热闹。以清淡健康饮食闻名全球的日本菜，往往两片油炸茄子，一块煎鱼排，一碗味噌汤，两只大虾，几根蔬菜沙拉加点米饭就是一顿晚餐。很多中国人抱怨在日本吃不饱，但对素不喜欢饱、胃口不大的我来说恰到好处。也许正因为对食物的节制与敬畏，在日本的街头巷尾，鲜见胖子。

好吃的东西就拼命吃，直吃到断了念想，这样不仅吃相难看，还毁掉了美食的余味。记得我从前一直超爱吃榴梿，有次买来一大只，一下子急吼吼地吃光了，结果，几年不再碰榴梿。

如果好吃量又少，吃的人会因珍惜而不舍得一口气吃完，吃相自然而然地优雅起来。传说上海姑娘乘坐火车会带一只清蒸大闸蟹解闷，用吃蟹工具——蟹八件，一路细细地吃将下来，吃完之后，残壳剩肢仍能拼出螃蟹的模样，吃完一只蟹，火车刚好到站。你可以脑补下那幅画面，姑娘的吃相该是多么从容雅致呀！

自从"榴梿"事件发生后，我对美食都适可而止，有所节制。因为，要留一口给念想，还有，我可不想变成一个油腻的中年女胖子。

天气与心情

□ 王太生

一觉醒来，此时晨曦初露，四野清新，太阳从东窗映入，连日阴雨停歇，遇到久违的阳光，心里高兴，估摸着约请几个老朋友，一道聊天吃茶。

这样一个难得的好天气，该洗的，要洗一洗；该晒的，要晒一下，于是，抱被晾阳台，或者干脆扛被下楼去，找个地方，摊开晒太阳。

还要出门去买菜，沾着露水的清蔬，买一堆马兰头，一堆豌豆头；一堆苜蓿，一堆小茴香。这几样嫩草头，碧绿莹莹，素炒两盘，口中咀嚼，有清气，配得上这样的好天气。

好多雨天不曾做成的事，在清晴可喜的天气里，应该去做一做。出门拜访朋友，朋友不在，空留小屋和一本随风翻动纸页的书。和煦的阳光吹拂，老旧小屋旁，一树辛夷，姗姗生动。

浅夏访友，我曾经推崇两种方式：一是简衣鹤步，拎两瓶老酒，提一篮黄澄澄的枇杷果去看他；若是对方不在，就陪他门前摇曳的花儿坐一会儿，这两种方式，在我看来，都清晴可喜，抑或可爱。

一个人遇到好天气，沈启无就赶紧摊纸写信告诉自己的朋友，把好天气带来的好心情以及感受，告诉别人。这件事情是雅的，风雅至极！

我就想起住在别的城市的友人老杜。春天，老杜打来电话说："这几天气温适宜，早晨起来，望见窗外的花都开了，远近高低处有一层淡淡的雾。"恍若看见他顺着古城墙河坡往下走，走到城河边，站在木栈桥上，看刚爆芽的芦苇和碧清的水。老杜虽没有像沈先生那样，极富耐心地坐下来写信，他打电话，把清晴可喜的感受，用另一种方式表达出来。

手写年代的雅致，一个人把遇上好天气的舒心顺畅，还有心情，写在信笺上，然后寄出去告诉另一个人，可见，他对这一天生活开始时的色彩、明暗、温暖、湿度、气息是满意的，并且充满期待。好多事，有信心和耐心去做。

"今朝"，吴方言，嗲嗲的江南腔调，流露出对凡俗生活的一种欣喜。

有时这样想，不妨将它设定为雨天，情境则变成"今朝落雨可喜"，只要心情舒畅，一切皆不成问题。

雨，是春天的桃花细雨，水丝落在桃花、梨花、杏花上，落在小河涟漪里，打湿发丝，让人想起"小楼一夜听春雨，深巷明朝卖杏花"。

或是一个飘雪的早晨，同样是一夜的好睡眠，清晨起来，心情不错，发现下雪了，而且是下了一夜的雪，天地俱白。厚厚的雪，把路和树枝都遮白了。因为是当年的第一场大雪，便有人开心地出门去。于是，明代张岱在湖心亭赏雪，唐代郑綮骑驴看雪，"思在灞桥风雪中驴背上"。好大的雪啊，鹅毛大雪，雪落在平头百姓的肩头、驴子的睫毛上，不禁感慨："今朝下雪可喜。"

好天气，是两个人坐在暮春的紫藤花架下对弈，紫藤花一嘟噜、一嘟噜，倒垂而下，光影落在脸上，花香惹蜂舞，清新雅致，人闲花瓣落。

好心情，是夕阳西下，古旧的农家小院，家人闲坐，炊烟袅袅，晚餐的小桌上，一锅清粥和一碟小鱼咸菜，四周静谧高远。

好心情，大都与天气有关，在早晨油然而生，低头有爱，抬头看见美好。

第六章 成长笔记

博学笃志，切问近思，此八字，是收放心的工夫。

神闲气静，智深勇沉，此八字，是干大事的本领。

"饱暖，人所共羡，然使享一生饱暖，而气昏志惰。岂足有为饥寒人所不甘？然必带几分饥寒，则神紧骨坚，乃能任事。"

——王永彬《工夫与本领》

一个人真正的强大，从沉默寡言开始

□今夕何夕

一位渔夫，一艘船，一条鱼，一片海。海明威用四个简单的元素，呈现了一个精彩的故事。

圣地亚哥是一位年迈清瘦的老渔夫，他已经84天颗粒无收，只能靠小男孩马诺林的补给维持生计。为了证明自己，他毅然决定去深海捕捞。然而，不幸的魔咒如影随形。最终，经过三天三夜的生死搏斗，他空手而归。

海明威笔下的圣地亚哥，经历了很多挫折与考验，但他没有丝毫抱怨；面对捕鱼时意外的灾难，他不等不靠，凭借自己强大的意志渡过难关；纵然内心波涛汹涌，但最终他都能平静下来，蓄积力量，再次起航。

尼采说："谁将声震人间，必长久深自缄默。"沉默，不是对命运的屈服，而是积淀，是蓄能，是机会到来时的厚积薄发。

一个人真正的强大，从沉默寡言开始。

1
受挫时，不怨

老渔夫圣地亚哥独自居住在狭窄、破旧的小棚屋里，比生活现状更窘迫的，是他已经84天没有捕到一条鱼的悲惨现实。岛上的人们觉得他是交了霉运。年老的渔夫们深表同情，跟他聊天时尽量避开谈鱼，只聊湾流的深浅、天气的好坏。年轻的渔夫却拿他打趣，嘲笑他那张打满补丁的帆像战败的旗，用满船的收获刺激他。只有小男孩马诺林相信圣地亚哥可以捕到大鱼，因为他从5岁就开始跟着老渔夫学习捕鱼。

当圣地亚哥40天都没有捕到一条鱼时，马诺林的父母也认为老渔夫开始走下坡路，他们让小男孩换了一条船。此时圣地亚哥的家里，没有黄米饭和鱼能果腹，但他每天都会想象一番，然后煞有介事地和别人探讨起晚餐。他也不忌讳84天都没有捕到鱼这件事，反而大大方方地和马诺林调侃："明天就是第85天了。"天亮之后，圣地亚哥再次起航，独自出海捕鱼。

人生之事，十有八九不如意，面对坎坷风雨，有人坦然笑之，有人怨天尤人。弱者抱怨，强者不言。真正成熟的人，不怨天尤人，不灰心丧气，遇事总是从自身寻找原因，积极调整自我状态，在下一次机会到来之时牢牢把握住。

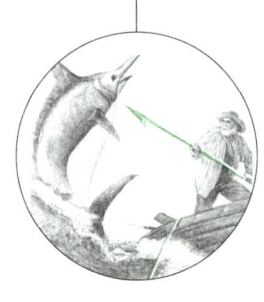

2
受苦时，自度

在海上，圣地亚哥经历了九死一生的人鱼之战。当一条大鱼终于上钩，圣地亚哥开始与大鱼进行第一次决斗。因为鱼太大，圣地亚哥不得不猛拉钓绳，抡开膀子，双手交替着把绳子往上收，身子抵紧坐板向后仰，来抵挡绳子向海里下坠的拉力。奈何力量悬殊，大鱼毫不费力地拖着小船向西北方向漂去。此时，圣地亚哥想："要是马诺林跟我一起来就好了！"但是当下，他只能独自面对强大的对手。

他用肩头扛着绳子跪下来，小心翼翼地朝船头爬去。他想过放弃，但总在快倒下时，内心响起一个声音："它能熬多久，我就能熬多久！"经过几个小时的对峙，圣地亚哥依旧保持跪着拉拽的姿态，而大鱼的精力和体力则被消耗殆尽。这时，圣地亚哥瞄准时机，用鱼叉将大鱼一击毙命。

成功捕获大鱼的喜悦只持续了片刻，因为大鱼的血腥味，很快引来了鲨鱼的围攻。单枪匹马的圣地亚哥重新振作，调整作战姿态，全力迎战鲨鱼。在最后一场搏斗里，圣地亚哥的眼睛已经模糊，他只能凭借感觉和听力挥舞短棍，打击鲨鱼们的头。三天三夜，圣地亚哥独自在海上漂泊，他有过崩溃的时刻，有过放弃的念头，但任凭惊涛骇浪，狂风骤雨，他还是咬着牙扛了下来。读到这里，我常常想，圣地亚哥的遭遇，何尝不是我们现实生活的写照？

人生实苦，无人可度。真正能帮你走出泥泞的，只有你自己。

3
低谷时，蓄力

在与鲨鱼殊死搏斗后，圣地亚哥驾船驶回港口。夜里，依然有鲨鱼来咬大鱼的尸骸，但圣地亚哥只专心掌舵。他想的是："至少，船还是好的。它是完美的，没受一点儿损伤，除了那个舵把。不过，它是很容易更换的。"

等船舶停靠港口，已是深夜时分，露台饭店的灯光全部熄灭。没人来帮忙，圣地亚哥自己拔下桅杆，卷起风帆，扛起桅杆往岸上爬。与鲨鱼的战斗耗尽了圣地亚哥的气力，回家途中，他不得不坐下歇了五次，才走到他的窝棚前。进了窝棚，他把桅杆靠在墙上，然后躺在床上睡着了。第二天，马诺林给圣地亚哥带来了好喝的热咖啡。圣地亚哥从熟睡中醒来，一开始有些懊丧，但很快振作起来，开始为下一次捕鱼做准备。

生活中，我们总会遇到很多大大小小的低谷。但强大的勇者，即便身处低谷，依然不急不躁，他们默默蓄力，静待下次花开。

4
有梦时，接纳

在这部小说中，老人三次梦见狮子。分别是出海前、捕鱼过程中、捕鱼结束后。狮子象征着希望、勇气和力量。虽然老人已经到了垂暮之年，虽然除了男孩谁也不理解他，虽然他带回来的鱼骨还被误认成鲨鱼的骨头，可是只要他仍然能梦到狮子，就可以掌控自己的人生。

圣地亚哥看似是海明威笔下一位过气的渔夫，其实是滚滚红尘中你和我的一个缩影。我们总会遭遇苦难，经历煎熬，在长夜跋涉千山万水，才能到达心中的梦与远方。遇到挫折时，不要抱怨；面对苦难时，学会自度；身处低谷时，默默蓄力。只要从内心去接纳，去承担，就能熬过寒冬，迎来属于自己的春阳。

一个学霸的自白

□刘嘉森

进入初中后，我变得越发敏感，我认为自己人际关系紧张是因为成绩不够好。我觉得只要考到年级第一，大家都会佩服我，对我友好。我没日没夜地学，为了节省学习的时间，我在值日的时候潦草应付，害得同学们要帮我重新打扫。重要的集体活动我完全不参与，变着法子逃避，以此挤出时间学习。在大家眼中，我变成了一个孤僻自私的怪胎。

初二中期的一场考试，我答得得心应手。考试结束后，老师们都去判卷了，学校安排了音乐、美术、体育课。同学们兴奋异常，以震天的欢呼迎接音乐老师的到来。可是讲着讲着，音乐老师发现了一个不和谐音：刘嘉森同学竟然堂而皇之地在桌子上摆着练习册，旁若无人地刷题。音乐老师将我赶了出去。

徘徊两圈后，我走进了物理老师的办公室，坐下来继续做题。突然，办公室的门被推开，我的同桌走进来："嘉森，班主任白老师找你。"回到教室，白老师握住了我的手，说："嘉森同学，感谢你为226班做出的贡献……你考了年级第一！"班级沸腾了，大家疯狂地鼓掌，之前226班连年级前五名都没有出现过，如今有了年级第一，算得上扬眉吐气了。

我更是兴奋得发晕。那时，美术课正在进行，老师讲解着素描的基本知识，我听不进去。我盼望着快点下课，好迎接同学们山呼海啸般的喝彩。

终于下课了，我等待着，可是没有，什么都没有。同学们在下课的一瞬间哄然而散，没有人到我身边来。我悲哀地发现，自己获得年级第一的消息仅仅在同学们脑海中停留了一小会儿。没有人因此而喜欢我，没有人因此而对我友善，我依然如此孤独。

我忽然明白，之前的学习动力来自一种莫名其妙的幻想，我以为学习好就能获得一切，就能缓解紧张的人际关系，就能拥有幸福的生活，所以我为了学习而忽略了其他所有。

如今梦醒了，只有一地鸡毛。我开始变得颓废。我想要维持住自己的好成绩，但是动力渐渐地不足了。就这样我熬了小半年，变得消瘦、神经质。一天中午回姥爷家吃午饭，姥爷发现了我的变化，我跟他说出了我的苦恼。姥爷说："活着就不能太满，满了就溢出去了，钻牛角尖反而啥都得不到。"

我的心里突然亮起了一束光。是啊！追求得太急切了，心态就满，满了就会目空一切，觉得只有成绩重要，觉得集体活动不重要，觉得别人的感受不重要，觉得天底下只有自己的事情不顺利，觉得周遭世界在有意地针对自己。

初三开学之后我的态度就改变了，我对人变得友善，对学习之外的事情变得十分耐心，对自己应该履行的义务都尽力去履行，尽可能顾及周围人的感受。于是，我发现自己跟身边人的摩擦少了，学习起来不仅有干劲，而且更专注，所以花的时间虽然少了，但学进去的知识反而多了。我的世界终于春暖花开。

初三上半学期，我创造了一个小奇迹，四次考试分别考了年级第四、第二、第三和第一，达成了前所未有的连续高排名。由于在各方面与人为善，主动为集体着想，我还荣获了学校的"感动实验中学十大学子"称号。

我自豪地感到自己确实克服了青春期的性格缺陷，不仅成为一个学习优秀的人，而且成为一个各方面都更好的人。

拉水车的老牛

□沈石溪

说起来那是二十年前的事了，那时候，我在西双版纳的一个伐木厂当炊事员。

所谓的伐木厂，其实就是几间茅草房坐落在一个山头上，里面住着二十来个汉子，离寨子有十几公里远，不通电，也不通公路，最不方便的是，山头上没有水源，要到箐沟底下去拉泉水上山来用。负责拉水的是一辆牛车，拉车的是一头上了年纪的老黄牛，据艾厂长说，他十二年前组建伐木厂时这头牛就在这里了。这头牛又老又丑，拉起水车来倒技艺娴熟，它会挑选平展的路面行走，一桶清泉水从箐沟底拉到山顶，极少有溅泼浪费的水花。

每天清晨，它从牛栏里出来，走到摆拉水车的伙房门口，我替它套上车辄，它就拉着运水车下到箐沟底，一直走到泉水旁。工人们在泉边接了一道竹槽。老牛把车拉到泉边，左拐头，右甩尾，再后退一步，正好将水桶喇叭形的口子对准水流，哗哗哗，泉水吟唱着一支优美的晨曲，灌进水桶。接满水后，它就沿着那条红土道一步一步把车拉上伐木厂。傍晚，它把早晨的活重复一遍。我送给它一个雅号：自动送水车。

两个月一晃就过去了。那天傍晚，和往常一样，我正准备给老牛套车辄让它下箐沟底去拉水。艾厂长走过来说："沈石溪，老牛这两天草吃得很少，今天中午我挖了一勺麸皮给它，它只吃了几口就不吃了。别再让它拉车了，你辛苦一点儿，用水桶到箐沟去挑水吧。过两天再买头牤子牛回来。"我心里虽然不满意但又不敢违抗，就阴沉着脸给老牛解下刚刚套上去的车辄，重重地在它屁股上捶了一拳："不中用的东西，去吧，去享清福吧。"

怪事发生了，老牛仿佛听得懂我的话，扭头看了看我，抗议似的朝我打了个响鼻，站着不动。艾厂长撩起牛鼻绳，想把它拉走，它拧着牛脖子不买账。老牛扭头望着运水车，身体慢慢往后退，把牛屁股塞进两根车杆之间，然后冲着我哞哞叫唤。老牛的这套动作再明显不过了，是要我重新给它套上车辄。

我算是找到了免掉服挑水劳役的最佳借口，笑嘻嘻地对艾厂长说："瞧，它不稀罕你的照顾，它要生命不息拉车不止哩。你总不能剥夺它的工作权吧？"

艾厂长口才不如我，搔搔头皮，没吭声，就走开了。约莫过了半个小时，天快黑了，突然听见在大青树上掏鸟窝的艾厂长大声叫道："不好啦，水车要翻啦！"

全伐木厂的人都跑到操场来看，只见老牛拖着水车正在爬最后几米坡，它的身体歪歪斜斜，快要倒下的样子。我们以百米冲刺的速度向运水车奔去，但从操场到红土道有五六十米远，看来再快也无法赶在车翻掉前跑到那儿帮老牛一把了。眼看一场车翻牛倒的悲剧不可避免，突然，奇迹发生了，只见老牛哞地低吼一声，勾着脑袋，四肢用力，整个身体像要跪在地上，一米……两米……三米……终于，运水车被拉上了坡顶，在平整的水池边停了下来。这时，我们也赶到了运水车旁，艾厂长焦急地说："快，给老牛松套！"

可是，已经来不及了，只见老牛嘴里咕噜咕噜地吐出一大团白沫，四肢一弯，跪卧在地，硕大的牛头歪倒在地上，两只突兀的牛眼也慢慢闭上了。

老牛死了，它死在自己的工作岗位上。

"要是不拉这趟车，它还能多活几天的。"艾厂长说。

时隔二十年，我还常常在梦中见到那头老牛，见到它在生命的最后一息奋力拉车的情景。我觉得，我能从中学到很多很多东西。

如果觉得人生太难，就去读读元好问

□瑾山月

如果你看过金庸先生的《神雕侠侣》，一定对赤练仙子李莫愁记忆犹新。她一直念着一句词："问世间情为何物，直教人生死相许。"很难想象，这句写情的千古之词，出自一位十六岁的少年之手。

他就是元好问。

当年，元好问赴京赶考，路遇一猎户。猎户说，他刚射杀了一只大雁，没想到另一只不肯离去，悲鸣着投地而亡。元好问被这种生死至情感动，买下这双大雁，将其合葬，并在石丘上题名：雁丘。他写下《摸鱼儿·雁丘词》，一句问情，成了传世名句。

他生于金蒙混战之际，一生飘零，半世蹉跎。拼尽全力，也不过是个四处避难的布衣文人。纵观他的一生，我们不禁思索：人生实苦，我们活着，到底为了什么？

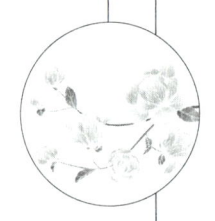

余华在《活着》里写道："人生就是一个过程，不管你愿意还是不愿意，这个过程都要走完。"也许，生而为人，活着本身就是一种意义。这种意义在于体验和感受，体验人间百态，感受春风秋雨。

历经少年的彷徨，感知成长的苦乐

金章宗明昌元年（1190年），元好问出生在忻州一个士大夫家族。七个月大的时候，他被过继给叔父元格。元格无子，将好问视如己出，学业上悉心教导，生活上周全照拂，给予了元好问安稳幸福的童年。

随着蒙古兵的大举入侵，幸福的日子转瞬即逝，但经历过美好，感受过爱，就值得。从十六岁起，元好问踏上了科考之路。此时，正是宋、金、蒙古混战之际，元好问只能一边四处避乱，一边用功读书。

作家王小波曾说："生活是个缓慢受锤的过程。"我们都在升级打怪中，慢慢长大。

元好问也不例外，他不仅在战争的阴云下惶惶不安，还要承受科考失利的打击。直到兴定五年（1221年），三十二岁的他，才进士及第。而后，派官的日子，遥遥无期。在困顿贫寒中苦撑了五年，终于等来了朝廷的委派——内乡县县令。虽然官职卑微，但元好问还是重振精神，积极上任。

积极向上生长，努力向下扎根，走过少年的彷徨，方知成长的苦与乐，原是岁月馈赠的礼物。

经历中年的沉浮，感知命运的悲欢

有些事，没有足够的经历，是无法理解的。比如，才名斐然的元好问，为什么要去当个小县令，替女真权贵催租？

在乱世中，如果你是个平头百姓，在朝不保夕的日子里，要被敲门勒索、半夜催租、按户拉夫、中夜索酒……然而，一旦做了官，哪怕是个小小的县令，一家人的生活都会改观。

元好问是个读书人，他不忍催租，还写了篇《宛丘叹》，代民发声。遗憾的是，大金朝廷一贯轻视汉人官员，元好问的前途似乎已成定局。

不过，有时候命运就是这么巧，转机总在不经意间到来。正大八年（1231年），礼部尚书赵秉文竟大力举荐元好问来京为官。战乱之际升任要职，焉知是福是祸？元好问顾不得多想，意气风发地朝汴京开进。可刚到汴京，厄运接踵而至。就在这一年，金兵在凤翔之战中大败，大金已有亡国之势。第二年五月，气候反常，本应草长莺飞的季节，却大寒如冬。京城里物价飞涨，一斗米卖到了20两白银。元好问看见饿疯了的百姓，围攻贵族的宅邸，拆了木头烧火，撕下皮革煮食。

伴随暴动而来的是瘟疫，仅仅50天，汴京百姓就死伤过半，而元好问最疼爱的小女儿阿香，也没能幸免，永远地离开了他。

泣血椎心之痛，亡国破家之悲，让元好问对天长叹：白骨纵横似乱麻，几年桑梓变龙沙。只知河朔生灵尽，破屋疏烟却数家！

金国的大溃之日来临，金哀宗却弃两宫百官，引军东逃，留汴京的臣民自生自灭。

元好问和汴京的百姓，一起等待命运的安排。尚书令崔立率全城投降，成了蒙古国的阶下囚。元好问作为前朝官员，被发配至聊城，一关就是四年。人生朝露，浮生若寄。在四十多年的岁月里，元好问受尽了奔波劳碌的辛苦。山河日月，满目疮痍，天下苍生，苦不堪言。自知者不怨人，知命者不怨天。路是自己选择的，所以不惧，时代是不能左右的，所以无悔。

有句话说得好：生活以痛吻我，我将报之以歌。元好问对生活的回报，是一首首"丧乱诗"。在诗里，他写尽了对人生的思考，对命运的质问，沉重、悲凉、哀悯。

经历晚年的孤独，感知内心的得失

后来，蒙古军官严实对元好问有所青睐，邀他在府中做幕僚。但元好问作为宋金对峙时期，北方最有名的文士，投身于蒙古国的武人，听凭蒙古兵的呼喝，处境尴尬，内心煎熬。

满纸韬略，无从实现，十年弄笔，也不过是个亡国的囚徒。

48岁这年，元好问鼓起勇气向上峰严实辞行。而在严实看来，元好问一事无成，毫无用处，于是他慷慨放行，任由元好问回归故里。

乱离之余，鼎革之后，元好问几经周折，回到了家乡忻州。眼前的故乡一片荒凉，闲田满野；当年的乡亲，也各投南北，自谋出路。

四时如逝水，百川皆东波。人生一晃，就到了暮年，元好问决定潇洒一次，遵从本心而活。

忻州城南30里，有一座"读书山"。生父元德明曾在此建了一间书屋，元好问将其重新修葺，终日在此研读史书，吟诗作赋。

元好问前半生是金人，后半生算是大蒙古国的臣民，在历史上少有的乱世中，他为我们留下了一千三百多首诗。

蒙古宪宗七年（1257年），67岁的元好问，走完了一生。纪晓岚在《四库全书》中，这样评价他："好问才雄学瞻，金元之际，屹然为文章大宗。"

他一生凄苦，在无数个崩溃的瞬间，也曾自言：吾亦厌余生。但元好问还是坚持着活了下来，以"北方文雄"的雅号，长留青史。

席慕蓉曾说："生命本身有一种意义，我们绝不白来一场。"千载而下，我们与元好问有了深刻的共鸣，那就是：纵有疾风起，人生不言弃。

窃物记

□谢亿明

行走在天地间，总想顺手带走点什么。就像我们每次经过一丛绿篱笆，脑袋里突然跳出一条饿虫，指挥手指赶紧去触碰那些陌生的叶子，这和幼儿喜欢被抛得高高的一样，仿佛是一种与生俱来的本能。

于是习惯了在春天旅行时爬到山顶去寻一簇"一点红"做药引，跑进油然如沛的夏雨中把香喷喷的茉莉花送进刚泡好的龙井茶汤。当秋天的红叶把天空染得如同醇醪，我开始在经常散步的江边偷偷挖一些折耳根回家佐食。到了冬天，连刚刚爆出花苞的野菊花也不放过，它们和刚从花园采回来的营养不良的橙子一起，完美汇入周末食谱的压轴菜。

这种做个大孩子和与大自然为伴的奇妙体验，让我每到一地很快就能迅速准确地辨识大部分植物，以及濡养万物背后的节气。以至于最后我给准备出生的孩子取名为"小满"，就是希望她将来能赓续我未竟的"窃物"事业。

其实古人在"窃物"方面也和我们玩得一样溜。邵宝的《朱樱记》记载游人在园林玩赏，因为贪摘樱桃，时常忘了路之远近。"叶间缀朱实，实落绿成阴。一步还一摘，不知苔径深。"冒着湿厚莓苔打滑的危险，每走一步都忍不住摘下熟透的樱桃品尝，那滋味大概和误入桃花源的渔人一致。葛长庚的《布谷词》更是对这种把人间万物收入麾下的深情无比欣羡。"采杨梅，摘卢橘，叮朱樱。奉陪诸友，今宵烂饮过三更。同入醉中天地，松竹森森翠幄，酣睡绿苔茵。"在斜阳晚鸦声中随取随食夏至佳果，饱醉后像史湘云酣卧花间，静静感受阴阳此消彼长，真是个无事小神仙了。

日本舞台设计家妹尾河童也是个看到好东西就难以自持的人，国内哪里有好吃的萝卜，都会想方设法到处寻觅品尝，还忍不住一路以素描的形式"窃取"无法收入囊中的好物。他在《窥视印度》中写道，自己在印度旅行时看到有个守着小摊子的老爹掏出一个黄铜制的便当盒享用午餐，当即提出可不可以把这个卖给自己。老爹婉拒称这盒子用了十多年已经很老旧了，如果喜欢大可直接去市场买，比他用的还好，新款的还附送汤匙。结果妹尾河童是"一念既定，万山无阻"，还是花高价把老爹正在开吃的油腻便当盒直接买走。接下来的几天，妹尾河童在印度德里老城区到处转悠，从旧锁头到小锅子，买了一大堆破铜烂铁，戏称自己"果然还是跟旧德里的气味相投"。

那些热爱旅行、仰观日夜星辰、尝遍世间百味，直到老去还要抱着山水画"卧游"天下的人，何尝不是向命运夺回自己热爱的一切？但也有一种人，即使终日奔忙，徒留满身疲惫，仿佛从来都没有得到过什么。

我们不断被时间窃走身边的一切，直到心脏停止跳动的那一刻。只有心中饱含足够诗意去体会生活的丰富，才有力气窃取自己喜欢的东西，包括失去的大量碎片化时间，最终完成"夺造化而移精神遐想"。

熊老太太

□ 自然

老太太姓王不姓熊，因为她特别淘气，像个熊孩子，我把她称为"熊老太太"。

人到了七十岁以后，身体和脑子都开始老化，但有极少数的老人，像是吃了唐僧肉，越活越精神。白事上我遇到的老人都很可怜，不是老人去世，就是老人的老伴儿或是其他家人去世，他们都非常伤心，哭得死去活来。

熊老太太一点儿也不伤心，不仅不哭，还很高兴。刚开始我以为老人精神不太正常，后来和老太太接触才知道，她是个地地道道的老顽童、老小孩儿。老太太的老伴儿病逝以后，她不仅不哭，还找出一件大红色的毛衣穿上，擦口红，跟要去参加婚礼一样。我偷偷问她："大娘，您老伴儿今天刚刚去世，您怎么还穿了件大红毛衣？我看您也不哭，为什么啊？"老太太回答："孩子，我告诉你，你看那些哭得很伤心的人，他们大多数不是哭死人，而是哭自己。"

她不哭就算了，还劝别人不哭。死者的妹妹哭得很伤心，熊老太太拿着毛巾过去安慰说："我说老妹子，你这是干吗呀？人死不能复生，再说我们都活到这把年纪了，死是早晚的事情。听我的，别哭啦，你看我给你拿什么好东西来啦？相册。傻哭有什么意思，还不如我们看看相册。你看，这是我们结婚第二天去照相馆拍的。对了，还有这张，你看你哥哥，那个时候多好看，眼睛笑起来都能说话。他啊，这辈子就是不喜欢说话，老了，话倒多起来。快看快看，这张，你还记得吗？"就这样，全屋子的人没有一个哭的，都围在老太太身边，听她讲照片里的故事，她可会说笑话了，说着说着，大家就跟着她笑起来。

老太太只要看到有人伤心地哭，就过去跟那个人说："好了好了，你哭着，我给你讲一个故事。故事的主角就是现在躺在棺材里的这个人，他可闹了不少笑话。你慢慢哭着，我给你说一个他的笑话吧。"刚刚还哭的人听了以后，擦擦眼泪，笑了。

熊老太太太顽皮了，可我真心喜欢她，喜欢她的乐观，还有她对死的解释，这些都让我对她又敬又爱。如果死亡是黑暗的，那熊老太太就是光，她轻而易举地把黑暗撕破，像个熊孩子一样，用淘气的语气对着黑暗中的死亡说："让你黑！让你黑！看你现在还怎么黑，看我不亮瞎你的眼！"

白事结束以后，我和熊老太太成了好朋友。

她跟我说："等我死了，也要穿大红色的衣服。大红色是不是会显得我的脸有点血色，好看一点儿？死了好看点也是好的。再说都挺忙的，为了看我一眼，大家都是克服了困难才来的，我不能让大家失望。你就按照新娘子的标准，给我打扮就行。"说到这儿，她压低声音，"你别担心，其实特别简单，你就多抹胭脂，这儿，还有这儿，多抹点，这可是我半辈子化妆的所有秘密。你记住就完了，别和别人说。这是我们的秘密哦……"

焦虑了，看陆游

□水 姐

陆游活了85岁，没有出仕的时间大约30年，养活40口人。他喜欢白菜、芥菜、芹菜、竹笋、山药、茭白（菰）、枸杞叶、豆腐、茄子、荠菜等，自己种，自己做。哎呀！看着真是熟悉啊！作为老乡，我们现在也还在吃这些菜，尤其喜欢吃荠菜。记得小时候，野生荠菜还是蛮多的，我们去乡下都是自己采，光是煮清汤喝都觉得很香。据说，陆游精通厨艺，比苏东坡还精通，苏东坡是能发明菜，做的菜不见得道道好吃，而陆游烧菜，那是真的好吃。

他85年的人生中，写诗写了60年，第一title（头衔）是爱国诗人。据说流传下来的诗有9000首，光是烹饪的诗歌就有上百首。陆游经常亲自下厨款待朋友。在《饭罢戏示邻曲》中他写道："今日山翁自治厨，嘉殽不似出贫居。白鹅炙美加椒后，锦雉羹香下豉初。"其意思是用花椒调白鹅之味，用豉汁调和野鸡羹……是的，我们绍兴人，现在都还喜欢用花椒粉直接蒸鸭啊、鹅啊、小排等，看着真是亲切。

他还写了"人间定无可意，怎换得玉脍丝莼"，玉脍丝莼，大致就是鲈鱼脍与切碎了的腌菜或酱菜制作的菜肴。我们现在也是啊，喜欢用冬芥菜（切碎、腌好）蒸鱼吃。原来味道这件事，也是可以流传好几百年的。

陆游到了晚年，对饮食讲求"粗足"，他原来喜欢弄花，也喜欢种菜。他认为多吃蔬菜，简朴养生。"倩盼作妖狐未惨，肥甘藏毒鸩犹轻。"吃那么多好东西，有时候是很重的负担，不如定期给身心都减减负。

陆游33岁出仕，85岁去世，52年中，仕少闲多，总计在家近30年。他家里一共40口人。他有7个儿子，除了第五子早夭，其余6个儿子成年后都娶妻生子，而且没有分家。

那怎么养活40口人呢？

首先他的家底还是很厚的。陆游的父亲是个藏书家，位居浙中三大藏书家之首。所以陆游从小读书资源丰富，并且爱读到废寝忘食的程度。陆游的老师是曾几，因为反对秦桧议和而被罢官。陆游也一样，他的人生被秦桧深刻地影响着，好几次考试都因被秦桧陷害而不能出仕。直到秦桧死后3年，他33岁时，才有机会走上仕途。陆游40岁时做过镇江府通判，积累的这些收入，让他在绍兴鉴湖边盖了三山别业。后来，他陆续有了别的房产，比如云门寺边的房子，还有城东南的石帆别业。

家里有地，可以种稻子、茶、花、药材等。绍兴一地水网密布，到处都是鲜美的鱼虾，可惜陆游不爱吃。他当过其他一些地方的官吏，也有一些收入。总之，人不求太多物质享受，随时能接受自己身份切换的话，是怎么都活得下去的。接受阶层下滑，接受生活动荡，给自己打好人生随时会遭遇意外的疫苗。

至于身体的病痛，也要承认和接纳。陆游60多岁就疾病缠身了。63岁时，他感觉身体大不如前。"今予年过六十，血气已索，春忧重腿，秋畏痒疟，饮不醒瓢，食不加勺，衣食之奉，减于市药。"65岁二度罢官回乡之后，他就安心在乡间休养生息，经常主动去农家聊天："莫道农家腊酒浑，丰年留客足鸡豚。山重水复疑无路，柳暗花明又一村。"是啊！我们现在常用的"柳暗花明"，是老人家在重复失望失落失意之后，还升腾起来的希望感，真的是不容易啊！所以，人啊，只要保持对这个世界的好奇，就能恢复和重建自己。另外，人们总是写诗写文很矫情，其实，是忽略了它的"娱忧抒悲"功能。这种功能，只有会的人才能体会了。

人为什么能够不断精进，持续追求？因为丰富的地方，需要更丰富；经验之上，更需要学习、思考。这个循环过程，永不停歇。

日本汉学家吉川幸次郎认为陆游诗歌的抒情方式，与杜甫的有明显的不同，因为陆游从苏轼那里继承了宏观的哲学与抵抗的哲学。抵抗，对这个充满倔强感的词语，一般修心的人不怎么喜欢用，他们更喜欢顺应自然。但抵抗，是具有现实的英雄主义的。必须先有力量抵达核心事件的矛盾时刻，沉浸式地接纳所有的悲凉、不满、绝望的袭击，然后在受尽折磨之后，有个时间段缓冲之后，重新崛起。

有人总结过苏轼的宏观哲学的四个层次：一、以庄学的相对观承认悲哀的存在；二、用悲哀存在的普遍性否定对悲哀的执着；三、把人生视为一个漫长的、持续的时间过程以减轻悲哀与绝望；四、把握人生的主动权与悲哀抗争，变绝望为乐观与希望。

陆游的诗之所以既富于伤感，又不沉湎于感伤，是因为受了他所继承的由苏轼开创的宏观哲学的影响。人生不只是由悲哀构成的，幸福到处都有，这种哲学，也是从苏轼那里继承来的。1182年，陆游隐居山阴，称赞苏轼的诗歌"近世诗人，老而益严，盖未有如东坡者也"。他认为，只有经过社会的磨难、人生的历练，艺术成就才能更加成熟，达到炉火纯青的地步。居于贫贱、遍尝人间悲欢离合之情的作家才能创作出"赡蔚顿挫"的作品，所谓"悲愤出诗人"。

人的灵心善感，若能在一个统一的安宁的心境框架里，那么社会意识、集体意识、历史意识、责任意识和忧患意识等，统统都能为我所用。苏轼以相对观，既看到人生的悲哀，又看到人生的欢乐，并且相信在漫长的持续的人生变化的过程中，机遇和希望是永远存在的。你看，他被贬到天涯海角，最后居然也是等到了北还，到了他喜欢的江南，实现了他永远能从低谷崛起的人生事实。

陆游几进几退，在国家民族仇恨未雪、个人婚姻生活又不如意的时代境遇中，居然能安享85岁高寿，未尝不是其善于遣哀和旷放乐观的生活态度所赐。人生一定有好有坏，不要想那么多。人应该随时随地养自己的气。养气这件事，一点儿都不玄妙，大概就是艺术修养加心境调节加生活方式日常化加博学勤学等。

陆游提出过一个词，叫"养气不挠"——不因外部环境的改变而丢弃自己的美好品行和性情。一定要振奋，防止萎靡颓废。是哦。跟我多年来一直在说的，任凭世事变化，心中不喜不悲，是一样的。人要有自己的抵抗、自己的积极、自己的奋起直追。这个驱动力，才是人生自有的权利。

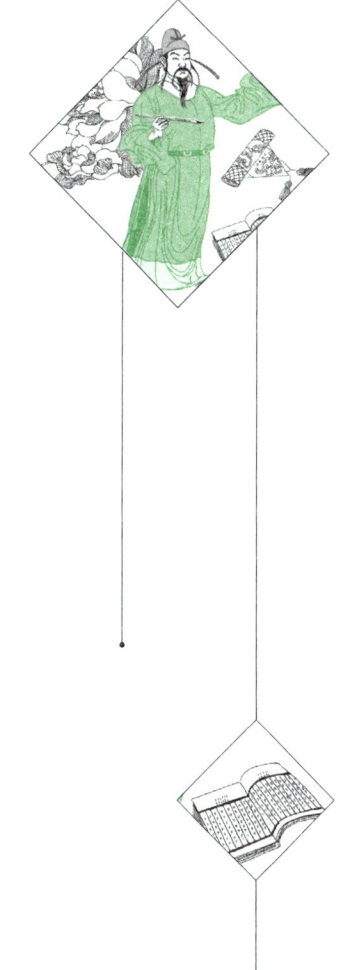

人生的痛痒

□倪西赟

世间有两件事是别人做不得,而自己做得的。一是痒,二是痛。

小时候,爷爷常年皮肤痒。涂药,看病,皆不灵。唯有自己挠痒,可暂时止住。痒在手上,脚上,胳膊上,肚子上,爷爷自己挠,但痒在背上,挠不着,爷爷常烦躁。

奶奶说:"我来帮你挠。"挠了几下,爷爷嫌弃地说:"你挠得太轻,不管用。"奶奶撇嘴而去。父亲来挠。挠着挠着,爷爷说:"你下手这么重,是不是要我老命?"父亲摇头而去。我说:"爷爷,我来帮你挠。"挠着挠着,爷爷大笑不止。我问:"爷爷,你笑什么?"爷爷说:"你这哪里是帮我止痒,分明是挠痒痒。去去去!"

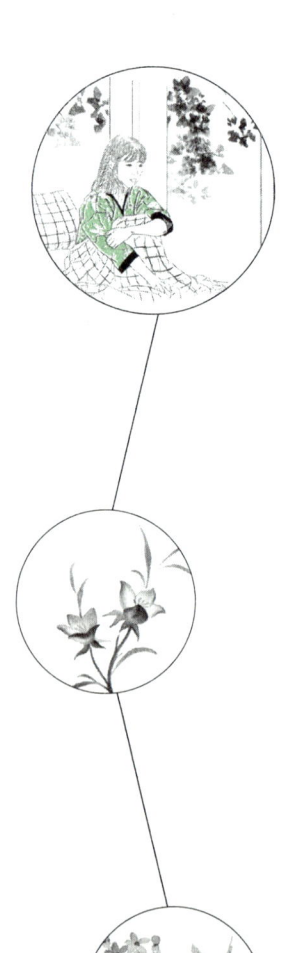

挠个痒,轻不得,重不得,更痒不得,怎么办?爷爷说:"你给我弄根树枝来。"我问:"要树枝干啥?"爷爷说:"别问那么多,赶快去。"我在门外树下拣了一根树枝回来递给爷爷。爷爷把树枝放在自己背后,用树枝不停地挠自己的痒处。一会儿,爷爷终于舒坦起来。而后,爷爷扛起锄头,下地干活了。

最近,公司一女同事没来。一问,该同事失恋,心态崩溃,把自己锁在房间里寻死觅活。父母劝,她对着父母大喊大叫,不听。闺蜜去劝,她说不是你失恋,定不会伤心,闭门不见。其他人去劝,都被她轰出来。大家怕她做傻事,轮流守在她房门外。前几天,该女同事不吃不喝,情绪不稳定。大家很是担心。一位过来人对她父母说,不要太紧张,过段时间她就会出来的。不管不问行吗?父母家人还是比较担心。但没过多久,该女子情绪渐渐稳定下来,先是和闺蜜微信联系,之后主动开门向父母要吃的。后来,自己没事人一样来公司上班了。

生活中,我们常会遇到痒痛之事。自身痒,心自知,他人难以体会,不得要领。唯有自己,知轻重缓急,搔得刚好,搔得舒服。自身痛,亦心自明。他人的帮助、劝慰都是表面,只有自己真正想通了,方能自愈,不再疼痛。

没有成就感才是好机会

□ [日] 北野武

人根本没有什么沉睡的天分，只分"有天分"和"没天分"。而如果你得去考虑自己究竟想做什么工作，就代表你根本没有想做的工作。你想找的并不是真正想做的工作，而是钱多、事少、离家近的工作，实际上哪有这种工作？

现代社会就是明明没有这种工作却说得活灵活现，搞得"啃老族"愈来愈多，工作的压力让年轻人喘不过气，可见不是只有搞笑艺人被用过即丢。在那个有的人贫苦得连饭都不一定吃得上的年代，如果小孩说自己想做能一展所长的工作，一定会被父母敲着脑袋瓜大骂："别做白日梦，快念书！""不要乱讲话，快找工作！"以前的父母知道吃苦就是吃补，现在的父母则不想让孩子吃苦。

不过，有件事情不会变：如果不吃苦，就看不见工作的成就感。一份工作真正的乐趣和成就感，得苦过好多年才能体会到。如果一开始就做得很轻松，哪里会有趣？以前做一份工得先拜师当学徒，在打骂中学功夫，受到不平等待遇，也拿不到像样的薪水，但是大家无处可去只好拼命赖着不走。就因为有这些痛苦与不甘，当工作做得漂亮了才会更开心，这就是工作的成就感。

大多数人都是挑选自己不太喜欢的职业，这样反而比较好上手，如果想过得幸福美满，最好把自己喜欢的事情当作兴趣。就像喜欢棒球的人别当职业棒球选手，打业余棒球会更开心。电影导演黑泽明就有个出名的传奇，他原本想当的不是导演，而是画家。真正成功的人大多是这样，或许有些导演真的从小就立志当导演，但我不觉得他们拍的电影有多好看，可能是因为太喜欢电影，反而没办法客观地看电影。

人对不太喜欢的东西反而会看得透彻，再说无论哪个行业都有盲点，所以稍微保持距离的旁观者，会比全心投入的当局者更容易发现盲点。找工作的时候千万别考虑自己喜欢做什么，也别烦恼做起来有没有成就感，如果你觉得现在这份工作没有成就感，那不是坏事，而是良机，正好可以冷静地审视自己的工作。无论什么工作，经过冷静的审视后都会变得比目前更有趣。

七年后，我找回失去的老友，并与自己和解

□ 开 耳

高三的秋天，由于我成绩不错，父亲想尽办法把我从平行班转到了实验班。"实验班"这三个字的分量在每个平行班学生的心里都是很重的，能在那里学习，也一直都是大家的梦想。

从那一刻开始，我就知道有些事情总是会发生。属于我的、那个班级的友情与温暖，以及和那个团体的联结逐渐湮灭。

晚自习的时候，我来到了实验班。正当我因冲击过大而感伤又无助的时候，坐在后排的小一轻拍了一下我的肩膀，和我打起了招呼，问我的名字。她说"以后就是同学了，互相关照"，还递过来一颗糖。我们就这么聊了起来，她的眼睛里满是平等与纯真。那是我第一次见到小一。即使那天夜里的秋月高悬，她也像一枚太阳一般照亮了沉郁的我。

在实验班的旅途并不如父亲所愿。几次月考过后，我的排名从年级前七十到了后七十。更多的不屑与轻视向我扑来。而小一是个例外。

她是唯一把我当朋友对待的人。那是高三的冬天，面对惨淡的成绩和无法适应的班级环境，我已经近乎放弃了自己。而小一时常递过来的零食和善意却在提醒着我要坚持下去。

我和小一有时也会利用大课间的时间，去学校附近的小街巷逛逛。她请我吃巷口的面皮，我请她喝面包店的咖啡，看着那台热气腾腾的意式浓缩咖啡机发出扑哧扑哧的声音，小一就会和我谈起她的梦想。"北京一定有很多这样的咖啡馆，我们明年的这个时候在北京见，还一起喝咖啡，我们都会考上喜欢的大学的。"小一很笃定地说。

我们坐着摇摇晃晃的公交车，拎着快要溢出来的咖啡，那是寒意将要散尽的初春，即使成绩略有起色，我还是位列倒数。不过有了小一的陪伴，我突然萌生了一丝勇气，甚至敢大方地经过以前的平行班，踏入现在满是尖子生的教室，也敢于直视新旧班级的同学共同涌来的疏离之意了。

距离高考还有三个月的时候，我拿到了批改过的语文试卷，邻桌几个同学看到我的试卷上醒目的高分都露出了惊讶的表情，朝我问："这是你考的吗？"而小一则给了我真诚的赞赏，又说看着我离北京越来越近，她感到特别开心。随后全班同学都被叫去体检，出来之后她给我们两人各泡了一碗方便面，吃完后小一就拉着我到草坪上拍照。那一刻，我，小一，春天的风，绿草，小飞虫，阳光，一起被定格在了2014年3月中旬的某个上午。那也是我和她的最后一次亲密接触。

之后的几个月，因为我的身体的原因，加上对新班级的抵触情绪，最后选择了在家复习。小一那时候不用手机，我们就以一种猝不及防的方式失去了联络。为了弥补我缺失的自尊心，为了不辜负小一的鼓励，我开始比在校时更努力地备考，结果顺理成章地没考过本科线。于是我开始怨恨父亲和自己。如果不是父亲擅作主张强制我换班，重本线是可以达到的；如果不是我精神太过脆弱，重本线也是可以拼一拼的。整个暑假几乎无人能联系到我，我也不想联系任何人。

秋天，又是一个新的开始，是我复读的第一个月。一天晚上，微信上突然弹出一条好友请求，上面写着：我是小一，你还好吗！我呆住了。高考后的暑假，我时常想起小一，很想和她见个面，一起享受那个最无事的暑假，去吃面皮，逛街，在高中的湖边坐一坐，很想谢谢她给我的真实的鼓励和陪伴。可是我没勇气。许多思绪翻腾而起，看到小一的消息我是激动的，兴奋的，跳跃的，而最后却落在了羞愧上。我辜负了小一的期望，甚至连本科都没有考上，我真的很对不起小一为我做的一切。即使这样，我还是通过了她的好友请求。

"终于加到你了！我是通过你一个初中同学找到你的。"

小一的热情溢出了屏幕，我感觉又回到了从前的日子。但是这一次，我不知该如何面对，最后只回复了一句"我在复读"。小一随即发来视频。手机发出的嗡嗡声，与那天面包店里的咖啡机的声响极为相似，这次仿佛是她向我发出了咖啡邀约。我最终还是拒绝了小一，我知道这样不好，很不好。当下我就哭了起来，想到小一还是小一，她一直都没有变，还是那么热情，那么温柔。而在这之前，我主动加过班里另一个和我关系很不错的尖子生，她考上了北京的高校。当我同她很热情地打招呼、想要礼貌寒暄的时候，她总是以平均延迟半个小时的速度回复"哦""嗯""好的"和"加油"。冷漠昭然若揭。

相比之下，小一的举动让当时身处困境的我痛苦极了，想要倾心相待，却因为自己的自卑和恐惧无法做正确的事情。虽然我没有问起过小一为什么会把边缘的我当作朋友，但是也许没有那么多理由，能感受到她的真诚和热情，这就够了。

后来我还是删掉了小一。我去了南京上学，开始了与北方无关的人生。企图重新开始新生活。可是高三那年林林总总的小事总是以不同的方式盘旋在我的世界，或是梦境，或是不经意间想起，总之，我的大脑并没有对小一按下删除键。

往后的日子里，克服高三带来的自卑和羞耻感像是使命一般的存在。大一的某天，一种我的人生只属于我自己的强烈意识突然直冲头颅，从此我像顿悟了一样沉溺学业。后来我出国读了一所名校的硕士。而我与小一在那之后便成了远观彼此生活的网友，这也得益于复读的冬天我们互相关注了微博。她的很多事情我都知道。

看着小一这些年依然如初，一切都好，我的喜悦就如同当年她给我的阳光一般晃眼而茂盛。可我还是一直对那个删掉小一的联系方式，对她极力抗拒的自己耿耿于怀。

当时的我还真是幼稚啊。小一只是在向我输送善意，表达友爱，除此之外，我并不应该给这些事情附加更多的价值。责任、驱动力、生活的重心都应该是我自己的事情，我却把这些都推给了小一。到头来，只是我没有正视自己，害怕独自承担自己的那份责任而已。

那么现在，我已经学会把自己放在第一位，学会如何应对失意与冷眼，自己的满足与快乐才是最真实的。可是，我还能找回那个小一吗？

新春来临的时候，我在班级群里看到了小一的头像，犹豫了几分钟，我按下了加好友键。我将提前输入好的一大段消息发给小一，她回复道："过去的都过去了，只要现在的我们是健康快乐的就好。"七年后，我加回了小一，也以大方的态度面对过去因为我的自卑而主动逃离的朋友。我们的友谊一直还在。这是和过去的自己的和解。与其说敢于面对别人，不如说，我敢于面对自己了。

所以，主动面对那些没有好好道别的人，或者是面对那部分不堪的自己，其实也没有那么难，是吧？

你为抵抗颓废做过哪些努力

□晔 卡

2020年对很多人来说都是生活的转折点，对我也一样。那年我老爸永远离我而去。如果要形容那时我的心境发生了什么变化，我认为可以一言以蔽之——"再无突如其来的悲伤，也再无十全十美的快乐"。因为，这个世界上能令我感到悲痛的事情从此就更少了，只此一件都够我用余生消化；也少有能让我觉得自己超级幸福的事，毕竟对自己来说最重要的人之一已经不在，那种缺失感永远无法弥补。

很长一段时间，我游走在抑郁边缘。白天处于浑浑噩噩的状态，重复着一日三餐，对任何事都提不起劲，毫无兴趣；晚上常常失眠，临睡前会想到很多事，然后默默崩溃地掉眼泪。每天早上起来第一件事不是规划当天要做什么，而是颓废。那份颓废里有对过去的伤怀，对当下的迷茫，以及对未来的恐惧。

但我知道一些事无可挽回，我也不能一直留在过去的阴影中瑟瑟发抖，畏首不前。日子和生活都是自己的，如果因为失去了太阳而流泪，也会错过群星。所以我一直在努力和颓废对抗，具体的方法写下来供大家参考。

1.看完了豆瓣心理学Top10的书籍

因为以前曾有朋友罹患抑郁症，当时我虽不能感同身受，但很了解那种心灵上的痛苦，比肉体上的痛苦更令人恐惧。自那以后我一直有意识地读一些心理学书籍，以便帮助他人，以及自医。2020年后我读得更多了，因为我知道，我需要培养出很大的心灵力量才能把自己安顿好，防止自己抑郁。所以每当我开始无所事事，莫名"丧"起来的时候，就去找心理学方面的书来读，我觉得帮助很大。

首先，读这种科普书籍的时候心情会很平静，注意力都用来理解作者的表达，无暇去滋长颓废的情绪。其次，在这个过程中，会在五花八门的案例中看到自己的影子，也许是某种感受，也许是某种心态，作者（也是心理学家）会用他们数十年丰富又宝贵的心理学知识，告诉你如何理解，如何疗愈。最后，在读了不少优质心理学书籍后，我对世界和自我的整体认知都有了很大的进步。我能够像个心理医生一样，减弱甚至克服自己的颓废。

如果你也想试一下，那么我在这里推荐三本书：《人性的优点》《少有人走的路》《被讨厌的勇气》。

2.把刷手机的时间拿来运动

不知道大家有没有发现，总刷手机并不会给你带来多少快乐，还会让你更焦虑和烦躁。在互联网高度发达的今天，打开手机后扑面而来的消息让我们很难不烦心：哪个明星偷税几千万元，哪个"网红"又在高级酒店挥金如土，哪个专家说未来的形势会如何如何……

我之前喜欢躺在床上刷手机，一刷两三个小

时，脖子都酸了，心情却丝毫没好起来。最近我渐渐用运动取代了刷手机，有空我会出去跑步、健走或者和朋友打打羽毛球。运动会促进身体多巴胺的分泌，晒晒太阳也会让身体更舒服。锻炼完出一身汗然后痛痛快快洗个澡，感觉自己的皮肤和肌肉都变得更紧实，心情和胃口也变好了。更重要的是，当身体比较疲惫的时候晚上更容易入睡，不会再有力气想烦心的事。早睡早起，让作息进入良性循环。

很多时候我们的颓废不仅是生活的不顺心导致的，互联网上良莠不齐的信息也会带给我们一些戾气和焦虑。没什么事做的时候，不要再刷手机浪费时间了，起来动一动，毕竟身体是要陪我们走完一辈子的，要先让它快乐起来，我们才能随之快乐起来。

3.用专心的忙碌缝上那些懒散的空缺

前段时间偶然听到罗翔老师的一番话，让我很受启发。老师说，人为什么会感到不快乐？大部分时候其实是来自对不确定性的恐惧，本质是没有安全感，我们都讨厌人生脱离自己的掌控。如今焦虑和抑郁的人越来越多。但我们应当承认自己的渺小和局限性，我们不是上帝，永远无法完全掌控自己的未来。人生唯一的安全感，就是充分体验不安全感；真正让我们感到恐惧的，是恐惧本身。而减轻这种恐惧的唯一办法，是过好当下。

我是一个很容易感到焦虑的人，每当我有空闲，就很难控制自己不去胡思乱想。我对抗颓废的方法是，不停地给自己找一些具体而有益的事做（比如今天上午如果我一直赖在床上思考人生，远远没有此刻写这篇文章更让我感到充实和愉快）。我发现自己在勤勤恳恳做事的时候，心里会被要忙的事装得满满当当。体勤之后方有心静，我沉浸在这种专注感中，听不到别人的声音，看不到外面发生了什么，整个世界只剩下我和我要做的事情，我

也自然不再颓废了。

4.记录下来每天发生的好事

如果你捡到一百块钱，你会感到很开心；如果你丢了一百块钱，你会很沮丧。研究发现，对大部分人而言，后者带来的情绪影响，往往比前者大，持续时间更长。同样的事情发生在自己身上，人们对正面的那个很少心怀感恩，却对负面的那个更为挂怀，这也是很多人觉得生活总不顺心的原因。其实生活肯定是有好有坏的，关键是我们的注意力在哪里。如果你把注意力放在坏的事上面，就很容易颓废；如果你多留心好的事，知足常乐，对生活常怀感激，就会觉得活着很美好。

认识到这一点以后，我开始记录生活中比较开心的时刻。比如吃到了好吃的东西，看到了美丽的风景，遇上了善良的人和有趣的事。有时候会配上照片，有时候会写一两段感想。（不开心的事我则不会记下来，还是忘掉比较好。）有时拿出以前的记录翻看，发现自己原来经历过这么多好事，还有什么不知足的呢？如果还颓废，是不是有些贪心了？记录快乐的意义，在于留住快乐。

文章最后，想给大家分享一段我经常用来警醒自己的话，是欧丽娟教授在讲解《红楼梦》的公开课上说过的，每当我陷入低落的情绪，就会想起："过度沉溺于因为自身遭遇而导致的悲伤，也是一种单边个人主义之体现，你就是把自己看得太重要。每个人都有他自己的地狱要面对。一个人把自己看得愈小，他就愈伟大。"

所以下次也许可以换个角度，遇到颓废的时候，把自己看得小一些，再小一些。每个人都有他自己的地狱，我们不是宇宙的中心，发生任何无常的事，其实都很正常。停下来哭一会儿可以，但哭完还要接着上路，因为还有很多事等着你去做呢。即使内心千疮百孔，也不妨碍你努力成为一颗星辰。

再亲密的人也没有义务去懂你

□ 襄 依

一个女性朋友向我抱怨她男友不懂她，举的例子是她想吃冰淇淋，对方却给她买奶茶，我问："你为什么不直接告诉他你要吃冰淇淋呢？"她理所当然地说："这是他应该知道的啊，我喜欢吃什么，讨厌吃什么，他都应该记得一清二楚啊，还用我说。"

我黑着脸继续问："那你爸妈知道你喜欢吃什么、讨厌吃什么吗？他们会在你想吃冰淇淋的时候，递给你奶茶吗？"她也一脸不屑地说："父母怎么能和男友比呢？如果我父母把所有的事情都做了，那还要男友干什么？"

我表弟正处于叛逆期，据姑妈说，他和家里人一直处于敌对状态，似乎父母是他的仇人一般。他和朋友在外面玩，彻夜不归，快乐得不得了，一回到家里，就开始撒泼耍赖，或者是把自己关在房间里一句话不说，好像自己被扔进了地狱一般。其实姑妈很开明大方，不会乱说话，和儿子之间也尽量保持合适的距离，但不知为何，儿子到了高中，突然就由一个会牵手和父母逛街的人，变成了现在一和父母说话就暴跳如雷的人。

有一天，我去他们家时，也许是赶上表弟的心情好，对我也格外热情。我在他房间里观摩各种飞车的同时，不经意间问了一句："姑妈说，你不太喜欢和他们说话，为什么？"他没有丝毫的停顿，满腔愤怒地说："他们不懂我。"

我惊了一下，问："什么叫懂你呢？"他说："我想和朋友在外面通宵唱歌，可她非得每晚让我回家睡觉，这样我会在同学面前很没面子。我和朋友说好了暑假一起去北京玩，朋友都去了，他们却怎么也不让我去，说我们几个男生出门不安全。"他似乎有一肚子的苦水，说起来几乎没完没了。

他以为我会义愤填膺地站在他那边，但我没有。我问他："那你把心里的想法告诉他们了吗？你给他们说你和哪些朋友在一起，在哪个歌厅唱歌了吗？你给他们说了你和朋友去北京，是如何安排行程的，你想通过这趟北京之旅获得什么吗？"他好一会儿不说话，好像很生气的样子，然后突然说："人家的父母怎么那么懂孩子呢？人家也不用每天像汇报工作一样，汇报给父母，人家的父母怎么就能理解，就能放手呢？"

突然之间，看着他狰狞且很不争气的表情，我也怒了，说："没有哪个父母天生就该理解你！如果你不和父母沟通，父母就能知道你想什么，那他们就不是人，是神了。不和父母交流是你的错，如果你说了，父母仍然不能理解你，才是他们的错！"结果我们两个人不欢而散。

后来，我通过很多叛逆的案例了解到，基本上所有的问题都出现在"沟通"上，孩子不想说话，只想着让父母去猜，即便父母真的用心去猜了，也往往猜不到点子上，所以积怨越来越深，越来越难解决。

说白了，懂得是双方的事情，任何一方在谴责对方不懂自己的时候，是否也应该反思一下自己是否给了对方懂你的机会。

有多少人败给了"我以为你知道"？再亲密的人也没有义务去懂你，但是再亲密的人都有义务和对方去沟通，给对方提供懂你的条件。

包浆的友情

□ 肖复兴

虎年立春过去一个多星期，忽然铺天盖地下了一场大雪。冒着大雪去天坛，衬着飘飞白雪，红墙碧瓦的天坛，一定分外漂亮。没想到英雄所见略同，和我想法一样的人那么多。

我坐在双环亭走廊的长椅上，这里平常人不多，今天，也多了起来，都是在雪中拍照的人。坐在我身边的，是一个老头儿。我来的时候他就坐在这里，大概时间久了，有点儿寂寞孤单，便和我没话找话地聊了起来，方知道他比我小两届，1968年老高一的，当年和我一样，也去了北大荒，到了密山。北大荒，一下子，让我们之间的距离缩短。

越聊话越密。他是来参加他们队上知青聚会的，同班的七个同学说好了，今天来天坛双环亭这儿聚会，拍拍照，聊聊天，到中午，去天坛东门的大碗居吃饭。当初，他们七个同学坐着同一趟绿皮火车，到北大荒分配到同一个生产队，七个人的友情，一直延续至今，从到北大荒算起，时间不短。

都快中午了，除了他，那六位都还没来。他显得有些沮丧，拍拍书包对我说："北大荒的酒我都带来了，准备中午喝呢。"我劝他："雪下得太大了！"

"也是，没想到今儿雪下得这么大！"他对我自嘲地苦笑，又对我说，"好几个哥们儿住得远，今天这路上肯定堵车。"

我忙点头说："那是！别着急，再等等。"

大伙儿都好多年没见了，本来说是前两年就聚聚的，谁承想聚会一拖再拖，到了今天，又赶上这么大的雪。

"这样的聚会，更有意义！"我宽慰他。

这时候，他的手机响了。同学打来的，告诉他来不了。放下电话，他对我说："他家住得最远，清华那边五道口呢！"

又来了个电话，另一个同学打来的，嗓门儿挺大，我都听见了，也来不了，家里人非要拉他到颐和园拍雪景，人正在去颐和园的路上堵着呢。

"少了俩了！"他冲我说，显然有点不甘心，拿手机给另一个同学打电话，铃声响半天，没人接。

他又给另一个同学拨电话，这回接通了，抱歉说来不了，这么大的雪，咱们改个日子吧！

他放下电话，不再打了。

坐了一会儿，他站起身来对我说："这么大的雪，我本来也不想来的。我老伴说我，这么大的雪，再滑个跟头儿，摔断了腿……可我一想，今天这日子是我定的，天坛这地方也是我定的呀！"

叹了口气，他又对我说："你说那时候咱们北大荒的雪下得多大呀，比这时候大多了吧？那年冬天，给这哥们儿送行，下那么大的雪，跑十几里地，不也都去了吗？"我劝他："那时候，咱们多大岁数，现在又多大岁数了？"

"是！是！"他连连称是。说着，他看看手表，站起身来，看样子不想再等了。"不再等等了？"

他冲我无奈地摇摇头，背着书包走出了双环亭。

望着他的身影消失在白茫茫的大雪中，我心里有些感慨，几十年的岁月无情，各自的命运轨迹已经大不相同，思想情感以及价值观，与在北大荒年轻时更是大不相同。如果还能有友情存在，在五十多年时光的磨洗中，也会如桌椅的漆皮一样，即便没有磕碰，也容易脱落。能如古人王子猷雪夜远路访友，只能是前朝旧梦。

没有任何利害关系和欲求的友情，只能在我们的回忆里。在回忆里，友情才会显得那样美好，是时间为友情磨出了包浆。

我正在学着爱自己更多

□出云破月

"你能说出自己的100个优点吗?"

闺蜜发来这条毫无上下文逻辑的微信时,我整个人是蒙的。心想我哪有那么多优点,能说出十个就不错了。闺蜜解释她正在看一部叫《我们由奇迹构成》的电视剧。

或许很多人和我一样,比起自己的优点,对自己的缺点反而了如指掌,甚至达到如数家珍的地步。怀着我倒要看看为了"编出"上百个优点,这部剧还能多乱来的心理,我开启深夜刷剧模式。

意外的是,剧中堪称完美的女主同样觉得自己不够优秀。明明是继承诊所、作为成功职场女性登上杂志的牙科医生,却固执地认为自己还有很多不足,必须持续进步、加倍努力。硬着头皮学经营、学中文、报名料理课……"你是在苛责自己。"男主一语道破天机,也解开了我的困惑。或许我说不出自己的优点的原因,就是我也在一刻不停地苛责自己,觉得自己一无是处。

在规训下成长的大多数女生,习惯于追求完美,很容易质疑自己是否做得足够好。很多人即使得到了赞美和鼓励,第一反应仍是逃避,怀疑对方话语的可信度,然后继续不知疲倦地追求被人喜爱和认可。

在我的学生时代,大家都认为不合群是缺点、内向是病,得治,拒绝朋友会被归为冷血无情。不善表达的我试图融入这样的集体却屡屡受挫,直到有一天偶然把零用钱借给班级人缘最好的同学,帮他"江湖救急",如此开启了我所认为的合群生活。班里开始时常有人因为这样或那样的原因向我借钱。当然,最终也没有一个人把钱还给我。

即使毕业之后,我还是没把这件事放在心上。直到几年后的同学聚会,大家聊起往事,跟我借过钱的老同学们笑着提起他们欠钱不还的行为,不仅没有良心发现觉得抱歉,反而满不在乎地戏称我为"提款机"。他们以此为乐的样子让我幡然醒悟,我错得有多离谱。

电影《壁花少年》里有句台词:"我们只会接受我们认为自己配得上的爱。"当年的我真的认为,那就是我配得上的爱与友谊。我一边苛责自己,一边放低姿态,连自己都不珍惜自己的价值,自然成了他人眼中的笑话。

男主的话成功点醒了女主,她终于哭着坦承内心:"我比起自己想做什么,更关心别人怎么看。总是责怪自己,想要证明自己很厉害,其实是因为没有自信……我讨厌这样的自己,到底该如何跟自己好好相处呢?"女主简直问出了我

人生的终极问题。看不到自身的优点，不是不够了解自己，而是不够爱自己，甚至没想过与自我和解、好好相处。

接纳自己、爱自己，从来都不容易。从前我以为，这世上恐怕很难找出几个不爱自己的人吧？慢慢才懂得，我以为的爱其实是利己，绝非自爱，这两者是有本质区别的。趋利避害是本能，而爱是后天习得的。

社会心理学家埃里希·弗罗姆在《爱的艺术》里写道："利己的人不是太爱自己，而是太不爱自己……他看上去似乎非常关心自己，实际上只是试图通过对自己的关心去掩盖和补充自己缺乏爱的能力。"因为无法自爱，缺爱的我们开始改造自己，企图通过成为他人眼中的完美人设，获得来自外界的爱与关心。与此同时，越来越偏离本心的我们更加讨厌自己，犹如恶性循环。

有句从小听到大的鸡汤"我们要做自己的主人"，现在我才知自己被这句话荼毒得有多深。当我们笃定自己是主人，就代表我们自认拥有掌控自己的绝对权力。若是事事顺利还好，一旦出现意外，我们没能表现得如预期，马上就会陷入深深的自我厌弃中。

责怪自己不争气对我而言是家常便饭。每次有个小病小痛，我的第一反应就是埋怨身体素质太差；工作上出现纰漏，必须责骂自己脑袋不好使；加班无法在饭点吃饭导致胃痛，我都要苛责肠胃功能怎么如此脆弱不堪，就不能再坚持坚持吗？

论起苛责自己，没人比我更专业。当我把胃痛拖成胃病，没办法只能彻底静养的时候，才意识到不该做自己的主人，而是要做朋友，最信赖、最珍惜、最不能强求的朋友。

我们愿意无条件包容至交好友，甚至能轻松原谅陌生人，可就是不能好好跟自己相处，好好爱自己。连爱己都做不到，又如何能爱别人呢？

回到最初吸引我看这部剧的问题上，男主开始历数女主的100个厉害之处："守时，会看牙齿，会清洁牙齿，是诊所的院长，工作很细致……很能吃，筷子用得很好，见面会跟我打招呼……"女主叫停："这不是大家都能做到的事吗？"男主反而觉得奇怪："能做到人都可以做到的事，就不厉害了吗？"听到男主的话，我和女主一起愣住了。我们对自己原来真的严厉到如此地步，做不到别人能做的，我们会责怪自己。做到了别人能做的，我们又会说这根本算不上什么优点。

全球疾病负担研究的数据显示，全球焦虑症的患病率已经超过抑郁症，居于精神障碍类疾病首位。我们习惯于无视自己的正面行为和厉害之处，认为自己毫无优点，怎么可能不焦虑？在提起什么是优点时，最先出现在我脑海中的是：良好的家世背景、至少是985毕业生、工作稳定收入高……我几乎默认优点等于赚钱的潜力，按现在的话说就是能够"变现"的，才算优点。

我直接无视了诸如善良、正直、勇敢这些听起来很虚的词，似乎当称赞一个人很善良时，就意味着他没有其他优点值得被提及，甚至这些反而成了在人际交往中吃亏的原因。

可是真的是这样吗？

毕业时我给闺蜜写过一封长信："你是我认识的最善良的人。越是了解你，我就越觉得以前实在把'善良'两个字看得太肤浅。你是包容的、不记恨的。你是善解人意、不迁怒的。你总能看到别人好的一面，就算有人对你不好，你也能很快忘记，这大概就是真正的善良吧……"

此刻的我不再怀疑自己是不是真的有100个优点，而是静下心来认真思考哪些品质是我真正的"厉害之处"。或许一口气说出100个还是有些难度，那不如每天想几个，也让生命中多点期待。

我怀着喜悦和感激打开备忘录，记下我的第一个优点："我正在学着爱自己更多。"

人间走遍却归耕

□王春鸣

傍晚,坐在鱼塘的台阶上,身边是深红浅紫的凤仙花丛,我捧着半个西瓜,噗噗地吐出黑籽。隔着围墙,看见那个不讨喜的邻居,总在每天的同一时间来伺候他的瓜地,每一个西瓜,大概从核桃大的时候,他就编了号码,干活前先数一数,收工回去时再数一遍。

我很是不悦,他的这块地旁边,就住着我们一户人家,难道他是在防着我吗?

从前,我奶奶还在的时候,也很小气,每天都要数一数她的瓜,总说没熟,也不许我和弟弟吃。我就在大人们都午歇的时候,带上挖勺、大碗,冒着暑热来到地里,瞅准掩在瓜叶里的、最大的西瓜,给它翻个个儿,蹭掉瓜底的泥,然后摸出削笔刀,划出一个勺子那么大的等腰三角形,小心翼翼地取下来。西瓜确实还没有熟透,从三角形破洞里露出来的瓜瓤粉红粉红的,我趴在地里,一勺一勺掏了大半碗,再把瓜皮嵌进去,西瓜照原样翻过来,往泥地里摁一摁,瓜藤瓜叶子捋一捋,然后捧着瓜碗施施然钻进旁边的竹林,独自偷吃。

受伤的瓜当然不会继续生长、成熟,它慢慢地、极其奇怪而又自然地腐烂了。没有人发现我干的坏事,除了伸着舌头的小黄狗。奶奶一辈子都在疑惑,为什么有好些年,她长得最好的西瓜,总有几个在成熟期,眼睁睁地烂了。

还好,奶奶当年种瓜的地,现在属于我。一有空我就回家,种地、栽秧、捉虫、吃自己种的蔬菜瓜果。辛弃疾早为我写过一阕词:"不向长安路上行,却教山寺厌逢迎。味无味处求吾乐,材不材间过此生。宁作我,岂其卿,人间走遍却归耕……"

人间七月,我的归耕之地除了种满儿时心心念念要自己种、随意吃的西瓜,还有番茄与黄瓜。五月里,我一共种了十五株番茄苗,也没怎么呵护,靠的是雷霆雨露,如今已经是硕果累累,被妈妈用渔网罩了起来。并不是不想跟鸟雀分享,而是因为它们太没有口德,总是东一口西一口,把所有的果子都啄烂。晚上想吃番茄炒蛋,我掀起渔网一角才采了一株,大大小小的红番茄堆在篮子里,就有了二十七个。有的时候,丰收也让人万般无奈。

旁边的黄瓜已经到了爬藤收工的末季,它迅速地成长,二十天之前,为了吃到大一点儿的黄瓜,我还在等着其中三条再长两个小时,在回城的汽车发动之后才采下来。

现在,黄瓜活泼泼的叶子都半卷蔫耷了,木香和萝藦占据了黄瓜的竹棚架,当然,在我们乡下萝藦不叫萝藦,而是叫婆婆针落线包,在《诗经》里,它则被称为芄兰。不管叫什么,于我,它就是一颗随风飞来的种子,自己生了根。

这一切生长,都是因为有泥土。

鱼塘里的睡莲收起花苞,晚饭花则热热闹闹起来,我看着家门口的土路,路边芦苇和芦稷混生着,十岁的我和四十岁的我,都曾经在上面走过,那出走的是我,回来的也是我。

爱得越来越小

□ 崔修建

刚上大学时，师兄岛子写过一首令人热血沸腾的抒情诗《我的爱》，激情澎湃的爱喷薄而出，在青春的眸子里，爱无处不在，似乎每一座山、每一条河、每一条街道、每一段经历，甚至辽阔的远方、陌生的人们、世间的万事万物，都值得倾心去爱。年轻的爱，那样无边无际，那般无拘无束。仿佛不经意间，许多青春往事，便搁浅在了时光渐老的河流里。

早春三月的一个周末，我出差，来到一座小城，竟然在一家小饭馆邂逅了岛子。他正与两个诗友小酌，几样简单的小菜、几瓶廉价的啤酒，三个人喝得红光满面。

不用客气，我立刻挨着岛子坐下来，接过他递过来的酒杯，寒暄两句，便与老友和新朋一起举杯，为这欢喜的遇见。

岛子特意为我点了一盘酸菜炒粉条和一盘蒜泥血肠，问我："口味没有变吧？"

我笑了："谢谢师兄！你还记得我读大学时喜欢的口味。"

岛子也笑了："从前的许多大事，大都不记得了，只记得一些琐碎的细节了。"

真是弹指间啊，我都已经大学毕业三十年了，曾经的许多豪情壮志，皆已落英缤纷，杳然随流水了。

感伤虽然难免，但心头仍有欣喜，我与岛子还有许多细碎的"记得"。我忽然想起杜甫的"莫思身外无穷事，且尽生前有限杯"，便提议为窗外鹅黄的柳芽、细雨斜飞的春天，再干一杯。

很快，便聊到了岛子近年来的日常生活和波澜不惊的工作，女儿攻读博士的欢喜，与妻子左手握右手的亲切，还有对某些诗坛怪相的释然……聊着聊着，岛子发了一段很有意味的感慨："年轻时的爱，宏大、泛滥而不执着，如今年过半百，蓦然发现自己的爱，开始变得越来越细小，好像自己现在只爱眼前的方寸天地了。"

"的确，万水千山走过，才发觉眼前的风景最值得好好欣赏。"岛子跟我讲了他的近况，去年，他在市郊买了三间平房，房前种花，房后种菜，夏日午夜听雨，秋天窗前望月，一壶茶、几册闲书，常常几个小时，一晃就过去了。偶尔，他也去邻居家转转，看一屋人热火朝天地玩扑克、侃大山，他也跟老朋友似的，与众人闲聊家常……烟火味十足的日子，悠悠然，陶陶然。

我问岛子是否还写诗，他毫不迟疑："写啊，写门前的牵牛花，写围着豆角架跳舞的蝴蝶，写陪着妻子逛街的好心情……"

"都是眼前的点点滴滴，不是什么宏大叙事啊。"我逗他，想当年他可是雄心勃勃地，热烈憧憬过要写出传世大作的。

"我现在学会'怜取眼前人'了，爱上了牛毛一样的细小，自然的、真实的、亲切的、让人心生欢喜的、那些触手可及的人、事、景、物，足以让我爱个够。"

"越爱越小。"我感叹道。

那天，与一位退休的著名企业家聊天，他自豪地告诉我，这两年他迷上了养花和做菜，他家硕大的阳台，已变成了一个花园，他精心侍弄，像一个爱心满满的花匠。他还饶有兴致地钻研菜谱，拿手的菜已有二十多道……他感叹，上了年纪后，爱得更狭窄了，却爱得更浓了。

原来，年轻时的爱那般海阔天空，等青春一散场，爱便转入狭小的一隅，转向眼前小小的琐细，却依然可以爱得痴迷，爱得诗意芬芳。

读完我才明白
真的不是原生家庭的错

□富 叔

"原生家庭,是一个人最大的宿命。"这句话,很多读者应该都听过。相信还有不少人,将此奉为真理,这其中也包括我。直到最近,我看到了一本书——《你当像鸟飞往你的山》。

读完这本书,我对"原生家庭宿命论"这个说法,有了新的感悟。这本书写的是来自一个女孩的真实故事。女孩叫塔拉,生活于一个闭塞的地方——巴克峰山。她有一个极度专制、偏执的父亲。他不允许孩子们接受教育,不允许他们去往医院接受治疗,一切都得按他制定的规则来。这个规则的维护者,包括了塔拉的母亲——一个极度服从的女性。因此,塔拉直到17岁还没有踏进学校一步。

塔拉还要遭受来自哥哥肖恩的家庭暴力,他像拖垃圾一样,将妹妹的头狠狠塞进马桶里,再拽起来,一遍又一遍。同时,他嘴里还在咒骂。可塔拉的父母,对一切熟视无睹。在这样的家庭里长大,塔拉的未来可想而知。

原生家庭,即原罪?

塔拉的原生家庭,糟糕得不能再糟糕了。如果你是塔拉,会如何呢?

一个同学给出了这样一个回答:"这样的原生家庭就是一摊烂泥,塔拉这辈子,注定只会腐烂发臭。像我这样,没有一个好的出身,再努力也没用啊,还不如躺平呢。"

我听完,突然觉得有点悲哀。不知道从什么时候起,原生家庭,似乎成了一些人万能的托词。现在的舆论,都在强调原生家庭的重要性,有很多人,至今深受原生家庭之苦,造成了自身性格的缺陷。这是不可否认的。只是,我们不该将它泛滥化,将原生家庭的问题过度放大。现在有这样一些人,他们觉得自己没有找到体面的工作,是因为原生家庭没有人脉和门路;自己考不上很好的大学,是因为原生家庭没有提供最好的教育资源;自己婚姻不幸福,是因为原生家庭的氛围差;《被讨厌的勇气》里,阿德勒提出一个名词——外部因果律。意思是说,将原本没有任何因果关系的事情,解释成似乎有重大因果关系一样。简而言之,不一定是A而导致的B。这些人,把自己成年之后遭遇的挫折、不顺,统统甩到原生家庭的头上。

原生家庭,反倒成了他们失败最好的遮羞布。

有毒的父母,中毒的子女

这些甩锅的言论伤害的,是如塔拉这样真正遭受原生家庭伤害的孩子。

我们都该学会不要再将自己的一生全部寄托在原生家庭之上，也不要让原生家庭成为我们的借口，让它变成我们的安慰剂自我麻痹，更不要拿父母的错误来惩罚自己，变得堕落、颓废。

因为一点都不值得。

比起抱怨，更重要的是自我救赎

说了那么多，我更想说的是：你可以去抱怨，甚至是仇恨，但这些情绪都将是无谓的、徒劳的。我们何不去思考，如何让这个代际循环的悲剧，从我们这代停止。日本作家东野圭吾说过："谁都想生在好人家，可无法选择父母。发给你什么样的牌，你就只能尽量打好它。"

如果你也想打好这副牌，不如听我说完塔拉的故事。塔拉的另一个哥哥泰勒，是第一个反抗家庭、自学考进大学的孩子。

他在目睹肖恩的暴力行为之后，对塔拉说了一句："是时候离开这里了，塔拉。你待的时间越久，离开的可能性越小。"

一束微弱的光亮照进了塔拉黑暗的人生，在泰勒的帮助下，塔拉拾起课本，开始自学。

哪怕父亲万般阻挠，肖恩时常骚扰，甚至断绝了她的经济来源，都没有影响塔拉的决心。

她每天早上四点去百货商店打工，攒学费；在看不见多少亮光的角落抓紧读书，不断学习。几个月之后，塔拉如愿收到了一所大学的录取通知书。然而这所大学，在之后的时间里，带给过塔拉一段痛苦的记忆。不只学业上的压力，更多的是眼前这个世界，彻底颠覆了塔拉过去17年一直信奉的真理。大学里的女孩们身穿短裙，浓妆艳抹。她们对医院习以为常，吃个止痛药片都是常事。塔拉成了同学眼里的"异类"，所幸教育这缕光，终于一点点照进了塔拉的心。她渐渐发现，那些身穿短裙的女孩很可爱，绝对不是坏女孩；医院并不是魔窟，开的止痛药很好地缓解了她可怕的牙疼。随着不断

学习，她进入哈佛，攻读博士学位。教育，给予了塔拉更多的视角，在完成极其痛苦的自我修复后，她开始想努力改变自己的原生家庭。塔拉向父母控诉哥哥肖恩的家暴时，她的父母却认为她被魔鬼附身了，并将女儿的这种反抗，归咎于教育。

故事的最后，塔拉最终选择离开巴克峰山，走向了灿烂明亮的未来。她并不孤独，接受了良好教育的哥哥泰勒，站在了她的身边。

对原生家庭，她一直坚信，只要她不放弃，她终有一天会照亮回家的路。回望过去，塔拉从不怨恨过去的苦难："我属于那座山，它塑造了我。"

塔拉用她的真实经历，告诉我们：原生家庭的确会影响我们的过去、现在，但绝对决定不了我们的未来。

面对原生家庭带来的创伤，我们在未来还有两次机会可以抚平。

1.通过教育，不断地看书、学习

正是教育，给予了自小困在垃圾场的塔拉更多视角，让她得以窥见更广阔的世界。

也正是知识增强了塔拉的见闻，带给了她无尽的力量，使她的内心强大起来，再也不惧来自原生家庭的伤害。

2.一段好的亲密关系和一个无条件爱你的人

有着原生家庭创伤的群体，往往都伴随着高敏感人格，会不自觉在感情里讨好对方，陷入自卑。

如此，我们不妨在择偶条件里，把"无条件爱你"放在首位。

我们每个人都有一天要剪断与原生家庭的脐带，去独立生活，或是去组建属于自己的再生家庭。与其一直沉溺在原生家庭的创伤里，不如转头看看现在，改变当下的心境，通过自己的努力，走出困局。

最后，分享塔拉说过的一句话："这些年的所有直觉，一直在教导我一个道理——只有依靠自己，胜算才更大。"

你给心灵吃什么

□陈贺美

一位长辈最近去做全身健康检查,报告出来,指数全部正常,我替他高兴,但他很不以为然,因为他的家庭医生警告他,要想继续保持好成绩,不可喝酒、吃红肉。

他朝我扮鬼脸。"找他把身体调理好,不就是为了可以全世界到处玩、吃肉、喝红酒吗?"为了庆祝身体100分,他在我眼前吃掉一整客16盎司的和牛,啜着红酒,笑嘻嘻地打电话给旅行社预订5月去游莱茵河、去奥地利看吉卜赛节的行程。

他说自己是"保命党",尊敬所有的医生,也从来都是一个最听话的病人,但他更清楚自己想过什么样的人生。尤其美食和旅行这两件事,他可是非常非常坚持和讲究。

我跟他说,我的朋友圈里最近正流行"食生",也就是只吃蔬果,不吃任何煮熟的食物,因为酵素一经加热就被破坏了,也不吃加工过的食物,甚至连食用油都不吃,因为油也是经过加工淬炼的。他们给我看照片,食生多年的人不但不容易生病,看起来还年轻得惊人!

我向往这种状态,但他不,他说他活这辈子,就是要看遍世界美景,跟各式各样有趣的人认识,更别说吃遍米其林三星级餐厅的美酒佳肴了。他人生阅历丰富,遍晓世界、人文历史;享受人生是他的座右铭。是的,光物质的享受,就可以带给他心灵无上的快乐。

饮食不单是个人偏好,背后还隐藏着强大的心理因素,如果你恐惧血管栓塞,就选择吃素或经常去断食清肠胃;如果你相信寿命天注定,也可餐餐无肉不欢,毕竟人生短短几十年,无常又随时跟在身边,你要怎么对待自己的身体,只有你自己做得了主。我想问的是,我们该给情绪吃什么食物?

轰动医界的《死过一次才学会爱》的作者艾妮塔·穆札尼,在罹患癌症之前,是一个生机饮食的忠实拥护者。但在"无时间性的世界",她领悟了原来自己之所以会罹患癌症,是因为她每天都活在"不值得被爱"的负面情绪中,而且吃任何健康食物的理由都是"怕死",最后,体内的坏细胞"呼应"了她长年积累的负能量,并集结起来,占据她的身体,是"恐惧"引发了她一直最害怕的癌症。不知道是上天对她特别恩宠,还是希望她回来传递这个重要信息,在被医界判定死亡后几天,她奇迹般地活了过来。现在的她,热爱生命里的一切,而且不管别人爱不爱她,她都爱自己。她将生命的热力完全专注在最美好、最健康的正向思维上,并不断应邀前往世界各地,分享她鼓舞人心的故事。我经常咀嚼她说的话,尤其她一再提到的"要无条件地爱自己"。

不是鼓励你无节制。爱自己,你必须无惧。

有"公主病"的篮球生

□ 仇进才

室友是外校考研进来的，古铜色的皮肤，人高马大，因为经常打篮球和健身，体格很是健硕。

但在我眼里，他就像一个娇滴滴的小公主。

室友对睡觉的要求非常高。首先，晚上十一点钟要熄灯。不管你在做什么，他都会准时把灯关掉，然后上床。其次，他睡觉必须是在无光的环境下，即使是充电器的灯亮着都不行。我特地买了一个带双层遮光布的蚊帐，撑在我的床上，但他还是要求我把手机屏幕亮度调到5%以下，保证我勉强能够看清字和图案即可。如果再高一点儿，他就会用脚蹬我的蚊帐，以示提醒。最后，他听不得一点儿声音，窗外空调低沉的嗡鸣声都会让他辗转难眠。有一次我患重感冒，肚子时不时就咕咕地叫，咳嗽到呕吐。这无疑扰了他的睡眠，所以那天夜里我被他蹬醒了三次，即便他知道当时我手上有两个项目在做，并且因为生病精神极度萎靡。

这段友情立刻冒出了大片的荆棘。毕竟我在他的各种要求下不断让步已经两年了，但换来的是感冒时无法得到静养，花钱买的蚊帐被踢得"骨折"，无法竖直。

白天，他对人还是很友善的。会帮我取洗衣机里洗完的衣服，帮我拿快递和收被子，为什么一到晚上，所有的客气就消失不见？仿佛电影中的狼人在月下变身，浑身挂满粗鲁与蛮横。

前些日子，辅导员把我叫了过去。原来我和他的争吵被他的父母知道了，思来想去，他们说出了原因。室友自小在农村长大，跟着爷爷奶奶生活，所以在起居上贴近老年人的作息，睡得很早，这一习惯在他的生命中根深蒂固。

后来他被父母接到城里生活，遇上了一桩祸事。一日，他在床上睡得正熟，突然听到窗户发出了咯吱的声音，迷迷糊糊中又感到有光影在摇晃，睁开眼睛，竟看到一个陌生的人影握着微型手电筒蹑手蹑脚地走动。进贼了！这个念头刚刚闪过，一声呼喊就随即冲出了嗓子。他一边叫着爸妈，一边开灯。这显然是鲁莽的，幸好，贼没带刀具，只是在扭打的过程中，室友的头撞到了桌角，血流不止。他家住在二楼，贼翻窗跳下去就溜了，虽然之后查监控把人抓住了，但这件事成了萦绕在他童年里的梦魇。

家里人说，他后来睡觉时，有一点点光影的晃动都不行，如果再有些声音，他在床上怎么翻滚都睡不着，也会变得非常狂躁。所以他后来健身、打篮球，硬是从一根豆芽菜变成了体育生，或许是为了给自己些安全感。于是不难理解，为什么白日和和气气的人，在晚上睡觉时会判若两人。若是我的童年里有一块阴影，也会在往后的日子里隐隐作痛。

我们常说要换位思考，并不只是在当下，在现在换位思考，而是要追溯到久远的过去，了解他的成长环境和经历后再将心比心，这样的换位才更有意义。如今，我干脆不把手机带到床上，取而代之的是一个止鼾喷雾，睡前喷一喷，闭上眼后，无光也无声。

我想，维系友情的必需品无非是包容和妥协，若有情理之中的理由，退步并不是意料之外的事。在沉静的黑暗中，我突然想到了纪伯伦的一句话："你的朋友是对你需求的满足。"笑一笑，睡觉。

月照一天雪

□米丽宏

风花雪月四物中,我最喜雪。雪从寒冷里生出,像叶子从叶芽萌发,有来处有归处;设若雪霁明月升,朗朗月,莹莹雪,便塑出了一个剔透的琉璃世界。

雪的酝酿,总爱从彤云密布开始。几阵风过,树枝呼天抢地地挑破黑云。像羽绒服裂了口,天空开始"噗噗噗"往外飞白毛儿。小时候,这样的鹅毛雪,一冬能下好几场。村子和四周的山被冰雪包裹着,像鸡蛋壳里沉睡的雏鸡,永远不醒。

雪夜,灯火摇曳,心间昏黄,夜便显得更长。而窗外,还是那千军万马衔枚疾走的风雪。这样的夜,爹常常掩了老黑袄,头上裹着毛巾,去姑家跟姑父下棋。娘在炕边做针线,偶尔翻一下炉圈边的红薯。她给我们哼唱"北风吹,大雪飘……"给我们解释"大雪冬至后,篮装水不漏"以及"冬风赶大雪,风不来雪不歇"之类的老白话。我们其实都在等着爹回来:有时,他带回一把爆米花;有时,是姑姑烙的芝麻饼;有次,竟是一只金黄的橘子。爹回来了!娘赶紧下炕,拿笤帚扫他肩背上的雪,嗔怪说:"大雪天的也不安生在家待着。"爹说:"嚄,这雪天儿,一轮大月亮,有看头。"我们不错眼珠地把焦点对准他的手,期望从那儿再变出好吃物儿来。爹会意地伸出右手——手掌上,一颗圆润、莹洁的大雪球!弟弟"嗷"的一声,抢过去,拿舌头舔着一点点啃。娘伸手就去阻止那顽皮小儿,弟弟一缩缩进被窝。雪球碎了,化成点点团团的湿印子。

闹腾够了,爹那句"有看头"的话,让我生了好奇。那被雪光和月光映得寒素微凉的窗户纸外,究竟是何等模样呢?是的,有看头,一点儿不差。碧蓝、雪白的腊月,成为揿在心里的一枚乡愁印章。

我小时候,家里还是穷的,但饱暖已不成问题,然而我们喜欢吃雪球,上学路上可没少偷偷吃。我娘有次发现了,责怪我爹说,都是你引导的坏毛病。

如今的冬天,雪少了。下雪的日子,几乎成了节日。生了小孩儿以后,雪总能把为人母的我变回去,变成跟女儿一般高的位置。我们瞳孔里那六角花瓣的雪,总是剔透又多芒。

温暖的室内,怎么能满足与雪的亲近?玻璃窗上挤扁了小鼻子。我在心里笑。那是雪的感召,也是童话的模样。

我给女儿包裹严实,去门外空地上堆雪人。朵儿大、质地酥的雪,没有黏结性,团不成形儿,只好慢慢团。寒意浸透两手,傻傻麻麻,像两只胡萝卜嫁接在手臂上。一个潦草的雪人,立起来了。小人儿被拖回屋。雪地里,就剩了雪人,它孤零零的,被飘着的雪花簇拥住,像守候大雪的神。

孩子一路回头,回屋继续贴着玻璃窗看。也许,她的眼神里衍生的,是第一次对孤独者的悲悯之意。她看到了雪人的寂寞,这是人与雪的相知。它们鸣和的起点,是一颗赤子之心。

我多么希望她也能一睹"明月雪时"的奇景,在记忆里拥有一个大雪铺底、明月朗照的壮美奇观,以壮人生行色。

那是一种永恒之美,诗寻四时月,月照一天雪。

再笃定的友谊，也需要时常温习

□ 轻浊

朋友C，是我的初中同学。在某天放学回家的路上，我们遇到了彼此，才发现我们两个人的家在同一条街上，相距只有三百多米。那是青春期刚刚到来的时候，我渐渐开始构筑自己不成熟的价值观，很多心里话都不太愿意和父母说起。在学校，由于繁重的学业，我也没有机会去说这些矫情的话。于是，在学校与家庭的间隙，放学路上完全属于自己的半个小时，心扉便不需要人去敲，自然而然就向对方打开了。

有一次，放学路上，我看到当时暗恋的女生上了一辆公交车。如果乘那辆车坐两站，再绕一点儿路，我也可以到家，还能与那个女生共处一个空间好几分钟。我心动了。C也看到了那个女生，并且看出了我的心思。

"走！"他说完，拉着我朝公交车跑去，却还是慢了一步，车开走了。那就算了吧。我放慢步子，但C扯着我的胳膊，沿着公交车行进的路线奔跑起来，跑了足足一站路，还是没有追上。停下来时，C狂笑不止。我仔细一看，才发现他运动鞋的鞋底中途跑掉了，却没有停下来。

"你是不是傻！"我骂他。心里却在那一瞬间认定，我要和这个人做一辈子好朋友。只是那时候，我对"一辈子"这个时间单位，并没有实质性的概念。

后来我们升学，去了不同的学校，选了不同的专业，中途我还搬了一次家，我们两家的距离再也不是走路就可以到达的了。而两个男生之间，也很难隔三岔五地聊天，我们之间的联系，只限于他夜里喝醉，打电话给我回忆从前多美好，而我因为睡眠被打断，不耐烦地臭骂他，却舍不得挂电话。

我依然在心里把他当作最好的朋友，只是时间太久，交集太少，我担心对方对我的友谊有所改变，但也不知道如何表达才好。我们之间总像是隔着没法轻易戳破的东西。或许就是这种东西，让很多很美好的友谊，随着长大渐渐变得别扭了。

我重温《请回答1988》，想看成年后的双门洞小伙伴们，是怎么面对儿时的友谊的。

阿泽从小就是双门洞的骄傲，他是围棋天才，韩国的大名人。在外，他永远被闪光灯环绕，但在小伙伴们面前，他只是个笨手笨脚，需要人照顾的弟弟。20多岁时，他们进入了不同的行业，在各自的领域奋斗，很少再有时间回到双门洞聚会了。然而，每年阿泽生日时，不管多忙，他们都会回来，在阿泽的房间，或者娃娃鱼的饭店，一起喝上几瓶酒，洗去生疏，打开话匣子，聊聊最近的生活。

许久没见后，彼此难免会有些许生疏，不像以前那样疯疯癫癫，也不会随口互怼了，但几杯酒下肚，一下子把他们拉回到了十几岁的时光。而我和C的友谊，也是如此。每次我感到生疏时，就回家找他一起喝酒，饭桌上的两人，又可以说出平时难以启齿的矫情话，可以再次不顾身边的眼光，嬉戏打闹起来。

小时候和朋友们在一起时，分半包干脆面，掰半截老冰棍给对方，就是关系铁的最好表现。长大以后，我们很难再像从前那样，笃定这份友谊没有在对方心里变形。而"我到底是不是你最好的朋友"这样的矫情话，也很难再轻易地讲出口。只能借着几分醉意，说出自己的真心话。

从半包干脆面到一杯酒，是朋友之间共同的成长。只是世事变迁，再笃定的友谊，也需要时时温习。

寻常

□ 李娟

有人问画家黄永玉,您的人生哲学是什么?他只回答了两个字:寻常。

烟花三月,我坐在书房读书,窗外的鸟儿在桃花丛中谈天。累了,倚着窗子向外张望,就看见小区围墙外的那户农家。春日的午后,老婆婆抱着一个小婴孩,哼着小曲,哄他睡觉。院中的水池边,年轻的女子在浣洗衣物。墙角的几枝桃花开得灿烂,树下落了一地嫣红的花瓣。我看着她们,仿佛回到童年的故园。陌上桃花开遍,听燕儿一家在屋檐下呢喃,这就是寻常人家,寻常的幸福。那么静美、温馨。

汉江畔的小城里有一个早点摊卖"蒸面",每天清晨,小店门前排起了长龙。老板是位中年女子,手腕戴着手指粗的金镯,手里端着小盆收钱,大声叫着:"一大一小,大碗不要辣椒,小碗不要大蒜。"——招呼往来的客人,挥洒自如,有条不紊,犹如一位将军。门前十几人排队,她收钱找零不慌不忙,从未见她出错。人声鼎沸,食客们吃得热火朝天,俗世的烟火气都在小店里。原来,寻常日子就是一粥一饭,鲜活饱满,生生不息。

有记者采访作家史铁生,问他:"您的专业是写作吧?"他笑了笑,回答说:"我的专业是生病,业余爱好是写作。"听着他的话,内心无比酸楚。

他去世后,将肝脏、脊髓、大脑都捐献了,毫不吝啬地传递给了另一些陌生的生命。他二十一岁就瘫痪了,而后又患了严重的肾病,每周数次去医院做血液透析,直到生命的终结。他来世上一趟,告诉人们,这就是他寻常而又不寻常的人生。这样的人能将冰雪融化,让尘世温暖。

寒冷的夜晚,从医院回来,因为父亲正在住院。夜里,疲惫的我坐在电脑前看书稿,怀里抱着暖水袋取暖。在心里暗暗问自己,这般辛苦到底为了什么。原来,我只是为了让父亲早一天看见我的第二本散文集出版,趁一切都还来得及的时候,两代人生命的衔接处,光阴只是窄窄的台阶啊!深夜,落雪了,站在窗前看雪花飞舞,想着病中的父亲,再不能行走自如的父亲,再不能像从前一样谈笑风生的父亲,眼泪忍不住落下来。翻书,读到卡莱尔的一句话:"没有在长夜痛哭过的人,不足语人生。"仿佛那句话是为我写的,这就是我那段寻常的人生。

在江南水乡的小镇西塘闲逛。晨曦里,一家小店铺前,一对老人在卖馄饨。白发的婆婆坐在木桌前包馄饨,馄饨如一只只小白鸽乖巧地卧在竹匾里。老爷爷手持蒲扇,弯着腰,忙着给炉子生火,粉墙黛瓦的屋顶正升起袅袅炊烟。寻常是什么?是一对白发老人,相依相伴着,一同老去。

寻常也是春和景明,好花好天。寻常更是细水长流,一粥一饭,是人世的踏实和温暖。

友谊如何才能长久

□ [美] 丽贝卡·霍尔曼　译/Li Shanshan

当我们说起"门当户对"的时候，往往第一个想到的都是婚姻。而在我们人生中另一个占据更大地位的关系——友谊，又是如何呢？你认为友谊也需要门当户对吗？

社会地位相似容易成为朋友

想想看，如果你是大学毕业生，你会有多少朋友没上过大学？肯定没有很多。因为随着年龄的增长，我们会自然而然地被那些有相同兴趣和经历的人所吸引。我们会和地位相同的人走得更近。你在学校里的朋友，不一定是你20多岁时走入社会的朋友，因为你已经变成了一个不同的人，与之前有着不同的社会地位。

当你的相对收入和未来潜力发生变化时，你的友谊会发生怎样的变化？

没有什么比和你一起在大学生活了四年的朋友，更让人产生混乱的了，他们明明之前和你一样在努力偿还学生贷款，但突然之间，他们比你多赚了两万美元？

这不仅是钱的问题，也是地位的问题。当你的室友在早上六点就离开家，准备去参加一个商业会议时，你却在十点才懒洋洋地爬起来，穿着牛仔裤和运动衫去做你的入门级工作。这打破了权力平衡。你的室友是公司非常重要的人，而你虽然并不完全是多余的，但也可有可无。你们的友谊怎么能建立在这样不平等的基础上？随着年龄的增长，情况只会变得更糟。

当你还住在一个简陋的合租房里时，她已经买了一套公寓。当她抱怨她的私人助理办事不力时，你还在说服你的老板把你的工作头衔中的"初级"两个字去掉。你看着她的衣服变得更贵，她的假期变得更有趣，她的婚礼会更隆重，最终她的孩子会受到更好的教育。这需要一段非常牢固的友谊才能让你忍耐这一切。

真诚让我们的友谊走得更远

研究表明，男性倾向于通过共同的活动或兴趣来建立友谊，而女性则倾向于通过交谈和分享信息来建立友谊。所以，两个除了拥有共同爱好，比如足球，没有任何共同点的男人，都能建立起友谊。而女人则需要一种内在的情感联系。

教育、工作和财富是我们如今衡量个人地位和价值的主要方式。这里还有一个实际的问题，如果你和你的朋友处于完全不同的社会和经济环境，和他们待在一起会感觉更艰难，因为你会考虑很多东西。

我们女性可能不像男性那样善于跨越社会的鸿沟，结交大量朋友，但我们非常擅长建立亲密的关系，并一直与重要的伙伴在一起，一起扛过贫穷的日子，迎来工资上涨。

当你们的社会和经济地位发生变化时，仅仅建立在共同经历基础上的友谊，可能就会消失。但那些建立在真诚联系、相互尊重的基础上的友谊则会长久，无论你最终走到了哪个阶段。

你情绪不好，是因为读书太少

□洞　见

《宋史》中记录了文学家吕祖谦的故事。吕祖谦年少时，性情急躁，遇事不顺便满心怨气，经常与他人发生争执。后来，他喜欢上读书，读到古贤的处世之道时，总会掩卷自思。

《论语·卫灵公篇》中记录了孔子的一句话："躬自厚而薄责于人，则远怨矣。"意思是多责备自己，少责备别人，就可以避免别人的怨恨了。他读到这里，联想到自己的坏脾气，如当头棒喝。从那以后，每每遇到问题，他就以这句话自勉，心中的急躁之气总会很快消散。久而久之，他待人接物变得平和宽厚，人心逐渐归附。朱熹曾评价说，一个人只要能像吕祖谦那样读书学习，就能改变自己的气质和性情。

读书能明智，让我们有足够的智慧、沉稳的心态去面对各种问题。遇事束手无策时，必会牵引出许多坏情绪。但书中蕴有古今智慧，藏有万千良计，帮我们走出困局，驱散迷茫。

杨绛先生说："读书多了，内心才不会决堤。"阅读能让我们在面对人世间一切悲哀时，有着不一样的心境，不一样的素养。何权峰在《格局》中写道："对一个心胸开阔、有大气量的人来说，他的内心就像一个大湖，你丢进去一支火把，它很快就会熄灭；你丢进去一包盐，它很快就会被稀释。"

读书越多，格局就会越大。目之所及的是非之事，都会显得微不足道；蝇头蚊足的些微得失，都变得毫无意义。

曾有人问歌手李健，为什么要读那么多的书，到底有什么意义。他回答说："所谓读书的意义，大概就是让人眼界更开阔，对自我有更清醒的认识。"一个不爱读书的人，会束缚于单一的"三观"中。而喜欢读书的人，可以从一世看一时、从全局看一隅，不会忧于鸡零狗碎的事情，不会遇事就愤愤不平。

这是一个让格局变得辽阔的过程。

有人在微博上问蔡澜，自己近来事事不顺，觉得人生暗无天日，如何排解。蔡澜只回了两个字：读书。阅读总能帮我们从情绪的低谷中解脱，获得挣脱生活泥沼的精神力量。

第七章 青春攻略

　　朋友问尼师，为何女人的情执这样重，总是需要感情，需要男人的爱。

　　尼师说，女人的情执重，和男人的自尊心过度、需要他人过多的尊重，是一样的弱处。要别人爱自己、对自己好，是感情的乞丐。要别人尊重自己，显得自己有面子，是尊严的乞丐。都是因为没有自我圆满，没有认知到本自具足。人只能自己有了、够了，才能分出去给人。否则只能做一个乞丐。

　　她说，感情需要留白。没有空间、不给对方自由、不允许对方有自己选择的感情是很可怕的。

——庆　山《感情需要留白》

如何让人喜欢你

□黄启团

在同一个繁华路口有两家卖米粉的早餐店，两家的米粉味道都很好，可左边的张大婶每天挣的都不如右边的李大婶多，原因在哪儿呢？张大婶在每次客人下单后，都会追问一句："加鸡蛋吗？"有的客人说加，有的客人会回答说不加。而李大婶则会问："你是加一个鸡蛋，还是加两个鸡蛋？"有的客人会说一个鸡蛋，有的会说两个，很少有客人说"我不要鸡蛋"，那样他们会觉得不好意思，好像自己很寒酸似的。这样，李大婶的每个顾客至少多消费一元，一天下来，她的收入自然比张大婶高了不少。

李大婶比张大婶多做了一件事，就是假设客人都要鸡蛋。

心理学上称"不好意思"心理为"不确定的情绪"，这种"不确定的情绪"最容易被他人操纵，最终让人做出被动的选择。在商务交往中，我们可以做一个有利于自己的假设，让对方产生不好意思心理，这样就能顺利地说服对方。

美国著名销售人员乔·吉拉德在推销时，绝不会问客户"你想买车吗"，而是问"你想要双门还是四门轿车""你要红色还是蓝色的汽车""你要用信用卡还是现金付账""你要用货运还是空运"。面对后面这种二选一的问题，客户往往很难拒绝。相反，如果你用前面的问法，客户很可能会直接说"不"。

假设为什么能改变别人？因为每个人都是逻辑动物，我们最难动摇的就是对方根深蒂固的认知逻辑，至少要想瞬间改变是很难很难的，这个时候，如果我们给对方一个容易接受的假设，他接受了这个假设，就很容易接受后面的推理内容。如此，他就能轻易认可我们的逻辑，并按照我们的逻辑办事。

下班回家，你看到孩子后，立马问："作业做完没有？"这个问题问完，孩子脸上刚刚扬起的微笑立马僵化了，为什么？因为这个问题背后有一个假设——你是一个不自觉的人。要是孩子做完作业了，会觉得受到了你的质疑，很委屈；要是孩子没做完作业，他会觉得反正爸爸妈妈都觉得我是这样的人了，干脆破罐子破摔。无论哪种情况，你和孩子的关系肯定很难融洽了。换种问法，你对孩子说："今天几点完成的作业？"这个问题背后的假设是"孩子自动自发地完成了作业，孩子每天都在进步"。如果孩子做完作业了，他会很有成就感地告诉你答案；如果孩子没做完作业，他会暗暗下决心"下次一定早点完成作业"。通过这个假设，你给孩子的心里植入了一颗"不断变好"的种子。

同样道理，老板问下属："小张，最近遇到什么问题没有？"这个问题有一个假设，即小张是一个容易出问题的人，小张听到这句话后会产生一种否定的感受。换种说法："小张，最近出了什么好创意？"你假设对方是一个不断完善的人，他会产生一种肯定的感受。这时，皮格马利翁效应就会启动。什么是皮格马利翁效应？

希腊神话中，塞浦路斯国王皮格马利翁喜爱雕塑。一天，他成功塑造了一个美女的形象，爱不释手，不知不觉爱上了这个美女。最后他的爱意感动了神灵，在神灵的帮助下，美女竟活了并成了他的妻子。这就是著名的"皮格马利翁效应"，它告诉我们一个道理：赞美、信任和期待具有一种能量，它能改变人的行为。当一个人获得另一个人的肯定、信任、赞美时，他便感觉获得了社会支持，会因此增强自我价值，变得自信、自尊，获得一种积极向上的动力，并尽力达到对方的期待，以免对方失望，从而维持这种社会支持的连续性。当皮格马利翁效应发生作用时，你所影响的人会变得自信、自尊，他会更积极，向更好的方向发展。改变由此发生。

假设的魅力是无穷的，它能改变你身边的人，还能打破隔阂，迅速拉近你和陌生人的关系。

搬家了，你想认识一下新邻居，最好的方法是什么？送礼物给邻居？这个年代谁都有防备之心，你作为一个陌生人送一篮水果给邻居，邻居敢吃吗？就是吃了，他的内心也是忐忑不安的。所以，最好的方法是请邻居帮忙。你敲开邻居的门，礼貌地说："我是刚搬进来的，酱油还没来得及买，能不能借点酱油，中午炒个菜？"当你向他借酱油的时候，假设什么？他是一个好人，是一个乐于助人的人，他会感受到你的信任，同时，会放下防备来信任你。邻居间建立起相互信任的关系了，双方的关系很自然就和谐了。对这个观点，心理学上有一个类似的富兰克林效应，这个效应认为：相比那些被你帮助过的人，那些曾经帮助过你的人更愿意再帮你一次。换句话说，让别人喜欢你的最好方法不是去帮助他们，而是让他们来帮助你。请求对方的帮助，对方会更加喜欢你，是不是挺让人不可思议的？

富兰克林效应的提出，源自美国政治家本杰明·富兰克林的亲身经历。当时，富兰克林提出了一个想法，他很想获得宾夕法尼亚州立法院一个议员的帮助，但这个议员一直和他持相反的政见，并且这个议员是远近闻名的老顽固，很多人死乞白赖地请求他或者无所不用其极地威胁他，都不能打动他。怎么办呢？富兰克林想到了一种完全不同的方法，他了解到这个议员的私人藏书中有一本绝版的稀世书籍，于是就询问议员是否能把那本书借给他看两天。两天后，富兰克林如期归还了书，并真诚地表达了谢意。几天后，富兰克林和这位议员在议会厅相遇，两人竟然像老朋友一样很熟络地一起喝茶、聊天，散会时，这位议员还明确表示，愿意随时为富兰克林效劳。从此，两人化敌为友，成了一生的挚友。

只是借了一本书，为什么会有这么神奇的作用呢？这就是假设的力量。我们请人帮忙，既然开了这个口，就是做出了这样的假设：对方是个好人，是个值得信赖的人，是个很有能力的人。越是处于尔虞我诈的竞争社会，这样的信任和肯定就越加难得，越加珍贵。对方从你的请求中感受到了你的信任和认可，自然也会把你视为自己人，会喜欢你，会更积极地帮助你。

对这个问题，列夫·托尔斯泰发表过同样的观点，他说："我们并不因为别人对我们的好而爱他们，而是因为自己对他们的好而爱他们。"要想让人喜欢你，那就请他帮个忙，不过，我们请人帮忙，要把握好尺度，你上来就说借给我200万元，好不好？这不叫请人帮忙，这叫打劫，会把对方吓跑的。假设这个技巧是一把双刃剑。好的假设会让你赢得友谊、赢得生意，拉近与人的关系；坏的假设刚好相反，它会破坏关系，让你失去朋友和亲人，甚至会把身边的人推向深渊。请留意你语言中的假设，它会无形中影响聆听者的行为。正如我的一本书的名字《别人怎么对你，都是你教的》。

我爱你，与你无关

□吴玲瑶

许多人的初恋是一场没有结果的暗恋，只是荷尔蒙作祟的青春躁动里，一次自生自灭的爱情过程。有些人将它变成了心底温柔美丽的回忆，思念总是不经意地冒出来；有些人将它变成了无限的遗憾，难过与幸福同在，说不清是寂寞还是曾有的甜蜜，心里藏着一个无法拥有的人。但是喜欢就是喜欢了，没有退路。暗恋本来就是一个人的舞蹈，总会尝到孤寂的滋味。

张艾嘉的《童年》里唱道："隔壁班的那个男孩，怎么还没经过我的窗前。"儿时的纯纯单恋，每天最期盼的是能看上对方一眼，就满足了。如此承受着暗恋的苦乐，也默默地自我成长。

李健的《传奇》里唱道："只是因为在人群中多看了你一眼……从此我开始孤单思念。"想见见不到，想爱爱不到，想忘忘不了，但又心甘情愿，这种无奈的感觉就是暗恋的苦涩。

听过一位年纪很大的老先生面带甜蜜地向我叙述，他在台大中文系时，同学们曾经集体毫无指望地喜欢一位名字中有"月"字的女神，他们都自封"望月楼楼主"，只要能远观就觉得幸福无比。她的轻轻一瞥，却被误认为是深情回眸，美好的青春都藏在暗恋里。"你喜欢我不可能，我喜欢你就够了。"他至今还觉得暗恋是世界上最美好的一件事，把自己看成一个浪漫且带有悲剧色彩的英雄，享受着"默默付出""爱而不得"，可以赢得"好人奖章"一枚的角色。

歌德说过："我爱你，与你无关。"这是一种不求回报的洒脱。暗恋者的职责其实是沉默，沉默地守护，沉默地等待奇迹，沉默地让自己成为空气。面对一场走不进去的风花雪月，仍然真心而顽强地期待着。也许对方永远不知道自己的存在，但是因为他（她），自己的世界变得多姿多彩。暗恋的煎熬、猜测、欣喜、欢愉、嫉妒、忧愁，充斥在生活里的每一秒钟，不知不觉竟然把人熬成了诗人。

有个男生念小学时爱上班上的一位女同学，他花了几个月思考过数百种表白的话，写下了一封情文并茂充满爱意的情书，一直藏在书包里，变得皱皱巴巴的。终于有一天，放学后教室里只剩下几个人，他便把那张纸塞进她手里，然后慌忙逃窜。第二天女生约他见面，他既兴奋又紧张，昏暗的路灯下女生问他："你把数学考卷给我干什么？考了五十六分，还没有订正。"一场恋情还没开始就结束了。

这男生念初中时又暗恋另一个女孩，他每天从校园里偷摘一朵玫瑰放在她的座位上。没想到女孩把花交给老师说："不知谁偷花想陷害我。"又一次"出师未捷身先死"。念高中时，他又爱上了另一个女孩，想请她去看电影，出门后却发现自己没带钱，庆幸的是，女孩并没有赴约。

后来的爱情，都是第一次心动的重复

□木 心

爱情，是人性的无数种可能中的一种。爱情仅是爱的一部分。

爱情本是个失传的命题，其原本是一大学问，一大天才；得此学问者多半不具此天才，具有此天才者更鲜有得此学问的。

我以为《简·爱》还是好。一是情操崇高，二是适合年轻人读，是爱情好的教科书。年轻时不爱看此书，当时感情上不懂《简·爱》，是个大老粗。如今建议诸位读读《少年维特之烦恼》《简·爱》《茶花女》《冰岛渔夫》这几部爱情小说，如果看不懂，不爱看，那便是爱情的门外汉。

在爱情里，我信任一见钟情，一见而不钟，天天见也不会钟。唯有一见钟情，慌张失措的爱，才慑人，才醉人，才幸乐得时刻情愿以死赴之，以死明之，行行重行行，自身自心的规律演变，世事世风的劫数运转，不知不觉、全知全觉地怨了恨了，怨之镂心恨之刻骨了。所以，爱和死的本色是最接近的，最幸福与最不幸的爱，都与死接近。不三不四的爱，倒是和死不相干。"爱"与"死"近，是因为没有静止的爱，爱的强烈的动态使它迂回曲折地奔涌极致，但生命并无极致，于是爱的极致只能是死，一定是死。

如但丁，生于1265年，九岁时遇到贝雅特丽齐，从此爱情主宰了他的灵魂。未通音讯，又九年，但丁再遇到她，仍无语。后来贝雅特丽齐出嫁，二十五岁死时，一直不知道但丁爱她。《新生》就是写这段爱——每个人都经历过一段无望的爱情，"爱在心里，死在心里"。凡永恒伟大的爱，都要绝望一次，消失一次，一度死，才会重获爱，重新知道生命的价值。

我曾爱一人，没有机会表白，后来决计绝念。再后来，消息时有所闻，偶尔也见面……幸亏那时未曾说出口，幸亏究竟不能算真的爱上。爱了另一个人，表白的机会不少，想想，懒下来，懒成朋友，至今还是朋友……光阴荏苒，在电话里有说有笑，心中兀自庆幸，还好……否则苦了。

路遇畴昔之恋人，路的景色变了一变。圣洁的心，任何回忆都显得是纵欲。

我没有得到什么。她没有失去什么。她没有得到什么，我没有失去什么，最恰当的比喻是：梦中捡了一只指环，梦中丢了一只指环。

爱情来了也不好，去了也不好，不来不去也不好，爱情是麻烦的。

爱情多半就一次，后来的爱情，都是第一次心动的重复。

你真正的理想伴侣，原来科学研究早已知晓

□林立晴

每个人或许都憧憬过美好的爱情，在心里勾勒过理想恋人的模样。但是到了真正恋爱的时候，会发现现实和自己想象的有所不同。电影《BJ单身日记》中，女主角BJ就经历了这样的失落与挣扎。

BJ是一个平凡的大龄单身女青年，在32岁那年，她终于遇到了彼此有好感的对象：一个是上司丹尼尔，他可以说是女生们心中标准的男神形象，外形俊朗，风流倜傥；另一个则是律师达西，给人的感觉高冷又木讷，日常话不多，还总是一脸严肃，让人产生距离感。

如果是你，你会选择和谁恋爱？可能多数人会选择丹尼尔。

可是对多段感情无果，渴望拥有稳定关系的BJ来说，丹尼尔虽然符合她对理想情人的期待，却并不适合相伴。多情是他最大的问题，他始终无法给予BJ想要的稳定。

而达西，不擅长表达情感，为人也比较死板，却会默默用行动表达爱。最后BJ在和两人相处之后发现，达西才是更适合自己的人。

这也很像多数人的爱情：我们觉得适合自己的对象，未必真的适合在一起。在这背后，其实是恋爱气质在发挥作用。你有没有想过，为什么你会喜欢某一类型的人，又和另一类型的人相处得更为愉快？

从心理学的角度分析，可能和童年经历有关，比如有的人会按照父亲的形象去寻找伴侣，因为这会让她感觉熟悉而安全。此外，文化背景、经济情况等，也会影响我们对爱情的偏好。从爱情的生物学角度来看，生物人类学家海伦·费舍尔将爱的经历分成三个部分重叠的阶段：欲望、吸引力和依恋。

如在欲望阶段，大脑会增加睾丸激素和雌性激素等的释放，这是双方产生兴趣的初始动力。在吸引力阶段，神经递质激素、多巴胺、去甲肾上腺素、血清素等的释放会增加，爱情的愉悦感加倍。而依恋阶段，则会产生催产素和加压素等，彼此之间的幸福感和安全感会增加，有利于维持长久的关系。

费舍尔认为，爱情可以开始于这三种阶段中的任何一种。爱情可以是一见钟情的怦然心动，也可以是日久生情后的突然热恋。

至于我们更和什么样的人来电，则和人体的神经系统有关。研究发现，人类进化出了四大类神经系统，分别与多巴胺、血清素、睾丸激素和雌激素有关，并影响着我们的思维和行为方式。我们每个人都具备这四类系统，只不过某个系统会更为活跃，因而呈现出与之相匹配的特质。

举个例子，多巴胺系统较为活跃的人，表现出来则是行事作风比较随性自由，总是对新鲜事物有无穷热情，很难安定下来。这类人，如果遇上一个同样爱自由、不拘一格的伴侣，两个人也许会相处得很好，但换成保守、踏实的另一半，自然无法长久发展。同理，血清素系统活跃的人，性格则偏向于传统保守，更容易被同类人所吸引。

特质没有好坏之分，只是不同特质的人，相处之时会碰撞出不同的火花，所以我们会被什么样的人所长久地吸引，很大原因在于彼此之间的特质是否相互契合。

由此，通过了解我们自身的神经系统特质——恋爱气质类型，便可以评估我们适合与什么类型的人恋爱。

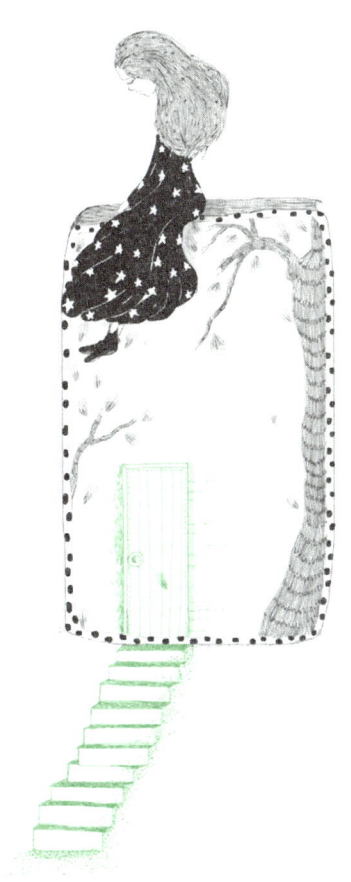

人生心路

□ 许倬云

水浒是由"聚义"结合为一个理想人间，其间的尝试和破灭令人唏嘘；三国是挑选"义"这个字，塑造为几个典型人物，他们功业未成，却留下理想人格千古彪炳；封神是对善与恶、成与败种种对立和斗争，提出辩证过程的对抗、超越和解脱，最终出现共存的和谐；最后，西游竟将人间的许多艰难困苦，内化为人类内心的挣扎，由认识欲望到克服欲望、提升自我，终于悟解一切俱空而得到自由。因此，这项小说的串联，谱成了既悲又喜的人生心路。

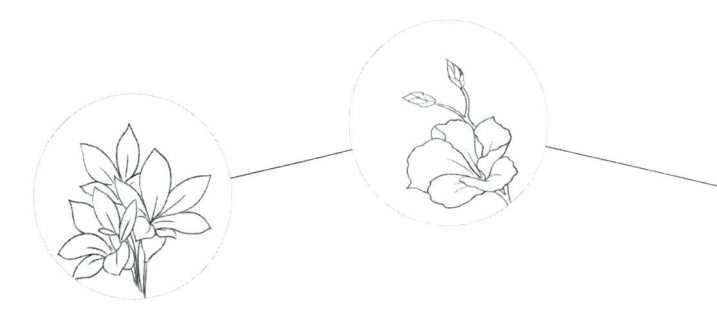

爱不是放弃自己，而是宽恕对方

□倪一宁

这几年的大银幕，开始大刀阔斧，吐槽传统的童话情节。英国女演员凯拉·奈特莉上访谈节目，直言自己禁止女儿看动画片《灰姑娘》和《小美人鱼》。她认为灰姑娘等着一个王子来拯救她而不自救，美人鱼为了一个男人放弃自己的声音，这种不正确的做法会潜移默化地影响孩子的成长。这种说法听起来很正确、很"大女主"，但我不同意。我觉得把小美人鱼理解成"为了一个男人放弃自己的生活"，才是狭隘了——没有人会许愿说，我的恋爱要像小美人鱼那样的。

故事里没有坏人，巫婆跟小美人鱼索要声音，但是也信守承诺，给了她一双人类的腿，给了她接近王子的机会。后来她的姐妹们，又用长发跟巫婆换来一柄尖刀。这是个诚信经营的巫婆，没有童话里常见的无缘无故的恶毒。王子当然也不是坏人，人都以为亲眼所见的即是真相，想不到真相还覆盖在潮水的下层。

没有坏人，就是命运。她用尽了一切方式，也没有得到他，他不是觉得她不好，只是有人远远胜过她而已。

哑了的小美人鱼，像是一个悲伤的隐喻。我们为爱人做了那么多，把能舍弃的都舍了，能交换的都换了，却碍于自尊，什么都没有说。他激动地摇着你的身子，说你知道吗，有个人对我特别好，为我做了最伟大的事情，你也只是点点头，说真好啊，真为你高兴。

你不会把那些他以为顺理成章的事情，掰开来一一细数，给他解读你花费了多少心思。我们都哑口无言过。

而这个故事里最伟大的一笔，就是小美人鱼终于抛开了尖刀，把它投掷到大海里。爱是可以转为恨的，求之不得可以是人类作恶的最大动机。就因为起初远远张望那一眼，她没了声音，没了三百年的漫长寿命，还忍受了刀尖上走路的痛感，按理说，她的沉没成本够高了，高到足以刺中他的胸膛，冷笑着说是他活该。但安徒生让小美人鱼把刀子扔掉了。这不是圣母，也不是愿赌服输，是宽恕。我曾经辗转反侧，想凭什么我如此爱你，你的反应却不过淡淡；我想不通为什么我要如此费劲地接近你，却有人能轻轻松松地窃取你；我不甘心你不愿在我的脚本里当王子，却乐意在她那儿屁颠屁颠地，竞选七个小矮人。譬如我们凡人，谁没有过这么恨意凛然的一问？

别的童话讲述的，是怎么得到。安徒生却写了大篇幅的得不到。

别的童话兜售的，是美满，不是爱情，爱情不过是美满的一个步骤而已。安徒生写了爱，还写了跟爱相悖的，宽恕。你知道占有欲和毁灭欲，都是爱情自然的骨质增生，但宽恕，是关起心底的恶魔，说真为你高兴。这个结局让我忍不住哭了出来。这才是真正的童话。它不以世俗的美满为准则，它只告诉你，什么是真正的爱，什么是真正的爱人。

我当你是朋友，你却想和我谈恋爱

□ 京师心理

开启一段恋情有很多方式，有人选择和陌生人开启一段刺激的恋情，也有人会和朋友日久生情，自然而然地恋爱、结婚。

不难发现，文学作品或者影视剧中大肆描写的往往都是前一种方式——俊男美女在浪漫的夜晚一见钟情，似乎这才是一段恋爱故事的标准开头。

然而，最近的一项研究发现，相较陌生人或者泛泛之交，朋友变成恋人的概率更大。

这项研究的主要作者之一，加拿大维多利亚大学的达努·斯廷森表示，"通往浪漫关系的途径不止一条，但相关的科学研究并没有反映出这一现实"。流行期刊和教科书上引用的研究大多只关注陌生人之间擦出的火花，却忽略了朋友变成恋人的可能性。

目前大约80%的已发表研究都只关注"与普通熟人或陌生人约会"这种开始恋爱的方式，只有一小部分研究探讨了"从朋友开始"的浪漫关系。然而，后者并非低概率事件。斯廷森等研究者认为，这意味着亲密关系领域的研究者们对浪漫关系开始方式的认识非常局限。

研究者发现，在从朋友变成恋人的情侣中，有18%的人是为了恋爱而刻意和对方成为朋友的。就像《生活大爆炸》中，莱纳德虽然对佩妮一见钟情，但还是选择和佩妮先成为朋友，并且在交友的过程中故意营造一种友情以上的氛围感，之后逐渐升华这份革命友谊，就显得非常自然了。

不过在现实生活中，更多的情况（70.3%）是，两个人在本来就是朋友的基础上，相互了解、彼此吸引，自然而然地有了进一步的发展。大部分"朋友变恋人"的情侣都表示，在成为恋人前，两个人已经维持了两年左右的朋友关系。

那么，什么因素会促使原来是朋友的两个人产生进一步发展的想法呢？一些研究表明，外表吸引力可能是促进从朋友到恋人转变的重要因素之一。

具体来说，在约会前认识不到一年的情侣对对方外表吸引力的评分一致，即有外表吸引力的女性倾向于和有外表吸引力的男性在一起，不太有外表吸引力的女性倾向于和不太有外表吸引力的男性在一起。然而，约会前认识一年以上的情侣没有表现出外表吸引力上的相似性。

也就是说，外表吸引力可能决定了从朋友变成恋人的时间和可能性，如果是在约会前就认识一年以上的，外表就不那么重要了。

总体来说，"朋友变恋人"是一个非常有价值的现象，它不仅有望拓展现有浪漫关系开端的相关理论，而且可能会改变我们对浪漫关系如何开始和发展的理解。

或许有的爱意早就在以朋友为名的日常相处中埋下了种子。

孩子，和谁在一起，真的很重要

□淼淼妈

长沙中南大学大"火"的"学霸寝室"，自动化学院2018级417寝室的4个男生，四年间狂揽26项学科竞赛奖，其中国际性竞赛奖2项、国家级3项、省级5项，所获奖学金累计将近20万元。如今，更是全员直博本校，完成了他们大一时的约定。在采访中，记者了解到，其实最初，只有一名同学决定直博本校。紧接着，另外三人就在这位同学的影响下，也将直博作为了自己的目标，相互扶持努力，共同进步。学习上，他们是彼此的监督使者："我们白天各自学习，晚上会一起讨论，每周也会空出固定的时间相互答疑。"生活上，他们是彼此的精神支柱："每次遇到糟糕的事情，拿到寝室里说一说，就感觉不是那么糟糕了。"对他们来说，寝室内部团结得就像一个"铁桶"。什么挑战都无法让他们挂怀，室友之间的宽慰，有时候会让烦恼烟消云散。

韩寒说，一个人能走多远，要看他有谁同行；一个人有多优秀，要看他有谁指点；一个人有多成功，要看他有谁相伴。有网友说："果然，优秀的人都是扎堆的。"不是"学霸"会传染，而是近朱者赤，近墨者黑。绝大多数学霸，并不是天赋有多高，而是当他们身处一个充满正能量的圈子里，就一定会受到正向的影响，激发斗志。

孩子，如果你想要积极的人生、光明的未来，那么和谁在一起，真的很重要。

1

好的环境，时刻托你上进

在心理学上，有个词叫"同伴压力"。它是指，因为孩子害怕被同伴排挤，为了得到同伴的接纳，而放弃自我感受，做出顺应他人的选择。

我的教师朋友曾和我说过："如果发现班上有一个孩子会抽烟，那他的朋友们极有可能也在抽烟。"之前就有一次，她在校园的角落，抓到了一群孩子抽烟。令人震惊的是，其中有个孩子，还是班上成绩优异、表现突出的班长。事后问其原因，班长低下了头："因为我的朋友们都在抽烟，我不抽，就是不够义气。"

对孩子来说，最大的压力，不是来自父母，不是来自老师，而是来自同龄人的看法。当没有人约束，没有人提醒的时候，内心秩序还未建立完全的孩子们，就会把大多数同龄人的做法当作准则。

某电视台曾经做过一组实验：首先，老师认真告诫被实验的孩子不能爬树，孩子明确答应后，老师离开，观察之后孩子在同伴的影响下，能否坚持做到老师的要求。结果，几个参与实验的孩子，在同伴的影响下，当第一个孩子去爬树时，很快就有第二个孩子紧随其后，最后所有人都将老师的告诫忘在脑后，纷纷去爬树。

孩子，不要低估朋友对你的影响，也不要高估自己的忍耐力。如果一段友谊让你痛苦，让你妥协，让你做违背内心的事情，就要学会结束。离开这个充满泥沼的环境，你才能够继续前行，奔向更好的未来。

2

好的友情，是相互促进，并肩前行

综艺节目《少年说》中，初一的颜奕雯和陈泓妃让我印象深刻。颜奕雯是班长，虽然肩负维持班级纪律的重责，却站在了同学们的对立面，时常会被冷落、孤立、排挤。可每当这时，陈泓妃都会站在她的身边，鼓励她，支持她，告诉她："你做的都是对的。"直到有一次，陈泓妃上课也讲起了小话，颜奕雯秉承着公平公正的原则，也将她的名字记了下来。交给老师后，颜奕雯忐忑不安，她觉得完蛋了，自己要连唯一的朋友都失去了。可没想到，陈泓妃不仅没有计较，还主动向她道歉，保证自己以后再也不犯同样的错误。颜奕雯说，那一瞬间，她才明白："真正的朋友不会为难我，而是会理解我，包容我，站在我这边鼓励我，支持我。"而陈泓妃说，在自己的眼里，颜奕雯就是这个世界上最勇敢的人。她一路追随着颜奕雯的步伐，遇到了世上最好的朋友，也遇到了最好的自己。

她们的友情，让我想起了颜宁和李一诺。一个是清华大学最年轻的教授和博士生导师；一个是全球青年领袖，盖茨基金会中国区首席代表。颜宁曾说，和李一诺的友谊，就是一路"追"着她前行："大学四年，外人看来我似乎成绩斐然。但天晓得，我只是一路跟着李一诺的方向跑。"她们一起考托福、一起进实验室、一起早出晚归地泡图书馆……为了成为彼此路上的同行者，她们你追我赶，最后共同站上了山巅，成就了自己的人生。

吉米·罗恩曾在著名的"密友五次元理论"中说："一个人的财富和智慧，基本就是五个与之亲密交往朋友的平均值。"

恋情宜尽量愉悦

□庆 山

人生苦短，恋情宜尽量愉悦、温暖，让彼此获益，得到身心的解脱。而不是在束缚与占有的欲望之中伤人伤己。除非有大的承担力等待缘分终结，或愿意以痛苦增强功力。否则还是走光明的路比较好。

感情的伤害大多来自无爱感，即没有感觉到充分地被爱。但是对方曾经为你做过一顿饭是爱，在地铁站口等待你是爱，把一杯茶移动到你的桌边是爱，每天道一声晚安，也是爱。我们需索太多，不懂得原谅、感恩、珍惜。最终失去所爱。只有领会过孤独与流离，才会懂得如何去维系与珍惜。也只有实践过相爱之痛的人，才会理解如何把情感与欲望转化为领悟。

不再是情爱煎熬的此消彼长，而是生起慈悲之心。

对情爱的执着与痴迷不可理喻，悲剧来自占有。能自由自在地喜欢别人是最好的，也允许喜欢的人自由。

婚姻里的"狼群法则"

□ 鲍海英

当初,她和老公是自由恋爱,可以说是一见钟情。他们恋爱不久,就仓促结了婚。可结婚之后才发现两人的爱好天上地下,老公不是盯着电脑下围棋,就是外出应酬,而她喜欢逛商场。每每拌嘴,两人都吵得天翻地覆。这样的婚姻,真是到了破裂的边缘。

带着感情的伤痕,她去咨询情感专家,这位专家给她讲了一个故事:一位生物学家在澳洲的高原上研究狼群,发现每个狼群都有一个半径15公里的活动圈。把三个狼群的活动圈微缩到图纸上,便发现一个有趣的现象。三个圆圈是交叉的,既不隔绝,又不完全相融。狼群在划分地盘时,留有一个公共区域,相交部分为它们提供了杂交的可能性,不相交部分又使它们保有自己的个性。当活动圈重合,狼群则厮杀;活动圈相离,狼种则退化。

故事讲完,见她似有顿悟,这位情感专家索性点明:这个"狼群法则"揭示了夫妻双方相处的艺术。亲密的人之间,应该是两个相交不重合的圆。交叉部分是彼此共同的世界,可以尽享亲情和温馨,不交叉部分是各自独有的天地和色彩,甚至隐私。再亲密的人,也不应该将这部分慷慨地全部让出,也不能因一时矛盾无限地扩大。当两个圆没有了距离,加重的只是阴影。在阴影的笼罩下,放弃与获得都是痛苦的。"你是说,我们两个争吵的缘由,是没有保持足够的距离?"她疑惑着。"是的,婚姻也是适用于狼群法则的。靠近了会互相伤害,不靠近又不能相互依赖,所以夫妻之间保持一定距离,才会有完美的生活。这个狼群法则和夫妻拥有幸福生活的道理是一样的。"专家提醒她。

她终于明白他们争吵的缘由,她开始尝试改变自己:和老公说话时更多用征询的语气,而老公的语气也变得温和起来。无论他下围棋多么入迷,她也不再生硬地命令他离开电脑,而是以关心他的角度,劝他爱护身体,尤其是他那双本来就已近视的眼睛。两个月不到,夫妻之间发生了变化,原来那个充满争吵的家庭,慢慢多了笑声,家庭也渐渐变得温馨起来。

懂得"狼群法则",就知道应该给对方留有距离。她现在明白了,原来,在夫妻生活中,彼此不能贴得太近,懂得与对方保持一定距离的人,才会拥有夫妻间的幸福。

我们一起吃自助餐吧

□ 蔡要要

我总是会带着相亲对象一起去吃自助餐。我深信一句话：在美食的诱惑前，没有人能不暴露本性。也只有这样，才能更好地了解，面前这些衣冠楚楚、侃侃而谈的人，到底是不是适合自己的。如果吃不到一起去，那还有什么动力过一辈子呢？

A先生是海归经理人，穿着高级定制的西装，衬衫雪白。他向我口水四溅地介绍了他如何成功，我只是含笑不语。等取了食物回来，他拿回油腻的牛排，使不好刀叉，却又不肯用筷子，刀子碰得盘子壁砰砰作响，却还要不停地向我吐槽国内的牛排就是比不上国外的鲜美。

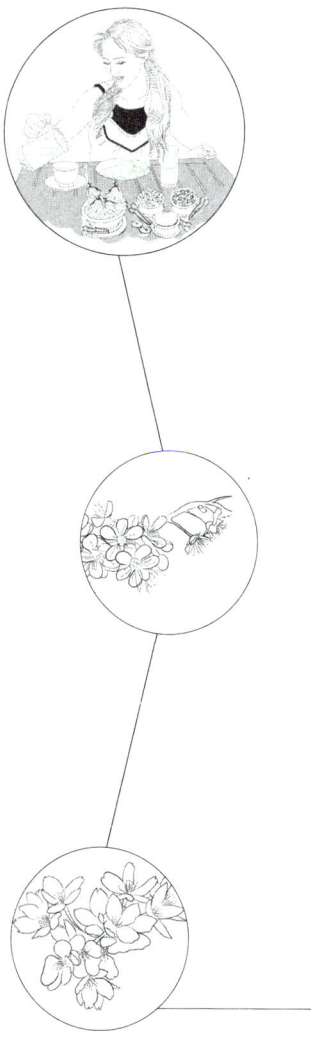

B先生呢，刚一见面就打听我工作如何收入几何，打不打算生孩子，并郑重声明，他支持婚前财产公证。等我俩开始吃自助餐，他急匆匆地拿回十来只根本吃不完的大闸蟹，很是得意地冲我解释，吃自助一定要选最贵的，大闸蟹划算。

我和北树坐下的时候，他自然地问："爱吃些什么？我去拿。"他的语气那么温柔，和别人都不一样。我倒有些紧张起来，示意他随意就好。北树端回来一些汤，轻松地说："先喝点儿汤，我们慢慢吃。"他并没有着急拿些限量的菜品，也并不急于说着自己的事。看见我们的盘子空了，北树就会自觉地站起来，取回一些食物，不多也不少，有素也有肉。他一直温柔地笑着，不时提醒我吃东西，免得菜凉了，对胃不好。吃到好吃的东西，他会幸福地眯上眼睛，然后赶紧说："你快尝尝，这个好吃啊。"我们愉快地交谈着，这是我相亲以来吃得最开心的一次。等从自助餐厅出来，北树随意地把手插在口袋里，对我微笑着说："要不要再去喝一杯咖啡？"那一刻，我想，就是他了。

等我和北树真的在一起的时候，我把我的自助餐理论告诉他，他哈哈大笑，搂着我说："并不是因为自助餐，只是因为你爱上我了。"

有爱的时候，才能一起吃饭。

语言风格匹配才能相恋

□贝小戎

说话时经常提及自己的人不一定就是厉害的角色。美国心理学家詹姆斯·彭尼贝克在《语言风格的秘密》一书中说,地位高的人在跟地位低的人讲话时,较少使用"我"和"我们"。相反,地位低的人使用"我"的频率往往较高。同样的人物,在失去权力之后,使用"我"的频率会飙升。这是因为当我们跟一个有权力的人说话时,我们的自我意识会更强,我们会专注于自己,关注自己给对方留下的印象。

普通人说英语的词汇量大概是10万,跟语言风格有关的只有约0.04%,剩下的都是实义词。其他语言也是这个比例,如德语、西班牙语、韩语等。功能词数量少,但使用频率高。10万个单词中只有450个功能词,但占了使用量的55%。

英语中最常使用的20个词都是功能词,依次是I、the、and、to、a、of、that、in、it、my、is……

功能词还有一个特点是,人在大约12岁之后就很难再掌握它们了。在学外语时,人们可以很快地学会描述物体、数字和颜色的词,但在对话时掌握功能词就困难得多。通过一个人的写作,你就可以判断出他是不是英语母语者。非英语母语者通常会在功能词上出错,而不太会在名词或者常用动词上出错。

语言风格的匹配度可以预测两个人能不能成为情侣

当我们跟自己感兴趣的人在一起时,我们的语言会发生改变。两个互相尊重、互相喜欢的人,会学习在对话中更好地跟随对方的舞步。他们彼此都把注意力投向对方,对话就像在跳舞。两个人毫不费力地跟随对方的脚步,每个人通常都能预测出对方的下一个舞步。如果其中一个舞者转换到意料之外的方向,那么另一个通常会跟着转变并形成新的步伐。就舞蹈来说,很难判断出谁在领舞、谁在跟随,因为两个人在不断地相互影响。

根据语言风格能分析出作者的性别

从语言样本中可以发现,男性使用冠词的频率比女性高。女性使用"我"字比男性更多一些。如果一个人处在焦虑、不自在、痛苦或郁闷之中,他会更多地关注自己。研究表明,通常情况下,女性的自我意识比男性更强,更关注自我。

如何识别谎言

如果你是在撒谎,那么谈论你没有做过、没有见过或没有思考过的事物,是极其困难的。

欺骗者更多地指代其他人,依赖更多的积极情感词语。各种欺骗方式都与乐观和过度自信相关。高效的销售人员总是让你相信,一旦购买这个产品,你就会跟销售人员一样幸福、自信。当你遇到一个看起来多话的、热情的、乐于助人的、自信的人向你提供一笔听上去十分不错的交易时,请捂紧你的钱包。

从气味上说，人的确会"臭味相投"

□环球科学

人们常说，一拍即合的人之间往往存在着奇妙的"化学反应"。近期一项发表在《科学进展》杂志上的新研究表明，人际交往的"化学反应"不仅停留在字面意义上，也可能真实地反映在我们的日常生活中，该研究发现具有相似体味的人更有可能成为好朋友。

以色列魏茨曼科学研究所因巴尔·拉夫雷比（Inbal Ravreby）领导的科研小组在文中指出："除人类以外的其他陆生哺乳动物都是通过嗅觉识别自身和对方的气味，并以此判断谁是朋友、谁是敌人。"在这一点上，人类也会寻找与自身相似的人交朋友，因此科研团队假设人类会下意识地通过闻自己和他人的气味来识别体味的相似性，并判断彼此之间是否可以兼容。

研究人员为找到答案，开始收集那些自称在同性间发生过"一见钟情"并成为好拍档的人的样本，研究显示："友谊感在人们通过交流了解彼此的经历之前就形成了。"他们通过广泛的调查招募到20对年龄在22至39岁的同性朋友，其中一半男性一半女性。为了避免外部因素对样本的干扰和影响，所有参与者都必须遵守严格的协议：避免食用刺激性食物，并穿着特别提供的干净棉质T恤，以及暂时远离其伴侣和宠物睡觉。研究人员随后将这些T恤收集到密封袋中，并用电子鼻（一种配备了传感器，用于分析化学成分的设备）对其进行化验。研究人员在统计学的结果中发现，一拍即合的好拍档间的气味特征比陌生人间的气味更加接近。

为了验证电子鼻检测结果能否准确地反映人体的感知，研究小组还招募了闻香师，让其参与一系列实验来检验其结果的有效性。在其中一项实验中，研究人员给闻香师提供三种气味：两种来自一对好拍档，剩下一种来自陌生人。闻香师成功地辨识出了来自好朋友的气味。

这些结果似乎证实了相似的气味能促进友谊的假设，然而也存在另外一种解释，即好朋友经常混在一起，所以会有相似的体味形成过程，比如他们住在哪里或吃什么。当人们的体味越接近，他们就越表示喜欢和理解对方，并能预感到他们之间会有更多的化学反应。

同性之间在寻找朋友的过程中，对方可以通过嗅出相似的体味来促进友谊的建立。"社交化学"中存在着真实的化学反应。

研究团队最后总结道："将这些研究结果汇聚到一块可以说明，人类同性别好朋友间的体味相似性超出预期。"然而该团队也指出，由于人类相较其他陆地哺乳动物会使用复杂的语言进行互动，而在实验室环境里气味因素的重要性与现实生活中相比可能被放大了。但他们仍认为这些结果可能意味着人类在嗅觉方面也类似于其他陆生哺乳动物。